U0907978

不一样
的美男子

高远树

——张翰 饰

City

不一样的美男子

童雨晨——吴映洁饰

安逸飞——张云龙 饰

不一样的美男子

何小歉 —— 范世琦 饰

叶江帆

——

方逸伦 饰

燕超尘　　——纪亚文 饰

赵小琪

——

易易紫 饰

李伊

——

路晨饰

“童雨晨，我们从大学认识恋爱到现在，已经七年了，别人七年之痒，我却在这七年里越来越爱你。爱到一分一秒也不想与你分开。所以，今天，我想问你，你，童雨晨，愿意嫁给我吗？”

……

“雨晨，你不愿意吗？”

“怎么可能不愿意，我只是太高兴，一时不知道该如何反应。远树，我愿意，我愿意，一百个愿意，一千、一亿个愿意。”

不一样的美男子

一场可以肆意执拗的青春——

奋不顾身去坚守——

的友情和爱情——

才是上天赐予的超能力——

这些天分会给我们——

最好的未来——

不一样的美男子

王雪静 著

金城出版社
GOLD WALL PRESS

图书在版编目（CIP）数据

不一样的美男子 / 王雪静著 .—北京：金城出版社，2014.8

ISBN 978-7-5155-1116-0

Ⅰ. ①不… Ⅱ . ①王… Ⅲ . ①长篇小说 - 中国 - 当代 Ⅳ. ① I247.5

中国版本图书馆 CIP 数据核字 (2014) 第 143405 号

不一样的美男子

作　　者　王雪静
责任编辑　李轶武
文字编辑　包金柱
开　　本　710 毫米 ×1000 毫米　1/16
印　　张　17.75
字　　数　200 千字
版　　次　2014 年 8 月第 1 版　2014 年 8 月第 1 次印刷
印　　刷　北京金瀑印刷有限责任公司
书　　号　ISBN 978-7-5155-1116-0
定　　价　35.00 元

出版发行　金城出版社　北京市朝阳区广泽路 2 号院（东区）14 号楼
邮　　编　100102
发 行 部　(010)84254364
编 辑 部　(010)64210080
总 辑 室　(010)64228516
网　　址　www.jccb.com.cn
电子信箱　jinchengchuban@163.com
法律顾问　陈鹰律师事务所　（010）64970501

不一样的“超能力”，
可以改变你不一样的人生。

吴映洁 饰 童雨晨

即便我看得见再远的未来，
改变也要从今天开始。
我想这次的旅程，
让我相信，一点珍惜，一点努力，一点付出，
未来的改变一定不止一点！

张云龙 饰 安逸飞

儿时的我们或许都曾幻想拥有超能力，
可时至今日，最强大的超能力，
或许就是一颗无论经历什么，
依然保持不变的真心。

路晨 饰 李伊

虽然我能读懂别人的心，
但是我更想要的是别人了解我的心。
但一切只是幻想，回归现实，
你改变不了任何人的心。

范世琦 饰 何小歉

耶稣的伟大并不在于拥有
上帝那样的创造与破坏力，
审判每个人的命运，
而是当自己的能力为己所用之余，
努力地去承担更多的责任，
所以他被赋予了神的荣耀。

方逸伦 饰 叶江帆

尽管时光匆匆，
成长的旅途也在岁月下交织过往，
但一直坚信爱与幸福，它不是在路上，
就是在路的尽头。

易易紫 饰 赵小琪

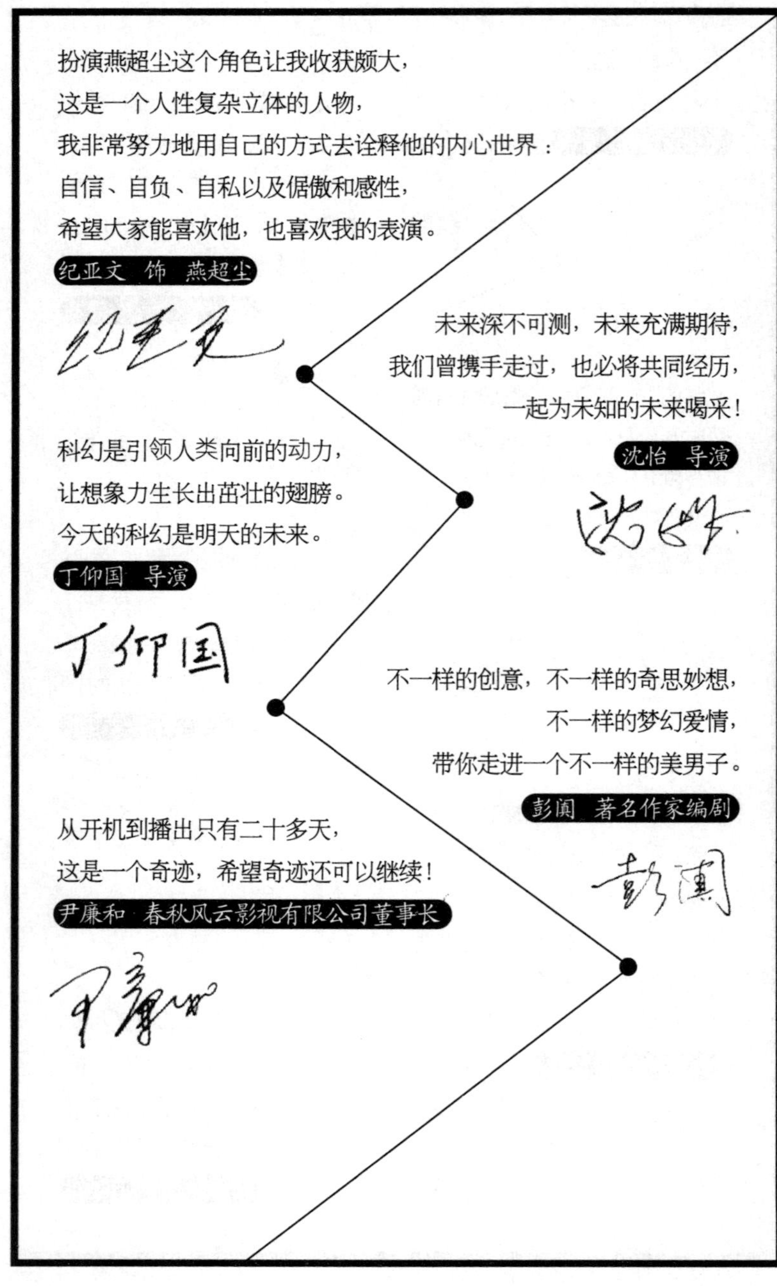

扮演燕超尘这个角色让我收获颇大，
这是一个人性复杂立体的人物，
我非常努力地用自己的方式去诠释他的内心世界：
自信、自负、自私以及倨傲和感性，
希望大家能喜欢他，也喜欢我的表演。

纪亚文 饰 燕超尘

未来深不可测，未来充满期待，
我们曾携手走过，也必将共同经历，
一起为未知的未来喝采！

沈怡 导演

科幻是引领人类向前的动力，
让想象力生长出茁壮的翅膀。
今天的科幻是明天的未来。

丁仰国 导演

不一样的创意，不一样的奇思妙想，
不一样的梦幻爱情，
带你走进一个不一样的美男子。

彭阆 著名作家编剧

从开机到播出只有二十多天，
这是一个奇迹，希望奇迹还可以继续！

尹廉和 春秋风云影视有限公司董事长

CHAPTER

01

不一样的美男子＼

已经是深夜两点了，城市里除了公共区域，家家户户灯灭人眠，现在是闽海——这个中国东部最大的沿海城市最静谧安宁的时刻。

一座长长的跨海大桥从大陆延伸到一个小岛，岛上散落着几栋玻璃幕墙的建筑，这里是闽海市的高科技研发基地，那座半圆球形的建筑，就是闽海市最大的生物制药公司。

此时，生物公司里一片寂静，唯独实验室还亮着灯光。

一位须发皆白穿着白大褂的老人，正在实验室里忙碌着，他把一些药片放进装满酸性溶液的器皿里，顿时器皿里泛起白沫，药片被溶解了。接着，他打开电脑，开始删除一些文件、文件夹……做这一切的时候，不知道为什么，他透着一股紧张。

“啪嗒！”，突然从外面传来一声异响，老人顿时紧张，回头看了看，没人进来，也再没有声音。老人慢慢站起身，走向门口，打开门，向外张望。

走廊静静的，连个鬼影都没有。

老人稍稍放心，关上门，又加了反锁，回到座位上继续删除文件。

忽然，一阵弥漫全身的疼痛像波浪一样在他身体内涌起，他脸色瞬间变得苍白，捂着心脏从座椅上跌了下来，在地上痉挛，额上冒着细密的汗珠。他挣扎着从兜里拿出一瓶药，倒了几粒吃下。

不知道过了多久，疼痛感渐渐减弱，消失。老人就如被水浸泡一般，浑身都湿透了。他艰难地坐起来，拿出手机拨了一个电话。

很快电话就接通了。

老人：“超尘，是我，吴天铭……明天我想约你说件事……不，不在公司……不要问我为什么，明天我在码头等你。”

说完，吴天铭挂掉电话扶着一旁的桌子站了起来。年近六十的他此时看起来似乎又老了些，眼睛里带着无限的忧伤。他轻轻地叹了口气，拿着自己的外套离开了实验室。

在城市的另一头的电视台里，剪辑室里依旧灯火通明。童雨晨疲惫地趴在桌子上呼呼大睡，她的手机在一旁拼命地呼唤着，但是它的主人毫无反应。同事阿明忍不住挪了过来，拿着手机放在童雨晨的耳边，刺耳的铃声终于惊醒了沉睡的美女。童雨晨抬起头，看见身旁的阿明，瞪着了他一眼：“臭阿明，你想吓死我啊！”

阿明一脸坏笑地看着童雨晨：“我也不忍心叫醒你的，不过，你要再不接电话的话，估计有人会急得报警的！”

童雨晨白了阿明一眼，拿过电话，屏幕上显示着：高远树。

童雨晨小声道：“惨了。”

她接通电话：“喂，远树……”

此时的高远树正和自己的好兄弟安逸飞在游艇上准备着第二天给童雨晨的惊喜。

高远树："你怎么这么久才接电话？"

童雨晨："呃，我打了个盹儿。"

高远树听出童雨晨又在加班，非常生气："打盹儿？你又在加班！"

童雨晨心里暗叫糟糕，但是还是不想让高远树知道："没有没有……我在家呢。"

高远树一听就知道童雨晨的意图，虽然生气，但是更多的还是对她的心疼："童雨晨，你真的不会撒谎，即使隔着电话，我也看得到你心虚的样子。你在加班，对不对？"

被揭穿，童雨晨垂头丧气："还是瞒不过你，好吧，被你抓到了，记账上，下次你撒谎的时候，我放你一马！"

"我永远都不会对你撒谎的！"高远树无奈地叹了口气："明天的约会还记得吗？"

童雨晨隔着电话点点头："当然记得。"

高远树："记得就好，那你今晚别加班太晚了，早点回家休息，我们明天码头见。"

童雨晨："好！"

高远树："对了，记得穿漂亮点，安逸飞说他要试试新买的相机。"

童雨晨："好，知道了……我先挂了，弄好最后一点东西我就回家了。"

高远树："好，我的大忙人，拜拜！"

童雨晨："拜拜。"

高远树挂掉电话，无奈地笑了笑将电话收起来。安逸飞从船舱拿着两瓶饮料走出来，扔了一罐给高远树。

安逸飞："远树，接着！"

高远树伸手接住安逸飞扔过来的瓶子："谢谢！"

安逸飞走到高远树身边，看着他："雨晨一点都没有察觉出你的意图吗？"

高远树："被她察觉到就没有惊喜了！"

安逸飞："万一她拒绝你怎么办？"

高远树拧开饮料喝了一口，口气轻松："怎么可能！"

安逸飞耸耸肩："众所周知，童雨晨就是个工作狂。总说事业不成功就不结婚。你就真的一点都不担心？"

高远树摸了摸下巴："她要不答应我，我就以跳海要挟啊，要不你以为我为什么要选在海上求婚啊！不成功便成仁，不成仁就成死人！"

安逸飞："乌鸦嘴！"

高远树看着安逸飞，忽然大笑起来："哈哈哈，我开玩笑的啦！放心，我对雨晨有信心！"

安逸飞无奈地看着高远树："是！不过我说真的，你妈那边怎么样，她一直都不怎么喜欢雨晨！你就打算这样瞒着她？”

高远树撇撇嘴：“求婚成功再告诉她，反正终身大事，家长意见仅供参考！”

安逸飞：“好，既然你决定了，作为你最好的朋友，无论如何我都支持你。”

高远树举起饮料：“兄弟，那就谢啦！”

安逸飞：“我们之间用得着这样？对了，我已经把这事告诉叶江帆了，他说，你的婚礼他一定回国参加。”

高远树：“他敢不回来，我过去把他拧回来。”

两兄弟相视一笑，看向漆黑的海面。高远树已经开始憧憬第二天那场美丽的惊喜了。

第二天一早，童母冯岚就做好早餐可是迟迟不见女儿出来，看了看时间，冯岚不得不走进女儿的房间。看见还在熟睡的童雨晨，冯岚无奈地摇摇头，坐到床边摇醒她。

冯岚：“雨晨……雨晨，快醒醒！”

童雨晨睡得迷迷糊糊，听到母亲的声音懒洋洋地翻了个身，用被子蒙住头：“妈，让我再睡一会儿！”

冯岚笑着拉开童雨晨的被子：“你今天不是约了远树去海边玩儿吗？”

“什么海边？海边！”童雨晨一个激灵做起来：“妈，几点了？”

冯岚把闹钟拿到雨晨面前：“都快十点了！”

“十点！”童雨晨掀开被子跳下床冲进卫生间：“惨了惨了！这么晚了！”

卫生间传来一阵噼里啪啦的响声。

冯岚好笑地看着女儿：“你慢点儿！小心摔了！”

今天阳光正好，安逸飞走到甲板上张开双臂狠狠地呼吸了一口新鲜空气。随即拿出手机一看：“都十点多了，怎么一个都还没到。不会都忘了吧！”

想到这里，他急忙拨通一个号码。但是等了很久也不见对方接。

安逸飞再拨打了另一个号码，仍旧没人接。安逸飞非常纳闷：“何小歉和赵小琪到底在干嘛啊，怎么不接电话？”

又过了片刻，电话才接通。

安逸飞急切道：“赵小琪，你跟何小歉在干嘛啊，怎么不接电话？”

电话那头传来轻轻的女声：“抱歉抱歉，逸飞，我和小歉正在谈一个项目，没想到会谈这么久，等谈完了我们立刻就来！”

安逸飞：“你们怎么这么不靠谱啊！”

赵小琪：“真的对不起啦，谈完我们马上就去码头！我先挂了。”

安逸飞：“唉……”

安逸飞还没说完，赵小琪已经挂掉了电话，回到会议室，却看见何小歉正对制片人妥协。

何小歉：“成成成，男四号也行……”

赵小琪急忙喝止他：“何小歉，你说什么呢！”

何小歉：“你……”

赵小琪狠狠地瞪了何小歉一眼，转头看向制片人：“不好意思啊，张总。您看我们家小歉在江湖上大小也算有点名气，人帅，歌好。您还是考虑下，给个分量重一点的角色吧。剧本我看过了，我觉得明浩这个角色挺适合他的，人物背景和经历和我们家小歉很接近。他把握这个角色肯定没问题。”

听完赵小琪一番话，制片人的眉头皱起来，低下头思索着。见状，何小歉以为事情可能会告吹，急切切的开口：“哎，哎，小琪，差不多得了，别为难张总……”

赵小琪再瞪了何小歉一眼，后者立马噤声。可是心里依旧忐忑不安，紧张地看着制片人。

过了片刻，赵小琪才开口：“张总，您考虑得怎么样了？”

制片人抬头笑了起来：“赵小琪，你真厉害。这个角色虽然不如男二号戏多，但是戏非常出彩。你给何小歉挑这个角色，肯定已经把剧本研究透了。行，看你这份努力劲儿我会好好考虑的！”

何小歉一脸惊喜：“真的？谢谢你，张总！”

制片人：“别谢我，谢你这个厉害的经纪人吧！”

何小歉扭头看着赵小琪，赵小琪得意洋洋地朝他耸了耸眉毛。

静谧的海滨公路上，疾驰过一辆红色的跑车。开车的高远树脸上洋溢着幸福的笑容，身边放着一大捧红色的玫瑰。鲜花旁边还放着一个红色的小盒子。忽然挂在一旁的手机响了起来，屏幕显示着安逸飞。高远树斜眼看了看，降下车速。快捷回复了他一条：我在开车！就在这时，一辆哈雷从他身边飞掠而过，还做了两个挑衅的动作。高远树的好胜心立刻被激起。调档轰油追了上去。两人在海滨公路上你追我赶，谁也不让谁。高远树似乎遇上了对手，战争细胞被激活。车速越来越快，超过哈雷。哈雷也不甘示弱很快赶了上来。就在高远树准备再次加速的时候，哈雷忽然慢了下去。高远树立刻甩了哈雷很远的距离。

高远树得意洋地看着后视镜：“呵，跟我斗，也不打听打听。我闽海车神的称号岂是浪得虚名！”

忽然，他看见前方有几个交警正在对他做手势，让他靠边停车！他猛地一个急刹，将车停在路边，放下车窗。交警走过来敬了一个礼：“先生您好，经过测试，您刚刚属于超速行驶，请带上您的驾照和行驶证下车，到那边登记。超速 20% 以上不足 50%，根据交通法规定，扣6分，处罚金200元。”

高远树暗叫糟糕：“这个……警察同志，我赶着去向我女朋友求婚，麻烦你高抬贵手一次行不行啊？”

交警摇头：“抱歉先生，我们也是为您和他人的生命安全做保障，请你配合我们的工作！”

高远树无奈地走下车，开始后悔刚刚的一时冲动了。

那辆哈雷这个时候也开了过来，对着高远树按喇叭，高远树转头看过去，骑车的黑衣人对着他做了一个鄙视的手势，随后扬长而去。高远树那个窝火啊，但是又不敢对着交警发泄，只好在心里暗骂一声：Shit！

哈雷沿着海滨公路来到码头，黑衣人将车停在路旁，下车取下头盔，英挺的面容足以引来许多女人的尖叫。他将头盔挂在后视镜上，戴上墨镜举步走向一艘游艇。迎面跑来一个东张西望的女孩。两人装了个满怀。女孩包包和工作证落在了地上。

童雨晨弯腰拾起自己的包包：“抱歉抱歉，我不是故意的。”

黑衣人摇摇头：“没事！”

童雨晨微笑地抬起头：“真是不好意思！”

说完，朝另一个方向跑去。黑衣人停驻了一会儿，继续前行，刚迈步就感觉脚下似乎踩到了什么东西，他捡起来一看，是一张工作证，上面印着童雨晨的照片。黑衣人立即回头站起来大喊：“喂，姑娘……你的工作证！”

可是童雨晨跑得太快，根本没有听见。黑衣人无奈，仔细地看了看上面的信息。嘴里默默念出：“童雨晨？！”他再次抬头，却已经不见童雨晨的身影了。黑衣人只好收起工作证前往自己的目的地。

来到十三号码头，黑衣人看见自己要见的人，吴天铭教授。

正在收拾渔具的吴天铭也看见了来人，停下手中的工作：“你来了！”

黑衣人：“教授，你找我有什么事？”

吴天铭：“上船再说。”

黑衣人虽然奇怪，但还是走上了游艇。

吴天铭驾驶着船缓缓地驶离港口。

海港的另一头，童雨晨找到了约定的码头，跑上船，却只看见了安逸飞。

童雨晨气喘吁吁地对安逸飞道：“我来了……咦，远树他们呢？”

安逸飞：“和你一样，迟到了，而且到现在都还没来！真是服了你们，这么重要的日子，都迟到！”

童雨晨奇怪：“什么重要的日子，不就是大家一起出海玩嘛！”

安逸飞意识到自己说漏嘴了，支支吾吾地掩饰道：“呃，就是……因为我们很久没聚了啊，好不容易聚一次，不重要吗？”

童雨晨：“好吧，我们错了。那给他们打个电话？”

安逸飞：“我早打过了，他们应该过会儿就会到！”

“那就好了啊。”童雨晨笑嘻嘻地跑进船舱：“有什么可以喝的吗？”

安逸飞：“冰箱里有你爱喝的果汁。”

童雨晨支出一个脑袋看着安逸飞：“还是你了解我！”说完又缩了回去。

安逸飞温柔地看着舱门，嘴角露出难忍的微笑。

此时的何小歉和赵小琪正开车赶往码头，行驶到海滨公路上后，赵小琪看见了路边被交警拦下的高远树。

赵小琪拉住何小歉的手，指着窗外：“快看快看，那是不是远树？”

何小歉顺着看过去，惊讶地说：“真的是远树，他犯什么事了，居然被交警拦下了！”

“走走，过去看看。”

“好嘞！”

何小歉把车随意地停在路边，两人下车走了过去。远远地就听见高远树告饶的声音。

高远树：“警察同志，我真的知道错了，别扣的这么狠啊！”

交警：“只要你不犯事，这些分根本就不会被扣。”

何小歉哈哈大笑：“哈哈，高远树，果然是你！警察同志，他犯了那一条啊？”

交警：“超速！”

何小歉揽着高远树的肩膀：“没想到车神也有这么一天啊！小琪，快来照一张，这可是史无前例啊。记得把旁边的 policeman 也放进去。”

“好！”赵小琪迅速拿出手机，就要拍照，一旁的交警立刻阻止了他们：“照什么，执行公务呢，严肃点……”他扭头看了看何小歉停得歪歪斜斜的车。询问何小歉：“车怎么停得这么不规范，请出示一下你的驾驶证！”

何小歉立刻像个乖宝宝一样立正：“Yes，sir。”

说完他拿出自己的包开始翻找，可是找来找去也找不到自己的驾照。

何小歉：“奇怪，我明明放包里的啊！”

见状，高远树幸灾乐祸地说：“小歉，上次你酒驾不是被吊销驾照了吗，你后来补考了吗？”

交警非常惊讶：“什么？酒驾！”

何小歉知道高远树是故意的，急忙解释：“警察同志，你别听他的，他坑我呢！”

高远树一脸坏笑：“那你倒是把驾照拿给警察同志看看啊！”

交警狐疑地看着何小歉，何小歉又拉开包包找了一遍，还是没有看见自己的驾照，急出了一身汗。他看向赵小琪：“小琪，你看见我的驾照了吗？”

赵小琪想了想，一拍脑门："哎哟，昨天我帮你洗衣服的时候，掏出来放在窗台上了！"

何小歉着急："你你你……"

赵小琪满脸歉意地看着何小歉。

何小歉无奈地叹了口气，回头看着交警："这个……警察同志，我忘记带了，能不能下次再检查？"

交警一脸严肃地看着他："不好意思，没有驾照我必须扣留您的车，请你明天带着驾照到交警队处理。"

何小歉："不是吧？"

交警："请你合作！"

何小歉只好一脸沮丧地交出钥匙。一旁的高远树乐得脸都笑僵了。

登记以后，高远树拿着被扣了六分的驾照回到车上。何小歉和赵小琪也坐了上来。

高远树："我不记得我要载你一起过去哦！"

何小歉瞪着高远树："我可不管，你害我车被扣，你要负责到底！"

高远树："谁让你自己忘记带了！"

"还不是怪赵小琪！"何小歉戳着赵小琪的额头："你怎么就这么没记性啊！"

赵小琪委屈地躲开何小歉的手，揉着被戳红的额头："我又不是故意的，谁知道今天会遇到交警啊。"

何小歉看着赵小琪的额头，也心疼了，拉开她的手："别揉了，越揉越红！高远树我不管，今天你不把我们载到码头，我就赖这车上了！"

高远树发动车子，笑道："那好啊，车费一万，请明天中午之前付费。"说完车子射了出去，只听见何小歉的怪叫："高远树，你这个周扒皮！"

太阳晒得人暖洋洋的，童雨晨走到甲板眺望海面。安逸飞也跟了出来。

童雨晨："远树好慢啊！"

安逸飞："估计有事耽搁了。"他活动了下筋骨，扭头看见向这走来的三人："你瞧，不是来了吗？"

"啊？"童雨晨回头："远树！"

童雨晨快步跳下船扑到高远树怀里，一拳捶到他胸口："叫我别迟到，自己还这么慢！"

高远树一手搂住童雨晨，一手将玫瑰花抵到她面前："对不起亲爱的，我转道去给你买花了。别生气！"

童雨晨惊喜地抱住鲜花："哇，好漂亮。看在这花的面子上，原谅你了！"

“噗！”赵小琪和何小歉忍不住笑了起来。

童雨晨看着他们两个：“笑什么笑？”

何小歉：“他骗你的，他是超速……呜呜呜呜！”

高远树捂住何小歉的嘴不让他说下去，童雨晨怀疑地看着高远树：“你有什么事瞒着我？”

高远树：“哪有……”

童雨晨移到赵小琪身边：“小琪，你说！”

赵小琪看了看高远树：“哼哼，让你欺负我们家小歉。雨晨，某人超速被交警逮到。”

高远树：“赵小琪！”

赵小琪对着高远树吐舌头，拿出手机递给童雨晨：“看，我有照片为证！”

高远树放开何小歉去夺手机，何小歉却先一步抢到了，两人在码头追打起来。

高远树：“何小歉，你和赵小琪简直就是最佳损友排行榜并列第一的绝配！”

何小歉：“谁叫你刚刚剥削我！”

童雨晨伸手拦住高远树：“怎么，撒了谎还想杀人灭口毁证据啊？”

高远树嬉笑地将童雨晨抱住：“好啦别生气，昨天你还说我撒谎放我一马的！”

童雨晨用手指戳了戳高远树的胸：“你到会抓时机，昨天才赐你一道免死金牌，今天立刻就用上了！你不是说你不会对我撒谎吗？”

高远树：“世上有一种谎言，叫善意的谎言！你就原谅我了，好不好？”

何小歉趁机躲在童雨晨身后：“雨晨别原谅他，把花摔他脸上，跟他绝交！”

高远树伸手去抓何小歉：“闭上你的臭嘴，你是在报复我害你车被扣，是吧！”

何小歉闪过高远树的鹰爪：“你咬我啊！”

高远树还要去抓，安逸飞急忙拦住：“好啦好啦你们都别闹了，趁现在天气不错，阳光灿烂的，我们出海吧！谁来掌舵？”

高远树立马表明自己的选择：“何小歉！”

何小歉摇摇头：“别想，我是来看景晒毛吹海风的。”

高远树一脚踹到何小歉屁股上：“你不开船谁开船，还晒毛！去去去，给你一个将功赎罪的机会，否则你别想出现在我朋友圈里！”

何小歉捂住屁股：“周扒皮……哎哎哎别瞪，我开还不行吗！从小到大就知道欺负我！”

高远树：“怎么有意见？有意见保留！”

何小歉假装叫屈：“天啊，还有没有公理啊！雨晨……救我……”

童雨晨也忍不住被何小歉的样子逗乐了！

赵小琪笑着扯住何小歉：“好了好了，表演时间结束，走咯，上船咯！”

几人嘻嘻哈哈地走上游艇，不消片刻，游艇使出了港口！

此时，吴天铭已经驾驶游艇行驶到海中，温热的海风却也吹不散船上沉重的气氛。

吴天铭沉着脸看着广阔的海面，黑衣人坐在他身后，过了很久，也不见吴天铭说话，黑衣人实在忍不住了，开口问道：“教授，您今天找我来有什么事吗，我怎么感觉您今天特别严肃呢？”

吴天铭心情沉重，回过头来：“超尘，你是我的学生，却也是我的老板。你一直在资助我研究 X1。这话，我真的不知该怎么告诉你，可是又不得不说！”

黑衣人非常纳闷：“教授，有什么不好说的，我燕超尘从小就是您带大的，虽说您是我的老师，可是更如我父亲一般，有什么话您就直说。”

吴天铭微微地叹了口气：“X1，我不能再研究下去了！”

燕超尘惊讶地站起来看着吴天铭：“为什么？”

吴天铭：“因为它的副作用非常大，而且无法克服。”

燕超尘：“是什么副作用？”

吴天铭：“这个实在不好说，人的体质不同，产生的副作用也不同，但是有一点是一样的，就是都无法克服掉。所以这个实验已经无法再进行下去了，我已经把 X1 所有成品以及菌种全部毁了。”

“什么！你把菌种也毁了！”燕超尘跌坐在凳子上，对着吴天铭怒吼起来：“你怎么可以这样，你知不知道 X1 是我全部的希望！你当初找到我投资研究这种药的时候，我是出于对你的信任对你的尊敬，把我公司绝大部分的资金都投进这项研究了，现在……现在你却说放弃研究了？还毁掉了菌种？！你知不知道这会害死我的！”

吴天铭：“对不起，超尘，我对你撒了谎。其实我一直在研究一种和 X1 完全不一样的药物。”

燕超尘不可置信地看着吴天铭：“什么？你还有惊喜给我？”

吴天铭：“我研究的是一种可以彻底改变人类基因的药物，它可以……”

忽然，吴天铭的心脏又一次剧烈疼痛，他捂住胸口倒在驾驶杆上，游艇也跟着加速。燕超尘被这股忽然的力量推倒。他急忙站起来，跑过去想扶起吴教授的身体。

燕超尘：“教授，对不起，我不应该冲你发火……教授，教授你怎么了？”

燕超尘发现吴教授已经陷入昏迷，毫无知觉了。他想扶起教授，不料脚下却踩到滚来的瓶子再次倒了下去。此时的游艇，正全速冲向海面上的另一艘船。

而童雨晨等人丝毫没有感觉到危险迫近。正在享受自己的周末时光。童雨晨站在甲板和赵小琪摆各种姿势拍照。一旁的安逸飞对着高远树使了个眼色。高远树会意，走到童雨晨身后。小琪见状，非常配合地退到了一边，神秘地笑着。

童雨晨奇怪地问："怎么了？"

高远树拉住童雨晨的一只手，单膝跪地，将准备好的求婚戒指拿了出来："童雨晨，我们从大学认识恋爱到现在，已经七年了，别人七年之痒，我却在这七年里越来越爱你。爱到一分一秒也不想与你分开。所以，今天，我想问你，你，童雨晨，愿意嫁给我吗？"

说完高远树直直地看着童雨晨，期盼着她的答案。童雨晨却惊住了，半天说不出一句话来。

"雨晨，你不愿意吗？"高远树拿不准童雨晨的想法，小心地问道。

童雨晨一瞬间红了双眼，将高远树拉起来扑进他怀里："怎么可能不愿意，我只是太高兴，一时不知道该如何反应。我说今天怎么不对劲，原来你……远树，我愿意，我愿意，一百个愿意，一千、一亿个愿意。"

安逸飞听着童雨晨的回答，有一瞬失神，但是立即恢复过来，调侃高远树："雨晨回答的这么爽快，看来你今天不用跳海了！"

高远树搂着童雨晨，骄傲地说道："我就说肯定没问题，我对我们家雨晨有信心。"

赵小琪："哎哟，这才刚刚求婚成功，就是你们家的啦！"

高远树："必需的！"

赵小琪："好啦好啦，快给雨晨把戒指戴上啊！"

高远树这才想起戒指还没给童雨晨套上。他松开童雨晨，拿出戒指。安逸飞拿着相机在一旁不停地拍摄。忽然，他在镜头里发现一辆游艇正快速地向他们冲过来。安逸飞；立刻放下相机，转身对着驾驶室的何小歉大吼起来："何小歉，何小歉，快转舵，快转舵！"

驾驶室里的何小歉正在听歌曲，忽然看见安逸飞在甲板对自己手舞足蹈的，奇怪极了："这家伙怎么了？"

安逸飞慌张地指着海面上的游艇，所有人的视线都顺了过去。大家都惊呆了。何小歉赶忙转舵，想要避开！

这边地燕超尘终于爬回驾驶台，他站起来，却发现游艇快要撞上了。他的瞳孔惊恐地睁大了。慌忙移开吴天铭的身体。想要将船转头，却发现已经太晚了，只能扶着吴教授离开驾驶室，在撞船的前一刻跳入了大海。

两船相撞，发生巨大的爆炸。甲板上的几个人都被震飞，高远树手中的戒指也脱手飞出。他本能地护住童雨晨，两人一起被抛入海中，尖锐的木条从背部刺入高远树的身体，刺中心脏。童雨晨也没有避免被划伤，两人的血液在海水中融成一片。安逸飞被木屑刺伤了双眼。而何小歉则被困在了驾驶室的大火之中！

岸上的人听见爆炸声，纷纷涌了出来。有人大叫：不好了，出事了！快去报警。

有些人则跳上小艇，赶过去救人。

燕超尘抱着吴天铭浮上水面："教授，教授你醒醒，你要坚持住啊！"

但是吴天铭毫无反应。

救援的人发现两人，急忙赶过去，将两人救起来，送上了岸！

另一个救援队朝着雨晨他们的方向驶去，几人纷纷被拽出水面。大火中的何小歉也被人抬了出来！

救援队检查了几人的身体："不行，他们伤的太严重了，得快点去医院治疗。"

另一个年轻人指了指岸上的救护车："救护车已经到了，赶紧上岸！先帮他们止血。"

众人点头，各司其职。

海滨医院，因为一场海难而异常地忙碌起来。燕超尘和吴天铭第一时间被送到了这里。护士推着吴天铭往急救室跑去，燕超尘跟在一边。吴天铭一直处于昏睡中，嘴里还不停地念叨着："器官……捐献……移植……签字……不能……"

燕超尘听见，急忙问道："教授，你在说什么？"

吴天铭没有回应燕超尘，一旁的小护士说："他好像在说器官捐献什么的！"

"器官捐献？"燕超尘想了想："他是大学教授，是位生物制药科学家，他以前签过器官捐献协议……"

忽然，吴天铭伸出手想抓住什么。燕超尘立刻握住："教授……教授！"但是吴天铭毫无反应，嘴里依旧喃喃自语："英仙座……流星雨……"

燕超尘："教授，你别说胡话了！你不会有事的！"他跟着跑到急救室门口，护士拦住燕超尘："请在外面等候。"

燕超尘抬头看着医生："医生求求你，一定要救救他！"

医生："我们会尽力，麻烦您去签字，我们马上要抢救病人！"

说完，医生走进了急救室。这时，医院大门又传来一阵忙碌的脚步声。燕超尘回头，看着一个个被推进来的伤者，惊呆了！

时间一点一滴地过去了，急救室里　　医者紧张地忙碌着。

医生甲正在极力抢救高远树，但是情况非常不乐观。

医生甲："清洗伤口。"

一旁的小护士急忙用酒精清洗高远树背部的伤口："好了！"

医生甲低头仔细查看了高远树背部的伤口，用镊子将背部的木头拔了出来。一番处理以后，医生甲语带惋惜："一号床病人左右心室均破裂，大片心肌层坏死，心力衰竭，已经无法进行缝合手术了……"

急救室的医生乙也正在给安逸飞做检查："病人背部有轻微擦伤，血压正常，脉搏正常，左眼角膜严重受损，需要进行角膜移植。"

护士："我立刻去查是否有合适的！"

"恩！"

护士急急忙忙地跑出去，另一个护士从外面跑进来，跑到另一张病床边。医生丙正在将何小歉的衣服剪开。护工将拿进来的酒精倒入盆里，开始清洗何小歉的皮肤。医生丙微微叹气："病人左臂重度烧伤，左腿大腿外侧重度烧伤，背部中度烧伤，烧伤面积较大，只能进行异体皮肤移植了！"

医生丙直起身，回头和医生乙互看一眼。轻轻摇头！

夜幕下，一辆豪车疾驰而来，停在海滨医院的门外。一对中年夫妇从车上下来，满脸焦急地冲进医院，这对夫妇正是高远树的父亲高明辉和母亲项欣澄。项欣澄抓住一个护士问道："护士，我儿子在哪儿，他叫高远树，在哪个病房？"

护士："是下午海难的家属吗？"

项欣澄："是！"

护士："遇难者都在里面抢救，我也不知道哪个是您的儿子，请到休息室等消息！"

"抢救！"项欣澄腿一软，男子急忙扶住她。项欣澄看了丈夫一眼："明辉，远树不会有事对不对？"

高明辉安慰项欣澄："你要振作，儿子还需要你。"说着转头看向护士："拜托你们了！"

护士点头："我们会尽力的。"说完护士快步跑进手术室。

另一间手术室里，心跳显示变成了直线。

医生："快，紧急抢救！"

护士急忙将电击器推过来，电击吴教授心脏，无效。护士增强电流再次尝试，反复几次依旧无效。屏幕上依然是直线！

医生摇摇头："死亡时间？"

一旁的护士看了看表："二十一点五十。"

医生："通知家属吧！"

说完医生走出手术室。燕超尘看见医生立即走上去。

燕超尘："医生！"

医生沉痛地说："抱歉，我们已经尽力了！"

燕超尘泪水滚落，抱着头靠在走廊边。这时一个小护士跑过来，在医生的耳边轻声说了几句话。医生点点头，看向燕超尘："不好意思这位先生，现在提这个也许不太恰当，您确认您的老师是签过器官捐献协议吗？"

燕超尘抹了抹脸上的泪水："是的！"

医生："那……那几位在事故中受伤的人，一位心脏受损，一位角膜受损，他们可能需要移植器官！"

燕超尘愣了愣，艰难地开口："吴教授常说，他存在的意义，就是让更多的人更好地活下去……"

医生见状，欣喜道："……那我们就进行血型配对，如果成功的话，我们需要通知他们的家属。"

燕超尘似乎没有听见医生说话，喃喃自语："他一生致力于科学研究，没有成家。最亲的人就是我和他另外一个学生。他就像我的父亲一样。"

闻言，医生有些拿不稳他的心思了，只好问道："那……你同意我们将他的血液和患者的进行配对实验吗？"

燕超尘沉思了片刻，最终还是点点头。

"太好了，那我先替其他几个患者谢谢你！"说完医生转头给小护士点点头，小护士快步跑回血型配型室。随后，治疗安逸飞的医生乙也跟了过来。

医生乙："怎么样，死者家属同意吗？"

小护士："同意了！"

"太好了。"医生安慰，转头问实验员："怎么样，他们的血型匹配吗？"

实验员："是那个叫安逸飞的移植眼角膜吗？"

医生乙："是的。"

实验员："那太幸运了。死者的血型为O型血，跟高远树血型一样，他可以接受死者的心脏移植。安逸飞是A型血，配对不符合，所幸他的角膜移植不需要血型配对！如果他俩的血型掉个个儿，那就很麻烦了。"

医生乙："那太好了，对了，那个烧伤的病人呢，叫何小歉的！"

实验员："他是B型血，配对不是很完美，只有百分之七十，不如采取自体植皮。"

医生乙："我也想，可是他除了脸，身体皮肤有不同程度的烧伤，没办法植皮。"

实验员："那……只有试一试了！"

医生乙点头，对小护士道："去告诉医生甲，心脏可以用，让他们做准备！"

"好的。"小护士说完急匆匆跑出去了。

高远树的心脏移植手术正在紧张地进行着。

医生甲："麻醉，清创，检查血压，准备心脏移植。"

麻醉师给高远树注射麻药，护士给高远树清理伤口，准备手术。

燕超尘失魂落魄地回到自己的公寓里，他走到柜子旁拿起和吴天铭的合照，轻轻地抚擦着。他的眼睛又红了起来。忽然他想想起了什么，从口袋里拿出了童雨晨的工作证，看了看，将它与相框一起放在柜子里，走到沙发坐下。这时，他的手机忽然响了起来，燕超尘拿出来一看，屏幕显示：李伊。燕超尘抹了抹眼泪，接通电话。

燕超尘：“李伊！”

李伊：“喂，超尘，教授今天没有来实验室，你今天有见过他吗？”听到这话，燕超尘的眼睛又红了。

燕超尘：“老师……他……今天出了意外事故，抢救无效，刚刚去世了……”

李伊浑身一震：“什么！怎么会这样？……他昨天还好好的！……”

燕超尘：“这个，我回头再告诉你吧！”

李伊的声音变得有些颤抖，哽咽着问道：“他的遗体在哪家医院，我想见他最后一面……”

燕超尘：“在仁美医院，这起事故伤了不少人，吴教授生前签过器官捐献协议书，所以他的遗体可能正在进行器官移植手术。”

李伊震惊：“什么？！吴教授不能捐献器官！你快去阻止他们！叫他们千万不要进行移植手术！”

燕超尘：“为什么？”

李伊着急：“吴教授的遗体不能进行器官移植，他之前一直说要收回器官捐献协议书，只是还没来得及修改！我来不及跟你解释了，我得赶紧去医院阻止他们。”

说完，她匆匆挂掉电话，向外跑去。

电话里传来的嘟嘟声让燕超尘感觉莫名其妙，想了片刻，他也急忙离开了家。

李伊打车来到医院，向大楼跑去，燕超尘骑车赶到，拦在李伊面前。

李伊停下脚步：“你也来了？他们人在几层？”

燕超尘取下头盔，问李伊：“你先回答我，教授为什么要改变主意，不让捐献器官了？”

李伊有些为难地看了看燕超尘，终于还是说了出来：“吴教授之前一直在拿自己的身体做实验，结果发现 X1 有很多严重的副作用，所以他终止了 X1 的研究。现在他的身体其实已经被药物侵染，移植了他的器官的人，都相当于服用了 X1，那些药物副作用，将会改变受体的身体机能。”

燕超尘瞠目结舌地看着李伊：“怎么会这样，那么你打算怎么做？”

李伊咬了咬嘴唇：“告诉他们真相！”说完又往里跑，燕超尘伸手拉住李伊：“你不能这样做！你这样等于直接告诉全世界，X1 项目失败了。”

李伊反驳：“事实上已经失败了！”

燕超尘死死地拽着李伊的手：“不行，绝对不能把这个消息说出去。这个项目是我千方百计才从美国鼎盛风投公司拿到的资金进行的研究，一旦传出去，风投撤资，我的生物制药公司也会随之破产……”

李伊挣扎了一下，没有用，索性放弃，只是瞪着燕超尘，问道：“那你眼睁睁地看着里面几个无辜的人来承担这个后果吗？”

燕超尘毫不避讳李伊的眼光，说：“如果他们不接受移植，那后果立刻你就能看得到——那就是他们都不会活过明天！”

李伊被惊呆了：“怎么可能！”

手术室中正在进行心脏移植，高远树躺在冰冷的手术台上，医生正在开放的胸腔中做着准备工作。护士拿来一个托盘，托盘上是冰块，在冰块的中间，放着一颗心脏。

医生：“移植开始！”

手术室外，项欣澄依偎在高明辉身边，双手合十祈祷着。高明辉眼睛看着手术室的大门，紧握的右手显示出他现在紧张的心情。

李伊和燕超尘来到手术室外，躲在一个角落看着这一幕。

燕超尘：“你也看见了，还要去说吗？”

李伊妥协：“不知道里面躺着什么人……希望他一定要加油，希望……”

燕超尘：“别想太多，你担心的事不一定会发生！”

李伊叹气：“希望如此！”

一间病房里，液体一滴一滴地流入雨晨的身体。部分身体包裹着纱布。雨晨的妈妈冯岚坐在一旁疲惫地握着她的手，眼睛却一直没有离开过雨晨。

昏迷中的雨晨非常不安稳，忽然发出声音：“远树。”

冯岚急忙凑过去：“雨晨，你醒了吗，你在说什么？”

雨晨没有回应，一动不动，皱着眉头。嘴里却一直念着：“远树……远树……”

在雨晨的梦里，她在海中下潜，忽然看见有人在自己的前下方，她游过去，看清那人的脸，是高远树。高远树双眼紧闭，缓缓地沉入深邃的海底。雨晨慌乱地向下潜，伸手想要拉住他，但是远树下潜的速度远远比她游的速度快。就在两人指尖快要触碰到的时候，高远树已经没入了黑暗之中……

此时手术室的心跳检测仪上，变成了一条直线。

医生停下手中的工作：“手术失败了！”

护士非常惋惜：“死亡时间，二十三点五十三分！”

医生遗憾地叹了口气，离开手术台，清理器具。手术台上的高远树，死气沉沉的。冥冥中似乎听见了雨晨的呼喊：“远树……远树……”

这声呼喊，似乎给了高远树求生的欲望，他想要活下来！

病房里的童雨晨似乎也感受到高远树正处在生死边缘，忽然睁开眼睛，猛地坐起来，大喊：“高远树！”

冯岚被吓了一跳。

手术室里，高远树的意志力战胜了死亡，“嘀”的一声，已呈直线的心电图出现了一个曲线。所有的医护人员都看了过去，开放的胸腔中，心脏开始缓慢地跳动。医生欣喜地走过去：“有心跳了，继续抢救。”众人继续未完成的手术。心跳检测仪上的数字在慢慢爬升。

手术室外，李伊轻轻地松了口气对燕超尘说道：“走吧……”

燕超尘不解地看着李伊：“手术还没结束啊！”

“里面那个人没事了，我知道他已经脱险了！”说完，李伊转身离开，没走两步她停下来问燕超尘：“他叫什么名字？”

燕超尘想了想：“叫高远树！”

“嗯。”李伊点点头，离开了医院！

燕超尘也紧跟着李伊离去！

他们离开后，冯岚才扶着雨晨走了过来。高明辉看见雨晨，关切地问：“你怎么不在病房好好休息？”

雨晨急切切地走到两人身边：“远树呢？”

高明辉看了手术室一眼：“他正在做心脏移植！”

“心脏移植！”雨晨震惊，泪如雨下：“那他，那他……”

高明辉知道雨晨的担心，伸手拍了拍她的肩膀：“给他做手术的是最权威的胸外专家。我们都要相信他一定能挺过去。”

这时，手术室等待区的门打开，一个护士慌慌张张地出来。大家一下围上去。项欣澄心急地问道：“远树怎么样了？”

护士：“真是奇迹！本来医生都已经宣布手术失败了，但他的心脏突然开始跳动！太了不起了！”

项欣澄喜极而泣：“远树有救了，远树有救了。”她抓住高明辉：“明辉，咱们儿子有救了！”

高明辉也抑制不住自己的高兴，紧紧握住项欣澄的手。

而童雨晨一直紧绷，此时也放下心来，跌坐在长凳上。

冯岚为高远树感到开心，对童雨晨道：“雨晨，刚才你在昏迷的时候，一直叫着高远树，你看，你把远树叫回来了！”

童雨晨苍白的脸上终于露出笑容！

项欣澄冷冷地瞪着童雨晨：“如果远树不是带她出海玩儿，怎么会出这种事儿！”

听到这话，童雨晨的笑容立刻消失了！

深夜的病房中，高远树浑身是各种管子和检测仪器。童雨晨坐在高远树床边的椅子上，寸步不离。见状，冯岚，高明辉交换了一下眼神。高明辉拉着项欣澄，三人离开了病房，让二人独处！

童雨晨就那么怔怔地望着高远树，握着他的手不愿松开一刻，泪水落了下来："远树，你一定要挺住啊！千万不要扔下我，你说过要娶我的……"

李伊回到自己的公寓，打开自己的电脑，搜出高远树的资料，看了许久，她揉了揉发疼的眼睛，伸手拿起电脑边的相框，相片里，自己和吴天铭、燕超尘站在一起笑得非常灿烂。她再也忍不住心中的悲痛，抱住相框痛哭出声："老师……老师……"

清冷的月光照进燕超尘的卧室，熟睡的他正在做着一场噩梦。梦里，他再一次回到了游艇爆炸的现场，他抱着吴天铭跳进了水中，可是，当他浮上水面的时候，怀里的人忽然变成了童雨晨，童雨晨面色苍白，像是死了一般。燕超尘被惊醒，坐了起来。

等情绪稳定下来，他伸手摸了摸额头的冷汗，起身走到厨房给自己拿了罐饮料。回到客厅，他又看到童雨晨的工作证。他内疚地看着童雨晨的照片轻声说道："对不起，陌生人！"

太阳照常升起，明媚的阳光照进医院的病房，高远树依然躺在病床上，一动不动。童雨晨趴在高远树病床边慢慢醒来。她看着高远树，无限伤感："远树，你什么时候才能醒过来？你要坚强啊，我在陪着你，你知道啊？你可千万不要有事，一定要醒过来啊！"说到这里，童雨晨忍不住俯身吻了吻高远树的额头。她的发丝拂在高远树的脸上。忽然，高远树身体发生了奇怪的变化，一股奇特的力量传导进高远树的心脏，使它剧烈地跳动起来！一股电流从高远树的心脏喷薄而出，随着心跳声，又迅速向身体外传导，让高远树周围的金属物以及杯中的水都开始微微地震动起来。身上的仪器突然剧烈地响起来。雨晨也被一股力量弹开！高远树在病床上触电般地抽搐，吓坏了童雨晨，她立刻向外大喊："快来人，医生，医生……"

医生闻言，急忙跑进病房，见状也惊住了："怎么回事儿？"

童雨晨摇头。医生前去给高远树检查。

项欣澄和高明辉也快步走进来，被高远树情况惊呆。

项欣澄："这是怎么了？"

医生根本顾不上回答，焦急地查看高远树的情况。

项欣澄转头询问童雨晨："这是怎么回事？我昨晚走的时候不是还好好的吗？"

童雨晨摇摇头："我不知道！我就是……吻了他一下，这些仪器就突然响了。"

突然，高远树突然不动了，心脏测试仪器显示成了一条直线童雨晨震惊地扑了过去：“远树！”

医生拦住她：“准备抢救，家属都出去！”

童雨晨等人被护士赶出了门。

另一名护士推着心脏电击器进来。

医生：“准备两百焦耳！”

护士调试好仪器，准备电击高远树。忽然，周围的一切又开始颤动，电击器一接触到高远树身体的一瞬间，“嘭”的一声，护士像被一股强大的推力推出，电击器脱手而出，整个人身体反弹到墙上，跌倒，与此同时，屋里的灯全部爆炸，大家一声惊叫，病房陷入一片黑暗。

大家都沉默了，谁都不敢大声呼吸，这时，医生却听到一阵沉稳有规律的呼吸声。他站起来，照了照四周环境，发现灯全碎了，所有仪器死机，刚刚电击的护士倒在地上呻吟，其他的护士上前搀扶起她。

医生来到高远树身边摸了摸高远树的鼻息，惊讶地说道：“他还活着！”

病房外的项欣澄焦急地来回走动着，冯岚也赶了过来，陪着雨晨站在一旁，医生推开门走了出来，众人赶紧围上去，项欣澄一下撞开童雨晨走到医生身边：“怎么样了？”

医生：“他一切正常。太奇怪了，我们医院从来没发生过这种事，可能是仪器老化失灵导致的。”

童雨晨：“也就是说远树没事？”

医生点头：“他是没事了，但是护士受伤了！”

这时，童雨晨等人才看着一个护士扶着另外一个护士出来，惊讶不已。

医生护士都离开了，项欣澄立刻转头向童雨晨发怒：“以后你要秀恩爱能不能等小海好了？在病房都忍不住？你有这么着急吗？”

童雨晨又羞又急：“我没有……”

项欣澄：“没有小海怎么会这样？”

童雨晨：“我……”

话还没说完，冯岚忍不住了：“话别说这么难听，雨晨也不是故意的……”

项欣澄扭头看着冯岚：“还为你女儿说话，你知道她的行为有多愚蠢吗？远树是一个刚刚脱离危险的病人，她怎么可以这样胡来？！他要是有什么三长两短，我看你们母女俩后悔都来不及。”说完，项欣澄走进病房，童雨晨想跟着进去，被冯岚拉住，冯岚摇摇头，示意童雨晨别再自讨没趣了。童雨晨无奈地叹口气，情绪低落起来。

高明辉安慰童雨晨：“她也是太着急了，没有别的意思。你守了一个晚上，先回去休息吧！”

童雨晨点点头，冯岚扶着她离开。

普通病房里，安逸飞静静地坐在病床上，眼罩和纱布几乎盖住了他的半张脸，童雨晨走了进来。

安逸飞听见声音，将头转了过来："谁？"

童雨晨走到安逸飞的床边："是我！"

安逸飞微微一笑："听你的声音，你应该没事吧？"

童雨晨点点头："嗯，就有些皮外伤。"

安逸飞放下心来："那他们呢？"

童雨晨："小琪是最幸运的，就是落水时受了些惊吓，她在照顾何小歉，何小歉……身体有些烧伤，还好没有毁容。高远树他……"

安逸飞听出雨晨的难过，心被提了起来，紧张地问："远树怎么了？"

童雨晨眼泪忍不住落了出来："远树伤得最重，他伤了心脏。做了心脏移植！"

"那他现在怎样？"

"已经没事了。"童雨晨抹掉眼泪："你呢，眼睛怎么样？"

安逸飞摇摇头："没事，医生说角膜移植非常成功！"

说完，安逸飞摸索着床头柜上的水杯，童雨晨赶紧帮安逸飞递过去，安逸飞喝了一口。童雨晨看了看他，又看了看空无一人的病房："要不要我给你妈妈打个电话？你需要人照顾！"

安逸飞急忙摇头："不要了，我爸去年去世了，我妈一个人在美国。我不想让她担心，麻烦你们都替我瞒一瞒。"

童雨晨无奈地叹气："好吧！"

童雨晨坐在一旁，和安逸飞聊天，心里却还是记挂着高远树。

加护病房里，高远树已经安稳下来。医生连接上新的仪器，仪器稳定工作。医生再一次为高远树做了检查，道："他的指标非常正常，正在慢慢恢复。刚才真是虚惊一场。"

项欣澄点点头，坐到高远树身边。高明辉拿出支票，在上面签上字递给医生："这些是我个人心意，给医院多添置几台新的仪器。"

医生接过支票，看见上面的数值惊住了："这个……我，我代表医院，多谢高先生。"

说完离开了病房。高明辉走到项欣澄身边坐下，关切地看着儿子。

燕超尘如往常一样走进公司，公司员工都纷纷跟他打招呼，大家都恭恭敬敬地叫他燕总。

秘书小跑过来："燕总，美国鼎盛公司的风投代表已经到了，在办公室。"

燕超尘点点头："好的。"

燕超尘整理了一下领带，深吸一口气朝办公室走去。

他打开门走进去，等他的人站在窗前。

燕超尘："你好！"

来人回过身，是一个俊朗的年轻人，他微笑着伸出手："你好！我叫叶江帆！"

燕超尘微微一愣："叶先生，不好意思，多嘴问一句，以前跟进这个项目的李代表呢？"

叶江帆："他调回总部了，我刚到公司担任鼎盛公司大中华区的总裁助理，这次X1项目的研究，也由我来跟进。"

燕超尘恭维道："原来如此。叶先生这么年轻就如此受公司重用，看来前途不可限量啊！"

叶江帆谦虚地摇摇头："过奖了！"

"哪里哪里，请坐！"

燕超尘引着叶江帆落座："你喝点什么？我让秘书准备。"

叶江帆："不用了，咱们开门见山吧，公司这次派我来，主要是想了解X1现在的进展，你也知道，总部对这个项目非常重视。我看过你们的计划书，三期成果之后很久没有推进了，是不是出了什么问题？"

燕超尘心里暗叫：糟糕。面色有些尴尬："噢，没有没有，研究还是在正常进行，只是现在在做一些药物反应试验，你知道，这个需要时间，数据越详细，结果越精确。"说着，拿出一份事前准备好的资料递给叶江帆，继续说道："这是前几天钻研这个项目的专家最新整理的一份资料，你可以先看看。"

叶江帆接过资料，翻看了一下，问道："燕总，当初你得到我们公司的风投时，曾经阐述X1跟市面上其他提高人体免疫功能的药品不同，我还是不太明白，这个不同是单指速度更快吗？"

燕超尘："这是其一，确实X1能在很短的时间内增强人体的免疫力，但更重要的是，它还能快速修复人体受损的免疫系统。现在全世界的专家都在攻克癌症这个顽疾，但却没有一种药物能够准确、快速地控制这些病，所以X1的研究是领先的生物制药奇迹。"

叶江帆："现在专家那边是什么态度？"

燕超尘无奈地答道："一切都要等药物反应出来以后再谈，请你相信我们，我们在尽力。"

闻言，叶江帆沉思了片刻，说道："那好，要是有任何进展的话，请立刻跟我联系。请您记住，你们只有半年时间。"

燕超尘惊讶地看着他："半年？"

叶江帆点点头："是的，我们公司总部已经达成一致，如果半年之内X1研究还没有实质性的推动，我们会选择撤资。”

燕超尘急忙辩解“不会的，我对我们的科学家绝对有信心，也请你转告贵公司高层，半年后，我们一定拿出样品。”

“这样是最好的，”叶江帆站起来：“既然如此，我就先告辞了！”

燕超尘：“那我送你！”

叶江帆：“不必，请留步。”

说完离开了这里。

叶江帆离开以后，燕超尘呆呆地坐在沙发上看着报表，陷入了沉思!

医院里，何小歉坐在病房里，从镜中端详自己的脸，长长地叹了口：“老天爷真照顾我，没把我的饭碗给毁了。这张脸依然还是这么英气逼人，帅得惊天地泣鬼神。”

赵小琪把镜子从何小歉眼前挪开，这时的何小歉躺在病床上，浑身缠满了木乃伊般的纱布。

赵小琪白他一眼：“能捡回一条命就感谢上帝了，你还臭美呢。”

何小歉乐呵呵地看着她“大难不死，必有后福。我觉得我离大红大紫的日子不远了。哎，你也是个奇迹啊，居然一点儿伤都没受。”

赵小琪：“轻微脑震荡不算伤啊？”

何小歉笑嘻嘻地说道：“只要没脑残就不算。”

赵小琪扬起拳头：“你这是找抽吧？”

何小歉：“哪里敢，对了，远树他们怎么样了？”

赵小琪：“远树刚刚做完手术，逸飞也安定下来，雨晨就是一些皮外伤。”

何小歉：“太好了！”

护士给童雨晨拆换纱布，看见童雨晨快要好的伤口，惊讶地说道：“哟，好的真快，愈合得差不多了。”

冯岚在一旁接话：“她体质好，从小到大都是体育尖子生，有个什么摔伤碰伤的，一两天就好了。”

护士：“难怪，现在重视体育锻炼的孩子真不多了。得了，今天也别换药了，待会儿医生来查房看看，好得差不多就该出院了。”

童雨晨惊讶地看着护士：“啊？这么快，我能不能多住两天？”

护士笑了起来：“哪有人求着多住院的！”

冯岚：“她是惦记着他的男朋友！”

闻言，护士偷偷笑了起来。

童雨晨非常尴尬，跳下床：“妈……我，我去看远树。”说完跑了出去。

来到高远树地病房，童雨晨看见依旧昏迷的高远树。高明辉夫妇守在他身边。

项欣澄担忧地看着儿子，问丈夫：“明辉，你说高远树他过了危险期？躺了三天都没睁眼。”

高明辉安慰道：“别着急，慢慢来，相信医生。”

项欣澄叹气，转头，看见门口的童雨晨，脸色难看起来。

童雨晨尴尬地说道：“叔叔，阿姨！我要出院了，来看看高远树……”

项欣澄打量了一下童雨晨，见她似乎已经没事了，心中火气又上来了：“你倒好，轻伤得像没事儿似的……”

童雨晨强忍着委屈：“阿姨，远树这样我也不想看到。”

见状，项欣澄更气：“如果不是你要出海玩儿，我们家远树能变成这样吗？”

童雨晨：“阿姨，不是我要出海玩儿的，是高远树约我出去的。”

项欣澄：“你还把责任推到远树身上？！我最讨厌的就是你这样不敢担负责任的人。”

童雨晨被说的也有些生气了：“阿姨，你凭什么这么说我？我知道你一直不喜欢我，但你也不能什么都往我头上怪吧？！高远树是我男朋友，我会故意害他吗？”

项欣澄气急，转头看着高明辉：“你看看，你看看，你总是这样跟长辈说话，我能喜欢她吗？”

高明辉做和事佬，拉住项欣澄：“算了算了，欣澄，你少说两句，童雨晨说得也对，她跟远树这么深的感情，怎么会害远树！你别无理取闹。”

项欣澄：“我什么无理取闹，昨天的事儿你没看见吗？高远树自从跟她在一起，眼睛里就没有我这个妈了，我让他去美国他也不去，非得在这里跟她在一起……”

几人的吵闹声传到高远树耳中。他似乎眉头锁紧，呼吸也开始急促！而他身边的金属物又开始微微地震动。高明辉感觉到异样，急忙制止童雨晨和项欣澄的争吵：“别吵了，你们看看周围！”

这时，周围的一切都开始晃动。点滴架向高远树倒去。童雨晨急忙扑上去扶住点滴架，大叫一声：“地震了！”

项欣澄吓得惊叫，扑到高明辉怀里。

所有的器皿一阵咣当，滑落在地上。

童雨晨害怕有东西再次砸到高远树，挡在高远树的上方。被周围的动静吓得闭上了眼睛，等她再次睁开的时候，惊异地发现面对面的高远树正凝视着自己。

CHAPTER 02

不一样的美男子

雨晨蓦然看到高远树睁着的眼睛，本能地叫了一声，直起身来！欣喜道：“你醒了？！”

高明辉夫妇也惊喜地看过来：“远树！远树！”

高远树虚弱地看了看四周：“爸，妈！”

护士和医生听到响动慌慌张张地跑进来，看到一地狼藉，惊讶：“发生什么事儿了？怎么会这样？”

童雨晨：“好像……刚才地震了？”

医生奇怪看了看几人说道：“没有啊！我们都没感觉到。”

高明辉：“可能是小地震，这些东西突然就跌下来了。”

医生点点头，眼神示意护士捡起地上的东西。护士急忙跨过去收拾。

医生扭过头看着依旧睁眼的高远树，欣慰地说道：“你终于醒了，感觉怎么样？”

高远树：“感觉……好像胸口压着一块石头。”

医生：“你运气好，那块石头救了你的命！”

高远树不解地看看项欣澄，项欣澄急忙解释：“儿子，你的心脏受损，如果不是刚好有人捐献心脏，你就让我和你爸成孤寡老人了！”

高远树沉思了片刻：“我想起来了，我们好像在海上出事儿了。”

雨晨点点头：“嗯！”

高远树：“好奇怪，像做了场梦一样，我梦见你了，雨晨。”

雨晨感动地看着高远树：“你别说太多话了，好好养病。”

高远树：“那你呢，你受伤了吗？”

不提还好，一提项欣澄火气又上来了：“她没受伤，好得很。她马上要出院了。”

童雨晨摇摇头：“不，我要陪着远树！”

项欣澄怒瞪着童雨晨：“你……”

眼看双方又要交火，高明辉急忙扯住妻子：“让雨晨陪着吧。你也该回家休息了。”拉住妻子，高明辉看向远树和雨晨：“远树，我送你妈回家，雨晨，谢谢你照顾远树啊！”

雨晨感激地看着他：“嗯，谢谢叔叔！”

高明辉点点头，拉着不情不愿的项欣澄离开了病房。

待两人离开，高远树开口询问雨晨：“逸飞和小歉他们怎么样了？”

童雨晨的神情黯淡下来：“他们都在这座医院，等你再好一点，我带你去看他们。”

“嗯。”高远树伸手与童雨晨紧紧握住，两人深情凝视。

一个人影走进安逸飞的病房。安逸飞感觉到，开口询问：“雨晨，是你吗？”

叶江帆站在安逸飞的床头调侃道：“人家要结婚了，都不知道你喜欢过她，你这个傻小子还惦记着童雨晨呢。”

安逸飞听出来人的声音，欣喜地笑了，伸出手去："叶—江—帆？！"

叶江帆抓住了逸飞的手："在这边！"

安逸飞笑起来："你回来了，怎么也不告诉一声？！"

叶江帆："我派驻回国工作了，先处理一些工作上的事儿，然后去看你们，才知道你们出事儿了。"

安逸飞脸色微变："还好，我们都是命大的。"

叶江帆坐到床边，拍拍好友的肩膀："听说了。你的眼睛没事吧？还能弹钢琴吗？"

安逸飞淡淡一笑："贝多芬聋了可以谱曲，我瞎了也照样可以弹琴。何况医生说手术很成功，过一个月就可以拆线了。"

叶江帆放心地舒了口气。

时间飞逝，很快就到安逸飞拆绷带的日子。

医生在一层一层揭开安逸飞眼睛缠着的绷带。雨晨推着坐在轮椅上的高远树，何小歉已经拆了大部分纱布，和小琪站在安逸飞病床前。众人都很紧张，凝神闭气，等待安逸飞的反应。

终于，最后一层绷带揭开了，安逸飞闭着的眼睛慢慢睁开，因为强光的刺激，他又闭上。

医生鼓励他："慢慢来，刚开始都有个适应过程，不要急，慢慢感受，再睁开。"

安逸飞闭了闭眼睛，慢慢睁开。雨晨、高远树等都关切地注视着安逸飞。安逸飞的视野里一片模糊的光影，继而变得清晰起来。

雨晨小声问着："逸飞，怎么样？"

安逸飞摇摇头："还是一片漆黑，什么都看不到。"

医生不可置信："啊？不可能啊，你再试试，来，"医生用手在他眼前晃："能看到我的手吗？"

安逸飞还是摇头。所有人都失望，小琪忍不住快哭了。这时候，安逸飞却看着大家笑了。

"逗你们的，"安逸飞笑着，用手一个个数着站在面前的好友："高远树、雨晨、何小歉、小琪、叶江帆，我都看得一清二楚呢！"

叶江帆和何小歉上前给安逸飞敲了个栗子。

叶江帆佯装生气："都什么时候了还开玩笑，想吓死我们啊，我都在想去哪儿给你弄条导盲犬了！"

大家笑起来。

安逸飞微笑道："那你现在能给我做一回导盲犬，带我去外面看看太阳吗？"

叶江帆走过去扶住安逸飞：“走啊！”

几人一起走到医院的天台，对着温暖的太阳。安逸飞摊开手，让阳光照在自己身上：“重见光明的感觉真好……”话音未落，叶江帆把一副墨镜架在他鼻梁上。

叶江帆：“省省吧，医生说你暂时还不能像平常人一样接收太多的光线。”

何小歉看着安逸飞：“我特想知道你以别人的视角看世界的感觉是什么样的感觉。”

高远树：“我也特想知道你的汗从别人的皮肤里流出来会不会特别咸。”

何小歉指指高远树的心：“那你的新 CPU 使用起来感觉怎么样？”

高远树笑起来，摸摸自己心脏位置：“好像不如原装的。”

叶江帆：“那当然。什么都是原装的好嘛。你要慢慢适应。”

童雨晨：“哎，我看到有的报道说，移植了器官的人有些能把原主人的性格也继承了。”

赵小琪惊讶地打量着高远树：“哎，如果捐献心脏给远树的人是个杀手，以后远树以后会不会变得特别的冷血啊？”

高远树：“胡说八道。我要变了冷血杀手，第一个先把你们家何小歉干掉。”

何小歉往后一缩：“真狠！我们是差点儿同年同月同日死的患难兄弟了，你下得了手？！”

童雨晨“还真是，我们经历了这么大一场灾难，个个现在都恢复原状了，多不容易。”

高远树拉住童雨晨的手：“是啊，经此一难，我有种历经沧桑的感觉，像活了几十年了似的。”

何小歉：“嗨，出了这么大的事儿，生死一线，你受伤又是最重的，肯定觉得心很累，我也是啊，幸亏我没毁容，否则我还看破红尘呢。”

安逸飞：“我们是不是该感谢一下给我们第二生命的人啊？到底是谁给我们捐赠的器官？”

何小歉：“没用，我早问过医院了，捐赠者家属签了保密协议，不肯泄露身份。”

童雨晨：“可能因为很多捐赠者的家属很难接受亲人的某一部分在别人身上继续活着，这在生理、心理和伦理上都是个难题。”

何小歉：“唉，欠了别人的情都还不了，这感觉很难受啊！”

叶江帆：“大恩不言谢，以后你们都多做点儿好事，多帮助别人，就算是报答了救你们的人了！”

安逸飞点点头，赞同地说道：“江帆说得没错。善行循环，可为正果。我们以后珍惜这种活着，能呼吸，能见光，能走，能跳，能和朋友在一起的日子，我想，这就是对赐予我们第二生命的人的最好报答！”

高远树：“没错。”

童雨晨：“我们应该看向美好的未来。”

大家相视一笑。远处是碧绿的草坪，头顶是碧蓝的天空，大家心怀感激，转头眺望着这个他们即将重新回到的世界。

一辆豪车停在别墅门口。高远树从车上下来。项欣澄、高明辉、雨晨簇拥着高远树进屋，保姆跑出来迎接。

走进家门，项欣澄松了一口气：“回来就好，上楼好好休息吧。”

高明辉：“雨晨，你扶远树上去吧。”

雨晨点点头：“伯父，伯母，那我们先上去了。”

说完，扶着高远树走上楼去。

项欣澄看着两人的背影，气恼地说：“咱们这儿子也怪没出息的，心思全在一个女人身上。”

高明辉上前搂住妻子的肩膀：“重情重义，我看也没什么不好，像我！”

项欣澄不屑：“我怎么没看出来？”

高明辉明白项欣澄在吃童雨晨的醋，哈哈大笑起来！

雨晨扶高远树进了卧室，高远树一下躺倒在自己的床上，伸了个懒腰：“还是自己的床舒服！”

雨晨坐在一边：“那当然，医院怎么能跟自己的家比呢。我跟你说啊，虽然你现在已经出院了，但还是不许再乱跑乱动。”

高远树刮她的鼻子：“你怎么跟我妈一样，唠叨婆，都说了多少遍了！”

童雨晨坐正严肃地说道：“随你怎么说，我明天去单位请假，专心照顾你一段时间。”

高远树惊讶地看着她：“不会吧，事业型女超人雨晨居然会为了我请假，这可不像你的风格啊？”

雨晨：“你知道吗？在你被推进手术病房的那一刻我才知道，在这世界上我可以没有工作和事业，但是却不能没有你。高远树，在你躺在病床上的时候我就祈祷，若你大难不死，我必终身相伴。”

高远树笑起来，将童雨晨搂进怀里：“可惜，上次求婚戒指还没戴到你手上就出事儿了。下次我再策划一个求婚……”

童雨晨急忙制止：“别折腾了，你知道你再求一百次婚，我也是说我愿意的。”

“雨晨，”高远树动情地看着童雨晨，忍不住吻了下去。

忽然，周围的金属物件又是轻微地震动。高远树闭着眼，忘情地吻着雨晨，雨晨听见细微响动睁眼，看见桌上的闹钟在颤动，不禁惊奇地睁大了眼，紧接着“咣当”一声，闹钟摔到地上，雨晨吓了一跳，惊叫一声，推开高远树。

高远树回头看着地上的物件：“怎么回事？”

项欣澄闻声上楼，推开门紧张地问：“发生什么事情了？”

童雨晨嗫嚅着：“我看着这钟……它、它自己摔到地上了！”

项欣澄生气：“这闹钟什么事儿想不开要自杀吗？还是赶巧你和高远树在做什么的时候不小心碰到了它？”

童雨晨脸红了：“真的没碰到它！”

高远树不满：“妈，我们什么也没做，不就摔了一个钟吗？有什么大惊小怪的。”

项欣澄：“你才出院，要好好爱护自己的身体，你们都是成年人了，有些话妈不好多说。雨晨，高远树现在心脏不好，你别让他有事没事儿太激动。”

童雨晨委屈地站起来，拿起自己的包对高远树道：“我回去了，再见！”

高远树：“哎，你还会请假吗？”

童雨晨：“怕你太激动，我还是老老实实上班吧！”

雨晨离开后，高远树责怪地看着项欣澄：“妈……”

项欣澄没好气地瞪着他：“我是为你好！”

高远树无奈地躺回床上。

雨晨疲惫回家，瘫坐在沙发上，眯着眼养神。冯岚从厨房走出来：“回来了，给你炖好了汤，妈去给你盛。”

雨晨急忙起身：“妈你别忙了，我自己来。”

冯岚按住她：“看你累的，赶紧歇着吧，妈给你端来。”

雨晨不再争论，冯岚端了一碗汤出来，雨晨接过默默地喝着。

冯岚坐在她身边，摸摸她的头：“这段时间累坏了吧，喝完汤赶紧洗澡睡觉。”

雨晨感激地看着妈妈：“妈，谢谢你。”

冯岚坐在雨晨旁边安抚她：“傻孩子，跟妈妈还客气什么。你也别只顾着高远树，自己也要注意身体。”

雨晨点点头：“知道了妈妈。”

安逸飞走到钢琴房，坐在钢琴前，想弹奏钢琴，却觉得心中有种无名烦躁，在琴键上一阵乱弹，却始终镇静不下来。眼前闪现着无数凌乱的毫无关联的画面：爆炸、撞车、冲浪、雨晨的微笑、坠落的咖啡杯、四溅的咖啡……安逸飞实在待不下去了，把钢琴盖上，起身摔门而出。安逸飞走到街上漫无目的地漫步，路过一家画廊时，像着魔一样，看着那些画，驻足不前。

何小歉和赵小琪并肩走过来，看见安逸飞，奇怪的走过去拍了拍他的肩：“看什么呢？”

安逸飞回头一看：“你俩怎么在这儿？”

何小歉：“无聊瞎逛呗，因为这场事故，谈好的戏都下了，这段时间清闲得很。你想买画啊？”

安逸飞：“不是，就是看看。”

何小歉：“真无聊啊，要不我们去找叶江帆打篮球！”

赵小琪：“你不是说满身伤痕不打篮球了吗？”

何小歉搓了搓手：“手痒啊，想打，穿长袖运动服不就行了吗？！”

赵小琪无奈地说：“服了你，哪有穿长袖运动服打篮球的？”

安逸飞：“我还想再去看看那些画。明天吧。”

何小歉：“说好了啊，明天！”

何小歉和小琪离开，逸飞还是呆呆地看着那些油画，脸上神情古怪。

入夜，高远树关灯准备睡觉，但指尖还没碰到开关，“啪”，灯泡坏了。高远树看看自己的手，在黑暗中思考着什么。

阳光下的球场上，何小歉、叶江帆和安逸飞三个人在球场上展开了激烈的较量，久未运动的三个人兴致都很高。小琪坐在球场边给他们拍照。

叶江帆拦住何小歉：“嘿，你们怎么不叫高远树出来？”

何小歉一边运球一边回答：“就他那二手 CPU，我怕他受不了这么剧烈的运动，等他长点心再叫他出来玩儿吧。”

叶江帆一把抢过篮球：“那倒也是！”说完把球传给安逸飞，安逸飞一个投掷，球精准地投了进去。

叶江帆：“哟，看样子视力恢复得不错！”

安逸飞露出了一个微笑。比赛继续！

此时的高远树家，物业的工人正在换灯泡，雨晨和高远树坐在花园晒太阳。

童雨晨：“你家里的灯都烧坏了？”

高远树：“是啊，可能现在灯泡的质量越来越不好了吧。哎呀，天天闷在屋子里真难受，无所事事的。”

童雨晨：“那你想干什么呀？”

高远树：“想回公司上班，但是父母都不允许，说要我再休养一段时间。”

童雨晨：“他们也是对的，出这么大的事儿，不好好休养怎么行？”

高远树揽着雨晨的肩：“哎，这一场意外弄的，好端端的那游艇怎么就撞上来了呢？”

童雨晨靠在他怀里：“警察调查说是意外事故，是对方游艇操纵杆突然不受控制……”突然童雨晨看到高远树脸色有些异样：“远树，你怎么了？”

高远树皱着眉头，感觉到自己心中有种很怪异的感觉，心跳加速，感觉呼吸不过来。他扶着自己的心脏部位坐在了花园的长椅上：“不知道，突然觉得心跳有点快。”他抬头看了看四周：“我觉得好像有人在偷窥我们。”

童雨晨急忙四下张望，却没有看见什么：“这里只有我啊！”她把手放高远树心脏部位：“现在心跳还快吗？要不要去看看医生？”

高远树摇摇头：“没事了，不用。”

雨晨看看周围：“要不然还是回屋吧？”

高远树点点头，雨晨扶着高远树进屋。一棵大树后，李伊闪现，窥视着高远树和雨晨。

篮球场里，四个人锻炼完从球场出来，赵小琪正在跟雨晨通电话。通完话，赵小琪转向其他三人：“雨晨在高远树家，我们要不要去看看他们？”

叶江帆：“雨晨天天去照顾高远树啊？”

何小歉：“她还不如住到高远树家去算了，省得每天来回跑。”

赵小琪：“那可不行，他们俩还没结婚呢。”

何小歉：“那还不就是形式的问题嘛，什么年代了，还那么多讲究。”

赵小琪：“什么年代也不能稀里糊涂地就给人家当媳妇去啊，必须明媒正娶！”

叶江帆笑道：“人家结婚不结婚的，你俩就别吵了。”

赵小琪：“不是，你看何小歉发表的这种言论，就知道他有多大男子主义！”

这时，一直不说话的安逸飞突然莫名其妙开腔：“他们结不了婚了！”

话一出口，三人都大吃一惊，安逸飞也愣住了，他没想到自己为什么会说出这句话！

叶江帆奇怪地问：“你说谁啊？高远树和雨晨？”

安逸飞不由自主地点头。何小歉和小琪看了他一眼，相视一笑。

何小歉：“哎，安逸飞，大家都是好朋友，就算你得不到，也得祝福人家嘛。”

赵小琪：“就是，你是不是心里还对雨晨有什么想法？说嘛说嘛，我们从来没有告诉过高远树你的秘密哦。”

安逸飞：“说了也没关系，喜欢雨晨是很久以前的事情了，自从她和高远树开始谈恋爱，我就不再对她有想法，除了祝福。”

叶江帆：“其实你就是个肉包子，换作我，喜欢的人就要义无反顾地追！”

赵小琪：“叶江帆你可不能这么说，我觉得雨晨和高远树是绝配，别鼓励逸飞做不道德的事儿。”

安逸飞依然沉默，他看着远方，痴痴地想了一会，心中有种强烈的冲动去某个地方：“你们玩吧，我先走了。”说完拔腿就走。

何小歉追了两步：“你去哪儿啊？”

安逸飞头也不回地离开。叶江帆、何小歉和小琪不解这一幕。

何小歉："安逸飞到底怎么了这是？最近行为很是古怪！"

安逸飞来到文具店，一口气买了很多画布和颜料。快步向家走去。

夜里，项欣澄和高明辉回家，见高远树一个人坐在客厅看书。

高远树回头看见两人，站起来："爸，妈，你们今天怎么回来得这么晚？"

高明辉："晚上去参加了一个应酬。我们先回房了，你也早点休息。"

高远树叫住俩人："爸、妈，我想跟你们商量点事。"

项欣澄和高明辉回头，好奇地走到沙发坐下来。

项欣澄关心地问："是身体有什么不舒服吗？"

高远树摇摇头："我出院半个月了，天天待在家里觉得无聊，想回公司上班。"

项欣澄立刻反对："不行，我怕你吃不消。雨晨呢，她不是每天来陪你吗？"

高远树："她不能一直请假啊，我已经劝她回电视台上班了。再说，我每天这么闲着也不是个事，我想工作了。"

"可是你的心脏，能负担得了吗？"

高远树点头："我自己的身体自己清楚，我向你们保证，我不会把自己弄得太累。"

项欣澄拿不定主意，转头看着高明辉，高明辉点了点头站起身："我看就这么办吧，男人嘛，迟早还是得在工作中锻造自己。"

高远树高兴地上前拥抱了一下父亲："太好了，还是爸理解我！"

项欣澄嫉妒："好吧好吧，反正妈妈就是个唱白脸的。"

高远树赶紧又抱住了项欣澄："妈妈永远是最慈祥的。"说完放开项欣澄："我去接雨晨下夜班，你们快睡吧。"

项欣澄拉下脸："这么晚还出去？"

高远树："轻车熟路，你放心吧！"说完就往外跑。

项欣澄目送高远树出门，忍不住出声提醒："一定要注意安全啊。"

高远树没有回应，高明辉搂着项欣澄回到房间。

电视台里，雨晨剪完片子，关好电脑，跟同事道别："我先回家咯，大家辛苦啦。"

"拜啦！"

雨晨走出电视台大楼，听到一声汽车鸣笛，转头一看，高远树在路边的车里等她。雨晨笑着跑过去，上车，看着高远树道："你以后不要来接我下夜班了，你应该早点睡觉。"

高远树："今天心情好，没事儿，饿不饿，要不要去吃宵夜？"

童雨晨："看你很兴奋的样子，有什么好事么？"

高远树得意地说：“爸爸同意我回公司上班了。”

童雨晨：“你真觉得自己能负荷工作上的事情了吗？”

高远树：“当然，你要相信我！”说着，高远树就要发动车子，突然又是一阵心跳加快，呼吸加急的感觉袭来，他抬头朝远处看了看。

童雨晨见状，担心地问：“你又怎么了？”

高远树：“那种感觉又来了——好像有人在看着我！”

童雨晨急忙向窗外望去。

一棵树后，李伊躲藏着，但一阵风吹来，她白色裙子的下摆飞扬。雨晨看见裙角，警惕地说道：“树后面好像有人！”说完不等高远树答话，雨晨已经矫捷地下车朝那棵树奔去！

李伊探头窥视了一眼，看见雨晨跑来，慌乱，立刻拔腿就走！

童雨晨：“喂，你站住！”

李伊不理，快步走向街角。雨晨追到街角，却已经不见李伊身影。

童雨晨四处张望了一下：“奇怪，什么人啊？”

又看了半天，没有看见人。童雨晨只好折返回去。躲在暗处的李伊见雨晨走了，暗暗松口气。

雨晨满腹疑惑地回到高远树车上。

高远树问道：“是谁？”

雨晨摇摇头：“没看清，走得很快，像鬼影一样。高远树，你的感觉也许是对的，可能真的有人在窥视我们。”

高远树：“可是是谁呢，为什么要偷窥我们？”

雨晨摇头：“不知道。”她想了想，又冒出一个疑问，疑惑地盯着高远树：“为什么能感觉到有人在窥视你？你平时不是那么敏感的人啊？”

高远树哑然，怔住了一下：“对啊？为什么？”

想到这里，俩人相视，开始觉得有点毛骨悚然。

高远树送雨晨到家的时候，冯岚的奶茶店正在收档，俩人叫了冯岚，便上前帮忙。

冯岚微笑着说：“都已经收完了，高远树，你赶紧回去吧，太晚了你爸妈要担心的。”

高远树：“没事，我跟他们说过了。”

说着去关灯，冯岚的霓虹灯广告牌却一阵乱闪，灭了。把冯岚看呆了。

冯岚：“是不是电压不稳啊？”

高远树开玩笑：“我好像最近成了灯泡杀手了。”

冯岚笑笑：“明天找电工师傅来修一下就好了，跟你没关系。”

高远树看着自己的手，作势朝一盏路灯挥掌，路灯没有反应。

童雨晨："你干什么呀？"

高远树笑了："我想试试自己是不是有特异功能，能不能灭了那盏灯。"

童雨晨笑着看看路灯："看来你还是凡人一个！"

高远树搂住童雨晨，低头吻了吻她的额头："我先回去了！"

告别母女，高远树开车回家了。

童雨晨目送高远树离去，才挽住母亲走回家。而那盏路灯闪了闪，灭了。

童雨晨换好睡衣躺在床上，脑海里始终闪现李伊的身影，她自言自语道："她是谁呢？"

李伊疲惫地回到家里，正要关门，外面有一只手撑住了门，李伊吓了一跳，燕超尘闪身进来："对不起，吓着你了。"

李伊舒口气，转身去冰箱拿饮料："喝点什么？"

燕超尘坐在沙发上："矿泉水吧。你去哪儿了？我等你好半天了。"

李伊拿东西的动作顿了顿，没有立即回答。燕超尘起疑，问道："怎么了？我们师兄妹这么多年，我比你亲哥哥还亲，你还有什么话不能告诉我的吗？"

李伊犹豫了片刻，说道："我去跟踪高远树了。"

燕超尘吃惊："为什么？"

李伊："我不知道吴教授说的副作用是什么，所以我想观察他有什么不良反应。"

燕超尘点点头，接受了这个解释，转念一想，提出疑问："其他还有两人也接受了移植手术，你为什么单单观察高远树？"

李伊微微面红，搪塞道："因为……因为我想，如果有什么不良反应，最可能表现出来的是接受心脏移植的那个人吧！"

燕超尘："很好，反应很快，不愧是拿过PHD学位的人，不过不要忘了，除了博士学位，我还比你多一个学士学位呢，心理学。你实话告诉我，你是不是对那个高远树，有好感了？"

李伊有点生气了："你胡说什么啊？！谁会莫名其妙对一个陌生人有好感！"

燕超尘笑而不语。

李伊："你找我干什么？"

燕超尘："唉！是向你求救的。"

李伊诧异："求救？"

燕超尘站起来："美国风投公司的代表已经找我谈过话了，催促我X1的进度。现在吴教授就这么留下一个烂摊子去了，唉……你一直是他的第一助手，我想，剩下的研究主持工作，非你莫属了。"

李伊：“我？……我一直是给吴教授打下手，我的资历担不起主持的工作。”

燕超尘沉吟一下：“吴教授临死前给我留了一句话，说他研究的 X1，其实不是我最初想研究的提高人体免疫力的保健药品，是一种改变人体基因的药。”

李伊浑身一震。燕超尘盯着李伊：“你知道这是什么意思吗？”

李伊：“改变基因？不可能。现在世界最先进的科学研究都不可能通过一种药物来改变基因。”

燕超尘：“我也知道，所以要么老头子神志不清说了胡话，要么老头子对我们俩人都说了谎！”

李伊辩解：“吴教授从来不会说谎的！”

燕超尘：“他说他毁了全部的菌种和成品，这是真的吗？”

李伊缓缓点头：“这是真的。”

燕超尘长叹一声：“唉！教授啊教授，枉我尊敬你这么多年，你可把学生害惨啦！”

俩人陷入了沉默，片刻后李伊突然抬头：“呃……但是教授的实验笔记我还保留着，我想……也许可以有点用。”

燕超尘意外惊喜：“什么？你还保留他的实验笔记？”

李伊：“是的，在做实验的过程中，其实我也觉得教授有些东西对我是有隐瞒的，我想学习，他不肯教，所以我只有偷师，偷偷地看了他的实验笔记并且留了一些我看不懂的章节的复印件——我，我这算不算没有职业道德！”

燕超尘：“我简直想拥抱你，李伊，我就喜欢你这种深学深究的精神，没说的，以后实验室就是你的天地了。我的前途，也拜托你了！”

燕超尘拥抱了李伊一下，抑制不住开心地走了。

第二天，天气有些阴霾，雨晨和小琪坐在咖啡厅里聊着闺蜜话题。

赵小琪：“你好像有心事？还在为高远树担心呢？”

童雨晨：“没有……哎，小琪，你相信这个世界上有鬼吗？”

找小琪：“拜托，小姐，如果你能把‘鬼’字换成‘未知事物’，我是会点头的。我才不信有鬼呢。你别疑神疑鬼了……哎，你怎么突然问起这个话题？快结婚的人了，不吉利啊！”

童雨晨：“不知道，最近我总感觉有些事情不对劲。”

赵小琪笑着说：“你怎么跟安逸飞一样成了感觉派？”

童雨晨：“什么意思，安逸飞有什么感觉？”

赵小琪后悔失言，犹豫扭捏：“我答应了安逸飞不说出来的。”

童雨晨盯着赵小琪，作势去挠小琪的胳肢窝：“你说不说？”

赵小琪大笑不止，只得求饶："好了好了，我说，那天安逸飞突然特别认真地说，他觉得你跟高远树的婚结不成了。"

童雨晨惊诧："为什么？"

赵小琪："他说完这句就跑了，估计是知道什么吧，要不然就是因为他对你还有想法……"

童雨晨制止赵小琪："你别说了，我从来把安逸飞都当成蓝颜知己看待，有些事情不要戳破的好，戳破了，朋友都做不成了。"

赵小琪："哎呀，我当然知道，逸飞那头我从来都说的是你不知道他对你的感觉。"

童雨晨瞪了小琪一眼："算你嘴上好有个把门的。"

赵小琪正色："其实，那天他说那话的时候我隐隐感觉，他并不是对你余情未了，好像还有一层说不清楚的其他原因。"

童雨晨愣了愣："不行，那我得去找他问问。我先走了！"

说着，童雨晨急匆匆地离开。

赵小琪急忙追出去："喂，别说是我说的啊，出卖了我下个月咖啡都你请……"

童雨晨来到安逸飞的家，敲门。安逸飞满手满身的颜料开门，童雨晨走进屋。

童雨晨看着散落一地的画具，惊讶地问安逸飞："你在干什么？"

安逸飞："我在画画。"

童雨晨："画画？！怎么突然开始学画画了？"

安逸飞没回答，反问童雨晨："来找我有什么事儿吗？"

童雨晨："安逸飞，我最近感觉很不好。"

安逸飞："怎么了？"

童雨晨："我……有件怪事儿，这段时间好像总有个白衣女子在偷窥我和高远树。"

安逸飞微微一怔："白衣女子？你看到她长什么样了吗？"

童雨晨摇摇头："那个女孩来去匆匆，跟一阵风似的，我都追不上。"

安逸飞："会不会是你的错觉？"

童雨晨："不是错觉，而且我能感觉，那个女孩好像跟高远树还有什么关系，高远树好像总能感觉到她的存在。"

安逸飞的脸色暗沉："你转过身去。"

童雨晨转身看见安逸飞的画，顿时惊呆了。画面非常诡异，在一条小巷中，赫然是高远树躺在地上，旁边半蹲着握着他的手的人，正是她见过的白衣女子李伊！

童雨晨呆呆地看着安逸飞的画："就是她！你怎么会认识她？"

安逸飞："我从来没见过。"

雨晨惊诧："那你怎么画出来的？"

安逸飞：“我也不知道，最近我眼前总是出现一些很奇怪的画面，这些画面有的稍纵即逝，特别模糊，有的却很清晰，让我有一种强烈的冲动要把它画下来。也不知道为什么，虽然我从来没有画过画，但是拿起画笔，就能自然而然落笔画下这些影像。”

童雨晨看看逸飞，又看看那幅画，一种莫名的恐惧在心中升起。

夜幕降临，高远树开车载着童雨晨来到一家高级酒店。停好车，他和雨晨下车，走向酒店。高远树心情不错，雨晨却一脸的心事。

高远树：“你怎么了？一整天都心事重重的。”

童雨晨：“你不觉得最近发生的事都很蹊跷吗？”

高远树拉住童雨晨的手：“有什么蹊跷的？”

童雨晨：“很多事情，很奇怪，无法解释。”

高远树：“你说说。”

童雨晨：“你知道吗，醒来之前，突然你身上的仪器全部瘫痪……”

高远树笑起来:“我知道啊,我爸告诉我了,说是医院设备老化,害得大家虚惊一场。”

童雨晨：“然后就是在你家，你的闹钟我是眼睁睁地看着它突然就跌在地上了，你妈还以为是我们俩亲热闹出的动静。”

高远树哈哈大笑：“我妈就是爱疑神疑鬼，我妈的心结在于，因为我以前追你追得很辛苦，她认为她宝贝儿子吃了亏，所以现在对你挑剔，没事的，以后你成了我妻子，她自然会对你好的。”

童雨晨：“别扯到你妈身上，还有那天晚上那个白衣女子……”

高远树：“哎呀，我都没看清楚，就一条人影儿，别想那么多了好不好，今天是我出院后的第一个社交活动，高兴点儿。”

但是，童雨晨依然挤不出一丝笑容。

高远树和雨晨来到酒会，衣香鬓影，来往的人看上去都是有身份的上流社会。

童雨晨脱下外套，露出得体的套裙，立刻吸引了众人的目光。

童雨晨悄声对高远树道：“我还是不喜欢这种场合。”

高远树笑着安抚她：“必须习惯，未来的高太。”

项欣澄端着杯酒优雅地走过来：“远树，去跟那边的客人们打打招呼。”

“知道了。”高远树点点头，转头对雨晨：“那你先转会儿，我马上回来陪你。”

童雨晨：“嗯。”

得到回复，高远树才和项欣澄去跟人应酬了。童雨晨端过侍应生手里的一杯酒，左右观察起来。

几个站在一处的男人注意到了单身的雨晨，其中一名男子对童雨晨颇有兴趣，跟童雨晨的目光交会，童雨晨没太注意，礼貌笑笑，转过脸去。

男子对其他人：“你们先聊，我过去一下。”

他朝童雨晨走去，故作风流地搭讪：“小姐你好。”

童雨晨礼貌的回答：“你好。”

男子：“你一个人吗？”

童雨晨笑笑：“不是，我跟朋友一块来的。”

男子酷酷地说“噢，看来你这个朋友不太尽责，怎么能让您这么漂亮的女士落单呢。能留个电话吗？”

童雨晨：“呃……这个，好像我对交新朋友没什么兴趣。Sorry。”

男子不放弃：“小姐，不要这么保守嘛！”

童雨晨还是拒绝。

这边发生的一切，都被高远树看见，但无奈他被妈妈拉着一直在跟客户打招呼，所以一边应付一边盯着雨晨这边的情况。

男子把名片往雨晨手里塞“这样，你留张我的名片，我只是单纯地想跟你交个朋友，有空的时候打给我吧。”

不远处，正在跟人寒暄的高远树看见男子纠缠不清，雨晨极力逃避，高远树黑着脸，带着愤怒，穿过人群走向雨晨。他注意力全在雨晨身上，没注意到一路上那些侍者盘中的酒杯突然瑟瑟发抖，自助餐区的餐盘也微微抖动起来，大家感觉气氛突然变了，瞬间安静下来。

高远树走到男子面前怒吼一声：“放开她！”顿时杯盘崩裂！

大家都吓傻了！童雨晨怔了怔，环视了一下周围，伸手去拉高远树。

童雨晨：“高远树，我们走！”

但是当雨晨手指触碰到高远树，突然像被电了一下，叫了一声，倒在地上。

高远树的愤怒立刻变成了慌乱，他急忙蹲在雨晨身边，拉起雨晨关切地问：“你怎么了？”

童雨晨忍着疼痛悄声说道：“不是我怎么了？是你怎么了？高远树，你必须去医院做个检查。”

高远树惊诧地看着周围，周围的人包括项欣澄和高明辉，手持崩坏的酒杯，目瞪口呆地看着高远树……

一早，高远树和童雨晨就来到医院做检查。高远树被推进一架核磁共振的机器里做全身体检。雨晨站在外面等结果。等到中午，高远树才检查完毕和童雨晨从医院出来。

高远树：“你放心了吧，医生都说我没什么问题的。”

童雨晨依旧担心：“可今天的意外你都看到啦，大家的杯子突然就裂了。”

高远树：“那也不能证明跟我有关系啊。”

童雨晨：“可我碰你的时候真的感觉到你身上有一股力量把我一下就推开了。”

高远树：“……这个我无法解释。”

童雨晨：“反正最近的怪事重重，安逸飞也越来越怪了，一切的一切，都无法解释，好像一切都开始乱套了。”

高远树：“安逸飞又怎么了？”

童雨晨：“你有空还是自己去看看他吧，你会大吃一惊的。”

高远树无奈：“走吧！”

高远树和雨晨渐渐远去，李伊的身影闪现。

高远树和童雨晨来到安逸飞的家里，得知来意，安逸飞扯下画布，让高远树看画。画中的情况使高远树惊讶不已：“这什么意思？画的这个人是我吗？”

安逸飞：“可能是你。”

高远树：“你画的？你什么时候学的画画？”

安逸飞：“没学过，突然一下好像就会画了，都是凭感觉画的，你看看，这画里的女孩子，你见过没有？”

高远树凝视着画中的女孩：“没见过！”

安逸飞：“但我感觉你认识她！”

高远树觉得好笑：“你觉得我认识？我认识不认识自己还不清楚吗？我又没失忆。”

童雨晨：“我觉得像跟踪我们的那个女孩子。”

高远树：“你不是说你也没看到她的面容吗？你这张画到底画的是什么意思？”

安逸飞茫然地摇头：“我也说不上来！”

三人无言相视一眼。

下午，童雨晨和高远树、安逸飞从屋里出来，李伊又悄悄尾随。

安逸飞：“高远树，你真不觉得有些事情变得很诡异吗？”

高远树：“有啊！比如你画画这件事我就觉得很诡异。还有，你们非得认为一个我从来没有见过的人在跟踪我们这件事，我也觉得很诡异！”

三人正说着，后面传来“哎哟”一声，高远树和雨晨一转身，看到李伊和一路人相撞。李伊在向路人道歉，一阵风吹拂着李伊的长发，她的脸显现出来。那张脸居然是和画里一模一样，雨晨和高远树顿时呆住了。

安逸飞：“就是那个女孩？”

李伊慌乱，发现安逸飞几人在看她，急忙逃开。

童雨晨：“太诡异了！快追上她！”高远树醒悟过来，急忙去追李伊。

李伊惊惶地逃跑着到一个小巷，高远树紧追不舍，叫李伊站住。跑着跑着，高远树身体内又开始起变化，心脏传出一丝电流，从身体散发出去。高远树跑过的地方，消防栓突然喷水，小巷里的东西慢慢悬浮，朝李伊飞去。高远树自己都惊呆了！

这时李伊突然站住，转身，控制自己的心念，让自己心跳减缓……她伸手一挡，那些悬浮的东西竟然全部定格般地定在空中。当她手垂下，那些东西咣当落了一地。

高远树惊诧：“你到底是谁？这到底是怎么回事？！”

李伊慢慢走向高远树，高远树开始惊恐：“你别过来，我不打女人的！但你别逼我！”这时周围的东西又悬浮起来了！

李伊急忙安抚：“你别紧张，你会伤害到你自己的！”

高远树怒吼：“你到底是谁？”

悬浮物突然转向，向高远树飞去！高远树吃惊地连连后退。

李伊大惊，伸手，用意念控制着悬浮物，那些东西在离高远树身体不到几厘米的距离停顿，然后跌落！高远树目瞪口呆！

李伊一字一顿：“别追了！”说完，转身要离开，高远树心脏一阵绞痛，倒在地上。

李伊停下脚步，犹豫了一下，转身回到高远树身边，半蹲在他身旁，轻轻地握住了高远树的手。高远树刚才还大口大口地喘气，当李伊握住他手的时候，高远树突然感觉到心平静了……雨晨和安逸飞追到小巷口，看到眼前的这一幕，都惊呆了。

高远树虚弱地问：“你到底是谁？”

雨晨和安逸飞不可思议地看着这与安逸飞画中一模一样的一幕，惊呆了！

燕超尘进公司，见有快递员在跟前台小姐争执。快步走过去。

快递员：“这个必须本人签收。”

前台：“我们都是可以代签的。”

快递员：“不行……人家指定亲自签收。”

燕超尘走过去：“吵什么？”

前台：“有个李伊博士的快递，非要本人签收。”

燕超尘对快递员说：“我是李伊的哥哥，李伊今天不在，我帮她签。”

快递员慑于燕超尘的威严，点头。让燕超尘签收。燕超尘疑惑地看着包裹，边走边拆开，取出里面的东西，一看，是一架老旧的车模，脸色微变。

小巷里，童雨晨逼近李伊，愤怒地质问：“你是谁？你到底对高远树干了什么？！”

李伊平静地松开高远树的手，童雨晨要去扶高远树。李伊急忙制止：“你现在还不能碰他！”

童雨晨一怔，缩回手。

李伊："相信我，我不会害你们的，我是帮你们的。"

安逸飞："既然是帮人，为什么鬼鬼祟祟的？"

李伊淡淡地说："我不想在没有找到方法前，惊动你们。"

童雨晨："什么方法？既然没有方法，你又怎么帮我们？"

李伊正要答话，电话响了，李伊低头看了看来电显示：燕超尘。

李伊抬头对三人道："我今天有事，要走了，等有机会再详细告知吧。"

童雨晨哪可能放她离开："喂，你别走。你还没说你到底是什么人呢？"她上前一把拉住李伊。

李伊转身对童雨晨："我跟你并没有什么直接的关系，请你放手。"

童雨晨不放："除非你把所有的事情都给我们解释一遍。"

李伊略一凝神，一股微小的电流弹开了童雨晨。

童雨晨惊讶地看着李伊："你也带电？"

李伊笑笑指着高远树："确切说，不是电流，是电磁力。他也一样！"说完转身离开。

高远树和雨晨面面相觑。安逸飞看着远去的李伊，又转头疑惑地看着高远树。

何小歉来到公司，看见小琪和经理交谈。经理看见何小歉进来，给了小琪一个示意的眼神，然后走开了。

何小歉本想跟经理打招呼，却受到如此"礼遇"，便意识到有状况。急忙追上赵小琪："怎么看见我就走了？"

赵小琪为难地看着何小歉，说道："何小歉，我跟你说件事，你听了别生气好不好？"

何小歉："有话快说。"

赵小琪："上次不是帮你跟公司谈了一个沙滩救护队的戏约吗？他们准备换人了。"

何小歉："为什么？"

赵小琪："他们说你现在皮肤有烧伤，恐怕会影响拍摄，所以提出解约。"

何小歉："借口！我身体上这点伤完全可以化妆遮掩，这根本就不是解约的理由！"

赵小琪："我也这么说，可是他们不听我的呀？"

何小歉怒气冲冲："你别管了，我自己找他们问去！"他拨开小琪，朝经理室走去。一把推开房门，经理抬头。何小歉不高兴地走进去："那个戏为什么不让我演了？"

经理镇静，站起来面对何小歉："这是投资方的决定，我也没有办法。"

何小歉："那您就不能帮我争取一下吗，我那点小伤，至于这么大动静？"

经理"你啊,趁这段时间好好养养身体,你的各方面条件都摆在这里,不愁没有戏。"

何小歉口气松了些："那我也不能这么闲着等伤好啊。"

经理想了想："这样，我现在正跟人谈一部别的戏，这部戏要能成，我一定给你签个男二，怎么样？"

何小歉思考了一下，明显高兴了："那我什么时候能得到最后消息？"

经理："就这两周，耐心点。"

何小歉："那好吧，我再等等。"

经理见何小歉已被成功劝下，走过来拍拍他的肩膀。"这就对了，不是我说你，哪个大明星不是这么熬过来的，要经得起考验，一夜成名这种情况，还都是特例。"经理嘴巴说着话，眼睛却偷瞥着何小歉的手臂。

何小歉点点头，正要出门，却听见经理的心声："烧成这样，还能演男二号？除非拍中国版行尸走肉差不多！"

何小歉转身，对着经理顿时大怒："你说什么？"

经理莫名其妙："我没说什么啊？"

何小歉揪起经理的衣服，将经理推倒一旁："你说谁行尸走肉呢？"

赵小琪闻声急忙从外面冲进来，拖着何小歉往外走……

经理从地上爬起来："你！就说你又怎么着，你看看你那手，哪个投资人瞎了眼才会让你演啊。"

何小歉正欲再上前揍那经理，赵小琪拼命拉走何小歉。

赵小琪："不要再打啦，何小歉，我求求你了，你还要不要在这行里混了呀？"

何小歉被声嘶力竭的小琪拉了出去。

经理抹了把鼻子，纳闷极了："他怎么知道我想什么呢？"

赵小琪拉着何小歉出来,极力安慰何小歉"不是说得好好的,怎么又打起来了？！"

何小歉："谁让他当面一套背后一套！"

赵小琪："背后怎么了？"

何小歉："我还没出门呢，就说我坏话。嘀嘀咕咕的被我听到了。"

赵小琪奇怪地看着何小歉"是吗？你还没出门呢,人家怎么会当你面说你坏话呢？我怎么琢磨着不像他平时的为人啊。"

何小歉："所以说他嘴贱嘛。"

赵小琪："不过你也太冲动了，这样会影响你的事业的，你装没听到不就行了。"

何小歉正要说话，高远树的电话来了。何小歉接起电话："喂，高远树啊……好，我现在就过去。"说完放下电话，赵小琪凑过来："去哪啊？"

何小歉："安逸飞家。"

何小歉来到安逸飞的公寓，发现高远树把叶江帆也叫来了，五个人站在安逸飞画的那幅画前，沉默不语。

何小歉打破沉默："我觉得你们都是大白天的见鬼了，你们说的我都不信，黑客帝国看多了吧？好好的东西怎么会悬浮起来呢。"

高远树："那女的有特异功能。她说我也有，电磁力。"

何小歉哈哈大笑："那你表现一个给我看看。来，你把那边那个杯子给我隔空移物移过来。"

大家都看着高远树。高远树没办法，凝神，对着那杯子发功，杯子纹丝不动。

高远树叹气："我没有什么特异功能，那女的瞎说的。"

叶江帆对逸飞和雨晨："可是，你们说你们都看到了逸飞画出来的那一幕。"

安逸飞点头，大家目光又落在那幅画上。

童雨晨："我觉得，这一切的怪异现象都跟那次事故有关。"

赵小琪："这么说来，事故发生后，安逸飞突然变成了会预言未来的梵高，而高远树突然变成了电磁王？还有个来去无踪的神秘白衣女子？"

叶江帆："你们既然见到她了，怎么一点信息都没有得到？"

童雨晨："我们问过了，她就是不肯说。"

赵小琪："连人家叫什么都不知道，这可怎么查？"

何小歉突然一拍大腿："我看有一个办法最简单。"

所有人看向何小歉，何小歉接着说："安逸飞既然有预知能力，那你也肯定能在画板上写下那白衣女子的名字？"

安逸飞白了何小歉一眼："你真以为我是上帝啊！"

所有人都无语地看向何小歉。

李伊进燕超尘办公室，一眼看见燕超尘手上的车模，惊异。

李伊："怎么在你这儿？"

燕超尘把玩着车模："这是你小时候吴教授送给你的生日礼物，后来你出国留学后一直寄存在吴教授家，上次我们去帮吴教授清理遗物的时候，你还惦记着这车模，我们找来找去都没找到。"

李伊点点头："对啊！"

燕超尘阴森森地说："但是今天有人快递寄给你，我签收的。"

李伊："谁寄的？"

燕超尘把包裹单递给李伊："你自己看。"

李伊接过包裹一看，大惊失色："吴教授？"

CHAPTER 03

不一样的美男子＼

李伊看着快递单上吴教授的名字愣了愣，惊讶地说："不可能，不可能，吴教授已经去世快两个月了，怎么可能给我快递这个车模！难道……难道吴教授还活着？"

燕超尘冷笑："他的心脏在高远树的胸腔里跳动，他的角膜在安逸飞眼睛里工作，他一部分皮肤，也在那个叫何小歉的三流演员身上帮助他排除身体多余的水分，甚至他身体的余下部分，也是我们俩亲眼看见送进了火化炉，进去的是一腔血肉，出来的是一抔尘土。即使他还活着，请问那颗灵魂安置在什么地方？"

李伊不禁打了个冷战，目光落到车模上，渐渐进入回忆。

回忆里，吴教授带着李伊放风筝，小李伊手拿着风筝的一端咯咯地边笑边往后退，吴教授帮她拽着线。少年燕超尘在一旁自己放风筝，不时地瞥一眼吴教授和李伊。三人坐到草坪上休息，吴教授递过一个礼物给李伊，笑着说："这个是给你的生日礼物，打开看看喜不喜欢。"

李伊咧嘴一笑，赶紧打开包装，却见是一辆崭新的车模。

吴教授"这是可以遥控的哦！"说着吴教授拿出遥控器，操作着车模在原野上奔跑。小李伊开心地笑了。

一旁的燕超尘看着羡慕："我也想要。"

李伊见燕超尘渴望的眼神，懂事儿地把车模递给燕超尘："那给你吧。"

吴教授："超尘，你是哥哥，要让着妹妹，怎么能要妹妹的东西呢？"

燕超尘看了看小李伊，转头看着吴教授，虽然渴望却不接："我才不要你的，我要我自己的。"

吴教授："好，下次我再给你买。你是男孩子，可不兴跟女孩子抢东西。"

燕超尘似懂非懂地点了点头。

李伊从回忆中回过神，看见燕超尘站在窗前，眺望远方。

燕超尘回头："李伊，我们都是吴教授资助的孤儿，但从小到大，他总是对你比对我好一点，你知道吗？这一点就让我很嫉妒，所以我一直想比你强，我开了这个生物公司，我拿到研究资金，首先是想着给吴教授，让他选研究课题，就是想让他认可我！夸赞我！但他没有一句称赞我的话，接着报了X1项目，说可以帮助人体提高免疫力，我相信了他。"燕超尘越说越激动，眼圈红了："可到头来却说对不起骗了我，竟然一直在研究的是改变人类基因的药，基因哎！人类经过上百万年进化才到今天这个样子，他研究的一粒药就可以改变人的基因？他到底哪句话是真话，哪句话是假话？"

李伊明白燕超尘心里对吴教授的怨，出声安慰："我相信即使他说谎，也有说谎的理由，他毕竟抚育了我们俩，超尘，您就别再埋怨他了好吗？"

燕超尘回头诡异地笑着看着李伊："你还相信他？你知道他还有多少秘密瞒着我

们吗？”

李伊惊讶：“秘密？”

燕超尘拿过车车模：“你知道这到底是谁寄的吗？”

李伊摇头。

燕超尘：“吴一天一铭！”

李伊：“那还是吴教授？！那为什么他去世两个月后才寄给我？”

燕超尘：“我已经问过快递公司了，快递公司说寄包裹的人早在两个月前就把包裹存在他们那里叮嘱他们两个月后寄出！”

李伊惊讶：“吴教授为什么会这么做？”

燕超尘：“很简单，他知道他活不过两个月了！但对我们却一点口风都没有透露。”

李伊惊讶地瞪大了眼睛：“可，为什么单单寄这个车模给我，而不是当面交给我？或者换句话说，他就算知道他在世的日子不多了，身后给他收拾遗物的人只有我们俩，我肯定也会把车模拿走的呀！”

燕超尘：“分析得有道理。从常理来说，只有怕某样东西落在别人手里，才会采取这么保险的形式来藏匿它。但一个车模，至于花这么大心思吗？”

俩人的目光落在那个车模上。

夜里的海边，宁静而美丽。童雨晨、高远树手牵手，边说话边走向海滩。

童雨晨想起今日奇怪的现象，说出了自己心中的猜想：“我以前看一本科幻小说，说地球上是有外星人的。你说那女孩子会不会就是外星人呢？”

高远树笑了，伸手点了点童雨晨的额头：“开什么玩笑！就算有外星人，我也不相信外星人跟地球人长得一模一样。”

童雨晨：“那怎么解释她有电磁力？”

高远树：“不知道啊。她说我也有电磁力，你看我像外星人吗？”

童雨晨打量着高远树：“把你解剖了看看。”

高远树：“呵呵，你下得了手啊？我死了没人娶你了。”

童雨晨：“少来！本姑娘不愁嫁。说真的，我还真相信她的话，现在想想，从你住院到现在发生的那些奇怪的事儿，联系上电磁力，那就都能解释得通了。”

高远树：“什么解释通了，那你说我的电磁力怎么来的？你又不是第一天认识我，咱们认识七八年了，以前你见过我有什么怪现象发生吗？”

童雨晨摇摇头。

高远树捏了捏童雨晨的脸：“所以你别胡思乱想了，小心脑袋短路。”说完，高远树扭头看了看海面，爬上一块高高的礁石，惊呼：“嘿，蓝眼泪出来了！”

童雨晨也跟了上去，两人低下头，可以看见整个海湾。这时的海湾，点点蓝色荧光，蔓延到海里，整个海湾形成了一条蓝色的光带。

童雨晨感叹："哇，好美啊！蓝眼泪越来越多了。"

高远树："是啊，以前就这里有一小片，现在连整个海湾都有了。"

童雨晨："那我考考你，你知道为什么吗？"

高远树自信满满地说道："我知道啊。我听一个渔民讲过关于蓝眼泪的传说，说以前有个很英俊的渔夫，打鱼的时候捕捞到一条美人鱼，他动了恻隐之心，放了美人鱼一条生路，于是美人鱼爱上了他，变作一个美丽的渔女嫁给了渔夫，两人一起幸福的生活。可是美人鱼是海神的女儿，海神很不喜欢渔夫，就在渔夫出海打鱼的时候，翻起大浪把渔夫拖到了深海，连尸首都找不到。于是美人鱼天天在深海里找自己的丈夫，一边找一边哭，她的眼泪就化成了这些蓝眼泪。现在蓝眼泪越来越多，估计是她还没找到心爱的人，哭得越来越厉害了吧！"

童雨晨白了高远树一眼："这种弱智的传说你也信，你是三岁小孩子呢。"

高远树无奈地看着童雨晨："你这个人怎么这么不浪漫呢！"

童雨晨笑起来："七仙女故事的海洋版，中国的民间传说都大同小异！还是让本记者来给你科普一下吧，蓝眼泪是渔民给海萤的俗称，海萤以海里一种有荧光素的夜光藻为食，所以它们的身体也会发出蓝光。我前段时间做了一组海洋环境治理的报道，以前因为环境污染，海里的夜光藻都死得差不多了，海萤没有东西吃，跟着也活不下去。现在环境好了，夜光藻多了，海萤也就越来越多了。"

高远树盯着童雨晨看了好一会儿，才扶着额头说道："没救了！人家的组合都是男的理智女的感性，咱们怎么相反？你身上怎么找不到一点儿浪漫细胞？"

童雨晨："我是记者，寻找客观真相是我的天职。"

高远树："客观是你的天职，但却是浪漫的天敌！焚琴煮鹤！扫兴！"

童雨晨嘻嘻一笑："好好，我错了。科学探索到此为止，咱们好好地观赏蓝眼泪吧！"

高远树脱下衣服垫在礁石上，和童雨晨坐下。童雨晨靠在高远树怀里："你什么时候听渔民说的那个故事啊？以前怎么没听你说过？"

高远树："哈哈，我机智地临时构想了这么美丽的故事。厉害吧？还不给点掌声！"

童雨晨："原来你就是那个渔夫啊……没创意……"

俩人坐在礁石上说说笑笑。面对着一湾蓝色荧光，渐渐变成甜蜜的剪影……

生物制药公司里，燕超尘和李伊在办公室把车模以及遥控器拆得一桌子都是零件，试图从中找到吴教授隐藏的秘密，但结果让两人都失望无比。

李伊："什么都没有啊！奇怪了，如果是一个普通车模，吴教授为什么要精心策划寄给我呢？”

燕超尘也凝神思考着，却是另外一个问题：“而且，如果我的假设是对的话，那么，是谁想要一个普通的车模呢？”

李伊瞪大了眼睛，意识到这确实是一个谜一样的问题。

何小歉的公寓里，何小歉正坐在电脑前玩得正HIGH，赵小琪在一旁整理着桌子。见何小歉完全没有停下来的迹象，忍不住唠叨起来：“我说你能不能不玩了？都一晚上了！”

何小歉闻言，头也不抬地敷衍着：“等升完这级啊。”

赵小琪：“你说你都打坏几台电脑了，真想不通游戏的魔力怎么会那么大。一天到晚就不干点正经事，你看看人家安逸飞，没事又去学画画，你怎么就不能学着点。”

何小歉：“安逸飞一直就是个艺术家，音乐和绘画都是相通的不知道啊。”

赵小琪：“那你是个什么家呢，难道要靠打游戏成为游戏专家？”

何小歉：“这也不是不可能的事啊，你别闹了，我再升两级就能拿到这套限量版装备了，这个乾坤袋我已经想要好久了！”

赵小琪生气，把收好的东西又乱丢一气：“一会儿金刚钻一会儿乾坤袋，你要再弄俩风火轮我是不是得管你叫哪吒！还有没有完？我不管你了，随你便。”说着，小琪就往外走。

何小歉终于抬眼，叫住赵小琪：“你干嘛去啊？”

赵小琪回头瞪着何小歉，狠狠地蹦出两个字：“回家！”

何小歉：“我说了你再等我会儿，我完事送你！”说着，何小歉又赶紧加入战斗当中。

小琪摇摇头：“等你送，还不知道到几点。你别打太晚了，明天还有活动，千万别忘了！”

何小歉无瑕回答，赵小琪无奈摇摇头，离开了这里。

李伊疲惫地回到家，把纸袋里的零件哗啦倒在桌子上，又一件件地详细看，依然找不到蹊跷。她轻轻叹口气，开始坐在桌前，组装还原模型。

此时在李伊家的对面，正有个女人在对面大厦从望远镜中偷窥着李伊的行动，并咔嚓拍照。

但是李伊毫无察觉，把车模重新装好放在地上，试着遥控，发现遥控器不起作用，李伊打开电池盖，看看电池，觉得是因为电池没电了，于是找出新的电池换上，旧电池随手放入抽屉。再玩遥控车，车动了，李伊开心地笑了，仿佛回到童年。

太阳照常升起，何小歉和赵小琪来到时尚派对参加活动，两人走下保姆车，便看见前面围了一大群人。人群中一阵尖叫，大牌女明星安安笑得极其夸张地跟众媒体和粉丝致意着。

赵小琪站在后面看见女明星，十分激动："哇，大明星安安，我的偶像啊……"

何小歉笑了笑："要不要我带你去跟她打个招呼？"

赵小琪惊讶地看着何小歉："你跟她很熟啊？"

何小歉得意地拉小琪上前，挤到了女明星的一边，笑着说："安姐，我是何小歉啊，记得我吗？"

安安朝何小歉莞尔一笑："哦，何小歉啊，你好！"说着，眼睛仔细打量着何小歉的脸，何小歉有点莫名其妙。

赵小琪挤上来："安安姐，我是何小歉的经纪人赵小琪，是你的忠实粉丝，你的每一部我戏都看过，能给我签个名么？"说着，立刻递上笔和纸到女明星面前。

"好啊。"安安笑着接过笔和纸。一边签名，一边瞟着何小歉。

何小歉忽然听到了安安的心声："带这种没见过世面的菜鸟经纪人，活该一辈子也红不了……"何小歉脸色一变，正要发火，却又听见安安心声："哎，听说这小子前不久不是出事儿了吗？怎么这张脸一点看不出毁容的痕迹，待会儿有机会问问他是在哪个美容院整容的。"这次何小歉一动不动地盯着安安，却没有发现安安嘴唇动，周围的人也似乎没有听见那段话，他越发不解，使劲摇摇头，觉得自己幻听了。

赵小琪拿到签名激动不已："谢谢安安姐，你真是太漂亮了！"

安安转头看着何小歉："待会儿聊啊，何小歉！"

何小歉莫名其妙地点头："哎，好！"

安安笑中带着一丝轻蔑地瞥了小琪一眼离开。

何小歉悄悄把小琪拉到一边，低声说："我刚才好像又出现幻听了。"

赵小琪："听到什么了？"

"听到……"何小歉正想说，却看见赵小琪因为拿到安安签名兴奋的脸，实在不忍打击她，只能略过说了后段："听到她以为我毁容又整容了，还想问我去哪儿整容的。"

赵小琪："切，人家根本没那意思好不好？否则人家就问你啦！你是自信心不足，觉得大家都知道你烧伤的事儿，自卑了。"

何小歉："我自卑？你这心理分析错得离谱我告诉你！我觉得我火中凤凰涅槃，更有男人味儿了。"

赵小琪："得了得了，自恋是女人的专利，你别这么自恋啊。"

何小歉和赵小琪吵闹着走向休息室，恰好安安从里面出来，安安见没人，叫住何小歉："何小歉，有件事想问你。"

何小歉停住脚步："啥事儿？"

安安看着小琪欲言又止。何小歉明白安安的意思，急忙解释："没事儿，她是我经纪人，也是我女朋友。有什么话问吧？"

安安："哦，真是绝配啊！我是想问，那个……哎呀有点难以启齿，你别见怪啊……"

何小歉脱口而出："你是不是想问我在哪儿整的容？"

安安愣住了："你怎么知道？"

何小歉和小琪也愣住了，面面相觑！

典礼结束后，何小歉和赵小琪开车回公司，俩人都不说话。过了许久，何小歉实在忍不住了："说点什么吧，要不怪别扭的。"

赵小琪小心翼翼地问："你不是能听到别人心里的话吗？我一直在跟你说话呢，你没听到？"

何小歉："别扯了！"

赵小琪："我现在有点儿相信你的话了。"

何小歉否认："那是幻听。"

赵小琪："幻听能听到别人心里想的？第一次听说。会不会是……你和高远树、逸飞一样，也有超能力了？"

何小歉："开什么玩笑？哪有这么多的超能力，我就听不到你在想什么。"

赵小琪疑惑地摇摇头："奇怪，太奇怪了。我们是不是该告诉高远树、童雨晨他们？"

何小歉制止她："算了，大家会笑话我神经过敏的。今天的事儿，也许是我潜意识里就知道那些明星只关心哪里购物哪里美容的八卦，我可能看她使劲瞧我的脸，我就把自己的意识引导到正确的方向去了，这叫心理暗示。我不可能知道别人心里想什么，否则我就去算命了。"

生物公司实验室里，李伊和两个助手在实验室做实验。

助手小张埋怨的说道："昨天培养皿里的培养基怎么不见了？小朱，你动过吗？"

助手小朱摇头："没有啊！"

助手小张奇怪地看了一眼培养皿："咦，那怎么少了一块儿？"

助手小朱："我上次做实验也不见了一管试剂，我还以为你拿的呢。"

李伊听着助手的对话，突然想起什么，起身朝实验室外走去。小朱和小张愣了一下。

李伊闯了进来，燕超尘吓一跳："什么事儿？"

李伊："我想起一件事儿，可能跟车模的事儿有关。"

燕超尘："继续说。"

李伊歇了口气，说道："吴教授出事儿的前一天晚上，他打电话问过我是不是回了实验室，好像实验室的东西被人动过。"

燕超尘愣了："也许是别人动过？"

李伊："不可能，那几天实验室的人都放假回家了，而且，这一段时间我们实验室经常丢东西。"

燕超尘想了想："你还是回去，别跟任何人说，我去监控室看看监控资料。"

李伊点点头："嗯！"

燕超尘来到监控室仔细地看监控录像，可是没有发现异常。无奈，燕超尘只好来到实验室找李伊，进门时，李伊正在一堆仪器里面认真地做实验。看见燕超尘，急忙停下手中的工作迎上去低声地问："有发现吗？"

燕超尘摇摇头："一切正常啊，没有可疑的地方。"

李伊失望，回身看了看两个助手，并没有发现什么异常，只好放弃，坐回位置继续试验。

一身疲惫的燕超尘回到家，把钥匙扔在桌上，又看到童雨晨的工作证，燕超尘想了想，拿着工作证出门。他骑车来到电视台楼下，停车下来，走向办公楼，遇到一个领导模样的中年男子林森和笑笑一起出来。

燕超尘上前拦住他们："请问一下，您认不认识新闻中心的童雨晨？"

林森回过头来，打量燕超尘："你有什么事儿吗？"

燕超尘掏出工作证："噢，我捡到了她的工作证，想还给她。"

笑笑傻乎乎站出来说道："你还真问对人了，我们跟童雨晨是一个节目组的，你把工作证给我就行了，我一会给她，谢谢你。"

燕超尘面露犹豫。林森见状，给燕超尘指路："童雨晨去第九中学采访去了，你直接过去找她就行。"

燕超尘欣喜地道谢："谢谢你。"说完走向自己的摩托车，骑车离开。

笑笑莫名其妙："林主编，你好奇怪啊，干嘛要多此一举？"

中年男子林森："你啊，情商真低，现在还有谁大老远地来还一张不值钱的工作证，他肯定是借这个想接近童雨晨嘛……"

笑笑恍然大悟："哦，姜还是老的辣，主编，没想到你这么坏啊，童雨晨可是有男朋友的人。"

林森："那又怎么样，我喜欢给每一个人希望和机会。"

笑笑："要我说啊，您这是在制造社会矛盾，要是被高远树知道了，不知道又要闹出什么事来。”

林森毫不在意地哈哈一笑。

燕超尘来第九中学校园，发现校外的一片空地上，建筑垃圾堆成了一座山，众多路人都围着童雨晨在反映情况。童雨晨一个个采访，由阿明摄像。

童雨晨跑到一个位置，呼叫阿明：“阿明，这边！”

阿明急忙把镜头转过去，童雨晨的脸进入镜头内。见阿明准备好，童雨晨开始了新闻播报：“各位观众，我现在所在的位置就是第九中学，”说着用手指向身后的垃圾堆，继续说道：“大家可以看到，在我身后的这片空地现在几乎被建筑垃圾所占据，严重影响了第九中学广大师生的出入。那么，这堆垃圾究竟是什么时候，从哪里来的呢？让我们来听听大家的说法。”

童雨晨将话筒递给一位路人，路人肯定地说道：“这些垃圾是一些装运建筑垃圾的黑车晚上悄悄倒在这里的。”

童雨晨又把话筒递给一位学生模样的小孩发表意见：“我们有个同学前几天还踩到了一根钉子，他妈妈还让他去打了破伤风针。”

童雨晨问小孩：“那你们老师呢，他们有没有跟学校反应这个情况？”

燕超尘远远看到童雨晨工作的样子，走了过去。童雨晨也看到了燕超尘，抓住了他：“这位先生，请问您注意到这一片空地成为垃圾场的事实了吗？”

燕超尘愣了一下，随即点点头：“有一阵了，我觉得市政府得抓紧处理这个露天垃圾场，眼看夏天快到了，气温一升高，就很容易滋生病毒。常在这片地方出入的都是学校的孩子，我们不能让他们生活在这样的环境下，这对他们的身心健康极为不利。”

童雨晨：“您是学校的老师还是家长？”

燕超尘：“呃……这所中学是我的母校，我从这里毕业跨入大学大门的。”

童雨晨：“哦。那……那你对母校发生这样的事情有什么看法吗？”

燕超尘镇定：“呃……希望有关部门能尽快解决这个问题，还给学生们一片纯净的学习环境。”

童雨晨：“好的，谢谢您。”说完，拿着话筒对着镜头，阿明急忙将特写给她：“观众朋友们，以上是本台记者童雨晨从市第九中学门口发回的报道，欢迎知道此地垃圾来源的朋友与我们电视台联系，我们也期待有关部门能够就这个垃圾场尽快出台解决方案，保障学校师生和行人的正常出行和生活。”

采访结束，童雨晨和摄影师开始收工。燕超尘还站在一旁，一直看着童雨晨，童雨晨注意他的目光：“这位老师，您有什么事吗？”

燕超尘笑了笑：“其实，我不是老师。”

童雨晨惊讶：“什么，那你刚才还一本正经地接受我的采访？”

燕超尘无奈地将工作证拿出来给童雨晨：“你给我时间解释了吗？不开玩笑了，我来是找你还证件的。”

童雨晨很惊讶接过：“这个怎么会在你那？”

燕超尘：“我捡到的啊。”

童雨晨：“那真该谢谢你……这样吧，我请你吃雪糕。”

燕超尘一愣：“雪糕？”

童雨晨：“对啊，本来该请你吃饭的，但我还要回台里剪片子，今天就简单地请你吃个雪糕了，希望你不要介意。”

燕超尘点头：“OK！”

童雨晨转头对摄像说道：“阿明，你先走吧，我一会再回台里。”

“好。”阿明点点头，收拾好东西先行离开。

燕超尘对童雨晨道：“那边有卖雪糕的，我带你过去。”

燕超尘把童雨晨请到自己的摩托车前，童雨晨虽然吃惊，但还是壮着胆子坐了上去。

来到路边一个卖雪糕的书报亭，燕超尘将摩托车停下，童雨晨下车给燕超尘买雪糕。很快，她拿着雪糕回来，递给燕超尘：“给，你要的香草味。”

燕超尘伸手去接，却没接稳，雪糕吧唧掉地上了。

童雨晨懊恼：“怎么掉了？”

燕超尘：“我看你只能再给我买一个了。”

童雨晨又跑去了柜台，燕超尘看着她的背影不禁笑了起来，没一会儿，童雨晨又快速跑了回来将第二个雪糕递给燕超尘：“给你！这下接住了啊！”

燕超尘接过，刚送到嘴边，一个骑自行车，车把上挂着一堆东西的路人不小心撞了过来……雪糕又掉了。燕超尘和童雨晨两人讶异对视。

燕超尘：“看样子今天这雪糕是吃不上了。”

童雨晨倔强：“你等着，我再去买！”说完，又跑到柜台买了一个。回来，将雪糕递给燕超尘：“接着吧，这个总没有问题了。”

正说着，只见两个穿着制服的人走过来。工作人员走到柜台前，亮出工作牌：“你好，我们是雪糕厂的，今天发现我们的水源疑似污染，所以今早上送来的雪糕要全部收回做检验。对不起了。”

老板点点头：“好好，你们全部拿回去吧。喂——那两位年轻人，你们别吃了，听到没有？！过来我退你们钱。”

童雨晨看着手里的雪糕目瞪口呆。

燕超尘笑了笑，扔了雪糕，掏出一张名片塞到她手里：“有空联系我吧。”

说完，燕超尘返身上车疾驰而去。

童雨晨看着燕超尘远去的背影，自言自语："也太邪门了！"

夜里，高远树来童雨晨家里找她，冯岚的奶茶店还没关门，她在一旁忙着，高远树走进去："阿姨。"

冯岚抬头见是高远树，笑着打招呼："远树来了？童雨晨在家呢，快进去吧。"

高远树笑了笑："要不要帮忙？"

冯岚："不用，童雨晨好像在写稿子呢，你进去找她吧。"

高远树点点头，朝屋里走去。来到童雨晨卧室门口，高远树敲了敲门，捏着嗓子道："交稿了交稿了，拖稿罚款。"

童雨晨抬头一看，发现是高远树："哎呀，别捣乱，赶稿的时候最怕听到交稿两个字。"

高远树嘻嘻一笑，走到童雨晨身边："今天又挖到了什么新闻了？"

童雨晨指着电脑上的资料："没什么特别的，就是第九中学门口有块空地，现在全被堆满了建筑垃圾，附近的单位都不肯负责。"

高远树："九中啊？我好像开车经过过那里，是够乱的，还挺影响交通。"

童雨晨："所以啊，我准备为民请命了。这条稿子会在明天的重点新闻时段播出，到时候再跟市政府建议一下，看看能不能由他们出面处理，把垃圾清理后做绿化带。"

高远树："这事儿本来市政部门就得管吧？"

童雨晨叹气："哪有那么简单，你先别跟我说话了，等我把稿子写完再说。"

闻言，高远树无奈地说道："那我等你忙完吧。"说完，高远树从书架上掏出一本书，坐到童雨晨旁边看了起来。

时钟在嘀嗒转动，电脑前的童雨晨打字飞快。终于，童雨晨伸个懒腰，将文档保存："啊，终于写完了！"

高远树合上书站起来："看你每天把自己累的，真想做中国的法拉奇？"

童雨晨："法拉奇是我偶像，就算不能像她一样成为最有力量的新闻记者，但最起码得对得起自己的良心和职业吧。哎，坐在电脑前写了一天，现在脑子里都是紧绷绷的。"

高远树："不然带你去散散心？"

童雨晨想了想，点点头："好啊。海萤湾？"

高远树："走嘞，看海萤去！"

高远树开车带着童雨晨兜风，童雨晨在一旁给他将今天遇到的事情。高远树听完童雨晨讲述雪糕事件，哈哈大笑："哈哈……这也太邪门了吧？！居然买了三个都没吃上。”

童雨晨：“可不，最后还全部召回了。你知不知道我当时都窘死了。”

高远树：“那家伙是什么人啊，不会是故意跟你闹吧？”

童雨晨：“什么什么董事长吧？给我名片了没仔细看，你要看看吗？”

高远树摆摆手：“没兴趣。我说，现在坏人太多，你可得擦亮双眼啊！”

童雨晨：“能大老远的还人家一张工作证的人，怎么可能是坏人？！”

高远树：“美国黑帮还做慈善呢，日本黑帮还地震救灾呢。越坏的人做好事越多，求心理平衡啊！”

童雨晨扭头盯着高远树的脸：“我看你是吃醋了！”

被戳中心思的高远树一脸尴尬，却还是要面子地说道：“胡扯！我怎么可能吃醋！”童雨晨太了解他，见状也不再多说什么！

星幕下，高远树和童雨晨坐在沙滩上，很自然的手拉手。海面上，蓝色的荧光一点一点地亮了满湾。童雨晨惊呼：“你看你看，海萤来了！太美了，高远树，你说如果以后我们能住在这里多好！”

高远树：“这有什么难的，别忘了我们家就是做房地产公司的，我在这儿给你盖一栋海边别墅。”

童雨晨：“这里太偏僻啦，我每天上班怎么办？”

高远树：“傻瓜，平时在市区，周末来度假呗！天天看海萤，你也有厌倦的那一天的。”

童雨晨：“才不会呢。”

高远树：“那要不我们结婚后你就待在家里，做全职妈妈，生一堆小孩子，天天带他们看海萤。”

童雨晨娇羞低下头：“什么生小孩子，婚还没结呢，你别胡说八道！”

高远树看着荧光照映着脸庞的童雨晨真美，动了情，情不自禁亲吻她。

忽然高远树的身体又出现异常，电磁力再次爆发，引得海水突然抬高，像一堵水墙，发光的海萤像嵌在水墙里的小萤灯……

童雨晨一眼看到，惊呼，推开高远树：“你快看！”

就在高远树扭头的一瞬间，水墙“啪”的落下，一瞬间，海萤们的光都灭了，海面一片漆黑。

童雨晨惊慌地脱下鞋子，跑向大海：“海萤呢？怎么不发光了？”她站在海水中，捧起一捧海水，里面飘着黑乎乎的小点儿，那是海萤的尸体。

高远树走过来看了看，奇怪地问：“怎么会这样？”

童雨晨望着海面，忽然想到了什么：“我想……我明白了点什么。”

高远树：“你明白什么了？”

童雨晨："海萤是被你电磁力给电死了。"

高远树惊讶地指着自己："我？又是我！"

童雨晨黯然地把手中的海萤放回海里："回家吧，路上说。"说完走向岸边，忽然脚下一阵刺痛。让她痛呼出声。

高远树急忙扶住："怎么了？"

童雨晨提着一只脚："踩贝壳上了。"

高远树急忙弯腰查看童雨晨的脚心："哎呀，流血了，来，我背你。"语毕不由分说把童雨晨背背上。

童雨晨脚心的血滴到沙滩上，被海水一个浪头卷向海水深处。高远树背着童雨晨上车，驾车离开。

高远树的车远去之后，静静的海湾，突然，有一粒一粒的蓝色萤光闪亮，很快，又是一湾的海萤，海萤复活了！

叶江帆坐在办公室里加班，看完最后一页资料，资料夹上写着《X1 投资计划进程表》。他站起来，伸伸懒腰，见窗外夜色阑珊。关上电脑，拿了衣服出门。

叶江帆来到逸飞家，敲门。安逸飞打开门，看见叶江帆有些惊讶："怎么这么晚？"

叶江帆："我刚加完班，不想这么早回家，跟我去吃宵夜吧？"

安逸飞："我在画画呢，先进来坐坐吧。"

叶江帆进屋："画什么？又跟高远树有关吗？"

安逸飞十分烦恼："我也不知道，我的眼前总是浮现一些画面，却抓不住。"

叶江帆："让我看看。"

叶江帆走到画板前，看着画面。画布上还是没有成形的画稿，但却呈现出一幅诡谲的气氛。

叶江帆奇怪地问："怎么阴森森的？透着一股寒气。"

安逸飞摇了摇头，表示自己也不知道。

叶江帆无奈："你继续画吧，我不打扰你。我就在这里看着。"说完叶江帆走到画架对面，盘腿坐在地上，看安逸飞画画。

回程的路上，童雨晨沉默不语。

高远树见状开口安慰她："你是不是还在为海萤伤心呢？那些海萤……是我不好……"

但是童雨晨没有反应，过了一会儿忽然抬头看着高远树："远树，我好像知道规律了。"

高远树："什么规律？"

童雨晨认真："你仔细想想，每次出现异常现象的时候，你的情绪是不是都比较激动？"

高远树想了想，点点头。

童雨晨接着说："而当我们心平气和散步、聊天的时候，就一点反应都没有。"

高远树："这说明什么呢？"

童雨晨："说明你的情绪掌控着你身上电磁力的强弱！"

高远树惊讶："啊？为什么会这样？"

童雨晨："原因我不知道，要等那个神秘的女子给我们一个解释。而且，在她没有解释之前，你以后必须要控制好自己的情绪，没事儿别乱激动。"

高远树："你意思就是我以后只能无欲无求，也没有任何贪嗔痴念了？"

童雨晨："这是我的判断，你可以再实验一下。"

高远树："哎，说来说去，只要我不碰你，就什么事都没有。"

童雨晨幽幽地叹口气："如果我们现在连身体接触都不可能了，那怎么结婚？"

高远树哑然，也沉默了。

回到童雨晨的卧室，高远树仔细检查了童雨晨足底的伤。发现不太严重，也稍微放下心来："还好伤口不大，上点白药，明天应该就好多了。"

童雨晨："行了，我知道。你早点回去吧，免得你妈妈担心。"

高远树答应着，正欲起身，却看见童雨晨的电脑的蓝光还在闪："你电脑怎么没关？"说着，高远树就上前拿鼠标。

童雨晨预感不妙，大喝一声："哎，你不要动！"

高远树手指刚碰到电脑，被童雨晨这么一喝，吓了一跳，指尖顿时在电脑上放出一股电磁力。电脑一闪，死机。

童雨晨惊叫："完了完了，我叫你不要动嘛！"

高远树委屈地看着童雨晨："我……我是被你吓的，本来没事的！"

童雨晨着急，赶紧上前重启机器，却完全没有反应："完蛋了，里面还有明天要用的稿子，现在机器烧坏了，怎么办？"

高远树看着自己的手："奇怪，难道我真的身体带电磁力？"

童雨晨无奈："不要琢磨了，帮我想想怎么办吧？稿子明天必须要交给主编的。"

高远树镇定下来："不然问问叶江帆，他是电脑高手，也许能有办法。"

童雨晨一听，急忙掏手机拨给叶江帆。

安逸飞家里，叶江帆神色严峻地看着安逸飞在奋笔狂画，电话响了，叶江帆接童雨晨的电话：“雨晨，怎么了，你别急，我在安逸飞家，你把电脑拿过来吧。”

叶江帆放下电话，安逸飞停笔，开口询问：“发生什么事了？”

叶江帆：“童雨晨的电脑烧坏了，她想让我看看能不能恢复之前的数据。”

安逸飞：“噢？”

这时天外隐隐有雷声。似乎快要下雨了。

叶江帆走到窗前，看看天：“真的要下雨了。你画完了吗？”

安逸飞：“画完了！”

说完安逸飞回头看着自己的画，呆住了。

童雨晨卧室里，童雨晨放下电话松了口气。

高远树上前询问：“叶江帆怎么说？”

童雨晨：“他在安逸飞家，咱们过去吧。”

高远树站起身：“你别去了，你脚底有伤，我替你送过去好了。”

童雨晨摇头：“不行，我得亲自去……”

高远树正要拿电脑，被童雨晨一把抢过：“从现在起，你不可以再碰我的电脑了。”

高远树只好委屈地收回手：“干嘛这么凶啊？”

童雨晨护着电脑：“我怕你彻底报废了我的电脑。”

高远树无奈，只能扶着童雨晨离开卧室。

走到门外，就撞见刚刚回家的冯岚。见两人要出去，奇怪地问：“这么晚还出去？”

童雨晨夹着电脑：“妈，我电脑坏了，得去找叶江帆修一下，不然里面的稿子就打不出来了。”

冯岚：“好好的电脑怎么就坏了呢，不会耽误工作吧？”

一旁的高远树不好意思地低下了头。

童雨晨：“这得看叶江帆的技术了，你别等我回来了，早点睡啊。”

冯岚点点头，忽然看了看天，说道：“等等，天要下雨了，你们把伞带着。”说完冯冯岚去找了把伞，放到童雨晨手里。

高远树：“阿姨，那我们先走了。”

冯岚点点头，俩人离开。

叶江帆站在安逸飞身边，凝视着画问安逸飞：“难道，这幅画也是预言？”

安逸飞神色凝重：“但愿不是，照常理来说，这个画面的内容，是绝对不可能发生的。”

叶江帆烦躁：“可是你这些想法都是从哪里来的呢？”

安逸飞：“事情越来越诡异了。”

两人神情严肃地凝视着画面，这时窗外一道闪电，照在画布上。画布上：天空中一轮圆月，周围透着淡红色的薄纱般的雾气，夜色诡异而狰狞。在一个公园一样的地方，绿地鲜花，还有一尊艺术雕像下，童雨晨浑身是血，低头跪在血泊中，高远树拿着刀跪在她对面，一手扶着童雨晨的肩头，一手拿着沾满鲜血的刀！画面最右下角，还有一只白色波鞋，但鞋的一半在画面之外。

安逸飞家楼下，电闪雷鸣，外面下着大雨，高远树给童雨晨撑伞，两人三步并作两步快速跑进楼道。两人敲开安逸飞的大门，走了进去。

童雨晨把电脑交给叶江帆，郑重拜托叶江帆："明天要用的稿子，我所有的资料和素材，都在这里面了。电脑天才，你可千万不能让我失望啊！"

叶江帆接过电脑："任重道远啊，我先打开看看情况吧。"说着把电脑放到桌上，开始拆后盖。

安逸飞给高远树和童雨晨一人递过来一条毛巾："先擦擦头发！"

童雨晨接过，一边擦头发一边看到安逸飞的画架上蒙着白布的画。好奇询问："咦？逸飞，这是你的新作品吗？"

安逸飞紧张："呃……"

童雨晨："画的是什么？我看看！"说着就要过去看，安逸飞急忙拦在童雨晨面前，为难地说道："这个……你最好还是不要看了！"

童雨晨不解："怎么了？干吗不让我们看？"

高远树疑惑："难道又是什么预言画？"

安逸飞："没有……"

童雨晨更奇怪了："那为什么不让我们看？"

安逸飞支吾："呃……总之，这张你们还是先别看了吧……"

童雨晨一心想看个究竟，安逸飞却挡在童雨晨跟前，不让她过去。一旁的高远树趁着安逸飞不注意，闪身过去，扯掉画布看到画面，露出一脸的惊讶。安逸飞很紧张，叶江帆沉着地看着高远树的反应。童雨晨越过安逸飞的肩头，这才看到那张画——那是一张风景画。

高远树惊叹道："没想到啊安逸飞，你的画工是越来越好了！干脆别弹钢琴了，改行当画家吧，我给你办个画廊！"

童雨晨也赞美："太美了！这画送给我吧？我卧室的墙上正好有一块地方可以挂这幅画。"说着伸手要去取，安逸飞急忙拦住："还没画好，我还想再修饰一下，画完了给你。"

童雨晨缩回手："一言为定！"

叶江帆见危机解除，急忙转移话题："童雨晨，我看了，你的电脑问题不大！"

童雨晨："能修好吗？"

叶江帆："能！主板上的一些元件被烧，硬盘没受损，去电脑城买块新主板换上就成，数据不会受影响。"

童雨晨欢喜："太好了，我的稿子总算保住了，那就拜托你帮我买块主板换上吧！钱算我的。"

高远树："跟叶江帆谈钱，你真俗气。对吧？叶江帆！"

叶江帆笑了笑，没有否认。

事情得到解决，童雨晨一身轻松地和高远树从安逸飞家出来，童雨晨边走边询问高远树："哎，高远树你不觉得刚才很奇怪吗？"

高远树："什么奇怪呀？"

童雨晨："就是一张普通的风景画呀，逸飞为什么那么紧张，遮遮掩掩不让我们看？"

高远树想了想："他说了嘛，还没画完啊！"

童雨晨："可是，那明明是张已经完成的油画啊。"

高远树盯着童雨晨："你今天怎么了？没要到安逸飞的画就这么疑神疑鬼啊？明天我们去画廊，你指哪张画，我就买哪张送给你。"

童雨晨："我玉指一抬，遥指整个画廊，你包圆了，哈哈……"

高远树作痛心咬牙状："你真贪心，大学的时候没看出来你是这么贪心的人！"

童雨晨哈哈大笑："后悔还来得及，咱们还没结婚呢。"

高远树："来不及了，后悔的路都给堵死了，我这辈子只有吊死在你这棵树上了。"

童雨晨抬手，佯装要打高远树："你找死啊……"

高远树急忙闪躲，向停车场跑去。

画架边，安逸飞看着那张风景画叹口气，取下那张画，露出那张高远树持刀杀童雨晨的画。

叶江帆转头问安逸飞："你为什么不让高远树和童雨晨看真正的画？"

安逸飞："我有一点担心。这么多年了，眼瞅着高远树和童雨晨经历了那么多，走到今天，感情稳定，互相恩爱。万一我的预言不准，会不会给他们带来麻烦？"

叶江帆："说得也是。可是，上次你画的那个白衣女孩，不是也被证实确有其人吗？"

安逸飞皱皱眉头，想了想："那不如这样吧，我们先去调查清楚，如果画中的情景真有可能发生，再给他们看，告诉他们预言内容也不迟！"

叶江帆点头同意。

新的一天到来，忙忙碌碌的演播室，大家各司其职。

童雨晨拿着一沓稿子进来，林森看见童雨晨，过来询问："童雨晨，第九中学的采访做得怎么样了？”

童雨晨：“主编，稿子已经写好了，不过电脑出了点意外，正在修。”

林森：“那你得快点了，这个采访要上今天晚上的新闻。”

童雨晨：“知道了，我马上去拿电脑。”说着走到一旁角落，掏出电话给叶江帆打。很快，电话就通了：“喂！叶江帆，我的电脑修好了吗？”

叶江帆一边开车一边回复：“我要是说没有，你会不会崩溃呀？”

童雨晨着急：“不会吧！？你不是说今天能修好？主编已经问我催稿子了……”

叶江帆笑着回答：“别急别急，我办事你放心，现在就在给你送笔记本的路上呢！”

童雨晨松了一口气：“吓死我了！那我等你，请你吃大餐哦。”

童雨晨挂掉电话，不一会儿叶江帆就来到电视台。童雨晨将叶江帆带到电视台的食堂吃饭。

没吃两口，叶江帆就皱起了眉头：“你们食堂该换师傅了。”

童雨晨头也不抬，专注地审阅电脑里的稿子：“被你说中了，就是刚换了师傅才这味儿，以前可好吃了……哎呀妈呀，叶江帆你太厉害了，稿子资料和素材都给恢复了。真不明白，你好好的一电脑天才儿童怎么会误入歧途干起金融这一行啊，真是我国 IT 界的一大损失。”

叶江帆：“却是金融界的一大幸事啊。”

童雨晨：“好吧，服了你了。要说误入歧途你还真赶不上安逸飞同学，专业金融，擅长音乐，现在突然变成了画家。”

“画……”叶江帆想起安逸飞划伤的凶险，忍不住想告诉童雨晨：“童雨晨，安逸飞的画……”

但是童雨晨在发邮件，没注意到叶江帆的表情：“稍等，我把稿子给主编发过去。”于是叶江帆沉默，埋头吃饭。

童雨晨自顾自地说着：“这篇稿子非常重要，是关于第九中学旁边的垃圾堆问题，半年多了，附近师生和居民四处投诉，都没有解决问题，最后找到电视台，希望呼吁社会重视这个问题。”

叶江帆有口无心的：“嗯，在学校你就爱管闲事，记者这个职业真合适你。”

“那是！”童雨晨笑着发完邮件，舒了一口气，关电脑，想起什么：“哎，你刚才说什么？安逸飞的画怎么了？”

叶江帆掩饰道：“哦，我是想问，安逸飞把那幅画送给你了吗？”

童雨晨摇摇头：“没呢，有空我上门去要。”

叶江帆：“哦。那……高远树会不会生气？”

童雨晨诧异看着叶江帆：“怎么会生气？……叶江帆你好像心里有什么话？”

叶江帆急忙否认："没有啊，就是……其实我回国时间也不长嘛，不知道我在美国这些年，你和高远树怎么样？"

童雨晨失笑："叶江帆，你不会是书呆子到这种地步吧？我跟高远树都要结婚了，你说我们好不好？好奇怪啊，你到底想问什么？"

叶江帆语塞，转眼一想，问道："……我是想问，好像高远树的生日快到了？我忘了是哪一天。"

童雨晨一惊："对啊！是快到了！八月十九号。"

叶江帆："你给高远树准备什么生日礼物？"

童雨晨愣住："还没呢！不过谢谢你提醒我，回头我得赶紧去准备，差点忙忘了！"童雨晨正说着，微信来了，童雨晨拿出手机看了看，告了声罪："不好意思，主编叫我马上回去编片子，不能陪你吃饭了！"

叶江帆点点头，童雨晨拿着东西跑走了，叶江帆坐在原位，若有所思地看着童雨晨的背影。

安逸飞站在画架前，面色凝重，仔细地研究着那幅画。画中，那尊艺术雕像的底座上写着"紫藤公园"四个字。安逸飞看着喃喃自语："紫藤公园！"他低头思索了一会儿，无果。只好打开电脑，在搜索网站输入了'紫藤公园'四个字……搜索信息立刻就出来了，安逸飞拿出纸笔，将查到的有用信息抄了下来。

下午的天气有些阴霾，赵小琪拉着何小歉出来逛街。走到一处展牌，上面正好有何小歉的代言广告照片，旁边的女粉丝认出何小歉："哇！何小歉！何小歉哎！"一呼百应，好几个着装大胆的女粉丝激动地聚上来，问何小歉索要签名。何小歉很得意得给女粉丝们签名，合影。过了一会儿，粉丝散去之后，何小歉牵着赵小琪的手离开。赵小琪有些不悦，心想："有事业线了不起啊，一身的骚味儿，真不要脸！"

何小歉突然听到了小琪的心里话，他奇怪地看着小琪。

赵小琪没好气："看着我干嘛？"

何小歉："你是不是对我的粉丝很不满啊……"说着，何小歉发现小琪的脸色难看，急忙打住了话头。

赵小琪瞥了何小歉一眼："是啊，素质这么低啊？见了明星就往上贴，一点不害羞。"

何小歉乐了："哎哟，这醋海翻腾的，能供应全国人民吃一顿酸辣粉了。"

赵小琪掐了何小歉一下："什么醋海翻腾？你敢讽刺我？我是你经纪人哎，为你的形象着想。"

何小歉坏笑："现在打着经纪人的旗号都管得这么严，以后成了我老婆可怎么办啊？”

赵小琪转嗔为喜：“谁做你老婆啊！哼！这么多年我早把你看透了，你脑袋里有一丝邪念，我立刻就能接收到你邪恶的脑电波，所以，你以后要规矩点。”

何小歉献媚：“好好！我答应。”

赵小琪被逗乐，撇下何小歉走进一家服装店。何小歉站在原地纳闷地想了想，摇摇头：“幻听，一定又是幻听！”说完，追着赵小琪的脚步走进服装店。

安逸飞抄好资料，放下笔，给叶江帆打了个电话：“叶江帆，我检索过了与‘紫藤’和‘公园’有关的所有项目，结果很不理想。市里有紫藤小巷，紫藤街，紫藤花园，还有玉山公园，景江公园，紫仙公园，就是没有紫藤公园……”

叶江帆坐在办公桌前一边接电话，一边继续看着 X1 的研究报告：“那是不是有别的问题？”

安逸飞：“我也不知道，难道是名字出了问题，还是电脑记载有问题？想来想去，最好还是亲自去实地考察，看看到底有没有预言中的场景？”

叶江帆一边听着，一边拿着一根红笔，在报告中画出几处漏洞，然后在旁边画了一个大大的问号。然后对安逸飞说道：“你去吧，如果没有这个公园，那说明你的预言是不对的。预言的事儿就不会发生！”

安逸飞：“你不跟我一起去吗？”

叶江帆放下笔：“我刚发现手头的工作有些问题，需要马上去落实，抽不出时间陪你一起去了……”

安逸飞：“没关系，那你先忙你的事，我一个人去找，有消息我再给你打电话。”

叶江帆：“好的，那就辛苦你了！”

“那挂了！”说完安逸飞挂断电话。拿起资料看了看。又用手机拍了那张画的照片。穿上外套离开房间。

高明辉坐在项欣澄的办公室里，二人聊天。

项欣澄：“哎，明辉，我琢磨着，远树也好的差不多了，有没有打听到捐赠人的家属？咱们去感谢感谢人家。”

高明辉：“捐赠者的捐赠书上要求身份保密，打听不到的。”

项欣澄：“可我这个人欠了人家的心里就是不舒服，你通过关系打听打听捐赠者的亲属吧，让我们哪怕暗中做点帮助人家的事儿，也算帮远树还了这个天大的恩情。”

两人正说着，高远树走了进来，看父母一脸严肃，奇怪地问：“在说我什么呢？”

项欣澄：“刚才我在跟你爸商量，要你亲自去感谢你的救命恩人！”

高远树：“太应该啦，这人在哪儿？”

项欣澄："暂时还没打听到。"

高远树："我也慢慢去找找，我会报答他的亲属的。"

项欣澄和高明辉点头："这样也好！"

高远树坐到沙发上："对了，你们叫我过来就是要说这事？"

高明辉："不是，我正准备去看看我们高阳集团最新开发的地产项目，你跟我后面去学习学习，如果可能的话，项目的宣传推广就交给你接手了。"

高远树："没问题！"

高明辉站起来："那就出发吧！"

高远树点点头，跟着高明辉走了出去。

叶江帆独自坐在办公室，等燕超尘。

燕超尘走过来，站在外面从玻璃窗看见里面的叶江帆，皱皱眉头，整理整理衣服，然后提起一口气，变了一张笑脸热情洋溢地推门跟叶江帆打招呼："哎呀，叶先生，是什么风把您给吹来了？"

叶江帆起身和燕超尘握手："我过来是有几个问题想要当面请教燕总！"

燕超尘抬手看看表："你看饭点快到了，要不我先请叶先生到对面的酒店吃点东西，我们边吃边聊。"

叶江帆："不用了，我不喜欢在办公室之外的地方聊公事。"语毕叶江帆不容分说地拿出之前他调阅的那份报告，摆在燕超尘面前："这些是过去你们提供的所有实验报告，我摘录了几段内容，上面红色标记的地方，请燕总给我一个解释。"

燕超尘无奈地拿起叶江帆的报告看，压抑着心中的紧张。

叶江帆接着说："三份报告中，所有的费用支出，都显示实验室在重复收集同一个子项目的实验数据，而且数据之间没有变化。我想知道，为什么会出现这种情况？"

燕超尘紧张搪塞："这个……具体实验上面的问题，属于科学研究的范畴，翻来覆去地做实验，是很正常的事儿啊。"

叶江帆："那我能见见负责这项研究的人，"他翻了翻资料，"吴天铭教授吗？"

燕超尘的笑容立刻僵住了。

CHAPTER 04

不一样的美男子

叶江帆提出见吴教授，燕超尘愣住。但很快恢复过来，努力保持微笑：“见吴教授……可以啊！不过今天不行，吴教授……到外地去做一个专业报告去了。等他回来后，我安排一下时间。”

叶江帆表示理解：“行，希望越快越好！谢谢。”说完起身和燕超尘握手告辞。叶江帆走后，燕超尘陷入苦恼。

实验室里，李伊正在工作，突然她感觉一阵不适。她拿出一个测量电流的仪器测量了一下自己，上面的指针摇摆不定。于是急忙拉开抽屉，拿出一瓶黄色的药丸，吃了一粒。燕超尘刚巧走了进来，看见李伊吃药，走到她跟前询问：“你怎么在吃药？”

李伊一惊赶紧藏药：“是维生素。”

燕超尘见李伊神色不对，手快夺走药瓶，见瓶身光光的没有说明，他倒出几粒药查看：“维生素？没见过这种颜色的维生素，这到底是什么药？”

李伊更慌张了，抢过药瓶放进柜子：“你别管。”

燕超尘眼珠一转，脖子一仰把“药”吃了。李伊转过身，正好看见这一幕，大惊失色：“你怎么吃了呢？赶紧吐出来！催吐剂呢？催吐剂呢？”

燕超尘不紧不慢地问道：“不是维生素吗？至于这么紧张吗？”

李伊没有办法只好招供：“这是一种减缓血流速度的药，主要成分是一种β受体阻滞剂。正常人吃了会头晕或者窒息的。”

燕超尘吃惊：“β受体阻滞剂？哪一种？美托洛尔还是阿替洛尔？”

李伊打断：“都不是……这是吴教授新研制出来的，还没有命名。”

燕超尘更加吃惊：“新研究出来的？什么时候？为什么？”

李伊沉默了一下，说道：“其实，我……我跟吴教授一直都互相瞒着用自己的身体做实验。我服用了X1后的症状跟高远树一样，也是身体血流速度会加快，让血细胞之间因为快速摩擦产生电子，并且产生电磁力。后来吴教授发觉了，他立刻停下手头X1的研究，替我研制出了这种可以延缓血液流动速度的受体阻滞剂。”

燕超尘大惊：“什么？这么大的事情，为什么你们一直瞒着我？”

李伊：“吴教授怕你知道了责怪我，不让我告诉你。”

燕超尘：“你们……唉！联合起来坑我啊！他停下X1的研究，连实验报告也是伪造的？”

李伊：“你用不着埋怨吴教授，他也是看我太痛太难受，才会暂停研究。他没做完的那些事情，我会尽力去完成。”

燕超尘：“来不及了！今天美国的风投代表已经找来了，说我们的实验数据有问题！”

李伊一惊，愣愣地看着燕超尘。

燕超尘接着说："所以，当务之急，我要你不但要完成吴教授没有完成的工作，还要帮我打消风投代表的疑问。"

李伊："你要我撒谎？"

燕超尘："不撒谎怎么办？当初报这个项目的时候风投公司是看在吴教授的资历上才放心投资的，现在告诉他们吴教授去世了，还暗地里偷换了研究方向，你说我这个公司还怎么开得下去？"

李伊默然。燕超尘见状，语气放缓了些："所以，为了我，为了整个公司，也为了你继续待在这个实验室做你喜欢做的事情，你必须撒谎！"

李伊低头思考了片刻，抬头看着燕超尘："可我不会说谎！"

燕超尘看着李伊坚决的眼神，失望地摇摇头，向门外走去。

李伊想起燕超尘还吃了药，急忙拉住他："超尘，你别走，你还没吃催吐剂，那药对你会有很大副作用！"

燕超尘回头看了一眼，把手中的几粒药搁在试验台上，离开。李伊顿时明白自己受骗了！

安逸飞拿着搜索的资料在街上四处寻找画面中的场景，他来到一个巷口，立着"紫藤小巷"的路牌。安逸飞站在牌子下看了看，走进小巷。但是一直没有发现自己画中的场景。他拦下小巷里的一个中年路人，询问，路人摇头，安逸飞有些失望。离开了小巷。

他又来到一个公园门口，追问一个路人。路人摇头离开，安逸飞大囧。他只好拿着手机边走边看，绕着公园走了一圈，忽然突然发现绿地上有个雕塑的形状似乎跟画面中的很像。安逸飞高兴地冲了过去。但走近一看，正面完全不是，安逸飞非常失落。

这时一个公园管理员看见安逸飞盯着雕塑发呆，朝他走过来："这个雕塑是从岩木镇石雕厂买回来的，咱们市就这一家石雕厂，所有的石雕都是从那儿买的，你要是有兴趣，可以过去看看。"

安逸飞闻言眼睛一亮："石雕厂？谢谢师傅！"

安逸飞找到雕塑厂，很多人在工作。一个雕塑师走过来询问安逸飞："找谁？"

他拿出手机图片，放大，指给师傅看童雨晨和高远树背景里的雕塑，问道："师傅您好！我想请问，您这儿有没有做过这种雕塑？"

雕塑师凑过去看，眼睛一亮："这个造型真漂亮！不过，我从来没做过。"

安逸飞："那有没有别的人做过？"

雕塑师自夸："全市除了我之外，也没人做得出来。"

安逸飞："那就是没有喽！"

"没有！"雕塑师把手机还给安逸飞，安逸飞失望走开。雕塑师看着安逸飞的背影，沉思起来。

安逸飞回到车上，划掉已经找过的条目，资料上只剩下最后一个地方“紫藤花园”。

安逸飞开车来到紫藤花园，惊奇地发现这是个高档楼盘的工地。他停下车，向工地里走去，被一个保安拦住：“喂！你干嘛的？”

安逸飞停下询问：“哦？我能不能进去看看？”

保安：“不行不行！这个小区还没开盘呢，里面是工地，你没戴安全帽又没防护措施，一个人进去要是有什么安全问题，谁给你负责？”

安逸飞：“那你能不能借我一个安全帽？”

保安：“那也不行，公司有规定，外人要有公司人员带领才能进去。”

正在这时，高明辉的车开了出来，高远树发现安逸飞在门口跟保安说话，急忙叫司机停车：“停车停车！”

司机急忙将车停在路边，高远树从车里跳出来。向安逸飞跑过去：“安逸飞，你怎么跑这儿来了？”

安逸飞回头看见高远树，惊讶地说道：“远树？我来看看啊，你怎么也跑这儿来了？”

高远树站到安逸飞身边：“这个楼盘是我们公司开发的呀，你来干嘛？”

安逸飞搪塞道：“哦！我来……看看房！”

高远树一乐：“早说，我带你看去啊！看中哪一套，哥们给你打最低折扣！”一边说着，一边拉着安逸飞就进了小区。

走在工地上，高远树兴致勃勃。热情地给安逸飞介绍：“正好我爸让我负责这个楼盘的推广，你要是有兴趣，我让你挑一套。第一套房子卖给好朋友，也是个好兆头！”

安逸飞心不在焉地搪塞着高远树的热情，四处寻摸着，一心想着找到与画里一样的现场。看了许久也没见到，只好旁敲侧击询问：“远树，这个小区有绿地或者公园吗？”

高远树：“当然一定以及肯定有啦！”

安逸飞：“那绿地上有没有什么雕塑之类的？”

高远树点点头：“必须有啊！我们高阳地产做楼盘，一向都是先做绿化后盖房子，我这就带你看看去！”

安逸飞内心一喜，跟上高远树的脚步。

高远树带安逸飞来到绿地，绿地上果然竖立着一尊雕塑。安逸飞掏出手机比对，可是，这里的雕塑和画里完全不一样，安逸飞很失望。

高远树看到安逸飞在看手机，很是奇怪：“你手机里有什么东西，左看右看的？”

安逸飞连忙收起手机：“没什么！”

高远树开玩笑地去抢安逸飞的手机：“有美女吗？给我看看！”

安逸飞手快闪过，就在两人争抢的时候手机突然响了，是何小歉。高远树停手，示意安逸飞接电话。安逸飞终于松了口气，一脸高兴地接了电话，心中感激解了他的围："喂！何小歉啊……哦，好呀！不过我现在跟高远树在一起……好，那我问问他！"

安逸飞挂断电话问高远树："何小歉叫我一起吃晚饭，你晚上有安排吗？"

高远树："没有问题啊！难得我们能碰上，不如把叶江帆也叫出来，大家一起。"

安逸飞："再好不过！"

入夜，高级餐厅包间里，兄弟四个聚在一起吃饭。一旁的电视上，童雨晨出境报道关于第九中学垃圾堆的新闻。

何小歉看见出声调侃："童雨晨！快看童雨晨！"

大家立即转头过去看电视围观童雨晨。电视新闻片段——童雨晨："……日积月累，这个死角就成了垃圾场，给周边的环境造成了严重的影响，下面我们就所发生的问题采访一下这里的居民。"镜头里，童雨晨开始采访。

高远树带着爱意地赞叹："我觉得我们家童雨晨上镜真好看！"

几个朋友起哄。何小歉带头说道："高远树，你们长跑七年了，你还没有审美疲劳啊？小心七年之痒哦！"

叶江帆反问何小歉："你跟小琪不也七年了吗？"

何小歉："小琪……也就是管我管得严了点儿，其他都符合一个好老婆的标准。"

安逸飞："呵呵，好老婆。看样子你也是今年有佳音哦。"

叶江帆起哄："太好了，太好了，难得花花公子何小歉也有收山的念头，那必须得好好庆祝啊。我去叫瓶上好的葡萄酒，何小歉，算你头上啊！"说着起身出去找服务员拿红酒。

何小歉急忙嚷嚷："哎，哎，我没说今年要结婚啊……别……"

这样一闹，大家的注意力都被转移。而电视上，刚好出现童雨晨采访燕超尘的画面，叶江帆错过了。

几瓶酒相继被起开，倒在了杯子里，大家欢声笑语，一边喝着一边回忆过去。

何小歉："你们还记不记得，那次高远树特冲动，我们谁都没想到，结果他就先扑了上去，弄得满身满脸都是泥。"

大家哄堂大笑。

高远树接话："哎呀，别提我以前的糗事了。对了，我的生日快到了，回头搞一个派对，热闹热闹？"

大家热烈地附和。

何小歉把凳子挪到高远树那边，问："你想要什么礼物，直接给我们开单子吧！"

高远树："我啥也不缺，咱们兄弟四个在一起就是最好的礼物，说好了啊，大家带张嘴来就行，拎东西的都轰出去！”

众人又哄闹起来。吃过晚饭，几人来到海滩散步。海浪卷起层层白色浪花，冲上海滩。何小歉步履不稳、放肆歌唱，看样子已经喝醉了，在撒酒疯。叶江帆在身边照顾着他，防止他跌倒。

高远树跟安逸飞稍微落在后面。看见何小歉的样子笑了起来，问安逸飞：“上一次看见何小歉撒酒疯是什么时候？”

安逸飞想想：“我们大学刚毕业，送叶江帆出国的前一天。”

高远树：“那有五年了吧？”

安逸飞：“嗯，差一个月就五年了。”

高远树：“你记得真清楚。一晃就五年了，眼睁睁地看着奇葩何小歉绽放成了一个全国知名的二线明星，叶江帆混成了华尔街上的西装男。”

安逸飞笑了：“是啊，看他穿西装的样子我就想笑。总想起他在大学时候说自己永远也不可能穿西装这种正式到变态的衣服。”

高远树：“我也记得。他觉得穿西装的男人不是骗子就是推销员！”

安逸飞：“所以啊，我们以为一辈子不会变的东西，其实不知不觉已经改变了。我们曾经讨厌的东西，不知不觉就占领了我们的生活。”

高远树：“这是表面现象，我相信有些东西一辈子都是不会变的，比如友情！”

安逸飞点点头，又加了一句：“又比如爱情？”

高远树赞同：“对！”

安逸飞：“那你能保证以后无论发生什么事儿，你和童雨晨的感情都不会变吗？”

高远树：“当然能保证！哎，你没资格跟我讨论爱情，一个从不带女孩子出现在朋友面前的人，我真不知道该如何理解你的感情世界。”

安逸飞：“呃……我还没有遇到一份可以确定的感情吧。”

高远树神神秘秘地问：“你是不是心里藏着某个女孩子啊？”

安逸飞一愣，紧张道：“没有啊！”

高远树沉默了一会儿，突然笑了笑：“行了行了，我也不打听你心中的那点儿小秘密了，总有一天你会有憋不住告诉大家的时候。”

闻言，安逸飞暗暗松了口气。

忽然何小歉脚步踉跄，叶江帆急忙拉住他，朝高远树和安逸飞求助：“喂，我摁不住这个醉鬼了！你们两个上来帮帮我。”

高远树和安逸飞相视一笑。安逸飞大声地说：“让他掉下去吧，海水不深，正好给他醒酒。”

何小歉嚷嚷着：“跳！跳！……You jump！I jump！We all jump！”

叶江帆大声说："他怎么还是这毛病？一喝醉了就说中式英语！"安逸飞和高远树哈哈大笑起来。

"算了，还去帮帮江帆吧，我可不想大晚上的在海水里捞人。"说完高远树快走上前，架住何小歉："何小歉，才喝了几杯你就醉了？你酒量太臭了！"

何小歉："醉？笑话，你才醉了呢，你们全家都醉了……走，再喝！……"

高远树："喝你个头啊，待会儿看小琪怎么教训你！"

叶江帆活动着自己的胳膊，落在后面，和安逸飞并肩而行向他吐槽："人一醉了怎么特别沉啊！累死我了！"

安逸飞笑笑。

叶江帆接着问："对了，你查的怎么样了，有没有什么收获？"

安逸飞摇摇头："所有相关的地址都找了一遍，就是没找到跟画里一样的地方。"

叶江帆："好事情！如果这个地方不存在，说明你的预感可能错了，那些可怕的事情也许不会发生。"

安逸飞摇摇头，一脸茫然："但愿如此！"

深夜，安逸飞回到家，打开灯。走到那幅画前，又看着那幅画。皱着眉头，心里总还是不放心。

周末，童雨晨来到礼品店给高远树挑选礼物。逛了一圈也没看见什么心仪的东西。

见状，老板走了过来："小妹妹，给谁挑礼物呀？"

童雨晨："男朋友。"

老板一笑，指着柜子里的一款马克杯，问道："这个怎么样？"

童雨晨左看右看，白白的杯身上什么也没有，摇摇头："这也太普通了吧。"

老板笑笑，把杯子拿出来，取来热水加上，杯身上立刻出现了图案。

童雨晨惊讶地看着杯子。

老板："好玩吧！这个图案啊，还可以定做，你想放什么照片就放什么！"

童雨晨眼前一亮。正要说话，这时电话忽然响了。童雨晨立刻接起电话："喂……主编？"

林森坐在电视台办公室给童雨晨打电话："童雨晨啊，我刚刚接到上面的电话，说市政府很重视咱们昨晚关于第九中学建筑垃圾的报道，主管城建的副市长点名要你去市里开会，想具体听听你的汇报和意见，你赶紧回来，咱们一起过去。"

童雨晨点点头："哦！好的，那我马上回来！"说完，童雨晨匆匆放下电话。转头对老板说道："老板，那我就定做一个这样的杯子吧，给我一个您的电子邮箱，回头我把照片发过来！"

老板已经准备好了名片递给童雨晨："这是我的名片，上面有邮箱！"

童雨晨收下名片，匆匆离开。

市政府的会议室里，大家交头接耳。童雨晨坐在自己的位置上忐忑地看着大家。

副市长总结发言：“电视台这个学校垃圾的新闻抓得非常好，这位小记者关于改造绿化的这个想法也非常好，是应该给孩子们提供一个好的学习环境！

财政局长“可是，今年的财政预算经费早就结束了，要动工也得等明年的预算……”

副市长：“再苦不能苦孩子，这个资金你们要想办法。”

财政局长为难：“这个……市里的财政也很紧张，比起改造这个垃圾堆，其他的基础设施建设，更急迫也更需要钱。”

大家面面相觑，都很为难。这时童雨晨突然站起来：“也许……也许，我可以想想办法……”

大家的目光都聚焦到她身上，惊异地看着她。

下午的高阳房地产公司里，传出项欣澄激动的声音：“不行！绝对不行。”

童雨晨和高远树站在项欣澄面前试图说服她：“可是，当着那么多人的面，我都已经说出去了。”

项欣澄很生气：“谁让你说的？没事你往自己身上揽这种事情干什么？”

童雨晨辩解：“我去现场实地采访过，那里的孩子们迫切需要一个好的学习环境，况且我也觉得这是一件有意义的事情。”

项欣澄：“有意义的事情多了去了，我们高阳集团每年都给贫困大学生捐款，不是不做公益事务，这世界这么大，需要帮助的人多了去了，这件事情，我不想管。”

高远树见状，急忙帮腔：“妈，童雨晨她不也是一片好心嘛！”

项欣澄一脸不肯动容的表情：“那我能不能也拜托你好心一点，管好自己工作上的事儿，帮妈妈分担一点。”

见项欣澄不肯松口，童雨晨只好快快地和高远树走出项欣澄办公室的大门。出门后童雨晨有些失望地说道：“满以为你妈愿意做这种有意义的事儿，开会的时候才拍着胸脯答应下来，没想到被拒绝得一点余地都没有……”

高远树：“我妈那个人，就是嘴硬心软，你给我一点时间，我保证帮你说服她。”

两人说着话穿过走廊，正巧碰到从另一头走过来的高明辉。高明辉看见两人，开口：“童雨晨？”

童雨晨悻悻地给高明辉问好：“叔叔好！”

高明辉看出异端：“咦，怎么垂头丧气的？”

高远树：“刚被老妈劈头盖脸骂了一顿。童雨晨最近报道了一个新闻，很受市里重视，想让老妈出钱参与一个学校垃圾场改建的公益事务，结果话还没说完，就被她毫不留情地赶了出来。”

高明辉一听，笑了起来：“狗要拍，猫要捋，你妈那脾气得顺着她来！”

高远树：“您再说得明白一点！”

高明辉：“你们想想，你妈的社会身份是什么？”

高远树和童雨晨互看一眼，高远树答不出来，童雨晨给出了答案：“是老板，商人？”

高明辉点点头：“对了！商人无利不起早，你们真以为这世上有空手套白狼这种好事啊，没有直接利益摆在她面前，也得许点儿间接利益什么的，才好说服她心动呀！”

高远树和童雨晨都还没有反应过来，高远树挠挠头：“我还是没明白您的意思……”

高明辉：“高远树，你妈不是让你管市场营销推广吗？”

高远树：“是啊？可是，市场营销跟这件事有什么关系呢？”

高远树还没明白，童雨晨却反应过来了：“我知道了！”说完拉着莫名其妙的高远树，就回项欣澄的办公室。

见到项欣澄，童雨晨直接切入了正题：“阿姨，关于刚才的事情我想做一点补充说明。”

项欣澄：“不是已经说得很清楚了吗，我没有兴趣。”

童雨晨：“您听了我下面的话，也许就有兴趣了。”

项欣澄坐到沙发上：“说吧。”

童雨晨：“关于这件事的性质，我们刚才说错了，这件事不应该是纯粹的公益事件。我现在就可以保证，只要高阳集团捐款解决了垃圾的问题，我就让您得到您想要的东西！”

项欣澄疑惑地看着跟着童雨晨：“哦？你说！”

得到允许，童雨晨出口成章，将心中的设想和盘托出。项欣澄的脸色从难看慢慢变成了微笑。

傍晚，高远树和童雨晨从高阳集团的写字楼大门出来，击掌相庆。

高远树表扬童雨晨：“果然还是你点子多，一眨眼就想出这么好的办法说服老妈！”

童雨晨：“全靠你爸的点拨，姜果然还是老的辣呀！”

高远树：“那当然了，我爸面子上虽然都听我妈的，可肚子里照样有主意。”

闻言，童雨晨突然定定地瞪视着高远树：“那你现在这么听我的，是不是肚子里也照样有主意呀？”

“那当然了！”高远树想都不想脱口而出，但看童雨晨死死盯着自己，又赶紧改口：“我的主意有是有，不过主要还不都是围着你转的？”

童雨晨：“这还差不多，那我问你，关于绿化改造，你都有什么主意呀？”

高远树抓抓头发想了想："我这就回去盯着财务拨款，然后调遣公司的施工队，保证用最快的速度解决这个问题。"

童雨晨："这就完了？"

高远树："完啦！哦对了，我要去施工现场，督办每一项事务，保证做到最好！"

"这才对嘛！"说完，童雨晨开心地笑着走了。

过了两天。高远树果然自己亲自戴着安全帽，指挥工人们清理运走垃圾。

离叶江帆和燕超尘第二次见面已经过了几天，叶江帆在办公室再次翻看 X1 的资料的时候，想起前几天的约定，立即给燕超尘打了个电话。过了很久，燕超尘才接通电话。叶江帆直入主题："燕总你好，上次你说安排科学家见面的事，准备怎么样了？"

燕超尘沉默了片刻，才答道："叶先生，吴教授已经回来了，我已经安排好了您和吴教授的见面时间。星期二下午怎么样？"

叶江帆表示开心："好的，就这么定了。"

李伊像往常一样走进实验室，看见燕超尘和一个戴着黑框眼镜，学者模样的老者正在跟她的助手说话。

看见李伊进来，燕超尘把她招呼到一边："是这样的，今天实验室有点事，你就不用在这里了，给你放一天的假，回去休息一下吧。"

"可是我……"李伊莫名其妙地看着燕超尘，满腹狐疑。但话还没说完燕超尘就掰着李伊的肩膀，把她推到了实验室门口。李伊虽然心中疑惑，但还是离开了实验室。

见李伊走后，燕超尘又折回去跟老者和两个助手交代任务。

燕超尘对助手："刚才说的都听明白了吧？待会儿人来了的时候，一定要按我的话行事，他提出的任何问题，你们两个要抢着回答，别让他说话，明白了吗？"助手虽然莫名其妙，但都点头。接着燕超尘又对老者："你什么都不要说！"老者紧紧地抿住了嘴，点头。

李伊在实验室外听到燕超尘的话，知道了燕超尘要做什么。想冲进去阻止，但想了想，轻轻叹口气，转身离开。

李伊公寓门口，一双带着白色手套的手，技巧娴熟地打开了她家的门，闪了进去。

李伊走到生物大楼的门外，上了穿梭通勤车。这时叶江帆的车到，叶江帆下车，李伊看到燕超尘的秘书迎上去："叶先生，燕总已经在实验室等候您了！"

叶江帆笑笑，跟着秘书走进大楼。李伊轻轻叹口气。穿梭通勤车启动驶向大门。

李伊家里，潜入的人影正打量着她家的布置，目光已经落到那架旧车模上。

燕超尘和叶江帆都是一身的白大褂，走进实验室。燕超尘带着叶江帆走到了之前那位老者身边，跟叶江帆介绍：“这位就是‘吴教授’。”

叶江帆恭敬地跟“吴教授”问好：“‘吴教授’，您好！”

燕超尘给“吴教授”介绍叶江帆：“老师，这是叶先生，我们的美方风投公司代表。”

“吴教授”面无表情地看着叶江帆，没有任何表示。叶江帆也不介意，开始跟“吴教授”提问：“久仰吴教授大名，我有几个具体问题想当面请教。我调阅了你们之前提供的研究报告，发现实验室在反复收集同一个子项目的实验数据，而且数据之间没有变化，即使从一个商人的角度来看，这难道不是一种资源浪费吗？”

“吴教授”不屑地看着叶江帆，很有范儿的指指那两个研究助理：“这种问题，我学生都能回答你。”说完就背过身去，自顾自地操作试验台上的工具，继续“做着实验”，不理叶江帆了。

燕超尘一边凑近悄悄给叶江帆解释“忘了告诉你了，‘吴教授’这个人，名气非常大，脾气也非常臭，他平常最不喜欢别人在他做实验的时候打扰他。”

叶江帆点点头：“可以理解。”

燕超尘：“那既然他说这些问题助理都能解决，不妨让他们给你解答吧！”

燕超尘朝两个助手招招手，其中一个走过来开始跟叶江帆解释：“您好，您刚才提出的问题，虽然数据是相同的，但是具体的情况却不一样，请过来看一下这几个研究视频……”助手正在电脑上给叶江帆看视频，谨慎讲解。

而那个趴在手术台上做实验，不懂装懂的“吴教授”让两种物质产生了化学反应，砰的一声，发生了一起小爆炸，试验台上着火了！“吴教授”吓得哇哇大叫，两个助手着急忙慌地去拿灭火器救火。

叶江帆看着这一幕的发生，产生疑惑，燕超尘见“吴教授”慌乱，立马瞪了他一眼。“吴教授”反应过来，趁机把身上的防护服一拖，狠狠扔在地上，发飙道：“早就说过了，实验室不是动物园，随便什么人都要带过来参观，东瞅瞅西问问，打扰我工作！好了吧？看过瘾了吧？要不要再给你们炸一个？”

燕超尘趁机拉着叶江帆离开了实验室：“走吧走吧！不然没完了！”

李伊开门回来，没有发现异样，她照往常一样，把包挂好！去冰箱拿饮料，突然，她感觉到屋里有些不对，她四处看了看，终于发现放车模的地方空了！

这时，一条人影悄悄地站在了李伊身后，李伊转身那一霎，脸上已经遭受重重一击，绵软地倒在地上。

燕超尘送叶江帆出公司大门，连连向叶江帆道歉：“今天真不好意思，没想到会出这种意外，‘吴教授’就是这么个脾气，平时我们见他发飙的时候多了去了，希望你不要见怪。”

叶江帆点点头：“没什么，科学家多少也是有点怪癖的。”

燕超尘：“理解万岁，那我就不久留了，还得回去看看他气消了没，安抚一下！”

叶江帆跟燕超尘告辞，离开了公司。

燕超尘回到办公室，“吴教授”已经脱下了白大褂，取了黑框眼镜，在办公室里等他，见他进来，立即起身相迎：“怎么样？刚才那个代表有没有起疑？”

燕超尘想起刚刚的事情，生气地说道：“谁让你随便乱动那些玻璃器皿的，差点露馅了。”

吴教授尴尬地说道：“我得装着做实验呀，差点露馅也没露馅嘛，刚才我的反应多快啊，立即抓住了你眼神的意思，发飙把他赶出了实验室。”

燕超尘：“好在那小子人单纯，信了你是个性格怪僻的科学家。”

吴教授：“那可不是，我跑过那么多剧组，演过那么多人物，这点人物心理还是能够把控的！”

燕超尘从钱包里给老者数了几千块钱。

老者兴高采烈地接过来，得意地抖钞票：“谢喽！这活儿好，十分钟不到白花花三千大洋！跑剧组客串一天也就俩盒饭加百十来块钱。多谢了，燕老板！下次还有这样的好事咱再继续合作！其实我这样儿的，化化妆扑扑粉，年轻一点的也能演……”

燕超尘不耐烦地说道：“行了行了，快走吧你。今天的事不要跟任何人提起！”

老者做了一个OK的手势高兴离去，燕超尘松了一口气。

叶江帆开车回去，总觉得心里有些不踏实，喃喃自语：“什么地方不对劲儿呢？”但他却又说不上来，只好摇摇头，继续开车。

钢琴中心，一个学生弹钢琴，安逸飞在一旁微笑地看着。听着听着突然觉得一阵困意袭来，他的眼皮上下打架。学生注意到了安逸飞的状态，停止弹琴，看着他。

安逸飞听琴声突然没了，努力晃晃脑袋，清醒过来。疑惑的问：“咦？怎么不弹了呢？”

学生有些委屈：“安老师，我的琴弹得是不是很难听，以至于都让您睡着了？”

安逸飞恍然，歉意地对学生笑笑：“对不起，可能是昨晚没睡好，我们……我们今天早点下课吧。”

学生点点头，合上钢琴离开了。安逸飞甩甩脑袋，困意依旧很浓。

电视台内，阿明、童雨晨和笑笑正在准备摄影器材，准备出去拍新闻。林森刚巧走过来看见，问：“要去采访了？”

童雨晨点头：“第九中学旁边的垃圾堆改造工程今天完成了，我们去拍一下！”

林森表扬童雨晨：“童雨晨，一个星期就把问题彻底解决了，真能干！”

笑笑：“那可不是，这个工程呀，还是童雨晨的男朋友亲自监督完成的呢！”

林森：“是吗？怪不得能这么快！”

阿明：“为了讨童雨晨欢心，男朋友真是鞠躬尽瘁啊！”

童雨晨面上被大家说得不好意思，心里却甜蜜：“你们就别挤兑我了！”

正说着，何小歉和小琪正好赶了过来。

赵小琪向童雨晨挥挥手：“童雨晨！”

童雨晨转向赵小琪：“小琪，你们来得正好，我们正准备出发！”

何小歉：“能请到我这么大牌的人去帮你免费出台剪彩，童雨晨，这回你算是欠了我一个大人情！”

身后，赵小琪拍了一下何小歉的头：“是你欠童雨晨的情，让你上这么正面的新闻。”

闻言，何小歉朝赵小琪做了一个鬼脸。

安逸飞疲惫地回到家，给自己倒了一杯水。坐到沙发前喝水，习惯性地打开电视。

童雨晨带着大家来到中学外，绿化已经做好了，高远树在忙忙碌碌地指挥着许多工人，做最后的收尾工作。童雨晨走过去，拍拍高远树的肩膀。

高远树回头，看着童雨晨：“怎么才来呀，我都等你们半天了！”

“等何小歉他们呗。”说着，童雨晨环顾了一下四周，赞叹道：“真没想到啊，这才一个星期，你就让这儿大变样了，效率实在有点太高了！”

高远树得意：那可不是，大家的事儿就是你的事儿，你的事儿就是我的事儿，看你以后还敢不敢说我不支持你的工作！

童雨晨：“表扬你一万次！”

阿明在一旁架好了机器，何小歉在镜头前做着鬼脸。

阿明叫住童雨晨：“童雨晨，镜头架好了，我们开始吧！”

童雨晨回应阿明：“哦，好的！”又转头问高远树：“远树，你要不要也一起入镜？”

高远树：“开玩笑，那当然要了！今天我不但要入镜，以后还要把这段新闻录下来，给孩子们看看爸爸妈妈当年是如何一起做好事的，子子孙孙传成家训，你说好不好？”

童雨晨脸红了些：“你什么时候改改胡说八道的毛病！”

高远树：“哦对了，突然想起来，还有一样装饰品马上运到！你一定会喜欢。”

童雨晨好奇地问：“什么装饰品？”

安逸飞喝着水，坐在沙发上拿遥控器换频道，突然跳到了新闻台。安逸飞放下遥控器，童雨晨正在播新闻：“之前就第九中学附近垃圾堆问题，本台作出相关报道后，立即受到了市政府和城建部门的高度重视，亲自安排了治理方案，同时也得到了本市著名企业家，高阳集团董事长项欣澄的高度认同和支持，慷慨捐赠了治理费用。”

画面中，童雨晨背后，高远树正指挥着一群工人在树立一尊艺术雕像。

安逸飞紧盯着画面。

童雨晨继续解说：“仅仅用了一周的时间，这里的垃圾就被清理干净，原来的空地经过改造，变成了一个景色宜人的小公园，第九中学的师生和附近的居民们都非常喜欢这里，一致要求给这个小公园取一个名字，为感谢赞助捐献公园的项欣澄女士，尊重她的意思，将这个公园被命名为——紫藤公园！”

电视机前，安逸飞目瞪口呆，手中的水杯顿时跌落！

李伊头上包扎着白沙布，惊魂未定地坐在沙发上。燕超尘给李伊倒了一杯水。李伊看着他，说道：“看来你的推测是正确的，有人在找这个车模。”

燕超尘坐在她身边：“难道车模里真有什么秘密？我们都检查过了啊。”

李伊：“是不是我们漏掉了什么？”

燕超尘想了想，摇摇头：“漏掉什么我们也不会知道了。……袭击你的人什么样子你看到了吗？”

李伊：“完全没看清楚，眼前一黑就什么都不知道了。”

燕超尘：“今后你要小心。我会找人来给你的房子安装一套保险系统。”

李伊感激地看着燕超尘：“谢谢！”

燕超尘：“到底是谁呢？车模里到底有什么呢？吴教授啊吴教授，你到底隐藏着什么秘密啊？”

想到这里，俩人都毫无头绪，不禁苦恼起来。

项欣澄和高明辉坐在办公室看童雨晨关于紫藤公园的落成直播。项欣澄对这个效果非常满意：“不错，上社会新闻的价值对我们的项目更有正面宣传的作用。”

高明辉笑了：“你开始喜欢她了？”

项欣澄：“还要再考验考验！”

叶江帆站在办公室的电视机前，一只手拿着手机，呆呆地看完童雨晨的报道。

电视里童雨晨说着结束陈词：“今天紫藤公园的落成仪式到这里就结束了，这是城市频道新闻记者童雨晨在现场给您带来的报道。谢谢大家的收看，再见！”

新闻完了之后，叶江帆关上电视，拿起电话继续和逸飞对话。叶江帆表情非常紧张：“也就是说，画面上的那个场景出现了？”

安逸飞的表情也好不到哪儿去，打开门往外走：“没错！”

叶江帆不觉骇然：“难道这意味着，你的预言又有可能会变成真的？！高远树会杀了童雨晨？！”

逸飞拿着电话匆忙冲进停车场，一边走，一边说：“一个本来不存在的地方，却被高远树和童雨晨创造出来了。我现在又不得不认为，我们所害怕的那件事情，一定会发生，而且就要发生了！高远树和童雨晨此时此刻就在紫藤公园，我要马上赶到现场去制止他们！”说着就挂了叶江帆的电话。打开车门，上车，以最快的速度发动汽车，赶往紫藤花园。

而叶江帆完全没想到安逸飞会这么急：“逸飞，你别着急……喂！喂！逸飞！……喂！”叶江帆还没说完逸飞就挂了电话。他拿着手机喃喃地说：“怎么挂了……”他想了想，也放下手上的工作，跑出办公室。

紫藤公园现场，工作人员在准备收工。雕塑下面，高远树和童雨晨喝着饮料，完成了一件大事，他们神情很放松。他们身后，何小歉在给学生们签名，小琪维持秩序。

童雨晨仰望着雕像，赞叹：“这雕塑真不错，你哪儿找的？”

高远树笑了笑：“郊外的石雕厂，说来也巧，师傅刚雕好就被我发现了。”

说着，高远树陷入回忆。记忆中，高远树来到之前安逸飞找到的那家雕塑厂。在各种雕塑中转悠，没有看到心仪的雕塑，有些失望。见状，雕塑师傅擦着手出来，问：“怎么？还没找到合适的？”

高远树摇摇头：“是啊！”

忽然高远树看见一尊雕像蒙着布，好奇地问：“那是什么？”

雕塑师傅：“哦，我刚完工，还没上色，可以先给你看看……”说着去解固定在底座的绳子：“这是那天有个人拿着照片来找一尊雕塑，我看那造型挺好的，就凭着记忆做了一个。”

师傅扯下蒙布，安逸飞画中的那尊雕像呈现在高远树的眼前。高远树眼睛一亮：“就是它了！”

童雨晨听高远树说完雕塑的来源，忍不住赞叹：“有眼光！”

高远树开心地笑起来。

两人正说着，笑笑走过来：“收工了啊，雨晨。”

童雨晨抬头看着笑笑：“好啊，你们先走，拜拜。”

笑笑点头，和阿明离开了，这时何小歉电话突然响起，何小歉冲出粉丝群接电话：

“喂！……对，我是！……晚上？太好了，好，我晚上在家等你。”

赵小琪听见，沉下脸问道：“你要等谁？”

何小歉故意沉吟了一会儿，逗赵小琪：“不告诉你！”

赵小琪更怀疑：“是女的吧？”

“也不告诉你。”何小歉撇下小琪到童雨晨和高远树身边，说道：“我有事，先走了啊，童雨晨回头你想想怎么还我这个人情啊！”说完，何小歉转身离开，赵小琪跟在后面追问：“到底是谁？你要等谁……你告诉我，否则我翻脸啊……”

童雨晨和高远树笑着看这一对欢喜冤家闹着走了，高远树说道：“我们也走吧。”

童雨晨点点头：“嗯！”

高远树拉起童雨晨向路边走去，童雨晨脚下被一截钢筋绊住。童雨晨俯身下去拾钢筋：“哎呀！还有垃圾没有收拾干净呢。”

高远树接过：“我来吧！”

与此同时，公园门口，逸飞赶到。正好看见高远树手拿钢筋，去扶崴脚的童雨晨，就好像画里高远树持刀要杀童雨晨的姿势一样，逸飞大惊失色，冲了上去，一把将高远树和童雨晨分开：“远树，你别碰她！”

高远树和童雨晨突然被逸飞推向两边，都摔倒在地上，两人对这突如其来的变故都很诧异。

高远树很生气，站起来看着安逸飞：“安逸飞，你疯啦！”

安逸飞紧张地说：“高远树，你千万，千万别碰童雨晨！”

叶江帆也气喘吁吁地赶来，看到高远树手上拿的是钢筋，碰碰安逸飞，低声说：“喂，你好像搞错了！”

安逸飞这才低头看见高远树掉下的是钢筋，他拾起那截钢筋，顿时不好意思起来：“不好意思……我以为……”

高远树疑惑地看着安逸飞：“你以为什么？你刚才好像你很紧张雨晨的样子？”

叶江帆急忙打圆场：“逸飞他……他不是那个意思。”

高远树阻止叶江帆：“让他自己说。”

安逸飞纠结地低下头。叶江帆见状，轻声的在安逸飞耳边说：“人生选择题，是让高远树知道你的感情小秘密呢？还是让他知道你画了什么？你看着办，哥只能帮你到这儿了！”

安逸飞咬咬牙，决定说出来：“我画了幅画，我好像看到，你——杀了雨晨！”

高远树和童雨晨都愣住了。很快高远树反应过来，哈哈大笑起来：“安逸飞，你现在梦游是不是也早了点啊？我怎么会伤害童雨晨？她手指头扎根小刺我都心疼得不得了，怎么可能杀了她？惊悚片看多了吧你！”

安逸飞急忙解释：“你能不能相信我一次……真的……不信我带你去看那幅画。”

高远树却突然收敛笑容正色地对安逸飞：“就算你真画了那样无聊的一幅画，但现在我看到的却是另外的事情。安逸飞，这么多年，作为好朋友，有些事情我不说不代表我就不知道，我只是希望凡事都个界限，你想隐藏的事，就永远藏好，秘密这种东西，藏好了就是酒，藏不好就是刀。”

童雨晨、安逸飞和叶江帆目瞪口呆看着高远树。

但是高远树又突然转而轻松的语调：“哈哈哈，看你们吓得这样子，好像真有什么秘密似的。逸飞，以后你别跟我们开这样的玩笑了啊，这辈子我都会好好保护雨晨的，不会让她受任何的伤害！以后你如果再说关于我要伤害雨晨这样的蠢话，我就不认你这个朋友了。”说完高远树拉着童雨晨离开。

叶江帆抹一头冷汗：“高远树今天说的话怎么听不懂啊？他说的刀，是你画的刀吗？还是指你心底那个可怜的小秘密？”

安逸飞黯然：“我想是后者吧！唉！知道并不等于了解。这么多年的友谊，还没有让他知道，我安逸飞是个什么样的人！”

安逸飞抬头目送二人离开。叶江帆回头看着雕像。灯光使然，叶江帆觉得雕塑造型竟然并不是那么活泼喜人，而是显得有些狰狞。

童雨晨和高远树来到停车场，童雨晨对刚刚的事还是寄怀于心，对高远树说道：“刚才你那些话，让安逸飞很难堪。”

高远树不以为然：“很难堪吗？我最后不也给他台阶下了吗？一惊一乍，紧张的样子，轻易地就把他心里那点秘密出卖了。”

童雨晨有些尴尬：“你别胡思乱想，我跟逸飞只是朋友。”

高远树：“对，这就是我跟他仍然是朋友的原因。但他今天表现过度了，我小小地提醒他一下，别越界。”

童雨晨：“看不出来，高远树，你心机还挺深的，藏了这么久。”

高远树笑：“高阳集团未来的接班人，要是这点心事都藏不住，我还怎么在商场上混？”

童雨晨：“真看不出你肚子里还是有点儿城府的。那以后你别再提这件事了，要不然朋友之间多尴尬啊！”

高远树嘻嘻一笑：“当然不提了。没有抢我女朋友的朋友永远是我的朋友。

闻言，童雨晨没好气地白了高远树一眼坐上车，高远树也跟了上去，启动车子离开。

太阳渐渐下山，叶江帆和安逸飞坐在雕像下，讨论画的事情。

叶江帆：“现在怎么办？高远树明显是不相信你说的话。”

安逸飞沮丧地说：“他可能以为我是因为喜欢雨晨才编造这么耸人听闻的预言吧。”

叶江帆："是啊，你再说什么他都不肯听的。"

安逸飞："难道我们要一直傻坐在这里，等着高远树拿着刀在我们眼前上演一出悲剧？"话一出，两人同时陷入了沉默。

过了一会儿，叶江帆忽然眼前一亮："你刚才说高远树会拿刀出现在这里？"

安逸飞经叶江帆一提醒，也明白了点什么，说道："刀？对啊！我们只要找到那把刀，毁了那把刀，就可以改变高远树伤害童雨晨的命运！"

叶江帆："对！"

安逸飞欣喜了片刻，但很快又失落起来："可是……茫茫世界，上哪儿去找那把刀呢？"

何小歉公寓里，他和赵小琪坐在沙发上，等待着什么。赵小琪一直盯着何小歉，想从他脸上看到点什么。这时门铃响，何小歉和赵小琪争先恐后去开门，最终赵小琪挤开何小歉，开门一看，是个快递员，赵小琪明显失望了。

快递："何小歉的快递。"

何小歉急忙挤到前面："我是我是！"

快递员拿出一个包裹："请签收！"

何小歉签收完毕，关门，看着赵小琪大笑："上当了吧？没想到我等的人是个快递。"

赵小琪："早知道我就约朋友去酒吧玩儿了。是什么？打开给我看看。"

何小歉："不行不行，男人的宝贝，不能给女人看。"

小琪嘿嘿怪笑："难道是……嘿嘿……什么见不得光的东西？"

何小歉正色："你想歪了，我一个有女朋友的人，怎么会买见不得光的东西。"

赵小琪一巴掌打在何小歉头上："你才想歪了呢，我指的是墨镜！"

何小歉把包裹伸到赵小琪面前，问她："墨镜能用这么大包裹吗？"

赵小琪伸手去抢，没抢到，瞪着何小歉："给不给？"

何小歉把包裹护在怀里："打死我也不给！"

"好，你等着，我看你能瞒多久！"说完，赵小琪气呼呼地走进卧室。

何小歉喜笑颜开地打开包裹，取出里面的东西。一道寒光闪过，赫然出现逸飞油画里面的那柄刀！

在一栋庄园的密室里，一双戴着白手套的手将车模以及遥控器放在一张桌子上。桌子上散落了许多偷拍的李伊照片。密室里的光线灰暗，看不清周围的环境，只是感觉透露出一股阴森的气氛。桌子的对面，一双苍老的手伸向桌面，拿起车模琢磨着……一旁的墙上，雕刻着一朵硕大的黑玫瑰。

CHAPTER 05

不一样的美男子

何小歉坐在沙发上，反复地看着那把匕首，很满意，宝贝似地放进盒子里。起身神秘兮兮地把木盒收进了柜子里，不让小琪看到，但没想到小琪其实从门缝里看得一清二楚。

高远树带童雨晨回家吃饭，桌上摆满了丰盛的饭菜，高明辉热情地给大家夹菜。童雨晨显得有些心事重重。

项欣澄给高远树夹了一筷子菜："远树，这是让陈姐专门给你做的焖猪心，多吃点。"然后又给童雨晨夹了一块花胶："雨晨，鲍汁花胶，对女人特别好，多吃啊。"

童雨晨受宠若惊："谢谢阿姨。"

高明辉注意到雨晨的神色不太对："雨晨，怎么了？好像兴致不高？"

童雨晨急忙摇头："哦……没什么。"

高远树瞥了童雨晨一眼："你还在想安逸飞的话呢？"

项欣澄好奇："安逸飞？他说什么了？"

高远树和童雨晨对视一眼，默契地同时摇头："没什么。"

高明辉觉察到俩人的异样："你们俩有什么事儿瞒着我们吗？"

高远树和童雨晨同时答道："没有没有！"

项欣澄有些不悦："雨晨，以后大家都是一家人，有什么话大家坦荡地说出来嘛！"

童雨晨："我没有不坦荡啊，只是觉得逸飞的话很荒唐，没有必要说出来。"

项欣澄："荒唐？那我更有兴趣听了。"

童雨晨为难地看着高远树。高远树立刻出声为爱人解围："嗨，真的没什么，妈，你不必这么刨根问底的。你不是说吃花胶好吗，来，多吃点。妈。"

项欣澄知道高远树是在岔开话题，不满地看了雨晨一眼，又看看高明辉，高明辉示意她不要再问，项欣澄叹口气，吃饭。

高明辉："对了，远树，后天你的生日，生日派对要我们为你准备什么？"

高远树吃了口菜："不用准备什么，就是叫一帮朋友来玩玩。"

早晨，冯岚正在准备开张，一个邻居老奶奶牵着一条狗路过雨晨家奶茶店，冯岚笑着跟邻居打招呼："周奶奶，又遛狗呢？"

周奶奶："是啊，这个家伙每天不出门就哼哼。"

冯岚："你家小石头养了快二十年了吧？"

周奶奶："是啊，都成老石头了，连兽医都说他一辈子没见过这么长寿的狗。"

冯岚："那是你养得好，什么好的都给它吃。"

周奶奶："可不，这宝贝像我自己孩子似的，我吃不好也得让它吃好。"

这时童雨晨从家里冲出来对冯岚说：“妈，我上班去啦！”

狗一见她，立即冲着童雨晨狂吠，童雨晨惊叫：“周奶奶！您……您看好小石头啊！”

周奶奶拉住狗：“没事儿没事儿，你走吧，我拉着它呢。”

童雨晨嘻嘻一笑：“谢谢周奶奶！”

童雨晨冲着狗也汪汪叫了两声，然后飞快地跑了，冯岚和周奶奶相视一笑。

周奶奶：“你们家雨晨还是这么怕狗啊！”

冯岚：“可不，自从三岁被你们家小石头咬了之后，现在见了带毛的都怕！哎……”冯岚忽然发现桌上的杯子，冲着雨晨大喊：“雨晨，你忘了拿奶茶啦！”

童雨晨已跑远，只听见飘来一阵声音，“已经喝完啦！”

童雨晨和赵小琪走进之前来过的那家礼品店。

童雨晨：“老板，我之前在这儿定做了一款马克杯。”

老板：“我记得你。已经做好了，稍等！”

老板拿出童雨晨定做的马克杯，赵小琪看了看就是一只普通的马克杯。惊讶地问：“不是吧雨晨？这么普通的生日礼物，你也拿得出手！”

老板笑了起来：“小姐，看事物不能只看眼前哦！”

赵小琪看着老板：“什么意思？”

老板取来热水壶，倒入热水，杯子上出现童雨晨和高远树甜蜜的合影头像。

赵小琪惊奇：“哇塞！”

童雨晨：“怎么样？还是有点创意的是不是？”

赵小琪：“好吧！是蛮好玩的，等何小歉过生日的时候我也来定一个。”

童雨晨无奈地看着赵小琪：“拜托，你能不能不要总是 copy 我的创意，我都鄙视你了。”

赵小琪毫不在意地说道：“随你怎么鄙视，我不在乎！老板，帮我们把这个杯子包起来。”

老板指指一旁的货架：“那过来挑一下包装纸吧！”

童雨晨跟着老板去挑包装纸。小琪拿着杯子玩儿，并各个角度给杯子拍照准备发微信。忽然童雨晨的电话响了起来。

高远树站在布置一新的家里给童雨晨打电话。他身边安逸飞、何小歉、叶江帆都已经到了，还有其他的宾客。唯独少了童雨晨和赵小琪，高远树有些责怪地对童雨晨说：“喂，雨晨，你和小琪怎么还不来啊？大家都到了！”

童雨晨急忙道歉：“抱歉，我和小琪在取礼物，马上就过去。”

高远树："什么礼物？"

童雨晨："待会儿你就知道了，挂了啊！"说完挂了电话，对赵小琪说："小琪，走了！"

"好！"小琪一边发微信的朋友圈，一边转身，一不小心碰落杯子。啪！杯子碎了！童雨晨、小琪和老板都呆住了！

生日 party 上，安逸飞想了许久，终于还是下了决定。走到高远树身边，叫住他："远树，那天的事儿，真是对不起。"

高远树露出一个微笑："算了，都翻篇了，以后别说那么不吉利的话就行了。"

安逸飞："嗯……哎，童雨晨和小琪怎么还没到？"

高远树无奈地说："她俩在给我买礼物。杯子！"

安逸飞惊讶："你怎么知道是杯子呢？"

高远树亮出手机，屏幕显示着朋友圈中的照片："小琪发了个图到朋友圈里，你们应该也看得到。"

安逸飞急忙低头看自己的朋友圈。叶江帆跟何小歉也围了上来，看见手机上的照片，何小歉忍不住吐槽："这个小琪，怎么这么缺心眼儿，这不是提前把雨晨给你准备的惊喜弄没了嘛。对不起啊，远树，管教不严，待会儿我说她！"

高远树："没事儿！既然是雨晨为我准备的惊喜，就算知道了，我也要装作很惊喜的样子，不能让她失望，你们也要配合我，都得装作不知道。"

众人连忙答应。

何小歉："为了帮小琪赎罪，作为专业人士，我来先教你们一些表现惊讶表情的方法，你们看我的嘴型跟我学……"说完，何小歉夸张地表演起来。

看着一地的杯子碎片，童雨晨都快急哭了："赵小琪，你怎么这么毛手毛脚的呀？"

赵小琪非常的内疚，急忙道歉："对不起啊，都怪我！老板，能不能再做一个？"

老板无奈地摇摇头："这都是特别烧制的，不可能说有就有啊！"

童雨晨着急地跺脚："那怎么办？好不容易选的礼物。"

赵小琪出声安慰童雨晨："雨晨啊，杯子谐音是'杯具'，不吉利，咱不送也罢，再想个别的礼物。"

童雨晨："这么短时间，让我上哪儿去找一个称心如意的礼物啊？"

闻言，赵小琪也沉默了，冥思苦想了片刻，突然眼前一亮："有了，我有一个再好不过的礼物，一定可以将功赎罪。"

赵小琪带着童雨晨来到何小歉的家里，打开何小歉之前放盒子的柜子，取出盒子。将盒子打开，露出里面的匕首。

童雨晨低头看何小歉那个漂亮木盒子里的东西，犹豫不决：“你说杯子是杯具，兆头不好，那么这个玩意儿，是不是兆头更不好？”

小琪摆摆手：“哎呀！碎碎平安，不破不立，都到这个份上了，你还在乎这些干什么！”

童雨晨想了想，一咬牙说：“那好吧！”她取出了盒子里那把雕刻精美的带鞘的匕首。拔出来仔细观看着！

这把匕首和安逸飞画的那幅诡异的画上的那把刀一模一样！

高远树家院子里，安逸飞和叶江帆站在一角喝着咖啡。叶江帆看着安逸飞一杯一杯下肚，有点担心：“这好像是你第三杯咖啡了，小心过量，会骨质疏松的。”

安逸飞：“最近心神不宁，还经常犯困，不多来几杯咖啡就没精神。”

叶江帆：“是你那幅画闹的，你有心病了。”

安逸飞：“是，但我真不知道该不该相信自己的画，太诡异了，江帆，你相信我真的有预知能力吗？”

叶江帆：“嗯，首先，我的科学观让我相信时空是多维的，目前我们人类能感知的是三维，但地球上有些生物只能感知一维空间，比如植物，有些能感知到二维空间，比如蚂蚁。所以，你，安逸飞，能感知到四维空间，看到未来发生的事情，从理论上来说，我认为不是完全不可能的事情，只是我不知道你是怎么做到的。”

安逸飞叹了口气：“唉，我也不知道。一切都发生得莫名其妙。”

叶江帆：“我们来想一想，按照画里提示，远树持匕首伤害了雨晨，可是动机呢？眼见他们这么相亲相爱，高远树到底有什么动机伤害雨晨呢？”

安逸飞苦恼地皱皱眉头：“对，那幅画的内容太不符合情理了。”

叶江帆：“也许你不是每一次预言都是对的。”

安逸飞的表情变得有些严肃：“但愿吧，这么骇人听闻的事情，我真不想它发生。可是，当我画那张画的时候，紫藤公园还不存在，现在你也看见了，莫名其妙地横空出现一个紫藤花园，可见我的预言是对的。至于高远树为什么要伤害童雨晨，虽然现在咱们想不明白，但不保证随着时间的发展和推移，他们会一步一步演变成画中的情形……”

听他这样说，叶江帆也跟着愁眉苦脸起来。

公路上驶来一辆出租车。童雨晨和小琪坐在出租车后座上，童雨晨看着手中的木盒子，忍不住一脸的担心，转头问赵小琪：“小琪，你说高远树会喜欢这个礼物吗？”

赵小琪：“哎呀，你放心吧！这个是何小歉打游戏挣的限量版，不是用钱就能买到的。小歉他这段时间没有工作，日夜鏖战，不眠不休，才打通关得到它。”

童雨晨听她这样说，又抽出匕首查看。的士司机从后视镜里看到童雨晨拿出一把匕首，吓了一跳：“哎哟妈呀！你俩小姑娘，想打劫呢？”

童雨晨笑着说：“哈哈哈！师傅放心吧，想打劫也不能拿着一把没有开刃的匕首啊，您说是不是？”

司机放下心来：“唉，现在的小姑娘，一点儿姑娘样儿也没有，舞匕首弄枪的。”

小琪和童雨晨相视一笑。

高远树和何小歉从屋里走出来。看见站在角落的安逸飞和叶江帆，来到两人身边，高远树开口询问：“你俩在这儿聊天呢，到处找你们。”

安逸飞：“干嘛？”

高远树：“打台球去？”

叶江帆兴致勃勃：“好……哎，”忽然，他转头看见童雨晨和赵小琪下车，开心地说：“雨晨她们到了。”

何小歉笑也看见了，调侃高远树：“远树，该你表演惊喜了！”

高远树撇了何小歉一眼，没说话，径直走向童雨晨，剩下三人对视一眼，也跟了上去。走近了，何小歉忽然发现童雨晨抱着的盒子跟他的一样，纳闷，问：“哎，雨晨，你这盒子……”

“哎，”何小歉还没说完，就被赵小琪把拉到一边：“你过来我跟你说个事儿……”

童雨晨把礼物递给高远树：“远树，生日快乐！”

高远树发挥演技，面带疑惑，打开包装，忽然一脸惊喜地笑了起来：“哇塞，太漂亮了！”

远处的何小歉显然听了小琪解释了来龙去脉，急了，想奔过来，被小琪拉住，两人在争吵，但很快，何小歉被小琪“镇压”下去，蔫头耷脑的。

高远树从盒子中拿出匕首，在阳光下欣赏，喜爱之心表露无遗。而见到礼物是那柄匕首时，安逸飞、叶江帆表情陡然一变！

两人本能地同时扑上去抢那柄匕首：“别动！放下……”

高远树莫名其妙地看着两人：“喂，你们干嘛，我还没看够呢！”

安逸飞稍微冷静了些，但还是紧张地看着匕首：“你会伤着人的，远树，快给我！”

远处何小歉一脸不开心地走了过来，说道：“伤个屁，都没开刃，就一玩具。”

大家都住手了，看着何小歉，高远树奇怪地问：“你怎么知道？”

何小歉正要说，赵小琪抢下话头：“呃……我早给小歉发了照片，所以他知道。”

这时，项欣澄和高明辉出来，项欣澄对几人说道：“大家都到齐了，远树，去切生日蛋糕吧！哎，远树你拿的什么呀？”

大家都收手，不再争抢。趁此机会高远树赶紧收好刀，对项欣澄说：“生日礼物。

走吧走吧，切蛋糕喽，都要唱生日歌啊！”说完，拉着童雨晨进屋。

安逸飞和叶江帆凑近赵小琪。问道：“雨晨给远树的礼物不是杯子吗？怎么突然变成了匕首？”

小琪惊奇地看着两人：“你们怎么知道是杯子？”

叶江帆拿出手机，把小琪发的图片举到小琪的眼皮子下。

小琪讪讪地笑：“这张……是杯子的遗照了！”

切完蛋糕，高远树拉着童雨晨回到自己房间，把盒子放进柜子。

童雨晨有些紧张地问：“喜欢吗？”

高远树伸手抱着童雨晨，吻了她一下：“当然喜欢。”

童雨晨有点不好意思：“远树，我必须告诉你，其实……其实我本来准备送你的是一个杯子，可是……可是被小琪摔了……”

话还没说完，就被高远树打断了：“没关系，我都知道了！小琪发到了朋友圈里，本来觉得已经没有什么惊喜了，可是没想到更惊喜，现在的这个礼物更合我的心意。真谢谢你在这么短时间找到这么好的礼物！”说完又吻了童雨晨，童雨晨心里窃喜，剩下的话也不便说出口了。

安逸飞和叶江帆躲开众人，又来到花园商量对策。

安逸飞的神情非常紧张：“怎么办，该出现的都出现了！”

叶江帆：“我们不会让它发生的！……我们去把匕首偷出来吧！只要高远树没有匕首，缺一个元素，也许可以避免那幅画中的事情发生。”

安逸飞想想，点头赞同：“也只能这样了。待会儿我去拖住高远树，你去找那柄匕首。”

两人达成共识，叶江帆立即行动，他趁高远树在楼下应付客人的机会，悄无声息地摸到了高远树的房间，四处找木盒子。最后，他透过玻璃窗发现木盒子在书柜里，但是柜子是锁住的。叶江帆想办法撬开锁，抱着盒子要走，忽然停下来想了想，最后他拿出匕首，把盒子留在书柜里。转身想离开，却惊讶地发现何小歉一脸坏笑倚在门口！

高远树挽着童雨晨在花园里跟其他朋友聊天。赵小琪拿着手机过来对着高远树：“寿星，雨晨看这边！”

高远树和童雨晨一起转头冲着镜头一笑。照完一张，高远树看见一旁站着的安逸飞，叫道：“哎，逸飞，你也过来照一张……小歉和江帆呢？”

安逸飞心知叶江帆去干什么了，掩饰道：“江帆刚才说肚子疼，上厕所去了吧，我去叫他。”说完就往房子里走。

高远树卧室里，叶江帆把匕首藏在身后，何小歉上前去和叶江帆争抢匕首：“给我，这本来就是我的。”

叶江帆惊讶地问：“怎么又是你的啦？”

何小歉一脸不爽：“我打了七天七夜的游戏挣的，小琪自作主张拿给童雨晨做生日礼物！这败家娘们气死我了。你给我！”

叶江帆不给：“不管谁的，这匕首不能存在，我要毁了它。”

何小歉一听，着急了：“你疯了，我千辛万苦才挣了这么一个，给我！”

叶江帆：“不给！”

两人吵得不可开交，已经要上手争夺了。安逸飞快步走进来：“你们干嘛呢?远树催大家下去合影，你们在这儿吵来吵去，会被高远树发现的！”

何小歉被安逸飞一吼，急忙松手。叶江帆见危机解除，急忙脱下衣服，裹着匕首，三人匆匆下楼。

大家在花园里合影。高远树和童雨晨站在中间非常开心，叶江帆和安逸飞神色紧张，叶江帆的手还背在后面，何小歉明显在拿眼睛瞟着叶江帆，这些表情最后都被定格到一张图片上。

合影结束后，叶江帆则趁乱溜出了人群。何小歉见叶江帆溜出，也跟着溜出去。

何小歉一直跟踪叶江帆来到停车场，看见他走到自己的车边，把匕首藏在后备箱里。何小歉躲在一边，等到叶江帆走后才出现，他跑到叶江帆的车后尝试打开叶江帆的后备箱，居然打开了。何小歉得意地笑起来：“叶江帆啊叶江帆，没有想到你这么大意！真是天意啊！是我的还是我的！”他拿起匕首，轻轻抚摸了一下，跑回自己的车子，藏了进去。

这时，正在实验室做实验的李伊，突然感觉到心里一阵不舒服。助手见李伊这样，感觉很奇怪，关心地问：“伊姐，你怎么了？”

李伊摸着胸口：“我……我觉得心里很慌……糟糕！要出事了！”说完急忙向外跑去。丢下助手们莫名其妙地看着她离去的背影。

李伊打车到别墅区门口，给司机扔下一百元钱，说了句“不用找了”，急匆匆地跑进小区……

高远树今天的心情好得不得了，搂着童雨晨甜蜜地笑着，大家见状不停起哄两人：“亲一个！亲一个！亲一个……”

高远树扭头看着童雨晨，童雨晨很不好意思，脸红得像苹果。高远树不禁动情，拥抱着童雨晨，与她深情对望：“雨晨，我现在心里充满了前所未有的幸福，如果时间可以停止，我真希望就停在这一刻，永远也不要回头，永远也不要向前，就现在，刚刚好！”

众人继续哄：“来一个法式热吻！”

经不住大家起哄，高远树低下头，嘴唇慢慢地靠近童雨晨的嘴唇，童雨晨幸福地闭上了眼睛……

这时，高远树的身体又开始变化，他的心跳越来越剧烈，血液流速加快，细胞和细胞之间产生剧烈的反应。就在高远树的嘴唇眼看要碰到童雨晨的嘴唇时，高远树感觉身体有一股力量喷涌而出。铺着白布的餐桌上，盛着食物的金属盘都在颤抖，那些刀叉，慢慢地悬浮在空中……大家都被这个情况惊呆了，一瞬间安静下来。

童雨晨觉得异样，不由睁眼一看，看见那些刀叉像被人操控似的直直向他们飞了过来，大家一片惊叫，全部趴下！雨晨惊叫一声把高远树推开，两人仰面倒在地上！刀叉哗啦落地！大家惊魂未定之时，突然，高远树在草地上蜷缩成一团，痛苦地滚来滚去！大家都呆住了！童雨晨爬到高远树身边，却不敢碰他。

项欣澄看着高远树整个人蜷缩在地上，不停地抽搐着，似乎承受着莫大的痛苦，心如刀绞：“远树，你怎么了？怎么了？”

高远树浑身颤抖着回答：“疼……”

所有人都十分不解，纷纷围上来看着高远树，急切地想要知道高远树到底怎么了。

童雨晨看着忽然全身发红的高远树终于忍不住，伸手摸了摸他的额头，却在接触的一瞬间惊呼起来：“好烫，怎么会烧成这样？”

安逸飞、叶江帆等人目瞪口呆，其他有些人低声议论着。

高明辉急忙出声：“赶紧送医院。”他这一声惊醒了大家，安逸飞和叶江帆等人急忙上去扶起高远树，大家主动让开一条道，却看见一个人伫立在人群外，正是李伊。童雨晨和安逸飞看到李伊，惊得目瞪口呆，两人同时说道：“又是你？”

李伊没有理会两人的惊讶，走上前看了看高远树，对项欣澄等人说道：“去医院没用。请在浴缸里放满冷水，并把家里所有的冰块都放在浴缸里！”

项欣澄怀疑地看着她，问：“你是谁？”

“如果想救你儿子，就听我的。”李伊笃定的态度，让项欣澄不由得点点头。转身叫道：“陈姐，陈姐，快去放水，把家里所有的冰块都拿出来！”

童雨晨看着李伊：“你到底是谁？”

李伊扭头看向她：“他已经昏迷了，救他可能比知道我是谁更重要！”

童雨晨低头一看，高远树果然已经昏迷。

叶江帆：“救远树要紧，快，扶他进浴室！”

李伊转头看了一眼说话的叶江帆，觉得眼熟，突然想起来他就是风投公司的代表，不由一震。想离开，却见大家已经把高远树扶进了屋内，李伊想想，还是跟进。

高远树被抬进浴室，放进浴缸中。他双目紧闭地躺着。保姆拎着一桶冰块送了上来。李伊把冰块全倒进浴缸，冰冷让高远树的痛楚减轻了一些，李伊放心地转向众人：“过一会他就会醒来。”

高明辉见状，不解地问：“他为什么会这样？”

其他人也都看着李伊，希望得到答案。

李伊有些为难：“一言难尽。”

童雨晨忍不住出声：“上次也是你。你到底是什么人？发生在远树身上的怪异现象，跟你有什么关系？”

李伊否认：“跟我没关系。”

安逸飞继续质疑：“那为什么你总是很巧合地就出现在远树出事的时候？”

李伊面不改色地回答他：“你们以为他这种状况是我造成的吗？”

童雨晨：“那你给我们一个解释。”

李伊犹豫了片刻，说道：“我……我暂时还不能说。”

项欣澄不由也疑惑了：“姑娘，你知道些什么？告诉我们好吗？我们家远树，到底怎么了？”

李伊十分为难，就在这时，浴缸里的高远树呻吟了一声，他醒了过来。看了看周围的人，问：“我怎么了？”

大家的注意力顿时转到高远树身上。

项欣澄蹲下身子：“远树，你可算醒了。”

高明辉上前摸摸儿子的额头：“咦，奇怪，刚才那么烫，现在完全不发烧了。就算是物理降温，也没有这么快的。”

高远树：“我……我到底怎么回事？好冷……”

项欣澄：“快起来……哎，姑娘，远树可以从冰水里起来了吗？”

大家转头，却已经不见了李伊。童雨晨拔腿就往外追去。跑到别墅外，却已经不见李伊的踪迹。

生日会就因为高远树的忽然发病而结束了，大家都离开了高远树的家。叶江帆和安逸飞一起离开。

坐在叶江帆的车上，安逸飞表情非常凝重：“今天的事情，你怎么看？”

叶江帆的表情也好不到哪儿去：“我觉得远树身上，确实有一股能控制金属的电磁力。以我的科学观，我可以做出的解释是：世界万物都是由正负电子为基本组成成分，所以我们人体都是有电磁力的电磁场，但是普通人的电磁场，弱得几乎只有用最精密的仪器才能够测定，但不知道高远树的电磁场，为什么会这么强大。”

安逸飞："他的疼痛和高烧，肯定也跟这种突然强大的电磁力有关。"

叶江帆想了想："只有这个解释了！那个女孩子，就是你以前出现在你预言中的那个女孩子？"

安逸飞："对！"

叶江帆："那让她跑掉可惜了，我们本来可以问出点儿什么。"

安逸飞："你说，那幅画里的情景，会不会就是高远树失去意识的时候干的？"

叶江帆脸色变得严峻起来："有可能，如果是这样，我们得多注意高远树了。"

安逸飞："没问题，你保管好那把匕首就行，别让它落在高远树手中。"

叶江帆："一定的！"

两人都沉默下来，但是心中却隐隐有种不安！

高远树躺在床上，童雨晨给高远树倒了杯水。

高远树看着童雨晨，突然叹口气："雨晨，我有麻烦了。"

童雨晨轻轻握着高远树的手，安慰他："别着急，我们会找到这一切的根源的！"

高远树显得无比的沮丧："我一直拒绝面对我是个怪人的事实。但现在……我不得不承认了，我不是个正常人！"

童雨晨："那个女子在你今天昏迷之后，又出现了。"

高远树惊讶："啊？她到底是什么人？"

"她救了你！"

"这么说，她不是坏人。"

"但却是知道真相的人，可惜最后被她溜走了，要不然我一定会问出真相。"

高远树点点头，两人都不再说话，享受这时刻的温情。

李伊回到实验室，就被燕超尘叫到办公室了，燕超尘非常生气，质问李伊："你到底想干什么？你怎么可以跑到高远树家去！"

李伊非常冷静地看着燕超尘："我就是想救他，你知道吗？现在情况越来越严重了。"

燕超尘惊讶："怎么严重了？"

李伊给他解释："副作用！X1 的副作用越来越严重了。它会加速血液循环，增强细胞之间的摩擦产生电流，引起人体的发烧和全身疼痛。"

"啊？高远树就是这样的吗？你怎么做的？"

"他不能吃任何的药，因为不知道其他止痛药会不会引起适得其反的效果，所以我采取用冰冻的方法来缓解血液的流动速度，降低人体体温——我才发作的时候，吴教授就是这样救我的。"

“你不是有药吗？”

李伊苦笑了一下：“我的磁场跟高远树是反的，他吃我的药，只会更加疼痛！”

听她这样说，燕超尘有些担忧了：“那如果听之任之，让电磁力自己消失不行吗？你引起他们的怀疑，如果追问起来，让他们知道真相，我们公司就身败名裂了！”

李伊坚定地看着燕超尘：“可我不能眼睁睁看着高远树死掉！”

燕超尘被李伊的话震住了，瞪着双眼看着李伊：“什么？会死掉？”

李伊点点头，忽然想起了叶江帆，提醒道：“对了，我今天在高远树家，还看到了一个曾经来过我们公司的人。”

燕超尘：“谁？哪天来过我们公司？”

李伊沉吟：“就是……就是你让我离开实验室，找人假装吴教授的那一天。我想，你知道我说的是谁。”

燕超尘震惊：“叶江帆？”

夜里，童雨晨回到奶茶店，发现母亲站在店门口等她，心中一暖，走上去抱住冯岚：“妈，你干吗站外面啊！”

冯岚拍拍她的背：“还不是担心你？这么晚了……哎，怎么不是远树送你回来？”

童雨晨放开母亲，情绪很低落：“他……身体不舒服。”

冯岚关心地问：“他没事吧？”

童雨晨：“已经没事了，我们先进去！”

冯岚点头同意，没走两步，她忽然想起了什么对童雨晨道：“对了，逸飞在家里等你。”

童雨晨诧异：“逸飞？”

冯岚：“恩。快进去吧。”

“好。”童雨晨说完，快步走进家门，看见安逸飞正安静地拿着一本书看着：“逸飞，你怎么来了？”

安逸飞抬头，对童雨晨笑了笑，问：“远树怎么样了？”

童雨晨摇头：“没事了，他妈妈让他明天去医院做个全身检查。”

“嗯！”安逸飞低头沉默了片刻。忽然很认真地看向童雨晨：“雨晨，如果以后高远树再出现这种情况，你不要离他太近！”

童雨晨惊讶：“为什么？”

安逸飞不愿解释太多：“你相信我好吗？”

童雨晨奇怪地看着安逸飞，不解地说：“逸飞，你最近说这些话真的好奇怪。高远树是我男朋友，他出事了，我应该好好照顾他、陪着他，而不是远离他。”

安逸飞闻言有些急切：“不，你一定要和他保持距离，否则他会伤害你。”

安逸飞的话让童雨晨愣了一下，随即说道："又来，你又说这样的话！怎么可能啊，高远树有什么理由会伤害我？你能不能把话说清楚一点？"

"如果能说清楚，我会说清楚，但是现在……我也说不清楚，我就是不想让他伤害你！"

听他这样说，童雨晨有些无力，疲惫地坐在沙发上："逸飞，不管你知道什么，我都感谢你的关心。今天发生了好多事，我头脑很乱，我想好好想一想。"

安逸飞见状，只能告辞了："好吧，希望你自己多加小心！我先走了。"

安逸飞离开，童雨晨叹了口气，回房休息了。

清晨，燕超尘心神不宁地在办公室里走来走去，一夜未睡的他显得非常的疲惫，烟也一口接着一口地抽着。随后他坐了下来，把烟灭掉。拿出手机拨打了童雨晨的电话！

电视台里，童雨晨坐在自己的办公桌前拿着栏目稿发呆。

笑笑看出童雨晨心情不太好，走过去问道："你怎么了？"

童雨晨抬眼回答："没啥！"

这时，雨晨手机便响了起来，拿起手机一看，显示是燕超尘。童雨晨迟疑了一下，还是接通了电话"喂！"

燕超尘走到窗边："是我！还记得吗？"

"当然记得！"

"今天有空吗。我等着你的冰淇淋呢！"

童雨晨沉默了片刻，才开口："改天吧，我今天没什么心情！"

燕超尘："心情不好？那就更应该出来走走，赏赏花，看看云，散散步，这样心情会好很多的！"

童雨晨拿着电话，有些歉意地说："抱歉。今天真的没心思。"

听童雨晨这样说，燕超尘也不好勉强，只好放弃："那好吧，改天再约。拜拜！"说完靠坐在椅子上，失落地看着窗外。

"拜拜。"童雨晨挂掉电话，又盯着电话看了一会儿，终于还是翻出高远树的电话打了过去。电话很快接通。

高远树："雨晨？"

童雨晨："远树，你今天感觉怎么样？"

高远树坐在医院验血室，护士正在给他抽血，高远树另一只手拿着手机回答童雨晨："正在医院做血检呢……"忽然护士手抖了一下，高远树被扎疼，惊呼："哎哟哎哟，护士，麻烦你轻点儿好痛的！"

童雨晨听着远树的叫声，笑了：“要我过去陪你吗？”

高远树：“好啊！”

“那你等我！”童雨晨挂掉了电话往外走。对一旁的笑笑说：“笑笑，我出去一下，头儿找我给我打电话！”

笑笑做了一个 OK 的手势：“没问题。”

童雨晨来到医院，陪高远树在医生办公室等待结果，医生看了看血检报告，对高远树说：“报告显示你的血液一切正常，只是铁的含量稍微有点高。”

童雨晨：“铁？这会不会就是让他发烧和疼痛的原因？”

医生笑笑：“别紧张。虽然说比平常人高一些，但也是在正常指标内。不可能会产生高烧和全身疼痛的症状！”

高远树：“那……让我身体产生电磁力的，是这些铁质吗？”

医生一愣，哈哈大笑：“电磁力？别逗了，人体有电磁力，是因为电子是组成宇宙一切物质的基本成分，跟铁元素含量没有关系。铁质含量高只能说明一点，你的造血功能比较强大，现在年轻人体质都蛮好的！”

高远树：“可是我的电磁力可以让一些金属悬浮起来。”

医生不信：“不可能，除非你让我亲眼看到。”

高远树和童雨晨面面相觑：“那个……不是随时随地都可以！”

医生：“那就别瞎说了，你要再坚持你的说法，我可能就要建议你去看心理医生了！”

两人只好悻悻地离开了。

回到车上，高远树很不高兴：“那个医生的意思，我是有幻觉，是个神经病！”

童雨晨：“算了，没有亲眼见到的人，是很难相信的。”

听她这样说，高远树突然不说话了。

童雨晨担心地看着他：“你在想什么？”

高远树：“我在想，这一切突然变得这么怪异，好像都是从我们出事之后，你说，会不会跟……跟我心脏移植有关系？”

童雨晨一震：“移植？移植跟那个女子又有什么关系呢？”

车子开到电视台外，高远树把车停在电视台门外，童雨晨从车上走下来，弯腰对车里的高远树说道：“晚上不用来接我了，下班了我自己回去。”

高远树点点头：“别工作太晚。”

“知道了！”说完，童雨晨进了电视台，高远树启动车子离开。

高远树驶出一段距离，正好燕超尘开着摩托车迎面过来，和高远树擦身而过。

装束跟游艇出事那天一模一样。高远树看着他，觉得非常熟悉，但是一时又想不起来在哪儿见过他。于是多看了几眼，这一走神，就听见车后传来一阵喇叭声，原来自己开的太慢，堵住了后面的车辆。高远树收敛心神，专心开车！

童雨晨拿着素材带从剪辑室出来，一个人拦住她，她抬头一看，是燕超尘，非常惊讶："你怎么来了？"

燕超尘："听说你心情不好，我来看看你。"

童雨晨哑然："呃……好像我们的交情还没到那份儿上吧？"

燕超尘："其实我们的渊源比你想象的深。"

童雨晨惊讶："此话怎讲？我们有什么渊源？你不会总是用这样的借口泡女孩子吧？"

燕超尘一听，忽然笑起来："泡你？哈哈哈……"

童雨晨被笑得莫名其妙，看着燕超尘。

电影拍摄现场，何小歉拿着木头匕首正和一名老者对峙着。演戏。

导演在一旁盯着监视器。抬手一挥："Action！"

何小歉和一个老头演对手戏，那老头正是燕超尘找来冒充吴教授的人。俩人开打，没几个回合，木质匕首断掉了！

"Cut！"导演怒道。他站起来对着副导演吼道："谁准备的道具？"

副导演立即道歉："抱歉抱歉，我现在就去找他们！"随即副导演找到道具组大喊道："你们准备的这是什么破烂！还不快去找个新的来？"

道具组的一个管理带着歉意地看着副导演："对不起、对不起导演，但是道具就那一个，现在要准备也来不及了！"

导演更生气："你们都是干什么吃的，这点事都做不好！"

副导演立即打圆场："别生气、别生气，我来想办法，您先消消气！"说着给道具组的打了个眼色："还不去找找有没有备用的？"

道具组的也会意散开去找备用物品。

导演气呼呼地坐到凳子上，副导演立马递了杯水过去。这时，何小歉想起了自己的那把匕首，眼睛一亮。走到导演身边说道："哎，导演，我有现成的。"

导演："什么？"

何小歉："你等等啊！"说着，从自己的包里拿出匕首，递给导演："导演，你看这怎么样？"

导演惊喜地看着匕首："漂亮！哪儿来的？"

"打网游挣的，限量版。"何小歉得意洋洋地说。

导演："挺精致的！不会伤到人吧？"

何小歉急忙摇头："不会，还没开刃的。"

导演闻言，将匕首抽了出来看了看，在手里掂了又掂："不错，开了刃绝对是把好刀！就用这拍吧！"

大家准备拍摄。何小歉突然听到导演的心声，"我要有这么一把匕首该多好！"何小歉一愣，看看导演，导演却一门心思在拍摄上，脸都没朝向他。

电视台走廊外，燕超尘停止笑："你请我吃饭就告诉你！"

童雨晨有些恼火："我记得我只欠你一个冰淇淋。"

燕超尘很自信地对童雨晨道："如果我告诉你，你欠我的人情，一吨的冰激凌都还不了，你相信吗？"

童雨晨愣住了，傻傻地看着他。

燕超尘接着说："今天你下班后，无论多晚，我都等接你，你请我吃饭，我告诉你一些事情，你不会后悔你花的饭钱！"说完燕超尘头也不回地走了。留下童雨晨怔在原地。

何小歉一个镜头顺利拍完，导演非常开心："今天完成很顺利，大家可以早点收工！"

众人雀跃。这时，赵小琪刚好来探班，跟大家一一打招呼，很熟络的样子。看见何小歉。赵小琪朝他挥手："小歉！"

何小歉回头见了小琪，急忙想把匕首藏起来，却被小琪发现了："你在藏什么？"

"没什么！"何小歉慌慌张张的样子被赵小琪看出了端倪，强行搜出来何小歉手中的匕首，大吃一惊："怎么又在你这里？你从高远树那儿偷回来了？！"

何小歉强词夺理："没有……我怎么能干那么格调低下的事儿？这是我……我又买了一把。"

赵小琪不信："你不是说限量版吗？"

何小歉："限量……限量我也有办法再弄一把啊。你忒小看我了。"

赵小琪："好，我相信你一次，来，照张相！"

那个假扮过吴教授的老头过来，笑话他们："哈哈，小两口怎么吵架呢？"

何小歉急忙说道："没有没有，闹着玩呢。"

在他跟老头说话的时候，赵小琪给何小歉照了张相。照片定格，背景里把老头也照了进去！

黄昏时候，安逸飞和叶江帆打完球走出来打开自己的储物柜换衣服，忽然安逸飞听见手机传来一声信息提醒，他拿出手机看起来，叶江帆坐下开始换鞋子，一边换一边说：“这鞋子新买的，穿起来很舒服，你要不也去买一双吧！”而那双鞋，跟安逸飞画里的半只鞋是同一款，但安逸飞丝毫没注意到，只是震惊地看着手机。接着紧张地转头问叶江帆：“匕首在哪儿？”

叶江帆莫名其妙地抬起头：“在我车子的后备箱啊！”

安逸飞将手机递给叶江帆：“你看！小琪在何小歉的官方微博上发的照片。”手机上赫然显示拿着那把匕首的何小歉。

叶江帆忽然想起了什么，说：“原来这小子居然上演了一场黄雀在后啊！”

“糟了。”安逸飞不安起来，正要将手机收回，忽然叶江帆又将手机抢了过去，把画面放大了些。不过目标不是何小歉，而是他身后的那个临时演员。自言自语道：“何小歉身后这人，我好像在哪儿见过！”

安逸飞：“你见过？”

叶江帆想起在实验室见到的吴教授，非常惊讶：“是他！”

安逸飞莫名其妙地凑上前看着屏幕上被叶江帆放大的人：“他是谁啊？”

“回头告诉你。先找到何小歉追回匕首再说！”说完拿出电话打过去。

何小歉开车载着赵小琪回家，忽然电话响了。赵小琪接听：“喂，江帆……对，我和小歉在一起。”说着把电话安免提，递给何小歉：“江帆找你！”

何小歉瞥了一眼电话：“什么事儿，江帆？”

叶江帆听何小歉接电话，立即着急地问：“你什么时候把匕首偷走的？”

何小歉大惊失色：“什么……什么……”

赵小琪也吃惊：“啊？原来你真的是偷了高远树的礼物……”

何小歉着急要小琪不要说话：“嘘嘘……闭嘴！”

叶江帆从赵小琪口中知道何小歉真的拿了匕首，正色道：“你快点把匕首还给我，否则我告诉高远树了……”

何小歉听他这样说，心里发慌，灵机一动想了一个办法：“喂喂……你说什么？信号不好，我听不清……”说完，何小歉示意赵小琪挂机，赵小琪急忙挂了电话。

何小歉转头凶小琪：“你是不是又把我照片发微信朋友圈了？”

赵小琪：“没有……发在微博上了！”

何小歉：“一天不显摆你会死啊？！赶紧把照片删了。坚决不要承认我拿了匕首，听见没有？”

赵小琪瞪大了眼睛：“为什么？明明是你错了，赶紧把东西还给人家！”

何小歉：“明明是我的东西，你拿去做人情！我告诉你，这匕首我不能还，我还要用做拍戏道具呢……”

说着电话又响了。何小歉急忙吩咐小琪：“关机……快关机！”

赵小琪不情愿地关了机。

叶江帆无奈地看着电话，告诉安逸飞："关机了！要不，我明天去他家找他要回来。"

安逸飞叹口气："也只有这样了！我们现在去吃饭吧。"

叶江帆："不了，有点工作上的疑问，我要去一个公司调查一下。"

安逸飞："什么事儿啊这么急？"

叶江帆："那个公司，好像有些事情欺骗了我，等我调查清楚了，回头告诉你，再见！"说完快步离开了。

叶江帆开车来到燕超尘公司楼下，正好看见燕超尘从公司出来，骑上自己的摩托车离开公司。叶江帆急忙跟了上去。

燕超尘骑着摩托车在黄昏的公路上奔跑着，叶江帆不快不慢地跟在后面。一路尾随到电视台楼下。

燕超尘将车停在一边，抱着头盔倚在摩托车上，耐心等候。叶江帆在路的另一边，盯着燕超尘。时间流逝。过了很久，童雨晨从电视台里走了出来，燕超尘开着摩托迎了上去，拦住童雨晨。

童雨晨惊讶地看着他："你还在？"

燕超尘："我是个守信用的人！"

"好吧，我就还了你这个人情！想吃什么？"童雨晨上了燕超尘的车。

叶江帆在车内目瞪口呆地看着两人："童雨晨！他们怎么认识？"

CHAPTER

06

不一样的美男子

月亮渐渐露出脸来，高远树走进浴室沐浴。

过了一会儿，水声停止，高远树跨出浴室，裸着的上身能看到手术后留下的疤痕。他走进衣帽间，众多的衣服，他随手拿了一件穿上——恰巧是和安逸飞那幅画上的衣服一样！

高远树很放松，他拿起水杯喝水，目光落到雨晨送的那个盒子上，不由微笑，打开柜门，拿出盒子正要打开想再欣赏一下那件礼物，忽然有敲门声打断了他。高远树放下盒子，开门，见父亲站在门外。高远树奇怪地问："爸，什么事儿？"

童雨晨和燕超尘并肩走进一家西餐厅，服务生带着两人来到一个靠窗的位置。燕超尘非常绅士地给雨晨拉开了凳子。童雨晨坐下来，燕超尘也在对面落座。服务生将菜单递给他们。

燕超尘翻看菜单问童雨晨："想吃什么？"

童雨晨："您似乎有点儿反客为主，好像应该请客的人问这句话吧？"

燕超尘笑笑，递给童雨晨菜单："我要一份雪花牛排就好了。"

雨晨接过菜单随意翻了翻："两份吧！"

燕超尘："想不到我们口味一样。"

童雨晨："我只是懒得动脑筋去想吃什么。"

燕超尘把菜单递给侍者："两份雪花牛排，两杯桂馥红酒。"

童雨晨阻止："不，一杯酒够了！我不喝酒。"

服务生点头，转身走开。

高明辉站在高远树卧室门口："你妈叫你下去吃饭。"

高远树："好的，这就下去。"

高明辉："还有……你妈很担心你的身体，她希望你去美国再彻底检查一下，待会她会提这个话题，你要想想怎么回答让她不担心。"

高远树笑笑："呵呵，爸爸，我会说服她的，她总觉得美国什么都比我们好，其实中国的医生技术比美国好多了。真的，我在美国呆过那么久，我还不知道吗？"

高明辉："我就知道你不想去。行，你说服她吧。"

高远树："我知道了，爸，不会再让你们担心的。"

高远树欲把手中的盒子放进柜子里，高明辉看见对盒子产生兴趣："那是什么？"

高远树骄傲地扬了扬："雨晨送给我的生日礼物。"

高明辉："看盒子蛮漂亮的。"

高远树幸福地说道："里面的东西更漂亮！"说完打开盒子向父亲展示，见高明辉看着盒子里一脸疑惑的神情，高远树不解，朝盒子里瞅了一眼，空的！他非常震惊："我的刀呢？"

服务生端来牛排退开，童雨晨拿起餐具，有些等不及了："你到底要告诉我什么？"

燕超尘切下一块牛肉放进嘴里："别急，吃完了再说。"

童雨晨不爽地看着他："如果这是你惯用的泡妞手段，那我可要先声明，我不但不买单，还会翻脸的。我最恨那种浪费别人时间的人了。"

燕超尘笑了笑："你男朋友——高远树最近身体还好吧？"

童雨晨震惊："你怎么知道我有男朋友，以及他的名字？"

叶江帆的车停在餐厅外，他透过车窗看着餐厅里的童雨晨和燕超尘。疑惑地自言自语："雨晨怎么会和他在一起？难道他们在约会？不可能，雨晨不会做这种事！"

燕超尘喝了一口酒："我不但知道他的名字，我还知道，他最近做过一次心脏移植手术！"

童雨晨更加吃惊："你到底是什么人，你怎么知道这个？"

童雨晨的手机响了，童雨晨一看来电是高远树，没有接的意思。燕超尘奇怪地问："你不想接？"

童雨晨："我想先弄明白你到底是谁。"

"你很心急。"

"我很好奇！"

"好吧，我既然勾起了你的好奇心，就肯定会负责到底。"燕超尘叹气，靠在椅子上："你为什么从来没问我是在哪里捡到你的工作证的呢？"

童雨晨："因为我觉得这是小事啊——好吧，我现在提出这个问题。"

燕超尘一字一顿："三个月前，荔湾码头！"

童雨晨震惊："三个月前……荔湾码头……就是我们出事儿的那一天！"

燕超尘："对！我就是另一艘船上的当事人！"

"啊？你！"童雨晨更加震惊了，这时，童雨晨的电话又响了，雨晨这次想接，被燕超尘按住手："别急，我和你们的故事还没说完呢，这才开始！"

叶江帆在车内看到燕超尘摸着童雨晨的手，眼睛都瞪直了！

童雨晨看着燕超尘的手按在自己的手上，尴尬地咳嗽了一声。燕超尘缩回了手。童雨晨把手机调到静音，看着燕超尘："那天，到底发生了什么事？"

高远树坐在沙发上，拿着手机给童雨晨打电话，一直没见她接，有些担心："在搞什么鬼，怎么不接电话？"

餐厅里，燕超尘放下餐具靠在凳子上："当时，那条船上，并不是只有我一个人，还有我的恩师吴教授！”

童雨晨：“他现在怎么样了？”

燕超尘顿了顿：“他因为伤势过重，在那天去世了。他生前签署了器官捐赠协议，所以……”

童雨晨猜到真相，非常震惊：“所以，现在高远树胸膛里跳动的那颗心脏，是属于你的恩师的？”

燕超尘缓缓有力地点点头。得到证实的童雨晨瞠目结舌！

燕超尘接着说：“不仅仅是高远树的心脏，还有安逸飞的角膜，何小歉的皮肤，都是属于我的恩师。”

童雨晨：“我能把这个消息告诉高远树的家里人吗？他父母一直想找到捐献者的家属表示感谢，但是因为捐献者签了保密协议，医院不肯告诉他们。”

燕超尘沉吟：“吴教授没有直系亲属，那天在捐赠允许书上的亲属栏里签名的人是我。”

童雨晨吃惊：“啊？为什么？”

燕超尘：“因为他心里只有研究，只有生物科学。他以前有一个妹妹，跟他一样也是生物科学家，但不幸二十多年前就去世了。我是孤儿，从小是吴教授资助我，一路念书到博士，他是改变我命运的人，在我心目中，他就是我的——父亲！”

燕超尘重重地强调最后两个字，童雨晨看着燕超尘真挚的面孔，动容，她叹息：“原来是这样——”想了想，心中又生疑问：“为什么你会突然告诉我这个？为什么……不去对高远树家里坦承这些事？”

燕超尘似乎无奈地笑笑：“因为……我可能需要你的帮助。”

童雨晨奇怪：“我的帮助？我能帮你做什么？”

叶江帆仍然坐在车内，眼睛看着窗边的雨晨和燕超尘。皱着眉头，想了想，给安逸飞打电话。

此时安逸飞正坐在餐桌前吃饭，听见电话响。急忙接起来：“喂，江帆……什么事儿？”

叶江帆眼睛盯着餐厅：“你猜我在哪里？”

安逸飞：“地球上某个位置吧！”

叶江帆：“我在一家西餐厅外，你猜我见到了谁和谁在一起吃饭？”

安逸飞：“唉！不要卖关子啦，你什么时候变得这么啰嗦？”

叶江帆：“我看见童雨晨和燕超尘在一起。”

逸飞一愣：“……燕超尘是谁？”

叶江帆：“跟我们公司有合作的一个生物制药公司的企业家。”

安逸飞："我从来没有听雨晨说过认识这个人啊。……不过雨晨是记者，打交道的人三教九流五花八门，认识某个企业家也不是什么奇怪的事儿吧？"

叶江帆："嗯，可是我看到这个企业家刚才摸了童雨晨的手，你觉得这个情况正常吗？"

逸飞惊愕："啊？你没看错吧？"

叶江帆："我视力很好。"

安逸飞沉默了片刻，问道："那个企业家帅吗？"

叶江帆："呃……无论从男人的眼光还是女人的眼光，都只有两个字的评价：很帅！"

"那……恐怕这件事情就严重了！"安逸飞不安地叹了口气。

高远树一直打电话给童雨晨未接，于是给只好给她语音留言："雨晨，你送给我的匕首丢了！"松手，短信发送出去。

餐厅内，燕超尘在给童雨晨解释："我要你帮助的意思，是因为我也算半个科学家，又对恩师的感情至深，所以，经常看着你的朋友们有活力的样子，能让我感觉到恩师的生命还在这些人身上延续。"

童雨晨："我明白了，你是想跟我的朋友们做朋友？"

燕超尘："呃，可以这么说吧，但出于不想接受别人的感恩，我又不想让他们知道我和捐赠者的关系，你明白我的意思吗？"

童雨晨点点头，这时她手机短信提示音响。

"请稍等！"童雨晨听语音短信，大吃一惊："对不起，我需要打个电话。"

燕超尘点点头，童雨晨走到一边去回高远树的电话。

叶江帆看着两人的进展，嘴里依旧在和安逸飞说话："你说的严重是什么意思？"

安逸飞："远树一向对雨晨百依百顺，唯一的缺点就是不喜欢雨晨跟别的男孩子说话、交往，以前他们就在这方面有过摩擦，如果远树知道雨晨在跟一个优秀帅哥共进晚餐，那他就有足够的理由生气、发怒……"

叶江帆："可是他应该不知道此时此刻雨晨在跟一个帅哥吃饭吧？"

但是两人猜错了，童雨晨把这个事告诉了高远树。高远树果然有点吃醋：

"你在跟朋友吃饭？哪个朋友、男的女的？"

童雨晨："男的，你不认识。"

高远树："你还有我不认识的男朋友吗？"

童雨晨听出他的醋味，给他下定心药："别疑神疑鬼的啦，我迟早会介绍他跟你认识，你也应该要认识他。"

“为什么？”

童雨晨：“这件事儿说来话长，我回头跟你说。你说匕首丢了，是怎么回事儿？”

高远树：“自从生日那天你送给我，我就当宝贝似的供着，今天想拿出来玩一玩，却发现盒子是空的。”

童雨晨想了想：“生日那天之后有人进过你的卧室吗？”

高远树：“家里父母进我的卧室都要敲门的，只有生日那天人多混乱，是不是谁喜欢拿走了？”

童雨晨想了想，无奈地说道：“我想这个问题，赵小琪可能可以回答！我问问她！”说完童雨晨挂掉电话给赵小琪打了过去，赵小琪一听雨晨是因为这事，立刻求饶：“雨晨你别生气，真的不是我拿的！”

童雨晨：“真的吗？我告诉你啊赵小琪，如果以后让我知道你又把匕首偷回去了，我跟你绝交！”

赵小琪无奈：“不是我拿的……但我知道是谁拿了。”

童雨晨：“何小歉，对不对？”

赵小琪高兴：“不是我说的啊，是你聪明猜到的！”

童雨晨立刻转成凶巴巴的样子：“出尔反尔你们还是我朋友吗？你快点让何小歉把匕首还给高远树，否则我把你从伴娘名单上划掉！”

赵小琪：“别别别，我错了我错了。你放心，我立刻让他完璧归赵。”说完，赵小琪挂了电话，心里窝火地给何小歉打电话。

但是何小歉丝毫没想到大难临头，兴冲冲地从五金店走出来，将匕首拿到面前，喜爱地摸了摸，这时电话响了。何小歉接听电话：“喂，小琪……什么？还给高远树？”

赵小琪凶巴巴地说道：“你要让我为了一把小小的匕首断送和雨晨十几年的闺蜜情，我就跟你分手！”

何小歉可怜巴巴的：“宝贝，不要这样嘛，这把匕首我还要做道具拍戏呢。”

赵小琪：“少找借口，我看过剧本了，根本用不着做道具了！”

何小歉：“可是……可是导演喜欢，我还还想送给导演，以后上个什么戏，也好说话啊！”

赵小琪：“你要再啰嗦，我就登录你的游戏，把你的装备全部卖掉，把你的账号销掉！”

听到这个，何小歉立刻瘪了：“好好好，算你狠，我……我把匕首还给高远树去！”

“这就对了！”赵小琪松口。

“但是，我怕高远树骂我啊！”

“你回来接我，我们一块儿去找雨晨，赔礼道歉！”

叶江帆买了一瓶水回到车上："逸飞，我觉得这事情可能复杂了。那个燕超尘，他是有问题的。"

安逸飞："什么问题？"

叶江帆："我现在正在跟进的这个项目就是他们公司研制的，但是我发现他对我说了很多谎，我们公司的投资基金，他挪作他用了。你说，如果他跟童雨晨是好朋友的话，这件事，童雨晨知道多少？"

逸飞大吃一惊："雨晨不会卷进这种事情里去吧？"

叶江帆心事重重："谁知道呢。"

而这边，何小歉已经接上了小琪，俩人驱车去找童雨晨。

赵小琪瞪着何小歉埋怨着："你让我的脸都丢尽了，上次我就说把匕首还给高远树，你不还，现在弄得雨晨还以为我出尔反尔偷了匕首……"

何小歉反驳："你还说呢，还不是怪你，打烂了人家的生日礼物还拿我的东西做人情……再说了，又不是我直接从远树家拿的匕首，是叶江帆拿的……哎，要不咱们说咱们也没看见，匕首在叶江帆那儿……"

赵小琪给了何小歉脑袋一巴掌："你还动歪脑筋，别把江帆牵扯进来。乖乖地还了这事儿就了了！"

何小歉嘟嘟囔囔："还说我呢，都答应导演送给他了……你让我里外不是人。"

小琪白了何小歉一眼："懒得理你……"说着拿出手机给童雨晨打电话："喂，雨晨，你现在在哪儿呢？"

童雨晨接起电话："我在阿斯尔西餐厅……哦，你找不到啊……那就在上次何小歉剪彩的那个紫藤花园附近吧，离高远树家也近，拿了东西就给他送过去……得了得了，见面再说吧。"童雨晨挂了电话，歉意地对燕超尘笑笑："对不起，我有点儿事情要先走了。你的困境我知道了，以后有机会，我会对我的朋友解释。"

燕超尘："谢谢你的理解。……你要去哪里？"

童雨晨："我要去紫藤花园，跟朋友碰头，拿样东西。"

燕超尘："哦，我知道那个地方，就是上次你采访我的地方，我送你过去，顺路。"说完燕超尘招呼侍者买单。

童雨晨拦住他的手："我来吧，早说过是我做东—— 一顿饭确实不够表达我的感谢，谢谢你在捐赠书上签字，救了高远树以及我其他的朋友。"

听她这样说，燕超尘也不再争抢。付账过后，两人走出餐厅。童雨晨上了燕超尘的摩托车。叶江帆看到雨晨和燕超尘出来，急忙问安逸飞："逸飞，他们要离开了，我是跟着他们还是拦着他们？”

安逸飞想了想：“你暂时跟着吧，没有搞清楚他们什么关系之前，不要让事情闹大。”

“好！”叶江帆点头，挂掉电话。

安逸飞也挂了电话，心事重重地在房间里踱步。不知不觉走到阳台上，双手撑在栏杆上眺望远方，无意间抬头看了一眼月亮。忽然，他眼神渐渐变得恐慌，瞳孔放大。月亮带着诡异的暗红色。他快速冲到画架前，盯着那幅画，画面上的月亮，不是平常的银亮色，而是如今夜一般带着诡异而淡淡的红色！

童雨晨戴着头盔坐在摩托车后面。她的包里，手机在一闪一闪，显示有来电，但童雨晨浑然不觉。

安逸飞拿着电话，焦躁地在阳台走来走去。给童雨晨电话，童雨晨没接，安逸飞挂掉，转头给叶江帆打：“江帆，你听我说，画上的事情就要发生了，就在今晚！高远树会杀了雨晨！”

叶江帆驾驶着车跟随燕超尘和雨晨。叶江帆用耳机接听电话，很疑惑：“不会吧？你怎么肯定是今晚？”

安逸飞：“月亮，红色的月亮！跟我画里一模一样，我一直以为是我用了错误的颜色，现在才知道，真的有红月亮。那表示事情的发生就在今晚！江帆，你要跟紧了雨晨，千万不要让高远树接近他。我现在联系何小歉，把匕首拿到！我们一定要阻止这件事！”说完，安逸飞挂了电话，果断出门。

叶江帆满腹疑惑，他探头看了一眼月亮，略惊讶：“真的是红色的！”看了片刻，叶江帆把视线收回重新看前方的时候，突然见车头出现一个路人，叶江帆大叫一声，急忙踩刹车！车在离路人几厘米的地方停住，叶江帆一身冷汗，惊魂未定。

这时，何小歉电话响了，何小歉正要接听，被小琪抢过来：“没戴耳机不能接听电话，安全第一。”说着接通电话：“喂，逸飞啊，什么事儿？”

安逸飞跑向停车场，一边拿着手机说话，一边匆匆上车：“小琪，你和小歉在哪里？”

赵小琪：“哦，我们去找雨晨有点儿事。”

安逸飞着急：“你们在哪里见面？”

赵小琪：“紫藤公园！”

安逸飞大惊：“什么，紫藤公园？你们去干嘛？”

赵小琪：“我让何小歉去给雨晨送样东西。”

“是那把匕首对不对？”

赵小琪奇怪：“你怎么知道？”

安逸飞急得手都抖得车钥匙塞不进钥匙孔：“不，小琪你千万不要把匕首还给雨晨，千万……”电话那头传来忙音，电话断了。安逸飞着急，再拨，却是对方电话关机的声音。

何小歉车上。赵小琪看了看手机：“没电了！”

何小歉：“安逸飞说什么啊？”

小琪莫名其妙：“逸飞说不要让你把匕首还给雨晨——他怎么知道我们是去送匕首的呢？”

何小歉耸耸肩：“肯定是叶江帆告诉他的。”

赵小琪：“叶江帆知道你偷了匕首，想要回去？”

何小歉：“可能吧！”

这时，赵小琪的电话响了，赵小琪看看来电显示：“又是安逸飞。”

何小歉：“你不接啊？”

赵小琪：“不接。谁也不能把这把匕首要回去。”

等了许久，不见接通，安逸飞无奈挂了电话，启动车，火速赶往紫藤公园。

叶江帆停稳车子，下车去查看车前的路人：“你没事吧？”

路人惊魂未定：“年轻人，开车看着路好吧？这里是人行道哎！”

叶江帆：“对不起，对不起，幸好没撞上！”

路人：“你吓死我了知道不知道！下次看着点儿路。”

叶江帆连连点头：“好的好的，对不起对不起！”正说着，电话响了起来，叶江帆接听：“喂，逸飞……我跟丢了……出了点小意外……什么？他们是去紫藤公园？何小歉也去？好的好的，我立刻去。”

高远树坐在卧室沙发上，在手机上查看地图定位，一个小点在移动，那是童雨晨的位置。高远树纳闷：“咦？刚才明明说在跟朋友吃饭的，怎么又会出现在我家附近呢……”突然冒出一个女孩子的头像闪烁，名字显示是“木子”要求视频通话。高远树按下接听键，一个女孩子视频影像出现在屏幕上，木子很开心地给高远树打招呼：“远树哥哥，你在干嘛？还没睡呢？”

高远树：“木子，你别闹，哥正在干正事儿。”

木子：“什么正事儿啊？”

高远树：“我在定位我女朋友的位置，就被你电话打断了。”

木子：“哥，你别那么变态了行不？成跟踪狂了，小心我鄙视你啊！”

高远树：“别瞎扣帽子，你那边应该是早上了，你也该起床准备准备去上课！不好好学习小心我告你状！”

木子吐吐舌头：“小心我先在未来嫂子面前告你的状！拜拜了您呐！”说完一闪身下线了。

高远树继续查看童雨晨所在的点的位置，感到奇怪："咦？雨晨怎么会在紫藤公园？"他想了想，跑出门。

来到大厅，项欣澄见高远树要出门，随口问了一句："这么晚，去哪儿啊？"

高远树："去找雨晨。"

高明辉："雨晨在哪儿啊？"

高远树："就在家附近！我很快就回来。"项欣澄还想多问，高远树已经出门而去了。

燕超尘骑车带着童雨晨来到紫藤公园，他把摩托车停在一边。

童雨晨下车，把头盔递给燕超尘："谢谢你。"

燕超尘看看周围的环境："我陪你等一会儿吧，你一个女孩子不安全。"

童雨晨这时对燕超尘这时全无戒心，态度好了许多："那多谢你了。对了，待会儿来的朋友是何小歉，也是受惠于你的恩师才得以恢复健康的，我介绍你认识认识。"

燕超尘："这个……暂时还是不要告诉他们我的身份为好，你知道就可以了，被别人感恩我还不习惯，真的。"

童雨晨："好吧，尊重你的意思。"

俩人一时无语，童雨晨抬头看天，被月亮吸引，瞪大了眼睛："哇，红月亮！"

燕超尘抬头看了看："怎么，你喜欢？"

童雨晨："小时候，听老人说，如果天空出现了红月亮，地上就有血光之灾。"

燕超尘微笑："迷信！月亮的光是反射的太阳光，太阳光是由可见的七种光组成的复合光，而红光是可见光中波长最长的，不易被阻挡，所以，当空气的洁净度不高时，即悬浮颗粒物太多时，其他的光都被大气层的颗粒物反射或者折射了，没有到达地球，所以有时候我们看见的月亮就是散发着红光的。"

童雨晨佩服："哇，你懂得真多。"

燕超尘："过奖，这是基本常识。"

童雨晨："惭愧，我就不知道，因为小时候听到的那些传说，现在看着红月亮还觉得瘆人呢！"

燕超尘："你不会真的相信有血光之灾吧？"

童雨晨："呃……当然不信！"

此时的安逸飞、叶江帆，正从不同方向匆匆赶往紫藤公园。

相比他们，何小歉和小琪很轻松，小琪拿出那把刀把玩，何小歉急忙阻止："喂喂，小心一点，别伤着自己。"

赵小琪不屑地一笑："一块钝铁，吓唬谁啊？！"

何小歉："我已经拿去开刃啦！"

赵小琪仔细看刀，果然："你干嘛拿去开刃啊，多危险啊？"

何小歉:“反正戏也拍完不用了,我开了刃自己玩儿呗。你……你就别玩啦,快包好,万一我一个急刹车,你说不定就自戕了!”

赵小琪白了何小歉一眼,小心翼翼地包好匕首:“乌鸦嘴!”

童雨晨等了许久,也不见赵小琪跟何小歉到来,有点歉意地对燕超尘道:“让你陪我等这么久真过意不去,要不你先走吧。”

燕超尘:“没事,反正等这么久了,不在乎多陪你几分钟。”

童雨晨抬头看看雕像,月色的衬托下,雕像显得有些狰狞。

过了一会儿,童雨晨看向燕超尘:“有件事我想请求你。”

燕超尘:“你说。”

童雨晨:“你能告诉我吴教授的墓在什么地方吗?有空的时候,我想去拜祭一下他。”

燕超尘犹豫了一下:“可以。”

童雨晨欣慰:“谢谢!”突然她惊叫一声,用手捂着头发。

燕超尘:“怎么了?”

童雨晨:“好像有个什么虫子蹦到我头发上了!”

燕超尘:“我看看。”

燕超尘查看雨晨的头发,高大的身躯像把雨晨揽在怀里:“没什么,一只迷路的蚂蚱!”

这时,一个男声大喝一声:“你们在干什么?!”

童雨晨和燕超尘吓了一跳,燕超尘转过身来,手里捏着一只小蚂蚱。童雨晨定睛一看是何小歉和小琪来到了。

童雨晨不满地看着何小歉:“何小歉,你想吓死人吗?”

何小歉看着燕超尘:“哎,不是高远树啊,我还以为是你们小两口在亲热呢!这位是……”

燕超尘伸出手:“我叫燕超尘!”

赵小琪眼神里显出花痴般的光芒:“哇,雨晨,你什么时候有这么帅的朋友,从来没听你说过?”

童雨晨落落大方:“我也才认识的。”

何小歉用手肘捣了一下赵小琪:“喂,给我挣点面子啊,别在我面前夸别的男人帅。”

小琪白了何小歉一眼。把丝巾包裹着的匕首递给雨晨:“给你,让你们家高远树给看好了,再给别人偷了我就不负责任了!”

雨晨正要接,叶江帆气喘吁吁地赶到。见状立刻喊道:“别动,别动!”

大家吃惊地的看着叶江帆,燕超尘闪过惊愕的神情。叶江帆趁大家愣神,把匕首抢了过来。

燕超尘故作吃惊：“叶先生？原来……你们也是朋友？”

叶江帆沉着脸：“燕总，公事咱们回头再聊。我还有许多疑问要请教。”

燕超尘沉着回答：“没问题。”

童雨晨扭头问燕超尘：“想不到你们还有工作关系。”

燕超尘点点头。

童雨晨又转头看着叶江帆：“江帆，有什么话，你先把匕首还给我再说。”

叶江帆：“你们都不能碰这个匕首，它……它只能由我保管！”

何小歉得意地笑：“江帆，你别逗了，我作为原物主都不能保全我的东西，你还想要啊？死心吧！”

叶江帆正色：“我不是想要！这刀，决不能落在高远树手里。”

童雨晨：“为什么？”

叶江帆：“因为……高远树会用这匕首杀了你！”

童雨晨无奈地叹气：“安逸飞说的吧？无稽之谈好不好？他有什么理由杀我？”

叶江帆看着燕超尘：“也许，会因为嫉妒，因为他！”

大家转头看着燕超尘。让燕超尘莫名其妙：“跟我有什么关系？”

叶江帆：“我跟了你们一晚上了，你对雨晨的举动，我看得清清楚楚。”

雨晨有些生气了：“叶江帆，你什么意思？你竟然跟踪我？”

叶江帆：“不，确切地说，我在跟踪他！”

燕超尘暗暗吃惊：“你为什么要跟踪我？”

叶江帆逼视燕超尘：“你自己干的事心里明白。”

燕超尘委屈地说道：“我……我不明白！”

见状，童雨晨有些生气：“江帆，你不要误会燕超尘，不管他工作上跟你有什么利害关系，他是个好人！”

叶江帆：“你认识他多久了？”

童雨晨：“不久，前后加起来有两个小时了。”

叶江帆：“他对我说谎你知道吗？”

童雨晨吃惊地看着燕超尘：“是这样吗？”

燕超尘:“我不否认,是这样的,但我说谎有原因的,如果你愿意听,明天来我办公室,我向你解释！”

叶江帆：“好！我一定去！”说完欲走，童雨晨伸手拦住他：“你把匕首给我！”

叶江帆将匕首握紧：“不能给！”

这下，童雨晨真的生气了：“你跟踪我，还暗示我做了对不起高远树的事，现在还想把匕首拿走。不行，叶江帆，你一定要给我个解释。”一边说，一边伸手去夺刀。

叶江帆不给，扯着刀不让雨晨抢走："童雨晨，你不能把刀给高远树，安逸飞的预言，早就预见到了紫藤公园，预见到了这把匕首的存在，甚至预见到了今晚的月亮是红色的……所以，他预见到高远树会伤害你的事情，是一定会发生的！"

"真的？"童雨晨闻言一愣手一松，不想叶江帆正用力把匕首往自己这边拽，童雨晨的一松手，反而让匕首刺向叶江帆的腹部！叶江帆脸色一变，低头一看，慢慢地剥掉包裹匕首的丝巾，看见匕首柄还露在腹部外，匕首已经深深地刺入腹部！刹那间，所有人都愣住了，几秒钟后，赵小琪爆发出一声尖叫！叶江帆一脸不可思议的神情，腿一软，倒在地上！

童雨晨跪在地上，惊叫："江帆，江帆！"她伸手一摸刀，顿时手被染满了血，顿时大叫："血！"惊慌失措的她，看着带血的匕首柄，伸手去拔。

燕超尘阻止："不要拔……"

但话音未落雨晨已经把匕首拔了出来，叶江帆的血顿时喷出！

燕超尘急忙用手按住叶江帆的腹部，对何小歉大叫："快，把你的衣服脱下来，塞住伤口！"

何小歉慌忙照办。

叶江帆疼痛地躺着，喃喃地说："怎么会是这样……为什么是我……"他的眼神逐渐空洞，模糊……

高远树来到紫藤花园，看到雕像下，雨晨和燕超尘跪在地上，地上躺着叶江帆，何小歉和小琪惊慌失措，高远树大惊，急忙跑到童雨晨身边："雨晨，怎么回事？江帆，江帆……"

何小歉见叶江帆昏迷，也越来越紧张："打急救电话，快，小琪，打急救电话！"

燕超尘摇头："来不及了，得赶紧送医院！"

何小歉如梦初醒地和燕超尘把叶江帆往何小歉的车上抬去。慌乱中，叶江帆的一只鞋子掉在了地上，没人觉察。雨晨两腿瘫软，依旧跪在地上，拿着那柄血匕首。

高远树跪在她身边："到底怎么回事儿？"

雨晨抬脸看着高远树，满脸是泪："叶江帆和我争这把匕首，我不知道怎么回事儿，匕首就刺进了他的身体……我杀了他，我杀了叶江帆！"

高远树非常震惊！但很快恢复正常。轻轻地拿过雨晨手上的血匕首，安慰雨晨："你别怕，雨晨，你别怕，你没有杀害江帆，这是一次意外，你明白吗？是意外。你放心，我会陪着你，我会一直保护你的。先镇定下来，好吗？"

雨晨流泪点点头。安逸飞赶到，看到的画面，正是他画的那副：雨晨跪在血泊中，低着头，高远树跪在对面，拿着刀，脚边还有一只鞋……和自己画的画一模一样。

安逸飞大惊，飞奔上去："远树，你住手！"

童雨晨和高远树惊愕地转头看着安逸飞！高远树急忙扶着雨晨站了起来。

见到雨晨没事，轮到安逸飞惊讶了：“雨晨，你没事儿？！”

童雨晨忍不住心中的悲痛，大声地哭了出来：“逸飞，我杀了叶江帆！”

安逸飞倒吸一口冷气！

何小歉开车在公路狂飙，送叶江帆去医院。

燕超尘坐在后座紧紧捂着叶江帆的伤口，他的手也已经被染红了。叶江帆的脸惨白惨白的。小琪一把一把猛抽着纸巾，边哭边给叶江帆胡乱地擦：“江帆，你要坚持住，一定不要死啊！一定要坚持住！”

叶江帆没有任何反应。何小歉牙关紧咬，抬头从反光镜里看着叶江帆和小琪：“别说丧气话，他不会死的！”

这时，后座上叶江帆的手突然松开了。赵小琪惊叫起来，撕心裂肺的对何小歉吼到：“快！小歉，再开快点儿！江帆不行了！”

紫藤公园内，安逸飞捡起地上叶江帆的鞋子，懊恼万分。他想起画面上一角的半只鞋，正是这个款式的鞋。又想起和叶江帆在体育馆更衣换鞋的时候，自己低头看手机，没注意到叶江帆的鞋，懊恼不已：“我错了，我错了！我看到的画面是真的会发生，但其实预言给我提示，是叶江帆要出事！但我竟然忽略了这鞋子的线索！我还叫江帆帮我阻止这件事，其实我最该阻止的，就是叶江帆出现在现场……”一边说，安逸飞的眼泪掉下来了。

高远树：“别说了，逸飞，你替我送雨晨回家，我去医院看看江帆的情况。”

童雨晨拒绝：“不，我也要去。”

高远树：“雨晨你别傻了，这件事跟你没关系，如果江帆真的有三长两短，一切后果都由我来承担。你明白吗？”

童雨晨坚定地摇摇头：“不，事情是我造成的，应该我来承担。逸飞，带我去医院！”

车开到医院，燕超尘抱着叶江帆冲进医院，叶江帆的血一路滴落在地上……

何小歉冲进急救室，大叫起来：“医生！医生！”

正在值班的护士们急忙快步迎了上去。后面的护工也推着手术车赶过来。

燕超尘将叶江帆放在手术车上，护士快速将他推进去。手术车的车轮飞快转动。叶江帆躺在手术车上，脸色苍白。

医生：“快！”

燕超尘等人也一路快步跟着。叶江帆被迅速推进手术室。手术室门关上了。燕超尘和何小歉终于停下脚步，累得大口喘息。何小歉搂住已经哭肿了眼睛的小琪紧张地祈祷着：“上帝保佑，江帆没事！”

安逸飞开车前往医院，高远树搂着雨晨坐在后排，三人神情肃穆，一路无语。

手术室内，大大小小的手术器械闪着银光，医生正在紧张忙碌着。

医生：“止血钳！……灼烧断口！……10ml 肾上腺皮质素准备！”

这时，仪器突然发出滴滴滴的叫声。

医生助理看了看仪器：“血压下降！出血量超过 2000 毫升！”

医生果断地做出判断：“肝脏深部局限性断裂！输血、加量！”

高远树、雨晨和逸飞快步走进医院，看见手术室外的三人。高远树急忙上前：“叶江帆怎么样了？”

何小歉：“正在抢救。”

童雨晨：“医生说他严重吗？”

何小歉：“……还没有消息。”

高远树低头叹了口气，又抬眼看了看燕超尘，问道：“你是谁？”

“我……”燕超尘指了指自己，然后回答：“燕超尘。”

童雨晨：“他就是今晚跟我一起吃饭的朋友。”

高远树眉头一皱：“哦！以前从来没有听你说起过。”

童雨晨心思全在叶江帆的事儿上，不想多做解释：“以后再告诉你吧！现在我心里很乱，希望叶江帆没事儿。”闻言，高远树瞥了燕超尘一眼，不再言语。

手术室内，医生依旧在抢救。

医生：“失血量过大，再加大输血量。”

护士甲：“医院库存的血液不够了，已经从其他医院调血包过来了，还需要半个小时！”

医生：“等血包到了，他的血都已经流尽了！让外面的人先献血，多少争取一点时间！”

护士：“好！”

说完，护士推开手术室的门，对外面问道：“病人需要马上输血，谁是 O 型血？”

高远树和童雨晨同时站出来：“我是！”

高远树把童雨晨按住：“让我来，好吗？你休息一下！”

童雨晨点点头。高远树跟着护士去抽血。童雨晨担忧地看了看手术室。

高远树来到输血室，安静地躺在献血床上，护士插上输血装置。血沿着管子飞快地流进血包。抽完以后，护士又迅速把血包拿进手术室挂到输血架，血液又一滴滴地输入叶江帆体内。

燕超尘焦躁地走来走去，何小歉不满：“喂，哥们儿，这儿没你的事儿了，你还是回去吧。”

燕超尘尴尬地停住脚步：“哦……我想，再等等叶江帆的消息，我们不是朋友毕竟也是生意伙伴。”

何小歉：“可我听江帆出事儿前对你说的话，他并不怎么待见你啊！”

安逸飞一愣，凝神看着燕超尘的反应。

燕超尘很沉着地说：“他对我有误会。我可以解释清楚的！”

安逸飞发问：“误会？江帆出事之前也跟我说过，好像你……”

“你们都别逼问他了，”童雨晨打断他：“说起来你们都欠他大大的人情……”

燕超尘知道童雨晨要说什么，急忙阻止：“童雨晨你别说了，你答应过我的！”

安逸飞疑惑地看着雨晨：“你答应他什么了？”

童雨晨看着燕超尘，把话咽下去：“反正，他是好人，等江帆脱离危险，我们再说这件事吧。”

何小歉和安逸飞对视一眼，暂时按捺下心中疑问。这时，护士扶着高远树过来。童雨晨迎上去：“远树，没事吧？”

高远树没有力气说话，是护士替他回答的：“他的献血量已经达到极限，我们还差300CC血……”

童雨晨立刻站出来：“我来，我也是O型。”

护士：“好的，跟我来！”

高远树看着雨晨跟护士走了，转头虚弱地问安逸飞：“江帆情况怎么样？”

安逸飞：“还没脱离危险。”

高远树：“我有件事求你们！”

大家奇怪地看着严肃的高远树。

何小歉：“什么事儿？”

高远树：“如果……我是说如果叶江帆真的有事，你们一定要替我保护雨晨，把所有的事情推到我头上。”

大家都大吃一惊。何小歉率先开口：“这怎么可以？当时你不在场啊！”

高远树：“我不能看着雨晨的生活被毁了，你们一定要帮我，也要帮她，求你们了！”

赵小琪为难：“可是……可是我不会说谎！”

高远树瞪着赵小琪：“那你想眼睁睁看着雨晨去坐牢吗？”

何小歉和安逸飞为难，默然。安逸飞叹口气：“那我们也不能眼睁睁看着你去坐牢啊！”

燕超尘注视着高远树，高远树跟燕超尘的眼神对上。

燕超尘：“你别这样看着我，我——我觉得事情还没有坏到那一步，叶江帆毕竟生死未卜，只要他没事，你们谁也不会去坐牢！”

他的话让大家燃起希望，逸飞、小歉、赵小琪都点头。高远树的心稍微定了一点。

护士再次走进手术室，拿着雨晨的献血包，换上已经滴干了的血包。一个护士告诉医生："病人心跳、血压还在持续下降，但内出血已经止住。"

医生："做一下亚甲蓝实验，看看还有没有遗漏的出血点。"

医生助理拿出亚甲蓝灯，查看腹腔缝合处。

医生助理："没有蓝色。"

医生："很好，没有破裂处了，缝合，4号线。"

医生助理递过缝合线，医生开始缝合："……终于脱离危险了。"

医生护士们都松了一口气。护士用镊子拿着干净纱布，给医生拭汗。

手术室门外，一个护士出来，大家立刻围上去。

高远树："护士，里面情况怎么样？"

"手术成功，正在缝合！"护士简洁地说道。

顿时众人的情绪都轻松了不少。

何小歉："真是把我吓个半死！等他痊愈了，必须让他请一顿大餐！"

高远树握住了雨晨的手，童雨晨也难得笑了一下。突然，小琪脸色变了。指了指身后："那边过来的人是警察吗？还是我有幻觉了？"

大家抬头一看，脸色都变了，走廊尽头，两名警察正向他们走过来。雨晨神情紧张，不由地握紧了高远树的手。

警察甲走过来："我们接到群众报警电话，怀疑紫藤公园发生凶杀案。有目击者提供了你们的车牌号，所以我们追踪到了医院，请出示你们的身份证！"

大家掏出身份证，给警察登记。高远树面对两个警官，故作轻松地笑笑："警察同志，不是什么凶杀案，就是个误会。"

警察甲抬头看着高远树："怎么回事儿？"

高远树镇定地说道："我们之间都是好朋友，平时开玩笑惯了。今天他们送了我一把匕首当礼物，我拿出来玩，不小心划伤了我朋友。他正在里面处理伤口，医生说没什么大事儿。"

何小歉也向前一步，一把兜住高远树，对着警官挤出笑："真的，没事儿，他马上就出来了。我们哥们几个平时关系特铁！怎么会凶杀呢？警官，您可以去查，我们可都是守法的好公民！"

手术室里，医生脱下了手术服，交代助理："总算抢救过来了，把病人推到唤醒室吧。出去跟那几个年轻人说一声，我看他们也够着急的。"

助理点点头，准备推走叶江帆。旁边的手术助理也开始收拾医疗垃圾。突然，仪器发出啸叫声。叶江帆全身抽搐。

医生助理紧张叫起来：“李医生，心脏骤停！”

医生快步跑过来：“快，紧急抢救！充电！”

医生助理迅速推来电击器。

医生：“200焦，松手！”

医生助理调好电焦，将电击器放下去。电击器在叶江帆胸口发出“砰”的一声，叶江帆的身体也随之弹跳了一下。但是心跳检测仪上，依然是一条直线。

医生再次尝试：“250焦！松手！”又是“砰”的一声……

走廊上，警察甲记录完，把笔一收：“没什么事就好，以后注意点分寸！法律里可没有什么开玩笑，真出了危险，是要付刑事责任的。”

何小歉：“是是是！我们下次一定注意！”

小琪在后面狠狠地捶了何小歉一下，何小歉惊呼：“哎哟！不对，不对！不会有下次了！”

高远树也冲着警察很诚恳地点点头：“抱歉，我们以后一定会小心的。”

警察乙：“有什么情况我们会随时跟进。”说完，两个警察正要离开，医生推开门走了出来，大家都赶紧围了上去。

童雨晨急切切地问：“大夫，叶江帆没事了吧？”

医生摘下口罩，脸色沉重：“对不起，我们已经尽力抢救了，但是病人没能挺过去，他刚刚死亡了。”

大家呆住了。高远树的脸色骤然变了，他身体里的血液迅速流淌，心像被揪住了那般疼痛，高远树捂住胸口。童雨晨也身子一晃，脸上血色全无：“什么……叶江帆……死了？”

CHAPTER

07

不一样的美男子

叶江帆的死，让大家都惊呆了，就在这时，一副手铐落在高远树手上。

警察：“跟我们走一趟吧。”

雨晨从震惊中醒悟过来，拦住警察：“不！你们搞错了！叶江帆是我杀的，跟远树无关！”

高远树急忙训斥雨晨：“你胡说什么？”说着回头看向逸飞和何小歉：“雨晨受刺激了，你们还不赶紧把她拉走。”

警察甲察觉不对：“到底是怎么回事？”

高远树急忙回答：“她是我女朋友，她想帮我顶罪。”

童雨晨：“不，是他想帮我顶罪！警察，抓我吧！”

高远树故作轻松地笑笑：“童雨晨，我知道你爱我，但今天才知道你爱我爱到可以帮我去坐监狱，真的，我蛮感动的，但不是你干的事儿别往自己头上揽，你让我显得不像个男人知道吗？这让我挺不高兴的。警察同志，走吧，别跟她浪费时间了。”

闻言，童雨晨眼泪簌簌地掉：“远树——”

警察甲：“都别说了，所有人都得跟我们回局里接受调查。谁都走不了！”

众人脸色一变。

工作人员将叶江帆装入尸袋，他安静地躺着，苍白的脸。工作人员拉上装尸袋拉链，将尸袋运送出急救室。尸袋被推到太平间，太平间的工作人员打开一个冰柜的门。将袋子推了进去。关好门，在本子上做了登记。完事后转身关灯离开，太平间陷入一片寂静。

逼仄压抑的问讯室，台灯刺眼。俩警察对众人轮流问讯。但是几人各说各的，一时间警察也不知道事实是怎样的。

高远树疲惫：“……说了多少遍了，人是我杀的！一切责任我来承担，跟我的女朋友和朋友们无关！”

雨晨满是泪水的脸：“……不，他是想保护我才这么说的！叶江帆是我杀的……”

安逸飞：“……我赶到的时候，悲剧已经发生了，我并没有亲眼目睹事情的经过。……不过请相信我，警察先生，这只是一场意外，我们都是好朋友，没有动机让一个人去取另外一个人的生命！”

何小歉纠结：“刀子？刀子本来是我的。但是动手的人不是我，是谁？我……我没看清。”

其中燕超尘是最冷静的一个：“……我刚刚认识童雨晨，跟他们并不熟悉，至于过程……事情发生太快，我没看清。”

轮到赵小琪，赵小琪拼命摆手，嚎啕大哭：“我不知道，我什么都不知道……不要问我……”

两个警察面面相觑。

警察甲：“他们哪个说的才是真的？”

警察乙：“再审那个何小歉，我觉得他应该知道些什么。”

警察甲点点头，再次把何小歉叫了进来。

何小歉紧张地坐着，警察甲严肃地看着他：“公民有帮助公安机关协助调查事实真相的义务，如果你们不再说出当时的情况，以后我们将追究你相应的法律责任。我再最后问你一遍，凶手是谁？”

被问的何小歉汗水大颗大颗地往下流。想要说出真相，但是忽然想到高远树的恳求，又沉默下来，最后一咬牙说：“是……高远树！”

见何小歉松口，警察露出一丝微笑。

外面的天已经蒙蒙亮。童雨晨逸飞何小歉等五人走出来，大家都是一脸疲惫沮丧的神情。

童雨晨非常沮丧：“他们为什么不相信我的话……”

何小歉心虚：“别想了，雨晨，事情都这样了，你还是先回家休息吧。”

童雨晨看到何小歉躲闪的神情，猜到点什么：“何小歉，你是不是对警察说了什么？”

何小歉神情躲闪：“没有……我什么都没有说……”

童雨晨：“那为什么警察会相信远树的话而不是我的？”

赵小琪劝慰：“雨晨，你别怪小歉了，都是因为远树叫他这么做的！”

何小歉怒责：“赵小琪，你不说话会死啊！”

童雨晨震惊：“什么？远树让你们这么说的？”她扫视着燕超尘和安逸飞，安逸飞点点头。雨晨流泪，回身一把推开何小歉：“他让你说你就说啊？你有没有脑筋啊？做错事情的人明明是我，你为什么要让远树去受罪？为什么……”她发疯似的捶打着何小歉，何小歉躲闪，小琪护着何小歉，安逸飞和燕超尘拉住童雨晨。

赵小琪：“童雨晨，你够了，小歉这么做的目的也是保护你！”

“保护我？是不是还要我说声谢谢啊？谢谢你让无辜的高远树进了监狱！”童雨晨泪如雨下，大家都沉默了。安逸飞深深地叹了口气。

冯岚等在奶茶店门口焦急地翘首企盼，远远地看见逸飞护送着雨晨回来，冯岚急忙迎上去：“雨晨你怎么才回来，你上哪儿去了？从昨晚到现在一直打你的手机也不通。害得我一宿都没睡。”

童雨晨疲惫地看着冯岚：“对不起，妈妈！”

冯岚立刻发现雨晨的状态不对，赶紧迎上去。

童雨晨掉下眼泪：“妈——”

冯岚心疼地抱住了雨晨，转头看向安逸飞：“出什么事儿了？”

安逸飞艰难地开口：“昨晚……出了点意外，高远树进了派出所，叶江帆……死了！”

冯岚大惊，童雨晨嚎啕大哭。

何小歉开车来到高远树家门外，坐在车内，长吁短叹。赵小琪看着何小歉，说道：“我们已经在这里坐了半个小时，你还要等多久？”

何小歉：“我说不出口啊！”

赵小琪：“那要我去告诉他们吗？”

何小歉长长地叹口气：“算了，躲不过的！”说完他走下车，鼓起勇气走向高家。

得知高远树入狱的消息，项欣澄手中的咖啡杯猝然落地，她跌坐在沙发上，两眼发直：“什么，远树被抓了？！”

高明辉扶着项欣澄：“什么原因？”

何小歉犹豫片刻，说道：“……过失杀人！”

高明辉变得非常紧张：“杀了谁？”

“……叶江帆！”这答案让项欣澄和高明辉目瞪口呆！

何小歉跟赵小琪走后，高明辉扶项欣澄躺在床上，给她盖好被子：“好好休息，别想太多，远树的事情我来处理。”

项欣澄握着高明辉的手：“你一定要把儿子救出来！”

高明辉拍拍项欣澄的手背：“放心，我会给他请闽海市最好的律师！”

安逸飞无精打采地回到家。那幅画还静静地在画架上，安逸飞怔怔地看了看，突然发疯似的，拿起裁纸刀把画划得稀巴烂。发泄完后，安逸飞跪倒在地上的碎片中，失声痛哭：“江帆，对不起！”

童雨晨坐在家里，拿着手机，翻看着高远树和自己的照片。照片中，高远树和雨晨笑得甜蜜，两人一起吃饭，一起玩游戏……童雨晨痛苦地把手机紧紧贴在胸口，闭上眼睛，念叨着高远树的名字：“远树，远树……你为什么要这么做？”

过了一会儿，童雨晨下定决心，站起身来就要出门，冯岚给她端出早餐，见状，叫住她：“童雨晨！才回来你这又是要去哪儿？”

童雨晨：“妈，我要去把高远树救出来。”

冯岚：“哎呀，熬了一宿，你还是在家先休息休息吧。既然他们家的人都知道了，会帮他请律师的，你去没用。”

童雨晨眼泪簌簌落下，她很艰难地告诉母亲：“妈，需要律师的人，不是高远树，是我！”

冯岚一怔：“你？”

童雨晨轻轻地拥抱了一下冯岚：“对不起，妈！”说完出门而去。

冯岚感觉不妙，追上去：“雨晨，雨晨……这到底怎么回事啊？”但是只看见雨晨匆匆而去，冯岚不放心，给安逸飞打电话：“喂，逸飞啊，我是童雨晨的妈妈……”

燕超尘洗完澡走出来，忽然听到一阵急促的敲门声。燕超尘打开门，发现是童雨晨，非常惊讶：“童雨晨？你怎么知道我住这里？”

童雨晨：“对于一个记者，找一个人的地址是很容易的事。”

燕超尘把童雨晨让进屋：“这么急，什么事？”

童雨晨：“我知道逸飞他们都会听高远树的话，不会指证我。目击者里面唯一只有你和高远树不是朋友，所以我想请你为我作证，陪我去告诉警察真相！”

燕超尘沉着地盯着童雨晨：“真让我感动，一对相互愿意为对方牺牲的爱侣。”

童雨晨：“你帮不帮我？”

燕超尘：“高远树我已经帮过他一次了，这次我想帮你！”

童雨晨含泪：“求求你，燕超尘，既然你已经救过他一次，这次请你再救他一次好吗？”

燕超尘犹豫：“这……说真的，我挺欣赏高远树的行为，如果我有女朋友出事儿的话，我也愿意为她付出一切。”

童雨晨：“可他是无辜的，就算他不是我的男朋友，我也不能让一个无辜的人代我受过！”

燕超尘摇摇头：“我真的不愿看到你去坐牢。”

童雨晨急了：“好吧，我告诉你，远树不能在监狱里久呆，那次事故之后，他身体莫名其妙就有了一种不可控制的电磁力，如果他在监狱里无法控制自己的异常状况，那么会伤及很多无辜的人！甚至包括他自己！”

燕超尘猛然一惊，这是他没有想到的后果，他看着雨晨，脑袋里急速转着，思考对策……

燕超尘终于还是做了决定，带着童雨晨来到车库，给童雨晨戴上头盔，不放心又再三追问童雨晨："上了车就没有回头路了，你想好了，我陪你走进公安局的大门，后果你要明白，你的工作，名誉，前途统统都会毁了。"

童雨晨深深叹口气："我想好了！"

燕超尘叹口气，跨上摩托车，雨晨坐在他身后。燕超尘回头："抱着我的腰！"

童雨晨一愣，没有动作。

燕超尘解释："如果后悔了，随时都可以松开你的手，我就立刻送你回家！"

童雨晨摇摇头，环抱燕超尘的腰，燕超尘启动摩托车，上路。

燕超尘的摩托车在路上疾驰，童雨晨紧紧抱着燕超尘的腰。燕超尘心情复杂，不住低头看一眼雨晨的手，他真希望童雨晨能松手。但童雨晨紧紧抱着他，像她的决心一样坚定。

燕超尘带着童雨晨到了警察局门口的停车场停下车，两人取下头盔。童雨晨走了两步，不见燕超尘跟上来，回头，看见他立在车边，犹豫的样子，童雨晨问："你反悔了吗？"

燕超尘："我是希望你反悔了！"

童雨晨走到燕超尘面前，看着他的眼睛，目光坚定："现在我走进那扇门，也许我会被审判，被判刑。但如果我不走进去，那从此以后我的人生每天都会被良心审判。你希望看到我过种生活呢？"

燕超尘深深叹口气，把头盔放车上："走吧！"

童雨晨和燕超尘走到门口，两个人挡在他们面前，童雨晨一看，是冯岚和安逸飞。冯岚的眼圈红红的，显然已经知道了真相！

童雨晨声音哽咽着叫冯岚："妈——"

冯岚："傻孩子，你为什么不跟我说？"

童雨晨："妈，对不起——"

冯岚："你不要进去可以吗？妈辛辛苦苦把你拉扯这么大不容易，你一进去……妈妈这一辈子的心血就全废了！"

雨晨搂住了母亲："妈，对不起，是我的错，你从小就教育我，要做一个正直的人有担当的人，妈，原谅我，我真的不能让远树去替我承担过错……"

冯岚搂着雨晨嚎啕大哭："可是，妈舍不得你……我不能让你进去！"

安逸飞和燕超尘难过地看着这一幕，很想开口劝童雨晨，但是童雨晨仍旧坚定地说："妈！对不起，我必须进去！"

羁押室，警察打开铁门："高远树出来，去探视室。"高远树一愣，缓缓站起身走出去。

来到探视室，高远树看见一个脸色白净文质彬彬的律师在等他。

律师看见高远树，站起来：“高远树？”

高远树点点头。

律师：“我姓蔡，蔡宏。你父亲高明辉先生委托我来办你的案子。你能把事发经过详细告诉我吗？”

童雨晨站在刑警侦察队的办公室里，已经将事情经过全部告诉了警察：“……这就是全部事情经过。”

警察沉吟了片刻：“你的行为属于过失杀人，又有自首情节，我们会酌情处理的。其实你不说，我们的刑侦手段也能侦破出事情真相。”

冯岚开口：“警察先生，那你们能不能从轻处理啊？”

警察：“其他的事情交给检察机关和法院吧。不好意思，你们都回去吧，童雨晨，我现在必须拘捕你！”

童雨晨不反抗，伸出双手让警察铐上。

冯岚失声痛哭。

童雨晨转头对安逸飞说道：“逸飞，照顾好我妈妈！”

安逸飞点点头，童雨晨被带走。

探视室里，高远树正在跟律师诉说事件经过。

高远树：“……其他没有什么要说的啦，反正事情是我干的，与其他人无关。我这算过失杀人吧？最严重该蹲几年监狱？”

这时，一个警察走进来，低声在律师耳边说了几句话，律师神情变得惊讶。警察离开后，律师严肃地看着高远树：“高先生，过失杀人量刑是三到七年，不过你不用坐那么久。根据你的行为，你现在涉嫌构成包庇罪，根据情节来看尚未造成严重后果……我尽量帮你办取保候审。”

高远树吃惊：“你什么意思？怎么突然从过失杀人到包庇罪了？”

律师：“因为童雨晨已经投案自首！”

得知这个消息，高远树异常震惊！

公安局走道里，警察押着高远树往外走，律师陪同。童雨晨在另一个警察的看押下往羁押室走去。童雨晨看见远树，难过地低头垂目，躲避高远树的目光。

高远树见迎面而来的童雨晨，情绪激动起来，对童雨晨大吼：“你这个笨蛋，你为什么要这么做？！你傻不傻啊？我告诉过你一切事情我来承担，你怎么不听我的？童雨晨，你看着我，你看着我，回答我，你这个笨蛋……”

这时高远树的身体又开始变化。但是他毫无知觉：“你知道不知道你这样做，你的事业就完蛋了，你再也当不了记者了，你不是还想做法拉奇吗？你还有梦想没有实现，笨蛋……你快告诉他们，是我，一切都是我干的——！”

警察和律师死死拦住高远树。忽然，公安局的磁场发生变化，水杯开始震动，铁制品也开始响动。周围的一切都在震动，灯泡开始炸裂。不知内情的警察和律师都愣住了。

见状，童雨晨突然意识到要发生的事情，她惊慌地制止高远树：“远树，你别激动，你别激动，你赶快走，离开这里——”

高远树身边的律师眼看高远树靠近雨晨，急忙去拉住他。童雨晨预感到要发生什么，大惊失色地阻止律师：“不要碰他——”

话未说完，律师的手已经触及高远树，顿时一股强大的力量把律师抛了出去。俩警察惊愣片刻，立刻去查看律师的情况。高远树错愕地看着发生的一切，立刻意识到自己又犯错了，他回头看着童雨晨，童雨晨无奈地对他摇摇头，惋惜，痛心。这时，高远树感觉到全身一阵疼痛，他抽搐着跪在地上，倒下，仰面看着童雨晨惊慌的面孔渐渐模糊，周围一切杂乱的声音都渐渐微弱下去……

实验室里，正在工作的李伊，突然感觉到心里一阵异样的慌乱，她皱着眉头停下工作，很不舒服地坐在椅子上。助手小张小朱看到李伊的异样，关切地走过来。

小张：“伊姐，你怎么了？”

“没事。”李伊摇摇头，拿出自己的药，小朱立刻给李伊递杯水。李伊接过来把药吃下去。

小朱依旧不放心：“伊姐要不要去看医生啊？”

李伊：“不用，你们忙你们的去吧。”

俩助手疑惑地交换了下眼神，回到自己的工作岗位。李伊心里有不祥预感。

一切又再渐渐清晰的时候，高远树发现自己已经躺在家里卧室的床上了。项欣澄和高明辉焦急地看着他。见他醒了，高明辉和项欣澄松了一口气。

项欣澄：“你总算醒过来了！”

高远树：“雨晨呢？雨晨怎么样了？”

高明辉：“我们都已经知道了。她……我们会给她找最好的律师，你放心吧。”

项欣澄没好气：“最好的律师？最好的律师现在还在医院里检查呢！你为了跟童雨晨接触把他推出去三丈远！你怎么就这么不让人省心呢？”

高远树愣了愣：“那是意外，我不是故意的。我要去公安局见雨晨，她怎么这么傻，明明警察已经相信我了……”说着说着，高远树哭了出来。

见他这样，项欣澄很生气：“你才是个傻孩子！你知道律师费了多大的劲儿才把你取保候审？你为了童雨晨做这么多傻事，她到底什么地方值得你那么爱她？”

高远树：“妈，爱一个人不需要理由。我从第一眼看到她就喜欢她，从真正了解了她我就爱上了她，她独立、坚强、乐观，她给我欢乐，这一切都可以成为爱她的理由！”

高明辉：“远树，这件事你真的做错了，爱一个人是一回事儿，爱不是拿法律开玩笑的借口。总之，你自己冷静一下吧，雨晨的事儿交给我们去处理。”说完扶着伤心的项欣澄走了出去。

太阳下山，小张和小朱换好了衣服准备下班。李伊在发呆。

小朱走过去：“伊姐，我们走了。”

李伊：“哦……好的！明天见。”

这时，燕超尘进来，俩助手向他道别：“燕总！再见！”

燕超尘：“嗯，再见。”

李伊见了燕超尘，起身，看了看燕超尘：“你脸色不好。”

燕超尘坐在一边：“嗯。”

“碰上什么烦心事儿了？”

“我……我今天把童雨晨送到了公安局。”

李伊吃惊：“啊？怎么回事儿？”

燕超尘：“她自首，让我作证。把高远树救了出来。”

李伊：“你为什么要做证。”

燕超尘：“因为……我怕高远树在公安局里出事儿，他的那种异常状况如果引起大众的注意，恐怕，我们公司的秘密就保不住了，你这间实验室也保不住了。”

李伊默然：“那……高远树没事儿了？”

燕超尘：“他应该现在已经在家里吃上压惊饭了吧。”

李伊：“可是为什么今天我心里总是很难过，心跳很快的感觉？”

燕超尘疑惑地打量着李伊：“说真的，我一直很想问你一句。你这种感觉到底从何而来？”

李伊愣了愣，撒谎：“可能是女人的直觉特别强烈吧。”

燕超尘打量着李伊：“有些人认为直觉是种迷信，但我相信直觉其实是一种生物电脑。”

李伊：“噢……你到底想说什么？”

燕超尘：“我们都是吴教授资助长大的孤儿，但我一直很奇怪吴教授为什么特别偏爱你。以前我以为那是一种父亲喜欢女儿的感觉，但现在看到你对高远树这么强力的‘直觉’，我突然心里有一个大胆的猜想。”

李伊：“什么猜想？”

燕超尘笑笑：“我们从小一起在儿童福利院长大，一起念书，但我却从来没有见过你上体育课……”

李伊：“我一直身体不好，所以从小性格喜欢安静，不喜欢运动。”

燕超尘：“大概你六岁的时候，住过一次院，我没记错吧？”

李伊承认：“对！”

燕超尘：“你住院的时候，也是吴阿姨，也就是吴教授的妹妹刚刚去世的时候，我没记错吧？！”

李伊惊讶地望着燕超尘。见她的样子，燕超尘露出胸有成竹的微笑。

李伊微微叹了口气：“你猜对了。我的心脏，原本是属于吴教授的妹妹！”

今夜云很多，月亮被遮进了云里。铁窗内，雨晨蜷缩在角落，默默地等着天明，思念高远树。

而高远树的家里，高远树拿出空的匕首盒子，发泄着砸碎了它。流泪，哭了很久，他站起来想出门，却发现门锁住了，他使劲敲了片刻，大喊：“妈，开门！妈——”

实验室里，李伊继续给燕超尘解释：“我是因为先天性心脏病被遗弃的，儿童福利院捡到我的时候，我已经奄奄一息，医生给我做检查，说如果我不做心脏移植，活不过七岁。刚好吴教授来儿童福利院做慈善，知道了我的情况，他一直就在为我寻找心脏源。但寻找一个合适的心脏太难了，所以一直拖到六岁……”

燕超尘：“恰好吴教授妹妹去世，心脏就给了你。”

李伊点点头：“对。这下你满意了吧？你一直以为他对我特别照顾是因为把我看成女儿，其实，他把我看做是他妹妹生命的延续！”

燕超尘沉默了，想了想，摇摇头：“可能不仅仅是这样。”

李伊奇怪：“什么意思？”

燕超尘：“是吴教授让你从小不上体育课，让你安静地吃饭，安静地走路，让你不要大喜大悲，从小就这样培养你稳定性格的情绪？”

李伊：“对！他说我动过手术，所以不能剧烈运动，不能情绪波动太大……”说着说着，李伊突然醒悟过来燕超尘问话的含义，一脸惊异：“这跟我告诉高远树的话一模一样！”

燕超尘缓缓点头。

李伊略一凝神："那就是说，我有电磁力，并不是因为我服用了还没有研制成功的 X1，而是因为……移植了吴教授妹妹的心脏？！"

燕超尘："对。如果这个猜想成立的话，那说明二十多年前，吴教授的妹妹就已经有了异于常人的能力！"

闻言，李伊变得非常惊讶。

在山庄的密室里，桌上摊着一堆零碎的车模的零件。一双盛怒的手将所有零件扫在地上。

苍老的声音对站在桌前的人说道："找，再去给我找！一定要给我找到！"

桌前的人，正是那个袭击李伊的女子。女子低着头，恭谨地说："是！我一定会想办法尽快找到！"

苍老的声音接着说："我不相信吴天铭会把菌种全毁了，绝不相信！"

女子低着头倒退着出去，看不清面容，但见她挽着发髻，露出后颈脖子处的一片冰凌雪花状的刺青，让人心生寒意。

高远树一直拍门："妈，开门，让我出去！"

项欣澄站在门外："哪儿也不许去。"

高远树："那我去见雨晨的律师行吗？"

项欣澄："明天再说。今晚必须乖乖给我待在屋里。出了这门我就不认你这个儿子！"

高远树无奈长叹一声，倒在床上，看着天花板！

医院的敛尸房，阴沉吓人。盛放叶江帆尸体的那格冰柜，隐约有雾气飘出。

第二天一早，高明辉就把蔡律师请到了家里，委托他办案。

知道案件后，蔡律师惊讶地看着高明辉："什么？接童雨晨的案子？"

高明辉："对，虽然她和远树还没结婚，但毕竟也算半个我们高家的人，所以，请你一定要尽量地帮她争取宽大处理。"

蔡律师沉吟："可令郎的态度……"

高明辉："昨天是事儿是他不对，我会让他向你道歉，远树，给蔡律师赔不是！"

高远树诚挚地说："对不起，蔡律师，昨天是我的错，我不该……不该那么大力气把你推倒，让你受伤。"

蔡律师："好好，没事没事，好在只是轻微外伤。我跟你爸爸是多年朋友，那这个案子我接了，我会尽量帮你女朋友辩护的。”

高远树：“我还有个请求。”

蔡律师：“你说。”

高远树：“我想见她一面。”

“这可不行，绝对不行。当事人在宣判之前，只能律师可以见。”蔡律师想拒绝，但是看着高远树坚定的目光，心软了：“我想想办法吧——但你一切都要听我的。”

警察打开羁押室的铁门：“童雨晨！去3号探视室！见你的律师。”

童雨晨起身来到探视室坐下，隔着封闭的铁窗，对面坐着两个人。

蔡律师开口：“童雨晨，我叫蔡宏，受高明辉先生的委托替你辩护，这是我的助手小邹。”

童雨晨无神地抬起眼帘，看了律师一眼，点点头，又瞥了助手一眼，接触到的却是深邃而熟悉的眼神，虽然有着和年龄不相称的胡子伪装，但她仍然一眼认出，那是高远树！童雨晨惊讶得差点叫出声来。高远树冷静地把食指放在唇上，示意她不要出声。

律师打开笔记本：“我想了解案发经过，请你把事情经过详细地说一遍。小邹请打开录音笔。”

高远树打开录音笔，律师开始听童雨晨说案发经过。

虽然童雨晨还没被定罪，但是她入狱的消息很快传到了电视台。

笑笑咋咋呼呼的跑进来：“不得了不得了，特大新闻、特大新闻！”

阿明：“怎么了？主播直播的时候忘词儿了？”

笑笑神秘地说道：“比那大多了——童雨晨被抓了！”

阿明不信：“开什么玩笑？造谣扩谣都是犯罪，小心点儿你！”

笑笑：“真的，我看见一个警察在林森办公室跟林森谈话呢。偷听了一耳朵。”

阿明开始信了：“雨晨犯什么事儿啊？”

笑笑：“你猜破了脑袋都猜不到，过失杀人！”

阿明瞪大了眼睛：“不会吧？童雨晨？她杀鸡我都不信，还杀人呢！”

笑笑拍了阿明一下：“过失你懂不懂？又不是故意杀人。”

阿明：“哎哟不管过失还是故意，她这辈子都毁了啦！至少出来做不了我们的同事啦！”

笑笑惋惜：“可不！真可惜，雨晨是个多好的人啊。”

阿明：“以后你的稿子没人帮写了！”

笑笑："你的素材还没人帮你搞定了呢！"

俩人相视一眼，叹了口气！

探视室里，律师合上笔记："好，事发经过我都了解了。我回去研究一下案情。"

童雨晨忽然开口："律师，我有一句话，想托你带给高远树。"

律师瞥了身边的高远树一眼，点点头："你说。"

童雨晨含泪看着高远树："我知道我至少也会有三年刑期，请你转告他，叫他不要等我了，另外找个好的女孩子结婚吧。"

高远树激动想站起来，却被蔡律师按住："我会转告他。其实你不要这么悲观，事情会往好的方向发展……"

童雨晨一直含泪看着高远树，不舍得移开眼神。高远树强忍着，从律师手中拿过一张纸，疾书，然后展示给雨晨。童雨晨定睛看那张纸条，纸条上写着：我爱你，童雨晨，我会永远等着你！童雨晨望着高远树坚定的目光，眼泪顿时决堤而出。

赵小琪、何小歉无精打采坐在咖啡馆里。

赵小琪趴在桌上："唉！远树倒是出来了，雨晨怎么办？一个品学兼优的学霸、正直磊落的记者，现在居然等待审判。我想想都替她难过！"

何小歉："有什么办法？事情都发生了！今年我们几个是怎么了？个个犯太岁似的。"

想到这里，两人重重叹气，神情沮丧。静默之间，何小歉似乎耳边响起了嗡嗡的声音，他不自觉地挥挥手，想赶走耳边的声音。

赵小琪奇怪："你干嘛？"

何小歉："吵得慌。"

赵小琪看看四周安静的环境，都是低声窃窃私语的人们。责怪何小歉："你幻听了吧？大家声音都这么低。"

何小歉奇怪地打量四周的环境，耳边嗡嗡的声音越来越清晰了，他看着邻桌一对情侣，男的表面在跟女的说笑，其实心底的声音是"我跟小玲的事情要怎么告诉她才好呢？"何小歉吃惊，目光又转向另外一桌，两个同事在谈工作，一个人给另一个人画图示意着什么，那人频频点头，心里的声音却是"笨蛋，我早明白应该这么做了，要你教？"

何小歉揉了揉自己的耳朵，目光落到另外一桌，是中介正在给一个买家推荐房子："这套房子是性价比最高的，很多人想抢，我特意捂住，留给孙先生你的……"中介心底的声音却是"这傻瓜就要上当了，签了合同拿了提成我一定要带我妈去海南玩一趟……”

周围的声音融成一片，何小歉惊呆了！

赵小琪伸手在何小歉眼前晃了晃：“喂！你怎么了，傻了你？”

何小歉看着赵小琪：“小琪，我确定一定以及肯定，我真的能听到别人心里的话！”

闻言赵小琪错愕地看着何小歉。

空无一人的拳击馆，只有高远树在练拳。他脑海里不断闪现案发当日的场景。和童雨晨在探视室泪光盈盈的眼。

安逸飞走进拳击馆，看着高远树发泄，叹息。

高远树看到了安逸飞，停下来，悲伤地看着逸飞。

安逸飞：“别折磨自己了，我陪你出去走走，散散心吧。”

高远树悲哀：“散心？我的女朋友在看守所里，我的好朋友在太平间。我这颗心再怎么走，再怎么散，它都是一颗千疮百孔悲伤的心。”

安逸飞深深地叹息：“看守所里的朋友交给律师，太平间的……只有交给我们——我们是不是应该想想，如何给叶江帆一个隆重的葬礼！”

高远树看着安逸飞，缓缓点头。

咖啡厅里，小琪严肃地看着何小歉：“我想再证实一下。”

何小歉：“怎么证明？”

赵小琪瞥见一个侍应生正在一桌一桌地给客人续水，小琪眼珠子一转，灵机一动：“有了。”她抬头招呼侍应生：“喂，服务员，请过来一下。”

服务员走过来，彬彬有礼，请问要加热水吗？

赵小琪：“呃，还有一件事要麻烦你，你可以配合我们做个小游戏吗？”

侍应生笑容可掬：“请说。”

赵小琪：“我问你一个问题，你在心里回答我，然后他说出答案，你告诉我对不对。”

侍应生有点莫名其妙：“这是什么游戏啊……？”

赵小琪：“求你啦！”

侍应生：“好吧！”

赵小琪问：“你哪个大学毕业的？在大学期间最糗的一件事是什么？”

何小歉悄声对赵小琪说：“这是两个问题。”

“闭嘴！”赵小琪瞪了何小歉一眼，转头看着侍应生：“心里回答就行了，不必说出来！”

侍应生默想了一下，然后笑眯眯看看二人：“答完了。”说完顺便给何小歉加水。

何小歉看了看侍应生又看了看赵小琪，说道：“他艾利斯顿商学院毕业的，大学最糗的事情是边走边看书错进了女厕所。”

侍应生露出惊骇的表情：“你怎么知道？你们这是在做什么游戏？”他手一抖，水倒在何小歉的手臂上。小琪看到惊慌失措的侍应生把热水倒在了何小歉的手臂上。

何小歉却浑然不觉，小琪惊呼：“水，热水！”

周围的人的目光立刻都投向了他们。侍应生急忙收手：“对不起、对不起！”

何小歉看了看手臂：“没事没事……”

侍应生边给何小歉擦拭手臂，边小心翼翼问：“你真的能知道我心里在想什么吗？”

何小歉看周围的人都在看他，他支支吾吾：“呃……其实我是……是给一个新的综艺节目做个预演，我们早做了背景调查，就想看看嘉宾意外的反应。”

侍应生舒口气：“吓死我了，我还以为这世界上真有会读心的人呢。哎，你看着还真挺眼熟，好像我经常在电视里看见你。你要做什么综艺节目啊？”

何小歉：“呃……类似超级大调查那种。……你刚才干吗那么害怕？”

侍应生：“那当然害怕啦，如果你真能知道别人心里在想什么，那所有人在你面前就没有秘密了，谁还敢跟你接触啊？！”

何小歉一愣。侍应生离开。

何小歉看着赵小琪：“现在信了吗？”

赵小琪缓缓点头：“信了！”

赵小琪伸手去拿水杯，被烫得哎哟一声，放下杯子。冲着何小歉翻个白眼：“这么烫你还说不烫？皮粗肉糙！”

这时，何小歉的电话响了，他接起来：“喂，逸飞，嗯，好！”说完挂掉电话，转头对赵小琪说：“走吧，安逸飞找我们。”

赵小琪点点头，起身和何小歉离开。两人来到拳击馆外面，正好看见安逸飞和高远树走出来，何小歉走上前去：“叫我们来什么事儿啊？”

高远树：“我和逸飞想把江帆的葬礼定在三天后，叫你们来商量一下江帆的后事。”

何小歉：“唉！想着江帆躺在冰冷的太平间里，我心里也不好受，早点尘归尘土归土也好。对了，他父母都去世了，只有一个哥哥，不知道怎么通知他。”

安逸飞：“我已经通知了，他哥哥在英国，明天回国。”

高远树：“葬礼的安排就交给我来办吧。你们就负责通知江帆其他的亲朋好友。”

安逸飞：“为了雨晨的事儿你这段时间也挺操心的。还是我和小歉、小琪来办这场葬礼吧。你有时间，去陪陪雨晨的母亲，她肯定这段时间很难熬。”

高远树点点头。

何小歉想了想，问：“对了，还有个人，我拿不准该不该通知他参加葬礼？”

高远树：“谁？”

何小歉：“那天跟我一起送江帆去医院的燕超尘，云程生物制药公司总裁。”

高远树：“哦，那天跟雨晨吃晚餐的就是他。干吗要他参加江帆的葬礼？”

何小歉：“他跟江帆有工作来往。不过……江帆在出事前，他和江帆好像还有些工作上的争执。”

高远树：“你通知到就行了，他爱来不来。”

安逸飞沉思：“这本来是我们几个朋友之间的事，但是这个燕超尘，好像突然就插了一杠子，哎，远树，你以前听雨晨说起过认识这个人吗？”

高远树摇头：“没有啊！”

安逸飞沉吟：“那雨晨好像很信任他的样子。如果他跟雨晨真的是好朋友，雨晨去自首的时候，他为什么还要去替雨晨作证呢？”

高远树闻言，脸色一变：“什么？他去替雨晨作证？”

安逸飞点点头。

高远树恨恨的：“原来是他作证，雨晨才进了监狱。他这是害了雨晨，我决不饶他！”说完怒气冲冲离开。

何小歉和安逸飞急忙追上去：“远树——远树——”

生物公司里，燕超尘正在工作。忽然秘书慌张进来：“燕总，有人找你，我拦不住！”

话音未落，高远树冲了进来：“燕超尘！”

燕超尘大惊失色。

秘书紧张地问：“燕总，要不要叫保安？！”

燕超尘镇定下来，摇摇头：“不用，你出去，把门关上。”

秘书愣了一愣，犹犹豫豫着出去，关上门。

高远树上前一把揪住了燕超尘的衣领，怒气爆发：“你为什么要给童雨晨作证？在医院里我再三求你们，不要供出雨晨，可是你还是带着她去了警察局。你是什么居心，你告诉我？为什么你要这么做，为什么你忍心让一个女孩子去坐牢？”

高远树几乎是把燕超尘压在写字台上了，他的怒气使周围的金属在微微颤动。

燕超尘示意高远树看看周围的变化：“这就是我帮她作证的原因！”

高远树吃惊，意识到自己又要犯错了，急忙松开燕超尘的衣领！周围颤动的东西平静下来。

燕超尘整理着衣服：“她把你的情况都告诉我了，说你如果在监狱里控制不了自己的这种能力，你会造成更大的伤害。”

高远树："她什么都告诉你了？"

燕超尘点点头。

高远树："你跟她认识多久了？"

燕超尘："只见过两次面。"

高远树："才两次，她就把我这些异常状况告诉你了，雨晨不是这样嘴上不把门的人？你跟她到底有什么交情？"

燕超尘苦笑："看来有些事情，如果我不告诉你，你会更加误会你女朋友，也更加误会我。———实际上，我跟她的交情，都源于跟你的渊源。"

高远树吃惊地看着燕超尘："我？"

探视室内，童雨晨已经换上了囚服，跟蔡律师面对面。

蔡律师："你的案情清晰，过失杀人，又有自首情节，所以我已经替你争取了最宽大的刑期，过几天就会宣判。"

童雨晨："谢谢你，蔡律师。"

蔡律师："另外，高远树让我转告你，叶江帆的葬礼在三天后举行。"

童雨晨泪眼婆娑："江帆……蔡律师，你能帮帮我，争取一个机会，让我去参加江帆的葬礼好吗？我实在……实在太对不起他了！"

蔡律师为难："这个……我理解你的心情，我尽力而为。"

高远树坐在沙发上，听完燕超尘给他解释，吃了一惊："原来是这样！说起来，我的命还是你救的。"

燕超尘："不，是我恩师救的。我只是在器官捐赠书上签了个字。"

高远树："我和我父母一直想感谢捐赠者的亲属……"

燕超尘："不用了，我已经说得很清楚，我不是一个贪图别人感恩的人，如果不是怕你误会你女朋友，我也不愿意说出实情。"

高远树："抱歉，我误会你了！"

燕超尘："我不在意。人生在世，不是每个委屈都有大白于天下的幸运。"

"你真够哥们，我高远树愿意交你这个朋友！"高远树向燕超尘伸出手，燕超尘会意，也握住了高远树的手，脸上浮现一丝狡黠的微笑。

解除了误会，高远树离开了燕超尘的办公室，走进电梯，按下楼。电梯的楼层灯闪烁，慢慢下行。突然，高远树感觉到一阵异样的心跳。

刚刚走进公司大堂的李伊也感觉到异样。李伊突然眉头一皱，她下意识张望。等她转过头，电梯门缓缓打开，她突然就跟高远树面对面了！

高远树看清李伊的面容，也愣住："是你？"

看守所里，童雨晨要来纸笔给高远树写信，泪水顺着脸颊滑落在信纸上。心里默默地念着信上的内容："亲爱的远树，我很想念你。人生总会有猝不及防的黑夜突然降临，让人无可逃避。但想到此时你正在呼吸自由的空气，我的心不悲伤……"

李伊带着高远树走进自己的实验室，助手小张小朱露出诧异的神情。

高远树张望了一下："原来你在这里工作啊！"

小张凑到李伊身边，问："哇，伊姐，这帅哥是谁啊？"

李伊："就你话多。"

小张嘻嘻一笑，和小朱挤眉弄眼，暗中观察李伊和高远树，窃窃私语。

小朱："好帅！你看他是伊姐的男朋友吗？"

小张："不知道，咱再观察观察。"

李伊和高远树都觉察到俩助手的异状，李伊皱眉打发她俩："小白鼠没有了，你们俩去养殖公司提二十只。"

小朱和小张交换了一下眼神："哦！"

俩助手离开。高远树看着周围的环境："我无数次设想你的身份，没想到你是个科学家。"

李伊："我算什么科学家，我的老师才是真正的科学家，可惜……"突然她意识到自己失言，惊惶地看着远树，远树在好奇地打量那些实验用品，似乎没有注意到李伊的话。

高远树很随意的样子："可惜什么？"

李伊放下心："没什么。"

高远树依旧很随意："可惜他去世了，把心脏移植给了我，是不是？"

李伊大惊："你都知道了？！"

高远树笑："我刚见过燕超尘，他告诉我了一切，只是没告诉我，你在这里工作。"

李伊淡淡的："没有什么值得说的吧，我就是一个普通的研究人员。"

高远树收敛笑容，正色："那你能解答我一个长久以来心中埋藏的疑问吗，我为什么会变成今天这样？或者说，我变成今天这样，跟你有没有关系？"

李伊被高远树突然的发难问懵了，更加慌张："我……我……"

这时，燕超尘走了进来，为李伊解围："跟她没有关系，跟我有关系！"

高远树闻声回头，见燕超尘沉着脸站在身后。

信已经密密麻麻写满了好几页纸，童雨晨还在写最后几句话：……远树，你要照顾好自己，不要压抑、痛苦、悲伤，我知道你爱我，但我注定是一个远去的人。分手两个字太沉重，我说不出口，我只有换个字眼：再见！远树，忘记我，你要给你的心底，腾出一个温暖的房间，让给更重要的人住，她会陪伴你走一辈子。不要停下来等我，去寻找爱——童雨晨！

眼泪又落在纸上，她压抑着自己，却完全无法控制自己的悲伤。

高远树坐在实验室，听完了整个故事：“……原来是这样！ Ok，让我来捋清一下事情的来龙去脉：我陷入今天这种奇怪的状态，是因为你们的恩师，也就是我后来的救命恩人，擅自把你拿到的风投资金挪作他用去研究了一种奇怪的药，并且他还像医学鼻祖神农氏一样以身试药，结果不幸让我们这些移植了他器官的人基因也产生了变异，有了异于常人的能力？”

燕超尘点点头：“对，就是这样。因为这种药其实是吴教授非法研究的，如果你们的这种状态泄露出去，我的公司将遭受声誉和财产上的双重破产。”

高远树沉吟片刻，说道：“你救了我，我怎么会恩将仇报？”

燕超尘松了口气：“谢谢。”

忽然，高远树又问道：“那明天来参加叶江帆的葬礼吗？”

燕超尘想了想：“……我去！”

得到答复，高远树起身告辞，李伊和燕超尘陪高远树来到楼下。目送他上了穿梭车离开。

李伊转头问燕超尘：“为什么不告诉他们药物副作用的事情？”

燕超尘一笑：“好消息永远比坏消息受欢迎。”说完，转身回公司。

李伊叹气，忧心忡忡地跟了进去。

高远树来到奶茶店，看见店内没有顾客，霓虹灯时明时暗，好像电路不良的样子，更显得店内生意冷清。冯岚一个人呆呆地坐在奶茶店门口，失神看着童雨晨经常上班来去的路口。高远树走到冯岚跟前，冯岚抬头看了一眼，眼泪就忍不住涌出。

高远树叹息一声，蹲在冯岚膝前，满怀内疚：“对不起，我没有照顾好雨晨……”

冯岚：“不关你的事，你为了雨晨……已经做得够多了。”

高远树：“阿姨，你别担心，以后我会经常来看你，照顾你的。”

冯岚擦干泪水，勉强笑了笑：“你喝什么？我给你做。”

高远树：“珍珠奶茶吧。”

“你跟雨晨喜欢的一样……”说着，冯岚又红了眼眶，低头进店里做奶茶。

高远树难过地站在门外，抬头看见一闪一闪的霓虹灯，问：“这个灯还没修好吗？”

冯岚：“上次叫了个电工来修了一下，后来又坏了。”

高远树：“我来给你修吧。”

冯岚："不用了，你坐着吧。"

高远树："没事。梯子在哪儿？"

冯岚拗不过，搬来梯子，高远树站上梯子，检查修理霓虹灯。弄好以后，高远树跳下来，拍拍手："好了！应该不会再坏了。"

冯岚："真想不到你还会修这个。"

高远树："汽车的电路我都能修，这个的电路更简单。以后你有什么事情尽管叫我，我说过，我会代替雨晨好好照顾你的！"

冯岚欣慰："雨晨真是好福气，遇到了你！"

高远树微微一笑，俩人仰头看着霓虹灯，七彩的灯光让夜色显得璀璨温馨。

葬礼这一天，高远树穿了一身庄重的黑色礼服，对着镜子照了照。临出门前，高远树又看了一眼放在架子上他和何小歉、安逸飞、叶江帆、雨晨的五人照片，非常难过。

赶到殡仪馆，吊唁的人已经来到。高远树见到安逸飞、何小歉、小琪和燕超尘，一一低声互相招呼，脸色沉重。

太平间里，敛尸工把叶江帆的尸袋从冰格里拉出来，放在推车上，转身又去干点别的事儿。他的身后，尸袋慢慢蠕动着。

敛尸工干完事儿，转身想去推车，蓦然眼前立着一个光溜溜浑身散发着白色的寒气的人看着他，问道："这是哪里？"

敛尸工吓傻了，一屁股坐在地上，蹬着腿后退，惊恐地仰望着叶江帆！

CHAPTER 08

不一样的美男子

殡仪馆外，高远树看着人差不多来齐了，对众人说：“时间到了，我们进去吧！”

众人正准备进告别厅，突然，看见敛尸工惊魂未定地跑了出来。一边跑一边喊：“诈尸啦……诈尸啦……”

大家惊异，高远树拦住敛尸工：“喂，发生什么事儿了？”

敛尸工牙齿都打战：“人……活过……过来了……”

高远树：“什么？谁？”

这时，安逸飞他们看见一个人从后面出来了，高远树见安逸飞的脸像见鬼的表情，众人都是呆若木鸡的样子。转头一看，只见叶江帆光着身子，摇摇晃晃地走了过来……高远树愣住了！

小琪一声惊叫，何小歉急忙抬手捂住了小琪的眼睛。

叶江帆看着众人，虚弱地呼唤：“逸飞……”

安逸飞反应过来，一个箭步上前扶住叶江帆。叶江帆晕倒在逸飞怀里。

安逸飞转头：“远树，衣服！”

高远树愣愣神，急忙奔上前去，脱下衣服裹住了叶江帆。大家把叶江帆扶向休息室。

一直站在那里的燕超尘，一脸惊愕复杂的表情。

叶江帆活过来了，葬礼也就不存在了，送走所有的宾客，四个朋友聚在休息室里。安逸飞给叶江帆倒了一杯水，叶江帆喝着水，定神。他披着高远树的西装礼服外套，穿着何小歉的裤子，而何小歉则上半身衣冠楚楚，下半身穿着平角花裤衩。

叶江帆：“这么说，我就一直躺在太平间里，七天了？”

何小歉：“原来传说中七天诈尸是真的。”

高远树和安逸飞都瞪了何小歉一眼。

何小歉急忙道歉：“对不起，说错了。不过……我能再摸摸你的手心吗？”

叶江帆伸手过去，何小歉有点胆怯地摸了摸，放下心来：“是热的。”

安逸飞：“医学史上记载了很多死而复活的例子，这叫做假死！”

叶江帆皱眉：“我是假死？”

安逸飞：“我妈是医生，我听她说过以前她医院里就有过一起这样的病例。”

高远树一直在观察叶江帆，突然想起什么：“江帆，你脱下衣服。”

叶江帆不解：“什么？”

何小歉：“等小琪把江帆的衣服拿来了再叫人家脱下来还给你嘛！”

高远树瞪何小歉：“别废话了你。”

叶江帆疑惑地脱下高远树的外套。

高远树盯着叶江帆的腹部：“如果是假死的话，医学上又怎么解释，他的伤口为什么会消失了？”

盯着叶江帆平滑的腹部，没有一点被刺伤过的痕迹。大家都惊呆了！

看守所里，雨晨拿着那封信出神，泪痕未干。门咣当一声被打开了，警察出现在门口："童雨晨，收拾一下东西，马上出来。"

童雨晨："要宣判结果了吗？"

警察："不，你无罪释放了。"

童雨晨非常惊讶地看着警察："什么，无罪释放？"

警察点点头，带着憔悴的童雨晨出了大门。

高远树看见她，立刻迎了上来二话不说紧紧地拥抱住了童雨晨。童雨晨嘴唇翕动："远树……"

童雨晨拥抱了高远树片刻，突然又把他推开："为什么我会被无罪释放？是不是你又告诉警察是你干的？你不要为了我这样做好不好，你这不是救我，你这是在毁了你自己……"

高远树又拥着她，安抚她："别激动，别激动，事情都过去了，咱们谁都不会坐牢。"

童雨晨泪眼看着高远树："为什么？"

高远树转头，看向路边停着的车。

安逸飞、何小歉、小琪一个个从车上下来，向雨晨挥手，最后一个下来的人是叶江帆！

童雨晨以为自己眼花了，闭闭眼再睁开，叶江帆向她微笑。

燕超尘办公室的桌子上放着一张报纸，上面刊登着叶江帆死而复活的新闻。标题："太平间躺七天神奇复活，医学界又添假死案例"。

李伊拿起来看了看，又放下一脸疑惑的神情："如果不是你告诉我，我实在不敢相信这是真的！"

燕超尘："如果不是亲眼所见，我也不敢相信这是真的。最神奇的还不是这个，而是叶江帆的身体上，连一个伤痕都没落下。"

李伊："不可能，他被刺了那么深一刀，怎么会没有伤痕？"

燕超尘："所以我要问你，这跟 X1 有没有关系？是不是另外一种超能力？"

李伊："可是……叶江帆没有接触过 X1 啊，也没有像高远树安逸飞他们一样接受器官移植。"

闻言，燕超尘思忖片刻，想起抢救叶江帆时，高远树献过血："血液！"

李伊没听见："你说什么？"

"高远树给叶江帆输过血！"燕超尘来回踱步，思索其中的关联："吴教授说他研制的是能改变人体基因的药，他吃了药以后，基因已经发生改变，改变基因的器官移植到别的人的身体后，受体自身根据接受某个器官的情况产生优势基因变异。所以，接受器官移植的高远树他们几个人相当于超前进化了几百年甚至几千年，分别具备了不同的超能力。”

李伊一听呆住了，想了一想，又反应过来：“也就是说，高远树的血液已经变异，输到叶江帆体内，根据叶江帆本身的一些特质，细胞又产生了新的变异，产生新的特质。”

燕超尘：“对！只是叶江帆的基因变异是生成出了超强修复力的细胞，他躺在冰柜的那七天，被刺伤损坏的内脏和皮肤自行修复完成，所以他复活了。”

李伊：“天哪！如果这样的话，高远树、安逸飞他们几个人的血液，岂不是人类梦寐以求的唐僧肉！”

燕超尘冷笑：“这块唐僧肉不是谁都能吃得下的，因为谁也不知道自己的身体会产生什么样的基因变异。对有些人是灵药，对有些人则可能是剧毒！”

李伊：“那也是。就是不知道为什么对每个人的药性反应是不一样的，如果能解开这个奥秘就好了。”

燕超尘眼睛一亮，激动：“对啊，如果能发现X1能让人某些起死复生的原因，研制出能让每个人不死的药物，那我们就将是医学史甚至人类史上最伟大的科学家了！我的公司也将是世界上最赚钱的公司！李伊，你一定要把这个奥秘找到！”

李伊愣住了：“这个……我觉得，作为一名科学家，我最应该做的是尊重自然规律。所有的药物，是为了减少人类痛苦而存在的，而不是让每个人都长生不老。人口过剩，地球超载，资源的争夺势必会引起战争、瘟疫以及其他的负面连锁反应……”

燕超尘：“好了好了，李伊，你想多了。即使研制出这种药，核心科技也是掌握在我的手里，不，我们的手里！我们就是人类生命的主宰，你懂吗？我们想让谁活着就让谁活着，换句话说，依然是资本决定人们在这个世界的生存权。”

李伊自嘲地一笑：“你是想把生命明码标价？”

燕超尘：“在商言商，咱们不讨论这种社会问题，单就你来说，李伊，难道你不想在科学史上留下浓墨重彩的一笔吗？找出叶江帆复活的奥秘，研制出生命之源，你，李伊的名字，将是人类史上最伟大的科学家。”

燕超尘逼视着李伊。李伊内心挣扎，惶恐，纠结，最后还是屈服了：“名对我不重要，就如你说的，我是科学家，搞科研，发现自然界的奥秘与真相是我的本职工作，我不是商人，也不是政客，其他的问题，不在我的思维范围之内！”

听到这些，燕超尘满意地笑了。

童雨晨洗完澡，在梳理头发，想起叶江帆依旧感到诡异：“太奇怪了，叶江帆怎么会死而复生呢，我做记者这么久，从来没有见过这种事情。”

冯岚在一旁给雨晨收拾衣服，听她这样说，回复道："别说你，我以前在医院当了二十年的护士，见过断气了几个小时又抢救过来的病例，但从来没见过在太平间躺了七天还活过来的事情，冻也冻死啦。"

高远树坐在一旁："好多新闻媒体得到消息都要去采访江帆，他都快烦死了。"

这时，冯岚从雨晨的衣服口袋里发现了一封信："这是什么？给远树的？"

童雨晨一把抢过来："别看。"

冯岚会意地笑笑："你们聊吧，我去洗衣服了。"说完走出房间。

高远树盯着童雨晨："什么时候给我写的信？"

童雨晨："在里面的时候。"

高远树："给我看看。"

童雨晨："别看了，没什么。"

高远树："没什么还这么紧张，快给我看看！"说完伸手去抢，童雨晨左闪右闪，但是还是被高远树抢过去了。高远树打开信看了看，忽然抬头瞪着童雨晨："什么！你居然要跟我分手？"

童雨晨："我怕耽误你的人生。"

高远树："你都跟我分手了，那才是耽误我的人生呢。"

童雨晨："我以为肯定得在狱里待个三五年，怎么能让你等我那么久呢？"

高远树："呵，还挺为我着想。那我问你，如果我入狱了，你会等我吗？"

童雨晨想也没想地回答："等！"

高远树扬扬信："那你还说这种傻话！你以为就你可以等，我就等不了你吗？"

童雨晨哑然："……悲观的时候人什么念头都有嘛！"

高远树："以后不许悲观了，我喜欢乐观的人！"

童雨晨："好，知道了。把信还给我吧？"

高远树："不还，没收！自从进入电子邮件时代我就没有见过装在信封里的信了，我要把它裱起来，以后让我的儿子看看，他妈妈的字写得多么漂亮！写得多么有文采，透着壮士断腕的悲怆。"

童雨晨笑起来："闭嘴吧你！"

安逸飞家的电视上，新闻正在播放着叶江帆死而复生的事。主持人说得兴致高昂："今天本市发生了一件匪夷所思的事情，一名男性在他的葬礼上死而复生，引起医学界的关注。本台记者对相关人员进行采访，但当事人拒绝接受采访，事件目击者都表示不能解释这件奇事。有医生表示医学上曾经有过假死的病例……"

安逸飞坐在电视机前，低头沉思着。

此时的复活事件的主人公也正在看这条新闻。叶江帆百思不得其解，他揭开T恤，摸着自己的腹部。那里光滑如新，好像从来不曾存在过伤口。

阴暗，诡异的山庄密室里。

苍老的声音再次响起："死而复生？"

袭击李伊的神秘女人低着头："您觉得这件事跟您要追查的事有什么关系吗？"

黑暗中，一个黑影站了起来："有关系。这个现象，是我在三十年前就预见到的，只是没有想到在今天才出现。……从今天起，你要密切关注这个叫叶江帆的人，并关注他周围有可能跟这件事有联系的一切人。"

神秘女："是！"

黑影："我才不相信什么假死，他一定是接触到了跟菌种有关的什么物质！找到了他复活的秘密，也就找到了菌种！"黑影说着，从黑暗中走出来，他的脸是一张七八十岁苍老、眼神阴鸷得吓人的脸！

童雨晨回到电视台，引起了小小的轰动，她走进林森的办公室，阿明和笑笑立刻跑过去偷听，可是什么都没听到。

童雨晨和林森谈完话走了出来，阿明和笑笑急忙站直了身子。

童雨晨好笑地看着两人："听够了吧？"

阿明："哎哎哎，总编就这么让你回来上班了？"

童雨晨白了一眼："怎么？还想总编给我个留职查看或者减薪五百的处分？"

阿明："瞧你，误会我了不是？我早盼着你回来呢，你不在，我加班的时间比平时多了三倍。"

笑笑："我们的意思是总编他怎么处理你在局子里的那几天啊？档案里总不能写治安拘留吧？"

童雨晨："算我事假呗，没工资，扣全勤奖咯。"

阿明："哎，你这也算奇遇了啊，你那朋友现在铺天盖地的都是新闻，你跟我们说说，到底是怎么回事啊？"

童雨晨："我只能说科学解不开的谜题实在太多了，我要能说清楚，就从社会新闻部申请调去科学探索频道了。"

阿明失望："……哎，那你能说说蹲局子是什么滋味吗？听说里面分头板二板……"

笑笑打阿明："会不会提问啊？这是往人伤口上撒盐，别哪壶不开提哪壶，一边去。雨晨，别理他，我问你个正经问题，我看电视上你那朋友挺帅的，能介绍给我认识不？"

阿明："笑笑同学，你要善于发现身边的美，采不到的野花你就别动歪脑子了，先考虑考虑咱们电视台内部的质优男青年吧。"

笑笑鄙夷地说："质优得太低调了，发掘起来比较困难。哎，雨晨，你……"

雨晨打断她："别闹啦，你们就是天生的一对欢喜！还蹦跶什么呀？阿明对你挺好的，你就从了吧！"说完回到自己的位置上。

阿明得意地笑起来，笑笑打量了一眼阿明，从鼻孔里哼了一声，昂首走开。

游泳馆的更衣室里，四个兄弟正在换衣服。何小歉看见高远树身体后背的伤疤，也抬起自己手臂上的伤疤："怎么咱俩就没有叶江帆那么幸运呢？挨过了一刀，身上却一点疤都没有，我都不知道看了多少中医西医，土的洋的，想把这道疤去了，可是统统没有疗效。"

高远树："去掉干嘛？我觉得挺酷的啊，伤疤增加男人的魅力值。"说完，拿着浴巾和安逸飞、叶江帆往外走，何小歉无奈地撇撇嘴，跟上三人。

四人走向泳池，安逸飞和叶江帆在前，高远树和何小歉在后。一些泳装美女迎面过来，看见安、叶二人，都眉目含情，一看到后面的远树和何小歉，顿时变色，避而远之。

何小歉吹胡子瞪眼的："看到了吧？这就是你说的魅力值。"

高远树："那又怎么样？我又不想泡妞。"

何小歉："我跟你不同，即使不泡妞，这么王的伤痕简直就是我事业的终结者。我都歇了好几个月没戏拍了。"

高远树："北野武脸上还有疤痕呢，不照样成大师。"

何小歉："我靠，我怎么跟北野武比？哎，对了，你说我如果把这疤痕做成个文身，是不是这魅力值就提升了呢？"

叶江帆回头一笑："你敢去？我们都陪你。"

文身馆里，尖锐的文身的针开动着，慢慢地接近何小歉的皮肤。

何小歉突然紧张地叫起来："等等，等等！"

文身师停下来，有些耐烦："你到底文不文？"

何小歉："我真的很怕疼。"

文身师白了何小歉一眼，欲收工具。

高远树、安逸飞和叶江帆坏笑地看着何小歉。

叶江帆："认怂吧，别逞能了，我们不会笑话你——"

高远树接："那是不可能的！"

三人大笑。

见状，何小歉一咬牙："文！"

文身师看了他一眼，开动了文身针。

高远树三个人交换了一个眼神，不怀好意地等待听何小歉的哀嚎。可是等了半天，也没听见半点声音。文身针嗡嗡地响着，文身师在何小歉手上工作。何小歉看着文身针在皮肤上游走。眉头都没有皱一下。

高远树："真够坚强的啊！一声都不吭！"

何小歉抬头，一脸的纳闷："一点儿感觉都没有！"

三个人止住笑，看何小歉不像开玩笑的样子，顿时都觉得事情有点异常。

文身完成，四人来到咖啡馆坐下。何小歉看着自己手臂发呆。

叶江帆："都肿了，真的感觉不到一点痛吗？"

何小歉摇头："完全没感觉。"

叶江帆："糖尿病后期病人，会因为一些原因导致下肢对疼痛没有感觉。"

何小歉白了一眼叶江帆："第一我不是糖尿病患者。第二……"他抬了抬手："这个是下肢吗？"

高远树："也许你得了无痛症。"

何小歉："无痛症？不可能，我的疼痛敏感度一直很高，一点点的痛都受不了。"

安逸飞："几年前听我妈提起过她们医院的一个病例，有个小孩儿手断了被送进医院，奇怪的是他不哭也不闹，随便医生抱着他照X光片、接骨。他完全不知道疼痛，还一直在笑。当时医生就觉得奇怪，于是给那孩子做了一系列检查，他的症状就和你很相似。最后小孩儿被确诊为无痛症，是一种遗传的神经传导功能障碍症。何小歉，我觉得你最好去医院做个检查。"

他的话一出，得到了另外两兄弟的赞同，立刻押着何小歉到医院做检查！

高远树、安逸飞和叶江帆在医院外等待了许久，何小歉才蔫头耷脑出来。

高远树："怎么样了？"

何小歉低落："对，是无痛症。但是医生说无痛症是先天的，我这种后天无痛症非常非常罕见，医生都不知道怎么治疗。"

叶江帆："这么说你是中奖了。"

何小歉："对，却不知道彩票是在哪儿买的！我怎么会得这种怪病？"

闻言，高远树低头沉思起来。安逸飞觉察到高远树的神情，不由问道："远树，你在想什么？"

高远树："我在想，可能有个人能解释这一切的原因。"

话一出，大家不解地看向他。

实验室里，李伊一边给高远树抽血，一边说话："叶江帆的事儿我解释清楚了，但何小歉的事儿，我解释不了，无痛症是医学上的难题。"他把高远树的血放进试管里，摇晃着。

高远树用棉球按住静脉抽血点："我觉得这跟我们做的移植手术是有关系。"

李伊："你认为他移植的皮肤让他的身体失去了痛感？"

高远树："有这种可能性吗？"

李伊："不好说，得让他来做个检查。"

高远树点点头："行，我让他有空来找你。哎，你抽我的血干吗呢？"

李伊微微怔了怔，淡淡地回答："电磁力是通过某种介质传导的，我想观察一下你的血液里的介质有什么异常，也许我能找到帮助你控制电磁力的方法。"

高远树："哦。这种电磁力不会自己消失吗？"

李伊："不会，只会越来越严重，如果你不能控制你的能力，就无法避免地会伤害身边的人。"

闻言，高远树脑海里闪过把童雨晨和蔡律师震飞的情景，皱起眉头："会有那么严重？那我控制自己的情绪不行吗？"

李伊："现在行，但可能以后你的电磁力会越来越强，在平常的状态下也能发出让人致命的电磁力！"

高远树："天哪，早知道这样，我宁可当时死去，也不要移植这颗心脏。我现在能换一颗心吗？"

李伊摇头："换了也没用，你的基因已经改变了！"

高远树愣住了。

夜里，高远树和雨晨坐在高高的礁石上，面对一湾蓝色荧光的海萤。雨晨深深呼吸一口海风："没想到还能见到蓝眼泪，在看守所里，无次数地设想着，以后你再也不可能陪我来看蓝眼泪了。"

高远树没吭声，童雨晨发现高远树似乎有心事，问："怎么了？"

高远树勉强笑笑："没什么。"

童雨晨以为高远树担心的还是入狱的事儿，安慰地说："事情都过去了，我不是好好的嘛，你别想了。"

高远树："不是这事儿。"

童雨晨："那你怎么了？"

高远树很犹疑："雨晨，我找到那个白衣女子了。"

童雨晨吃惊："啊？她是谁？"

高远树："她是燕超尘公司的研究员，科学家。"

童雨晨惊愕："怎么回事儿？"

高远树："事实上，我、安逸飞、叶江帆以及何小歉的一切改变，都是因为他们开始的！”

童雨晨震惊地看着高远树。

在外跑了一天，何小歉蔫头耷脑地回到家里，赵小琪欣喜地迎上：“哎，好消息，今天有剧组找你接戏，我帮你谈定了。”

何小歉惊喜：“真的？”

赵小琪：“打你电话也不接，你今天干吗呢。”

何小歉：“在医院做检查。”

赵小琪：“做什么检查？”

何小歉不想赵小琪担心，撒了个谎：“呃……医生叫我去例行复查。”

小琪一脸狐疑，心想：这家伙，说话躲躲闪闪的，肯定是跟别的女孩子约会去了。

何小歉听到小琪的心声，急忙辩解：“真的，你怎么疑神疑鬼的，我就是去医院了，不信你问远树他们，他们陪我去的。”

赵小琪：“我才不问呢，他们经常帮你撒谎……”忽然醒悟过来：“何小歉，你读我的心？”

何小歉意识到失言，捂住嘴巴。

赵小琪愤怒说道：“我警告过你，不要对我用读心术。你还让不让人有点隐私？”

何小歉：“我错了，我错了！我发誓，绝不再犯了。”

闻言，赵小琪稍稍息怒。

何小歉：“对了，我这个秘密，你千万不能告诉任何人，包括远树他们。”

赵小琪：“为什么？”

何小歉：“我……我不想失去朋友！”

赵小琪看了何小歉一眼，点头同意。

海边，高远树讲完所有的事情，长长地舒口气：“事情的经过就是这样。”

雨晨惊叹：“燕超尘自始至终知道这些，却没有告诉我。”

高远树：“我总觉得，燕超尘是个心机很深的人，他好像是在试探着向我们一点点地吐露实情。”

童雨晨：“也许，一下子告诉我们怕我们受不了吧。”

高远树：“你倒挺会给他找理由。”

童雨晨：“我觉得他是个好人嘛。”

高远树：“嗯，好吧，也许你的感觉是对的。”

童雨晨：“我倒觉得那个李伊有点古怪，如果她真心想帮你，为什么不一开始就亮明身份？”

高远树："她给我的解释是涉及到燕超尘公司的商业机密。我看她倒是一挺单纯的人，你没去看过她的实验室，哎哟，特高科技，她是斯坦福的生物化学博士！"

童雨晨："挺这口气你特佩服她。"

高远树："是挺佩服的。女孩子能搞科研的不多。"

童雨晨："……她真的能帮你研制可以控制电磁力的药吗？"

高远树："相信她吧，除此之外还能怎么样呢？"

童雨晨："那她有没有说，如果没有药，你以后会怎么样啊？"

闻言，高远树想起李伊给他说的话，愣住了，但又很快恢复过来摇摇头，有点支吾："……不会有什么更坏的事情发生了吧，你看现在不是一切都在向好的方向发展吗？你没事了，叶江帆也没事儿了，安逸飞安静了，再也不画古怪的画了，大家都挺好的。"

童雨晨："好像一切都在开始恢复正常了。对了，我们俩怎么办？"

高远树："什么怎么办？"

童雨晨："你这家伙已经向我求过婚啦！在监狱里的那几天，我一直在憧憬，如果我们有个婚礼，那是什么样的盛况。你不会反悔吧？"

高远树勉强笑笑："当然不会，不过目前……目前工作有点多，我们等过一阵子再说好吗？"

雨晨怔住，旋即又笑："……也好！"

高远树目光投向蓝色荧光的海面。雨晨感觉到高远树的态度的变化，隐隐有些不安。

第二天高远树来到何小歉公寓找他，何小歉却收拾着自己的包，忙着出门的样子。

高远树："你真的不去？"

何小歉："小琪好不容易帮我谈了一个戏，我要住剧组，哪有时间去李伊那儿做检查啊。"

高远树："其实很简单，就是去抽一管血，检验一下你的DNA有什么异常。"

何小歉不耐烦地看了高远树一眼，走到桌边，拿起桌上的水果刀在手指上轻轻一划，鲜血涌出，何小歉眉头都没眨一下。把血抹在纸巾上，塞给高远树。

何小歉："麻烦你把血液样本帮我送给她去研究。拜托了，小琪在片场等我呢。"说完匆匆出门了。

高远树看着沾血的纸巾，哭笑不得。

童雨晨在输入素材，正对着剪辑机发呆。阿明和笑笑说笑着走了进来。

阿明："你还喜欢看话剧呢，真是一标准女文青啊……"

笑笑："喜欢话剧总比喜欢韩剧好吧？你要碰上一……"话还没说完，阿明碰碰她，示意她看雨晨，笑笑也奇怪走过去拍拍童雨晨：“想什么呢？”

童雨晨吓了一跳：“干嘛？不带这么吓唬人的。”

阿明给雨晨一罐饮料：“给你，提提神。素材帮我输完了吗？”

童雨晨一看：“哎哟，已经输完了。”

笑笑：“瞧你魂不守舍的样子，你怎么啦？”

童雨晨勉强笑笑：“什么魂不守舍啊，胡说八道。”她退出母带，收拾东西准备离开。

阿明：“哎，你要走啊？今天不加班了？”

“有事儿。”童雨晨说完，头也不回地走掉了。

笑笑纳闷：“她今天好像有点不对劲儿。”

阿明：“嗯……你说她是不是在里面受了什么刺激啊，有心理阴影？”

笑笑摇摇头：“不知道啊，谁知道她心里在想什么。”

实验室里，李伊把纸巾上沾着何小歉血迹的纸巾剪下来，放进试管，滴上试剂，摇晃了一下，放进离心机里……一系列的动作娴熟漂亮。助手小张和小朱在另一张试验台上，窃窃私语，李伊能觉察到，故作视而不见。

高远树看着李伊稳重有序的动作，由衷地赞赏：“以前女博士在我心目中就是那种书呆子，现在看来搞科研的女科学家有种知性的魅力。”

李伊脸色微微一红：“你总是这么会夸人吗？”

高远树：“我说的是实话啊。”

李伊：“谢谢。你可以走了。”

高远树：“我很好奇你怎么做实验的，多看看不行吗？”

李伊瞥了一眼两个助手：“你在这里，搞得我的两个助手心猿意马的，都不安心工作了。”

高远树瞥了俩助手一眼，压低声音：“其实，我有个问题想问你。”

李伊奇怪：“你说。”

高远树吞吞吐吐：“如果……我是说如果……你研制不出来可以帮我控制电磁力的药，我的情况越来越糟糕，那……那是不是我周围的人，都有危险？”

李伊：“是的，不过暂时来说，只要你能控制你的肾上腺素，不跟人肌肤接触，你是不会伤害到别人的。”

高远树：“可是……可是有些人你是必须要接触的啊……”

李伊：“只要穿上绝缘体的衣服，也还可以保证不会让电磁力爆发出来。”

高远树急了：“可是跟女朋友在一起怎么可以穿绝缘体的衣服，让她感觉跟一个橡皮人在一起？”

李伊一愣："噢，不好意思，我没有想到你是这个意思。"

高远树疑惑："你从来没谈过恋爱？"

李伊脸红："从来没有！"

高远树惊讶，半晌才开口："你开始符合我以前对女博士的看法了。"

李伊有些羞恼，小声说："没谈过恋爱又不是什么丢人的事！"

高远树："对不起对不起。我心里太急了，口不择言。你知道，本来我都要跟她结婚了！现在看起来，如果我的问题不解决，我根本不可能给她幸福。所以，拜托你，一定要尽快地帮我研制出解药。"

李伊："我尽力。"

高远树："多谢。那我就不打扰你们了。有进展给我打电话。"

李伊点点头，高远树离开。

童雨晨来到生物制药公司，坐上了穿梭车往里走，高远树正好坐着穿梭车出来。两车迎面而过，童雨晨没看见高远树，高远树却看见了她。

高远树大叫一声："雨晨！"

雨晨吃惊，急忙叫停了车，高远树也下车，俩人面对面。

高远树："你怎么来了？"

童雨晨："我想来见见李伊。"

"见她干嘛？"

"问她一些问题。"

高远树心虚："你要问她什么？"

雨晨开始起疑："你问这么详细干嘛？"

高远树："我……我想知道你要问她什么问题嘛，难道你有什么不能告诉我的吗？"

童雨晨："我没有什么不能告诉你的，就是想从她嘴里再原原本本地听一次事情的真相。"

高远树："早说啊，我可以带你一起来。我刚见过她。"

童雨晨有些吃醋："我不知道你跟她来往还挺频繁。"

高远树解释道："我是替何小歉来送血液样本。"

童雨晨："哦，那你先回去吧，我跟她聊聊。"

高远树："哎……我陪你去找她。"

童雨晨起疑："你不是已经见过她了吗？"

高远树支吾："我是陪你啊！"

"你好像很怕我单独跟她聊天。"

“没有的事儿。”

“那我想单独跟她聊聊，可以吗？”

“那好，你去吧！”

雨晨疑惑地看了高远树一眼，招呼了一辆穿梭车过来，上去，驶向生物制药大楼。高远树着急，急忙拿出电话，打电话。

实验室里，李伊正在观察显微镜下的血液样本，助手小张叫李伊：“伊姐，你来看，这个小白鼠有点异常反应，不知道为什么。”

李伊过去跟助手一起观察小白鼠。显微镜旁，李伊的手机响了，来电显示是“高远树”，但是电话却是静音。

李伊手机无人接听，高远树急忙挂了电话，给李伊发短信。

李伊手机显示了高远树的短信：“我女朋友去找你了，拜托在事情没有进展之前，不要对她透露今天我们的谈话。”

李伊依然在另一边跟助手们研究小白鼠的情况，指点助手做观察记录。

雨晨走进大楼。来到实验室。

李伊终于跟助手研究完小白鼠的情况，正要走回自己的试验台。

童雨晨看见她，叫道：“李伊！”

李伊抬头一看童雨晨愣住：“你……你怎么来了？”

童雨晨大大方方地走上前：“前两次见面都是匆匆一瞥，我已经听远树说了你的情况，所以，我想今天来做个正式的见面，不知道你欢迎吗？”

李伊：“呃，欢迎。”

李伊走回自己的位置，雨晨跟着过来。

李伊：“你仅仅是来想见个面吗？”

童雨晨：“当然还带着一肚子的问题想问你。”

李伊摆弄着显微镜：“你想问什么？”

童雨晨：“虽然远树已经告诉了我事情经过，但有些疑问我想还是问问你更清楚。”这时，李伊的手机突然闪了一下，提示有未读信息和未接来电。童雨晨目光被吸引，落到了李伊的手机上，高远树发的那条信息，就显示在手机屏幕上。

童雨晨拿起李伊的电话，看了一眼，脸色一变，说道：“对不起，我不是故意想看你的短信的，但是它就在屏幕上！”

李伊急忙拿过手机，看了看短信，脸色微微一变，旋即沉着地把手机揣在兜里：“你想问什么？”

童雨晨不说话，盯着李伊。李伊受不了雨晨的目光了，抬起眼皮，跟童雨晨的目光相对。

童雨晨："我的第一个问题是，高远树刚才的短信，是什么意思？"

李伊哑然。半晌，才回答："对不起，无可奉告。"

童雨晨："你们俩之间，有什么秘密？"

李伊："既然是秘密，你又何必询问呢？"

童雨晨震惊："果真有秘密？"

李伊："你还有别的问题吗？"

童雨晨："本来有，但现在我只想知道一个答案，你和高远树，到底有什么秘密？"

雨晨的声音大了，助手们望向这边。

李伊："这里是实验室，如果你只有这个无聊的问题，就请离开吧，别影响我的工作。"

童雨晨看着冷淡的李伊："好。你不说，我去问高远树！"说完转身离开！

李伊微微叹气，拿起手机，给高远树回拨过去。

叶江帆办公室里，他看着桌上的 X1 计划进程报告发呆。过了片刻，他站起来离开办公室。

叶江帆来到安逸飞的家里，安逸飞坐在沙发上，叶江帆愁容满面地在屋里踱步，问安逸飞："你说我怎么办？监管公司的资金是我的责任，燕超尘却把资金用在不是 X1 的研究上。如果要对得起自己的这份工作，我应该如实告诉公司情况，可是，这样一来，燕超尘的制药公司肯定会陷入全面破产的困境……"

安逸飞："你不忍心吗？"

叶江帆："不是不忍心，而是……而是高远树告诉我燕超尘原来是你们的救命恩人之后，我实在不能把燕超尘供出去啊，他救了我三个好朋友呢。"

安逸飞："那你想对公司继续隐瞒情况吗？"

叶江帆："那我就是渎职了，我也做不到。"

安逸飞："两难的选择啊！"

叶江帆："你能给我出个主意吗？"

安逸飞："想不出来。"

叶江帆："要不我去跟燕超尘谈一谈，让他想办法使研究回到正轨，只要在合同期限内他能取得 X1 的进展，达到预期的利益，我们公司也不会追究他挪用资金的……又或者我给他一定的期限，让他想办法把资金的窟窿补上……"叶江帆说着，忽然听到微微的鼾声，回头见安逸飞已经在沙发上睡着了，叶江帆叹气："唉，我知道我的工作是个很沉闷的话题，但没想到居然这么沉闷，比安眠药的效果都好！"说完，找出一条毛毯给安逸飞盖上，悄悄离开安逸飞家！

安逸飞睡得死沉死沉的，毫无察觉。

高远树坐在家里的沙发上，拿着手机发愁。忽然门铃响了，保姆打开门，发现是童雨晨，急忙通知高远树。

保姆：“哟，雨晨！远树，雨晨来了！”

高远树暗暗叹气，走到门口，见雨晨面无笑容。

童雨晨：“我想跟你谈谈。”

高远树叹气：“通常女人口中说的‘我想跟你谈谈’这几个字，其实是暴风雨前的闪电。”

童雨晨：“怎么？李伊给你电话了？”

高远树：“嗯，她告诉我你看了我给她的短信……你误会了，事情不是你想的那样。”

童雨晨：“那你跟我解释解释，你是什么意思？”

高远树沉默。

童雨晨：“说不出来？”

高远树：“暂时不说行吗？我以后告诉你！”

童雨晨生气：“远树，以前你从来没有什么事情瞒过我，现在认识了李伊，你倒和她有了共同的秘密？”

高远树心烦意乱：“你能不能相信我一次？”

闻言，童雨晨盯了高远树一眼，转头离开。

高远树急忙说道：“喂，我跟她真的没有什么！”

但是童雨晨完全不理他，高远树只好叹气，烦恼。

童雨晨回到家里，倚在床上看书，试图让自己冷静下来，但是却看不进去，她烦恼把书扔一边！将头埋进被子里。

拍摄现场，安安和何小歉在演对手戏。赵小琪在一边的椅子上打瞌睡。何小歉扮演一小流氓，调戏安安：“小姐，大晚上的走夜路，也不怕遇到坏人啊？要不我送你回家。”

安安斥责：“别碰我，你走开！”

何小歉：“别敬酒不吃罚酒……”

两人拉扯，安安捡起板砖朝何小歉拍了过去，何小歉做拍晕状！

导演：“停！”

赵小琪被惊醒了，看现场，大家一片寂静，等导演反应。

安安和何小歉停下来，紧张地看着导演，导演不说话，看着监视器，琢磨着。何小歉凝神，却听到导演的心声：小流氓的眼神不够凶狠啊，他其实是男一号买通的杀手，不是个单纯的小流氓……

何小歉醒悟，急忙大声说："哎，导演，我刚才的眼神不够凶狠，我演的是男一号买通的杀手，是故意找茬要置女一号于死地的，不是单纯的小流氓，导演，我们可不可以再来一条？"

导演夸何小歉："有悟性，你这样处理就对了！各方面准备，再来一条！"

何小歉得意，转头看到小琪疑惑的眼神，何小歉心虚地移开目光，进入拍摄。小琪知道何小歉干了什么，非常生气。

叮咚门铃响，正在电脑上打字的叶江帆停下活，起身去开门，看见高远树站在门外："远树？"

高远树心情不好，郁闷地进屋："心烦，想找个人聊天，陪我去酒吧坐坐好不好？"

叶江帆："好啊，我还有个 email 没写完，等我两分钟。要不你把安逸飞也约上？"

高远树："行，我给他发个短信。"说完低下头发短信，叶江帆继续在电脑上写邮件。

发了短信，高远树瞥了叶江帆的邮件内容一眼，吓了一跳："你在写辞职信？"

叶江帆一边说一边写："对啊！从职责上我不能对燕超尘的事网开一面，从人情上我也不能把救了你们的燕超尘出卖了，人生的两难选择，所以我弃权了。"

高远树："喂，你想好，你那份工作那么优越，很多人梦寐以求的。"

叶江帆点了一下发送键，长长地舒口气："好了，不担道义不欠人情，真轻松啊！去哪家酒吧？"

高远树："老地方吧！我刚刚给逸飞说的也是那儿。"

叶江帆点点头，两人离开家。

此时，安逸飞走到自己的车前，打开车门上车发动。开车出停车场。

拍摄现场，又过了一条，导演心情很好："大家休息一下，然后拍最后一场戏就收工。"

大家紧绷的心放松下来。何小歉走向赵小琪。

赵小琪瞪着他："你是不是对导演使用了读心术？"

"嘘，小声点。"何小歉看看四周，压低声音："这不是挺好的嘛，导演今晚夸我三回了，说我有悟性。"

赵小琪："你那不是悟性，是德性！"

何小歉："管他呢，我第一次觉得原来会读心挺好的！谁在想什么知道得清清楚楚。"

小琪愣愣地看着他，心想："这家伙太可怕了，我的游戏账号千万不能让他发现了……哎呀，糟了糟了，他不会在读我的心吧？”

何小歉瞪圆了眼：“你有游戏账号？怎么回事儿？”

赵小琪生气：“你果然在读我的心。我警告过你……”

何小歉：“先交代你游戏账号的事儿！”

赵小琪：“哼，我就是注册了一个账号，跟你玩同一个游戏，怎么样嘛！”

何小歉：“哎呀，我知道了，你是想装作陌生人跟我搭话，看我是不是在游戏里勾搭女孩子对不对？”

赵小琪理亏：“……是又怎么样？”

何小歉恶狠狠地说：“回头我就去查清楚谁是你的伪装，把你删了！最恨别人用不正当手段窥探我的隐私了！”

赵小琪：“你……你还有脸说我呢，你……”

还没说完，导演就吆喝了：“来。准备，最后一场！Action！”

何小歉瞪了赵小琪一眼，上场。赵小琪气得无处发泄。

最后一场戏，何小歉和一个男演员在高处打斗，拳来脚往，何小歉被“踢”飞出去，跌落地上。

导演满意：“OK，过了！何小歉，你今天表现很好啊！比以前领悟力强多了。”

何小歉笑嘻嘻从地上起来：“多谢导演夸奖，我会更努力的！”

忽然周围人的脸色突然都变得特别古怪，盯着何小歉。

何小歉莫名其妙：“怎么了？”

赵小琪跑过来，颤巍巍地说：“小歉，你的手……”

何小歉低头一看，自己的右手已经骨折，反扭着！

何小歉惊骇地大叫：“啊——！”

公路上，安逸飞开着车，眼皮不停打架，似乎很困！撑了一会儿，安逸飞还是敌不过睡魔，头磕在方向盘上睡了过去！车失控，在公路上摇晃了几下，直直撞向路旁的电线杆……汽车喇叭长鸣！后面的车辆顿时乱作一团！有人下车去救人。安逸飞趴在方向盘上，双目紧闭毫无知觉！

高远树和叶江帆等在病房外，医生出来，俩人迎上去。

高远树：“大夫，他怎么样？有生命危险吗？”

医生摇摇头：“安全气囊保护了他，身体没受伤。不过他以后永远也不能开车了。”

叶江帆大惊：“什么？他成植物人了吗？”

医生：“不是，他患了嗜睡症，随时会陷入深度睡眠的状态中！”

高远树和叶江帆面面相觑，高远树喃喃的：“嗜睡症？”

CHAPTER

09

不一样的美男子＼

叶江帆和高远树送安逸飞回家，吃力地把他搁在沙发上，盖上毛毯。安逸飞依然在沉睡中。

叶江帆看了看安逸飞，叹气：“真够沉的。”

高远树：“咱们就让他这样一直睡着吗？”

叶江帆：“那还能怎么样？医生都没办法。”

高远树：“他怎么突然有了这毛病？”

叶江帆突然想起一件事：“前段时间有一天我跟他聊天，聊着聊着他就睡着了，我还以为是我太闷了，现在想起来，可能那时候他就已经有嗜睡症前兆了。”

高远树眉头紧皱，在喃喃自语：“为什么会这样？”

这边，何小歉吊着打石膏的胳膊回来，一脸沮丧。赵小琪把包摔在沙发上。讽刺道：“今天表现挺英勇的啊！惊世骇俗啊！”

何小歉白了她一眼：“干嘛啊，没一点儿同情心。”

赵小琪：“同情心？我同情你谁同情我啊，我男朋友有什么见鬼的无痛症，要不是今天医生说，这么多年我居然都不知道。你还有什么怪病是我不知道的啊？”

何小歉气恼：“别说你不知道，我都不知道好吗？”

闻言，赵小琪怀疑地看着他：“你自己都不知道？”

何小歉委屈地坐在沙发上：“以前我打个针都得做三天的思想动员工作，突然一下子我就什么感觉都没有了，你以为我不苦恼啊？”

赵小琪忽然意识到严重性：“怎么会这样？”

何小歉叹口气：“前两天才感觉到自己身体不对劲，远树正在帮我找原因呢。”

赵小琪皱眉：“啊？远树都知道了，你都不告诉我？我还是不是你最亲的人？”

何小歉抓狂：“天哪！为什么女人听话的重点永远是那么匪夷所思呢？”

赵小琪：“你要早点告诉我，我就会阻止你拍今天这么危险的戏，或者让导演找替身啊。”

何小歉：“我怎么会想到后果会这么严重？”

赵小琪戳戳何小歉的脑袋：“因为你就是个猪头，根本不会去想事情！”

何小歉气得结巴了，挥开她的手：“什么？我猪头？我是猪头你还是花痴呢！我知道你就是看上我们戏里的男二号了，心里一个劲儿地夸人家帅……”

赵小琪瞪大了眼睛：“你又偷窥我的心事？”

何小歉：“那叫偷窥吗？你的想法就像高音喇叭一样往我耳朵里灌！”

赵小琪生气：“人家帅是事实，但你听我说了我因为喜欢他就要离开你了吗？就像你夸了人家花园里的花好看回家就一定把自己家园子里的花花草草都扒拉干净吗？我警告你，何小歉，你要再窥视我心里的想法，我就跟你分手。”

何小歉也怒了：“我……我没办法控制，你明白吗？”

赵小琪：“我……我受不了你！”

何小歉：“受不了你就走！”

听他这样说，赵小琪气急地看着何小歉，发现他完全没有要道歉的样子，气得转头走掉。

何小歉急忙喊道：“哎，还真走啊……我手都这样了……哎，小琪，别走，别走，你走了谁给我做饭啊……”

赵小琪头也不回：“上帝还给你留了一只手叫外卖！”

电视台里，阿明走过来把外卖的餐盒放在雨晨的桌上：“烧鹅饭，给你的。”

童雨晨趴在桌子上，摆摆手：“不想吃。”

笑笑嬉皮笑脸地伸手过来拿了雨晨的盒饭：“给我，最喜欢吃烧鹅。”

阿明：“你不减肥啊？”

笑笑：“减什么肥啊，凭什么让自己的嘴受苦，让别人看了舒服啊！”

阿明对笑笑使了个眼神，示意雨晨情绪不对。笑笑看了看雨晨，明白过来，塞了块烧鹅在嘴里，把餐盒放在雨晨面前：“哎，看你最近好像总是闷闷不乐的，失恋啦？”

阿明：“真敢问，我一直想问都没问出口。”

童雨晨：“你们俩能盼我点儿好吗？”

笑笑：“那给我们说说，啥事儿？”

童雨晨：“你们俩给我分析分析，如果你男朋友给别的女孩子发短信，让她不要告诉自己女朋友什么事儿，你们认为会是什么事情？”

笑笑毫不犹豫：“肯定这俩人有事儿啊！没事发这种短信干嘛？”

阿明持不同立场：“那不一定，男人有时候思维跟女人不一样，根本就不是你们女人想象那样的，可能就是一些不方便告诉你的小事儿。”

童雨晨：“那你认为是什么小事儿不方便告诉女朋友却方便告诉女性朋友呢？”

童阿明：“比如……跟朋友喝醉了、投资失败了、买了豪华邮轮的套餐想给你个惊喜之类的……”

童雨晨摇头：“都不可能。”

阿明耸了耸肩：“总之，你们女人是用右脑思考问题，我们男人是用左脑思考问题，要想搞清楚你男朋友为什么这样做，只有一个办法，去跟他直接沟通，好过你在这里胡思乱想。”

童雨晨想了想，站起身，拍拍阿明：“意见采纳了！”说完，童雨晨背上包气势汹汹地走出去。

阿明看她那架势，急忙追着喊了一句："是沟通，不是吵架啊！"说完回头，却看见笑笑抱着餐盒啃着烧鹅。

笑笑不屑地看着阿明："什么男人用左半脑思考问题？男人都是用脚趾头思考问题！"阿明无奈地叹了口气。

李伊正在实验室做实验，小张进来递给李伊一份报告："伊姐，你要的DNA分析报告出来了。"

李伊接过来，道了声谢。拿出报告仔细看起来，第一份资料写着"何小歉"的名字。李伊平静地看完，随即抽出第二份高远树的，慢慢往下看，脸色渐渐地变了……

高远树想了一夜，还是决定来找童雨晨，他来到电视台往里走。雨晨也正往外走。这时，突然高远树的手机铃声响了，高远树低头看手机，来电显示是"李伊"。

童雨晨走出来，正巧看到了高远树低头的背影，惊喜，悄悄地走到高远树身后，刚想伸手拍高远树的肩头吓他一跳，却听见高远树接听电话："喂，李伊。"雨晨的手僵在半空，脸色变了。

高远树没有感觉到童雨晨在身后，接着说："哦，好的。我马上过去。"说完他急匆匆地奔向他的车，开车离开。

雨晨呆呆地站在原地，思绪复杂。

李伊一人在实验室焦急地走来走去，高远树赶到："何小歉到底怎么了？"

李伊："我得先跟你解释一下疼痛的原因，人类的基因里有一种特殊的蛋白质，当正常人受伤时，这种蛋白质会释放钠离子流，刺激神经细胞，从而使大脑感觉到疼痛。何小歉的DNA分析报告表明，他的基因里，这种钠离子流蛋白质处于失效状态，所以疼痛刺激无法抵达痛觉神经。"

高远树："何小歉怎么得这种怪病？有救吗？"

李伊摇摇头："他以后必须谨慎一点，千万不要受伤，不知道疼痛的人多半都是因为失去疼痛感延误治疗而死。"

高远树："这么严重？好，回头我告诉他。"这时，她看到自己的报告在李伊桌上，拿起翻看："哎，这是我的DNA检测报告？"

李伊急忙夺过来："你别看。"

她惊慌的反应引起高远树的怀疑："我又看不懂，随手翻翻而已——咦，你干吗这么紧张？我有什么问题吗？"

李伊否认："没有！"

高远树："你比我女朋友还不会说谎，你这表情分明就是有事儿瞒着我。"

李伊看着高远树难以启齿，非常犹豫。

高远树越发生疑："我到底怎么了？"

经过心里挣扎，李伊还是下定了决心："高远树，我告诉你，你千万别激动……"

高远树意识到事情有些严重："你说！"

李伊："我对你的DNA做了高温试验，结果显示，短时间的高温会使你的DNA双链解链成单链，但是随着温度下降，单链又会恢复成双链。可是随着高温次数的增多，很可能单链再也恢复不了双链……"

高远树皱眉："我听不懂，你就告诉我结果，到底是什么？"

李伊一咬牙："每当你情绪激动，肾上腺素的刺激下体温会升高，就会产生电磁力，如果你这种情况频繁出现，说不准哪一天，你的DNA链彻底断裂，你会……死去！"

"死去？"高远树倒吸一口冷气。非常惊恐，瞳孔渐渐放大。周围的东西开始震动，李伊慌张地看着高远树。

雨晨来到生物制药公司，走进电梯，电梯渐渐上行。

高远树心痛，不可置信地看着李伊："不，不！怎么会这样？你不是说你会找到解决方法的吗？我这么相信你，你现在居然告诉我……我随时会死去！"他的狂怒使周围的小东西开始悬浮，崩裂！

李伊惊叫："远树远树……镇静！镇静！"眼看高远树要失控，李伊顾不得许多，一横心抱住了高远树。让自己身上的电磁力和高远树的散发出来的电磁力相触，高远树的电磁力渐渐被消减，高远树一愣。周围的东西都落了下来，实验室顿时一片安静。

高远树闭上眼睛眼泪流了出来，无奈而悲伤地抱住了李伊："我该怎么办。"

李伊拍着他的后背，安慰他："我答应你，我一定想办法。"

高远树："如果我死了，雨晨怎么办？"

李伊心头一震，有些悲哀，无声的叹息。周围的东西都静止了，俩人就这么相拥着。玻璃门外，童雨晨来到，她刚想推门进去，突然僵住了，眼前这一幕让她如五雷轰顶。她呆立在门外，眼泪无声地流下，她心如刀割，转身离开！

童雨晨一脸泪痕地跑出，一头撞上了燕超尘。

燕超尘大惊："童雨晨，你怎么了？"

雨晨一言不发，掉头跑掉。燕超尘莫名其妙地看着她的背影。

过了片刻，高远树平静下来，推开了李伊："你能告诉我，以我现在的情况，我还有多少日子？"

李伊："如果不控制基因的裂变速度，你还有……半年左右的时间。"

高远树跌坐在凳子上，喃喃地说："半年？……明白了，谢谢你告诉我真相！请你也不要告诉任何人。尤其是雨晨，我不想让她伤心。"说完转身向门外走去。

燕超尘正好走进来，看见高远树，吃惊，跟高远树打招呼："高远树……"

高远树没有理他，径直走了。

燕超尘惊异，意识到出了什么事儿，见一地狼藉，大惊："到底怎么了？"

李伊无力的坐下："他的基因裂变速度加快……"

燕超尘顿时明白，倒吸一口冷气："真糟糕。"突然他反应过来："你告诉他了？"

李伊点点头。

燕超尘气恼指责李伊："幼稚！幼稚！他如果绝望之下把事情真相宣扬出去怎么办？我们公司就完了！"

李伊不满地还嘴："他现在生命有危险，你却还在担心你的公司，你还有点人情味吗？"

燕超尘意识到自己说的话过分了，往回挽回："我不是那个意思，我是说现在事情还没有到完全绝望的地步，你不是在为他们想办法吗？为什么这么早把真相告诉他？"

李伊："我也不想，可是……可是我就是没有办法对他说谎！"

燕超尘看着李伊的眼神，心里明白，冷笑起来："我就知道，你对他的感觉绝对不是妹妹对哥哥的感觉！"说完转身离开。

安逸飞公寓里，安逸飞醒了过来，看见叶江帆正在拉上一个大大行李箱的拉锁，奇怪地问："你在干什么？"

叶江帆不容置疑的口吻："哦，你醒了。我已经帮你把行李收拾好了，从今天开始，你要搬过去跟我一起住。"

安逸飞掀开毛毯起来，莫名其妙："为什么？"

叶江帆："医生说你身边必须有人随时看着你，照顾你。"

安逸飞一脸茫然："医生？为什么……等等，我想起来了，我记得我在开车，去找你们……怎么我又在家里？"

叶江帆："哦，坏消息是你的车已经报废了，好消息是以后你再也用不着开车了。"

安逸飞莫名其妙："什么意思？"

叶江帆："你出了车祸，我和高远树把你送到医院，以为你挂了，结果医生说你睡着了，一直睡到现在，因为你得了一种我在小说里才能看到的病——嗜睡症！"

安逸飞惊讶："嗜睡症？"

安逸飞愣神的时候，叶江帆站在画架前，转头询问安逸飞："画架要带过去吗？"

安逸飞依旧愣神，没有反应过来。

高远树立在海边，望着落日，任由海风吹着自己悲伤而绝望的面容。他思考着未来的半年，他该做什么。

童雨晨情绪低落，慢慢地向奶茶店走去。脑子里全是高远树和李伊拥抱的画面。不知不觉走到了奶茶店外，看着冯岚在店里忙碌，雨晨突然一阵委屈涌上心头，她就这么呆呆地立在奶茶店外。

店里忙碌的冯岚一抬头，看见女儿站在门外，一脸欲哭无泪的表情，冯岚意识到女儿遇到大事了，她走到雨晨面前，什么也没有说，轻轻地叹息一声，雨晨委屈的泪水顿时决堤而出，拥抱住了母亲。冯岚轻轻地拍着女儿的后背安慰她。

入夜，高远树沮丧地回家，项欣澄和高明辉坐在沙发上，桌上放着一张喜帖。两人兴致勃勃地正在议论着。

项欣澄：“你跟老陈也是多年的交情了，我看给他儿子准备一个大红包……”忽然看见高远树进门：“哎，远树，你回来了。”

高远树情绪不高简单的“嗯！”了一声。

项欣澄招呼他：“你陈叔叔的儿子要结婚了，请我们星期天去喝喜酒。对了，陈叔叔还问你什么时候结婚呢。”

高远树本来心情就不好，听到别人的喜事想到自己的情况，更加烦闷，不耐烦地说道：“他管他儿子结婚就行了，管我的事儿干吗？”说着就径直往楼上走。

高明辉和项欣澄意识到高远树情绪不对，高明辉叫住儿子：“你怎么了？前段时间不是还兴高采烈地说要跟雨晨结婚的吗？”

高远树：“我的事儿你们别管。”

项欣澄：“哎，你今儿是怎么……”

她话还没来得及问完，高远树回到房间，“嘭”的一声把门关上了。

高远树把自己抛到床上，想起李伊说的话，痛苦地的闭上了眼睛！

冯岚挂上了CLOSE的牌子，关了店门。童雨晨捧着母亲做的热奶茶，低头啜饮。冯岚坐到女儿对面，看着雨晨泪痕斑驳的面容，轻轻叹口气。

沉默了片刻，童雨晨开口：“妈，我想分手。”

冯岚吃惊：“你要想好啊，跟远树七八年的感情了你放得下吗？”

童雨晨：“可一想到他和李伊拥抱在一起我就快发疯了。上次我提到结婚的事儿，他就一副犹犹豫豫吞吞吐吐的样子，我心里就觉得不对劲，现在才知道他变心了。”

冯岚：“他认识李伊也没多久，你跟他是七八年的感情，还是跟他好好谈谈再做决定吧。”

深夜，神秘女郎依然是挽着发髻，走进山庄密室，低头向老头汇报情况：“我已经打听清楚了，叶江帆在医院接受过高远树和童雨晨的输血，童雨晨没有接触 X1，没有超能力，所以，叶江帆的异能只能是从高远树的血液里得到。”

老头从黑暗中站起身，那扭曲诡异的面目又暴露在昏暗的灯光下，沉吟道：“既然菌种下落不明，没准高远树的血液里就保留着菌种的主要活性成分……”

神秘女郎：“我发现最近高远树跟李伊的接触特别密切。”

老头警惕：“哦？”他站起来踱步，回头命令神秘女郎：“你一定要搞清楚，他们到底在做什么。”

神秘女郎：“是！”

翌日中午，片场休息时间，何小歉在用没受伤的左手拿着勺子吃盒饭，刚把饭喂到嘴边，手一抖，饭就掉了，何小歉气恼地一扔勺子。

何小歉站起来高声大叫着：“哪位好心的兄弟姊妹来给本尊喂个饭啊，赏银十块。”可是没人搭理他，他只好加价：“二十……”但是还是没人答应：“三十！”

一个同事忍不住，嘲笑他：“别丢人了，还是把你们家赵小琪哄回来吧。”

何小歉骄傲地说道：“哄她？哄她就尾巴翘上天了。”话音未落，后背就结结实实地挨了一巴掌。

赵小琪转过来：“我看你的尾巴翘上天了！”

何小歉转头看到赵小琪，立刻满脸堆笑：“嗨，我就是翘上天了看见你不也得老老实实吗？”

赵小琪把拎着的保温盒放下，取出饭菜。说道：“你刚才叫到多少钱来着？三十块，是吧？”

何小歉赔笑：“一家人你还挣我的钱？”

赵小琪一脸不屑争辩的样子，收拾好刚打开的保温盒假装要走。

何小歉立刻拦住赵小琪一脸正色：“成交！”

赵小琪露出得逞的笑容，打开饭盒，给何小歉喂食。喂一口就数着：“三十……”

何小歉甜蜜地吃着饭：“我就知道你还是心疼我的！”

赵小琪不理他，又喂一口：“六十……”

何小歉一口饭差点喷了出去，呛得强烈地咳嗽起来！赵小琪得意地奸笑起来。

实验室里，小张和小朱一边工作一边聊天。小张往门口张望了一下：“哎，这几天那个高远树怎么没有找伊姐了？”

小朱：“怎么？你想他啦？！”

“你神经病啊，我怎么可能跟伊姐抢男朋友，就是觉得好久没看到他，奇怪呗。”

“他不是伊姐的男朋友。”

“你怎么知道？”

“傻瓜，那天来找伊姐的那个童雨晨才是他女朋友，你真没眼力见儿。”

“啊？好吧，我还以为伊姐跟高远树有戏呢。对了，你跟你男朋友怎么样？”

小朱喜滋滋地笑道：“挺好的啊，他跟我求婚了。”

小张：“真的？什么时候啊？我要当伴娘。”

小朱：“中秋节吧，最近在装修新房。”说着，电话响了，小朱看了一眼，露出一脸的幸福：“瞧，一天不打电话给我他就着急。”

小张嫉妒地说：“真幸福。”

小朱对她吐了吐舌头，跑出实验室。

项欣澄坐在家里接电话，高明辉坐在旁边的沙发上看报纸，说了一会儿，项欣澄挂掉电话对高明辉说道：“木子要放假了，我叫她来我们家住一阵子，让远树带她好好玩玩。”

高明辉点点头。

这时高远树从楼上走下来，项欣澄看见，对他说道：“你大姨妈打电话，说表妹要放假了，来我们家住一阵子。”

高远树懒懒地看了项欣澄一眼：“来就来吧。”

项欣澄奇怪地看着他：“咦，这孩子，小时候你们跟亲兄妹似的，现在听着表妹要来没点儿高兴？”

高明辉也放下报纸，皱眉：“你最近状态不对啊，和雨晨是不是出什么事儿了？”

高远树：“问这么多干嘛？”

项欣澄：“我们是你父母哎，问问不是应该的吗？”

高远树不想多做解释：“我没想好，想好了告诉你们吧。”说完高远树离开。

项欣澄瞅着高远树的背影：“不对劲啊。我得问问。”

高明辉拦住她：“算了，孩子们的问题让孩子自己去解决。”

高远树来到一家酒吧，坐在吧台前，侍者给他一杯威士忌。高远树刚端起杯子，把酒送到唇边，一只手按住了他的手，高远树回头一看，燕超尘站在身边。

燕超尘闻了闻酒：“Vodka!就算只剩半年时间，你也不该喝这么烈的酒。”

高远树苦笑：“李伊告诉你了！”

燕超尘：“放心，我不会告诉童雨晨的。”

高远树默然。

燕超尘一仰头把Vodka喝了，把杯子滑推给侍者：“再来杯Vodka，给他杯橙汁。”说完转头看看沉默的高远树，安慰他：“你命大，上次那么大的事故你都没事，这次的坎也应该能过得去。”

高远树苦涩地笑笑摇摇头：“你知道出事的时候，我在游艇上干什么吗？”

燕超尘摇摇头。

高远树：“我正在向童雨晨求婚。”

闻言，燕超尘心里像被刺了一下，但表面只是淡淡地“哦”了一声。

高远树没有发现异状，接着说：“我跟童雨晨相爱了七年，想着终于要修成正果，却在求婚的时候，砰——！一声巨响，把我的希望撞得支离破碎，我在魂游之际，潜意识里一直在祈祷，老天爷，不要把我收走，让我跟她在一起，我一直梦想和她有一堆的孩子，男孩聪明，女孩漂亮。我们厮守终身，白头到老。现在很少有男人想和一个女人终老一生了，也很少有女人能让一个男人甘愿与其终老一生，但我和雨晨很幸运，我们都知道，对方就是自己想要终老的那个人。”说到这里，他喝了一口橙汁，燕超尘默默地倾听着。高远树放下杯子接着说：“后来我终于活过来了——靠着你恩师的馈赠。我以为自己的梦想又可以实现了，但没想到这份馈赠还有这么多附加品，电磁力？呵呵，我以为这就是最坏的情况了，让我和童雨晨不能牵手，不能接吻，但至少我还能看着她呀，能看着自己喜欢的人站在身边笑，我想，好吧，这样我也满足了。可命运捉弄了我这么多，还不满足，现在又告诉我，我只能活半年了！半年，183 天？”

燕超尘：“乐观一点想，这 183 天里说不定会有什么奇迹呢。”

高远树非常悲观：“奇迹不可能出现两次。”

燕超尘抿了一口酒：“那你现在打算怎么办？”

高远树：“昨晚我一直在想这个问题，但是，我自己都不知道。”说着，高远树的情绪又激动起来。

燕超尘感觉到细微的震动，急忙出声提醒：“高远树，冷静点。”

高远树这时反应过来，压抑着自己的情绪，站起来离开了酒吧！燕超尘看着他离开，没有去追，低下头喝酒，让人看不出他的情绪。

黄昏，小朱下班，跟李伊告别：“伊姐，到点儿了，我走了。”

李伊：“小朱，你最近好像天天盼望着下班啊。”

小张：“家里有人等，自然着急着回家。”

小朱幸福地回答：“约好了和男朋友去看家具。”

李伊：“在准备幸福小窝了呀？”

小张：“伊姐，准备中秋节吃小朱的喜糖。”

李伊：“太好了，我们的小朱终于嫁出去了。”

小朱羞地脸都红了：“你们别取笑我了。”说完离开了。

小张和李伊相视一笑。

入夜，小朱和未婚夫看完家具回来，出租车停在路边，小朱走下来，朝里面的男人挥挥手："记得明天去新房等家具啊！"

未婚夫笑着说："知道了，你真的不用我送你进去吗？"

小朱摇摇头："就两步路，你先回去吧。"

未婚夫点头，让司机开车。出租车缓缓驶离。小朱才满心喜悦地沿着小路回家。忽然一只手搭在小朱的肩上，小朱一回头，脸上遭遇重重一击，眼前一黑，瘫倒在地。袭击她的人将小朱拖进了黑暗深处。

第二天中午，童雨晨和笑笑正在校对稿子，阿明进来："喂，童雨晨，你怎么还在这儿？你男朋友在门口等你呢。"

童雨晨意外："什么？等我。"

阿明："是啊，我看见他一直在门口走来走去，好像很心烦的样子，是来负荆请罪的吧？"

童雨晨急忙出去，来到电视台门口，果然看见高远树在门口徘徊。

童雨晨走过去，冷冷地问："你来干嘛？"

高远树犹豫了片刻："我……有件事想跟你说。"

阿明和笑笑八卦地在身后偷听。

童雨晨沉着脸："是想解释跟李伊的事儿吗？"

高远树大惊："什么，她找了你？跟你说什么了？"

童雨晨忍不住大叫："要她说什么吗？我都看到了！"

高远树："你看到什么了？"

童雨晨："非得要我揭穿你吗？我看到你们拥抱在一起！"

高远树紧张："你跟踪我？你听到我们说的话了？"

童雨晨："还需要听吗？先是神神秘秘的短信，又是拥拥抱抱的甜蜜，我已经恶心透了。"

高远树轻轻叹口气，他看着童雨晨悲愤的脸，一时无言。

童雨晨看着他："你还有什么要解释的吗？"

高远树摇摇头，童雨晨转身欲回办公室。

高远树拉住她："那……那你想分手吗？"

童雨晨愣住了，转身不可思议地看着高远树！高远树表情复杂，既期盼又痛苦！

李伊走进实验室，看了看，发现少了一个人，开口问道："小张，小朱今天怎么没有来？"

小张摇摇头："不知道啊，她没跟您请假？"

李伊："没有啊。奇怪，小朱在公司这么久，从来没有迟到早退。"

小张："会不会是因为要结婚了，家里事儿多。"

李伊："她以前有事儿都会跟我说一声的啊。"正说着，她的手机突然有短信声，李伊拿起一看，露出古怪的神情。

小张看见，问道："怎么了？"

李伊："小朱给我发了条短信，说她辞职了！"

小张惊讶极了。

电视台门口，童雨晨愤怒地看着高远树："分手？你是盼着我提分手，让我把你从良心的愧疚里拯救出来是吧？高远树，真没看出来你这么有心计的人啊。"

高远树面无表情："随便你怎么说。"

童雨晨："你坦坦荡荡地告诉我，你爱上李伊了不就行了吗？你怕什么……"

高远树打断她："我没爱上任何人。"

童雨晨："那你告诉我一个分手的理由。"

高远树嘴唇张了张，没有说出口。

童雨晨："哑了？没话说了。"

高远树："我累了。"

童雨晨："一句累了就把七年的感情洗刷得干干净净？亏我当初还以为你是个负责任的人！"

高远树："你现在认清我也不晚，反正我们还没结婚，你不愁找不到爱你的人。安逸飞不是一直很喜欢你吗？"

听他这么一说，童雨晨怒了："你不要把污水泼给我，你喜欢谁去喜欢好了。"说完转身离开。

高远树长叹一声，也转身离开，两人背道而行。

燕超尘来到实验室。

小张给他打招呼："燕总。"

燕超尘点点头问："小朱不在？"

小张："小朱辞职了。"

燕超尘非常意外："怎么说走就走，一点没有责任感。李伊，你得再找人啊。"

李伊："我知道。你有事儿？"

燕超尘点点头，示意李伊一边说话。李伊放下手上的工作，和燕超尘走到休息室。

燕超尘坐到凳子上："我见了高远树了。"

李伊："你是去确定他不会向外界吐露公司的秘密？"

燕超尘点点头："是的，他不会这么做，因为他现在脑袋里只想跟童雨晨分手。"

李伊吃惊："分手？"

燕超尘："对！你听了这个消息潜意识里有些高兴吧？"

李伊："为什么我会高兴？"

"你一直喜欢高远树，别以为我不知道，如果他们分手了，你至少还有和高远树半年的时间在一起。"

"你以为我会这么自私？"

"人有时候必须得自私一点。你对我来说就像妹妹一样，我也希望你能和优秀的男孩子谈次恋爱，初吻保留到你这年纪的女孩子不多了。"

李伊脸刷的就红了："那我也不会乘人之危。我要去找童雨晨。"

燕超尘拦住她："你想让童雨晨伤心吗？告诉她她爱的人只有半年的生命了？"

李伊："总比她被蒙在鼓里好吧。"

燕超尘："你以为高远树没有想过吗？如果不分手，不让童雨晨恨他，他死了之后，童雨晨的青春甚至一生都会陪葬在高远树的阴影里了。"

李伊长叹一口气："如果吴教授没有毁掉菌种就好了，现在我重新合成 X1 里的活性物质跟菌种里的活性物质完全不能相比。否则我可以合成提炼出抑制剂。"

燕超尘："唉！吴教授死的时候，也没有想到他的一纸器官捐赠书会引出这么多的后患啊。"

赵小琪坐在奶茶店听童雨晨说最近的事，非常惊讶："什么？他和李伊……？"

"嘘……"童雨晨急忙拉住赵小琪让她低声，不要让冯岚听见，好在冯岚正在招呼客人，没有注意。

赵小琪："你跟高远树多少年的感情，他和李伊认识才多久？不可能不可能。"

童雨晨叹气："你相信我的眼睛还是相信男人的心？"

赵小琪："眼见也未必为实。他承认了吗？"

童雨晨："他当然不承认。"

赵小琪："高远树一直是那种敢作敢当的人，他要没承认，就一定没事，你误会他了。"

童雨晨："那他为什么要分手呢？"

赵小琪哑然。想了想，忽然心生一计："我有办法知道高远树的真实想法。"

童雨晨："你有什么办法？"

赵小琪神秘地一笑："你别管。"

何小歉坐在沙发上，右手还打着石膏。赵小琪坐在他对面。两人就这么对视着，过了好一会儿，何小歉才开口：“你不是最讨厌我窥探人家的内心了吗？”

赵小琪：“这次是做好事。”

何小歉：“如果我不答应呢？”

赵小琪：“那我现在就把……”

话没说完就被何小歉接走了：“把我读心术告诉大家？你以为这么天方夜谭的事情大家会相信你吗？把我游戏账号的装备卖掉？我已经改了登录密码！哈哈哈，赵小琪，你的招数太老了，我看你还有什么新招。”

赵小琪不急不慢的：“你怎么现在不对我使用读心术呢？我的下一句话本来是，我就把你妈接来，让她天天看着你，逼着你结婚，也许适当的时候我说我怀孕了，你妈总不会也有读心术，知道我在说假话吧？”

何小歉倒吸一口冷气：“你太毒了！难怪古人说唯小人与女子难养也。我去找高远树！”

赵小琪满意地笑起来。

李伊和燕超尘坐在办公室面试新助手。对面坐着的，是个大学生，非常生涩，紧张。

李伊：“你在学校有什么实验经历？”

应聘者：“我和一位硕研生同学选用了一种A549细胞系的肿瘤细胞作为模型，研究了一种抗肿瘤药物对其增殖率的影响。”

燕超尘赞许：“不错，A549是肿瘤研究中常用的模型细胞。”

李伊追问：“那你和那位硕研生具体分工是什么？谁是研究主导？”

应聘者赧颜，说话支吾起来：“嗯……他是主导，我主要做观察和记录的工作。”

李伊微微皱了一下眉头，朝燕超尘递过去一个不满意的眼神。燕超尘让他回去等消息，叫进第二个人。

第二个应聘者进来坐下。

燕超尘：“你是怎样测定细胞增殖的？”

应聘者：“我用的是CTG的试剂盒。”

李伊：“这样的组合是不是肯定能得到阳性结果？”

应聘者愣住了，答不上来。李伊再次失望地摇摇头。

最后一个进来的，是一个身材挺拔气质沉稳长发披肩的女子坐在了李伊和燕超尘面前。

燕超尘看着简历：“你叫？”

应聘者简洁回答：“邵菲！”

李伊：“我们实验室重视动手能力，能说说你的实验经历吗？”

邵菲沉着：“我从大三开始，就一直和一个博士研究生一起做实验项目。”

燕超尘："研究内容是什么？"

邵菲流利地侃侃而谈："我们的研究对象是一种 G 蛋白偶联受体，它是近几十年内发现的一组与人类疾病直接有关的受体，目前的临床药物研究有 40% 是以这组受体为目标的。我们的研究发现，抑制这种受体的活性，可以直接提高人体的免疫功能。"

李伊："谁是研究工作的主导？"

邵菲："博士研究生还主导一个其他的分子生物学领域的项目，所以这个研究工作的百分之六十的工作都是我承担，如果不信的话我可以提交我的研究记录报告。"

燕超尘和李伊面露微笑。燕超尘征询的目光看着李伊，李伊肯定地点点头对邵菲说："我相信你。"

燕超尘："你就是我们找的人，明天可以上班吗？"

邵菲微笑："随时可以。"

燕超尘伸出手与邵菲握了握："欢迎入职！"

李伊也伸出手："欢迎加入我们的团队。顺便提醒你一句，我们实验室不提倡披肩发，你的头发可以处理一下吗？"

邵菲微微一笑，从包里拿出一根长长的铁簪子，麻利地一挽，整个人立刻显得利索很多："这样行吗？"

李伊点点头："很好！"

邵菲："明天见，李博士！"说完转身，露出后颈脖的刺青，她正是那个神秘女郎。

邵菲站在黑暗的密室中，淡定地说道："他们的提问都在您的意料之中，我准备的答案让他们很欣赏我，我明天就可以进李伊的实验室工作了。"

她对面的老头点点头："你的首要任务是找到菌种，如果找不到菌种，高远树就是我们重点研究对象，只有从他身上去找突破口。"

"知道了，那个……"邵菲欲言又止，老头瞥了一眼她："还有话？"

邵菲："叔叔，您一直跟我说菌种是我们研究抑制剂的关键，但这菌种到底是什么？我从来没见到过。"

老头犹豫起来。邵菲对面的老头正是她的叔叔，叫越秋野。

邵菲："对不起，我多嘴了。"说完转身欲出去，越秋野发话了："菌种……不是地球上的生物！"

闻言邵菲惊讶，盯着越秋野。

何小歉来到高远树家里，高远树打量着何小歉手臂上的石膏："分手就分手了，我不想说原因。"

但是何小歉不相信，凝神听高远树的心声："唉，如果不是因为我现在这种情况，我怎么会跟童雨晨分手！”

何小歉心里立刻明白了，问道：“你跟雨晨分手是因为你的电磁力吧？”

高远树惊讶：“你怎么知道？”他嘴里问着，心里却想着：“我的电磁力不知道什么时候失控……”

“你担心你的电磁力失控会伤害雨晨？”何小歉问完又凝神看着高远树。

高远树起疑了，打量着何小歉，心想：“这家伙今天怎么这么古怪，好像知道我在想什么……”他锐利地盯着何小歉：“何小歉，你……”

何小歉听到高远树的怀疑，不由一激灵：“算了算了，不提这事儿了，我就是顺路来看看你，我好好养我的伤，你好好养你的伤，等大家都好了咱出去打台球啊。拜拜。”说完急忙溜走了。

弄得高远树一脸疑惑。

密室里，老头对邵菲娓娓道来菌种的来历：“28 年前，英仙座爆发了有史以来规模最大的流星雨，有一千三百多颗流星落到了地球上，美国一个科研机构组织了科考团，搜集这些陨石进行研究，结果从其中一颗陨石上提取到了一种完全不同于地球任何生物的活性生物，虽然对外统称为菌种，但其实这种生物既不同于地球上的微生物，也不同于地球上的植物，是介于两种生物之间的生命形态。科研小组将菌种分成两组，将菌种用微生物和植物两种不同的方式培养繁殖，不想都获得了成功。”说完，老头停住话头。

邵菲追问：“后来呢？”

越秋野：“后来……用植物的方式培养菌种研究人员发现，菌种中提炼的活性因子能修复人类的 DNA，发展前景是可以制造出提高人体免疫力的药物，大大延长人类的寿命。而用微生物的方式培养菌种的研究人员发现，菌种跟人类基因结合，会改变人类的基因，最大化地激发出现在人类完全没有的潜能！”

邵菲：“我想，您就是当年用微生物方式培养菌种的研究人员之一吧？”

越秋野：“不是之一，是唯一！”

邵菲肃然起敬，想了想，又小心翼翼地询问：“那这么重大的科学研究为什么我在美国的时候从来没有听说过呢？”

越秋野：“这是受美国高层监管的最高机密，你当然没听说过。而且在实验进行了两年后，美国政府下令停止对这种外星菌种的研究。”

邵菲：“为什么？”

越秋野：“因为延长人类的生命，生的人比死的人多，地球很快就会不堪重负，人均占有资源量会大大下降，势必会引起新的能源战争，美国政府不愿意看到这种情况。”

邵菲：“那您的研究为什么也停止了呢？”

越秋野长叹一口气：“你这么聪明，应该能猜到。”

邵菲：“是因为副作用是吧？造成了你我现在的状况！”

越秋野苦笑：“对，人类基因还很脆弱，完全承受不了这种外星微生物的改造，所以虽然能激发人类的潜能，也产生不可预测的变异。所以你要尽快找到菌种，我要重新对菌种进行植物性研究，找到解决我们困境的方法。”

邵菲：“可……当年你们是在美国发现菌种进行研究的，你为什么要在中国寻找？”

越秋野低头沉吟：“植物性研究组有一位成员是中国人，美国政府下令停止研究后，这位中国人千方百计带着一些菌种悄悄回到中国，继续进行研究。”

邵菲：“吴教授？”

越秋野苦涩地笑了一下：“对，是吴教授！不过是女吴教授！”

邵菲愕然。

黄昏的天空隐隐有雷声，似乎快要下雨了。

赵小琪坐在奶茶店，给童雨晨汇报何小歉偷听来的信息。

童雨晨非常惊讶：“真的？你是说高远树跟我分手的原因是因为担心他的电磁力会伤害我？”

赵小琪：“对啊，何小歉告诉我的。男人之间总会说真话。”

童雨晨想了想，有点相信：“那他跟李伊拥抱在一起又怎么解释呢？……哦，天哪，我真是聪明一世糊涂一时，肯定是他犯病了李伊在帮助他，李伊身上的电磁力刚好是远树的克星啊！”

赵小琪：“嫉妒会让女人失去思考的能力。”

童雨晨“难怪我上次提结婚的时候，他支支吾吾……小琪，我可能错怪远树了。不行，我要去找他！”

赵小琪急忙提醒：“哎哎哎，带上伞，今晚有雨。”

入夜，李伊换下了白大褂，正往外走，燕超尘跟上来：“李伊。”

李伊停下等燕超尘跟上。

燕超尘站到李伊身边：“快下雨了，我送你回家。”

李伊犹豫了一下：“我……想去看看高远树。”

燕超尘愣了愣，李伊急忙补充：“你不是说他想跟童雨晨分手吗？我想了想，还是想去劝劝他，别这么做。”

燕超尘考虑了一下，说：“……那我送你去吧。”

李伊点头同意。

高远树开着车回到家，看见路边立着一人，拿着伞，是童雨晨。高远树吃惊地停车，下车走向童雨晨："你怎么在这里？"

童雨晨看见高远树，有些激动："我来想问你一件事。"

高远树："什么事？"

童雨晨："上次你在李伊实验室，是不是因为你的电磁力又控制不了了，她抱住你是为了消解那种力量？"

高远树吃惊："你怎么知道？李伊告诉你的？"

童雨晨摇摇头："我自己猜到的……远树，你是因为怕你的电磁力伤害到我，所以跟我分手的是吗？"

高远树愕然，犹豫了片刻，说道："呃……你猜来猜去又什么意义呢，反正我们已经分手了。"

这时雨越下越大了。

童雨晨坚定地摇摇头："如果是因为这个原因我不会跟你分手的。远树，你的电磁力我想咱们总有办法找到控制的方法，你不是说李伊也在想办法吗？如果她没有办法，我们可以向世界顶级的研究机构求助，让他们帮助你解决问题。就算最后解决不了，我也会陪在你身边……"

话没说完，高远树就打断了她："下雨了，你还是回去吧。"

燕超尘开车带着李伊驶来，看到二人在说话，于是在不远处停下。

李伊："看样子俩人在吵架，我还是去告诉童雨晨真相吧。"

燕超尘："想想后果吧。"

李伊充耳不闻坚定地走向高远树和童雨晨。

这时，高远树看到了李伊和燕超尘向他们走来，他帮童雨晨撑起了雨伞，遮住她头上的雨，说道："童雨晨，我们真的不可能在一起了。"

童雨晨也看到李伊和燕超尘走了过来，心头一痛："你不会是真的喜欢她了吧？"

高远树竟然点点头："是。"

童雨晨努力使自己的眼泪不掉下来，声音发颤："我不信。"

李伊走到高远树面前，刚对童雨晨笑笑："你们……"

高远树猝不及防地吻了李伊……

李伊顿时觉得天旋地转！

童雨晨和燕超尘都愣住了！

时间仿佛凝固。

过了片刻，高远树终于放开了李伊，转头冷漠地看着童雨晨："这下你相信了吗……"话音未落，童雨晨一记耳光结结实实地扇在了高远树的脸颊上！

CHAPTER

10

不一样的美男子

童雨晨心伤气愤，走上去狠狠给了高远树一耳光，转身奔跑在大雨中，泪水混着雨水模糊了双眼。在车里目睹了全过程的燕超尘开着车追随雨晨而去。高远树看着雨晨消失在大雨中，心痛，心碎。

高远树回过头，看到了表情惊愕愤怒的李伊。歉意地说道：“对不起……”

李伊扬手也给了高远树一耳光：“高远树！你太过分了！想分手也不能这样利用我吧？这……这是我的初吻！”说完，李伊气愤，转头离去，独留远树一人孤立雨中，痛苦地望向雨晨离去的方向。

童雨晨奔跑在雨里，燕超尘停车，下车追雨晨。一面跑一面喊：“雨晨！雨晨！”燕超尘终于追上雨晨，一把抓住了她，童雨晨还在哭泣，燕超尘脱下自己的外套，披在童雨晨头上：“别跑了，我送你回家。”

童雨晨拼命摇头：“我不要回家……我不想让我妈看到我这样……我不能回去……她会担心的……”

燕超尘有些犯难，抬头看了看大雨：“先上车吧，到车里再说。”

童雨晨点点头，跟着燕超尘上了车。童雨晨一直低头落泪。燕超尘没办法，只能开车回到自己的家。他让童雨晨坐在沙发上，此时童雨晨的情绪已经稳定些了。

燕超尘：“洗个澡吧，别着凉了！”童雨晨点点头，走进浴室。

过了一会儿，童雨晨穿着燕超尘的T恤和短裤，从浴室里出来。由于衣服过大，童雨晨的模样有些奇怪。燕超尘给她找来毛巾，看她的样子，忍不住打量了一番。童雨晨感觉非常尴尬。

燕超尘也看出来了：“我这儿没有女生的衣服，你就凑合着先穿吧。”

童雨晨：“没事，没事，给你添麻烦了。”

燕超尘：“哦，对了，你晚上就睡我的房间，我睡外面沙发。要用什么你自己随便拿。”

童雨晨：“不用了，还是我睡沙发吧。”

燕超尘：“你不用跟我客气了，我是绝对不可能让女生睡沙发的，你快进屋吧。”

童雨晨：“嗯，谢谢你。”说完准备进屋，燕超尘叫住她：“童雨晨！”

童雨晨回头：“怎么了？”

燕超尘：“时间是万能的解药，一切都会过去的。如果你今晚睡不着，我床头柜上有褪黑素，或许可以帮到你，晚安！”

童雨晨强忍住眼中的泪水，点点头：“晚安。”

第二天，燕超尘陪着雨晨走进奶茶店，冯岚看到雨晨才回来很是焦急生气：“雨晨！你昨晚上哪儿去了？手机也打不通！我着急死了，担心了你一晚上，你知不知道？”

童雨晨：“妈，对不起！”

冯岚：“你昨晚去哪儿了？”

童雨晨指了指燕超尘：“在他家。”

冯岚：“你晚上在他家？”

童雨晨默默点头。

冯岚恼火，扬手给了雨晨一巴掌：“你一个姑娘，夜不归宿，住男人家里，你想气死、气死我啊！”

童雨晨一动不动，冯岚以为童雨晨做了什么事，更加生气，又打了童雨晨几下。燕超尘急忙伸手拦住：“阿姨，事情不是你想的那样！”

冯岚挥开他的手：“你走开，这没你什么事！以后少来找我们家雨晨！看着就不像好人。”

童雨晨这才出声：“妈，这事不怪他。”

冯岚：“雨晨，不是妈说你，你都要跟远树结婚了，你做这种事，对得起远树吗？”

冯岚的话引起了雨晨的伤心事，童雨晨又哭了起来：“妈，我跟远树分手了，他……他劈腿了……”

冯岚惊讶：“什么？”

童雨晨：“远树，远树……他，他跟别的女孩子好上了……他，他当着我的面还吻了那个女孩，我再也不要和他在一起了！”

冯岚：“他怎么能这样？怎么能这么对你？”

童雨晨扑进冯岚的怀里：“妈，别说了，别说了！”

冯岚抱住雨晨，童雨晨埋在冯岚怀里大哭，冯岚轻轻摸着雨晨，安抚她。

笑笑走进电视台，发现童雨晨的座位空着，问阿明：“雨晨今天没来？”

阿明点点头：“嗯，听说请病假了！”

笑笑不可思议地说道：“工作狂也会生病？”

阿明：“她是工作狂，但不是神！”

笑笑吐了吐舌头：“要不，咱们下班去看看她？”

阿明点头同意。

项欣澄来到高远树房间门口叫他去上班，高远树抱头坐在沙发上，对门外说道：“今天不去。”

项欣澄听出高远树声音不对，也不再强求，转身下楼。

过了一会儿，又响起敲门声，高远树以为母亲没有听见，又说了一次不去上班。但是敲门声还不停息，高远树不耐烦地站起来打开门，却发现门外站的不是项欣澄，而是自己的表妹，木子。

木子笑嘻嘻地抱了抱高远树："哥，我回来了！"

高远树愣了一下，没有说话。

项欣澄走过来："你可以不去上班，但是要带木子四处玩玩，她很多年没有回国了。"

高远树转头看了看木子笑盈盈的脸，实在不忍心拒绝，木讷地点点头："好。"

见他答应，木子开心地将他推回房间："太好了，太好了，你赶紧进去把自己收拾干净。我才不想你邋里邋遢地走在我身边呢。"

高远树叹了口气，回到房间换洗。

童雨晨趴在床上默默流泪。冯岚敲门进来，说道："你的两个同事来看你，见么？"

童雨晨摇摇头："我现在谁也不想见！"

冯岚微微叹了口气，退出房门。

夜里，高远树带着玩了一天的木子来到一个咖啡厅休息。木子见高远树一整天都提不起精神，忍不住问："远树哥哥，雨晨姐姐呢？"

听到雨晨两个字，高远树心一抖。眼睛又泛起酸意。他伸手揉揉眼睛，没有说话。木子估计他们之间出问题了，立刻打住了话头。

她低头想了想："远树哥哥，晚上有没有地方可以去看看啊？"

高远树想了想，点点头。

木子见他点头，高兴得笑起来，挽着他的手："走走走，我们现在就去。"

高远树无奈，只好起身带她离开。

冯岚进屋给童雨晨送晚饭，却发现童雨晨不见了。

高远树开车带木子来到经常和童雨晨来的海边，木子的眼光瞬间被海里的海萤吸引住了。

木子："远树哥哥，这是什么？"

她的话，让高远树想起了童雨晨和自己在一起时说的话。

"我考考你，这个是什么？"

"蓝眼泪。"

"那你知道它是怎么来的吗？"

"有一个传说……"

高远树甩甩脑子，想将这些声音甩出去。可是越甩越多。

“远树，你说我们俩的事什么时候解决啊？”

“远树，蓝眼泪太漂亮了，真想住在这里。”

“远树……”

高远树忍不住大吼：“别说了！”

木子被他吓了一跳：“远树哥哥，你怎么了，我说错话了吗？”

高远树回过神来，发现身边的不是童雨晨，而是木子。

木子：“你到底怎么了？”

高远树摇摇头：“没事，这是海萤。一种依附藻类生存的生物。”

木子失望：“啊？这么普通的名字啊，我还以为有个美丽的介绍呢。”

说着，高远树又想起了自己和童雨晨讨论海萤的事情。不愿再待下去。

高远树：“木子，我们回家吧！”

木子摇摇头：“不要，你不想留下就先回车上等我，我要拍照！”说着，从背包里拿出相机扬了扬。

高远树：“那好吧，我在车上等你，小心点，别玩太久。”

木子：“放心啦，我在美国都是自己一个人野营的。”

高远树点点头，转身准备离开，却看见童雨晨不知什么时候来了，站在身后一直看着自己。他的脚步顿时定住。

木子发现异样回头，也看见了童雨晨。她在两人身上扫了几眼。对高远树说：“远树哥哥，我先回车上等你。”说完快步跑走，不给高远树阻止的机会。

木子离开，两人就这样对望着，不说一句话。

童雨晨打量着憔悴的高远树，一肚子的愤怒竟然都消失了，留下的只是对高远树的感情。她的眼睛又红了起来，刚刚止住的泪水又落了下来。高远树同样痛苦地看着她，看见她落泪，忍不住想要上前为她擦掉，但是又生生地止住了。

“嗨，”高远树艰难地开口，尽量将自己的口气放轻松：“这么巧！”

“我……”童雨晨刚刚开口，就哽咽住了，说不出话来。

高远树实在不忍再看下去：“木子还在等我，我先走了。”说着往岸边走去。

童雨晨终于平静下来，开口：“你和这个女孩儿在一起，李伊知道吗？”

“木子是我表妹。”高远树停下来解释，但是又觉得自己的解释很多余，“对不起，我先走了。”

“高远树。”童雨晨转身看着高远树的背影：“你真的爱过我吗？”

高远树握紧拳头，克制自己回头去抱住童雨晨的冲动。挣扎了许久，也没能把那个字说出口。他离开，泪水顺着脸颊落下，掉入沙子消失不见。童雨晨看不见他的正面，只看到高远树什么都没说就走了，以为高远树从来没有爱过自己。脚一软，跌坐在沙滩上。

海面的海萤依旧那么美丽，童雨晨却觉得自己的世界已经倾覆了。

太阳升上来，李伊在实验室心不在焉地做实验，她一面往烧杯里倒药液，一面回想高远树吻自己的一幕，没有注意药液已经倒满。

一旁的邵菲转头看见，急忙提醒：“李伊姐，满了！”

李伊反应过来，立即停手，用帕子将液体擦干净。就在这时，高远树来到实验室。

李伊看见他：“高远树？”

高远树有点尴尬地看了看李伊，说道：“能出来吗，我想和你谈谈。”

李伊转身看了邵菲和小张一眼，点点头跟着他出去。

来到走廊，高远树想了许久，正要开口，却被李伊抢言了：“你是不是想说那天晚上的事？”

高远树点点头。

李伊叹了口气：“说真的，我不想原谅你。可我大概知道你的目的。虽然是很生气，但更多的是对你和雨晨的同情。你真的有必要做到这一步吗？”

高远树难受地看着李伊：“但凡能有一丝希望，我也不想这样，可是我根本没有办法。”

虽然自己早已经明白高远树只是利用自己刺激童雨晨，但是真的从他口中说出来，李伊的心还是狠狠地被刺了一下。

高远树接着说：“对不起，我知道那天我的冲动给你带来困扰。我也不为自己找什么借口，我只希望你能原谅。”

李伊心情复杂地看着高远树，眼中泛起一丝酸意，身体也产生了些细微的变化。但常年习惯压抑自己情感的她，硬生生把酸意压了下去。可是却也说不出原谅的话。

半天不见李伊回复，高远树的心跌落到谷底：“如果你不愿原谅我，我也不会说什么，毕竟这个是我的错。”

说完转身要走，李伊急忙拉住他：“我不是不原谅你，只是我……”我很希望是真的，只是这一句话，她没能说出来，而是换了一句话：“只是我觉得你这么做，苦了自己！”

高远树：“只要雨晨能幸福，我怎样都没所谓。”

听他这样说，李伊又嫉妒又感动。

夜里，李伊回到家，心情很差。脑子里全是下午高远树对她说的话。她深吸一口气，决定收拾房间来转移自己的注意力。

收拾到抽屉的时候，李伊忽然看到了两节旧电池，是那天她从遥控车上取下来。她拿出来想扔掉，但是突然发现有个电池的重量和其他的电池重量不一样。

李伊很奇怪，她检查了一下，发现这节电池的外壳有点异常。她拿着电池拧了几下，居然揭下那个电池的外壳。看清里面的东西，她惊住了。转身跑出家门。

很快，李伊就来到实验室。此时实验室没有任何人，李伊从电池里拿出一个很小的密封试管。她打开试管，将里面的东西放入培养皿，那菌种散发着红光，活性度极高。李伊低头，进行研究。

第二天，燕超尘刚刚来到公司，李伊就迫不及待地找来。

李伊：“我有重要的事要给你说。”

燕超尘带她回到办公室，关好门：“怎么了？”

李伊将封好的培养皿拿出来，递给燕超尘看。

燕超尘非常奇怪：“这是什么？”

“菌种，X1的！”

“什么？”燕超尘惊讶地抢过培养皿，仔细地看着里面的菌种，“你从哪儿弄的？”

“你还记得老师寄给我的那个遥控车吗？”

“那个不是丢了吗，而且里面什么都没有啊？”

“我们忽略了一个东西。”

“什么东西？”燕超尘也稍微冷静了一些。

“电池。”李伊解释道：“我们忽略了那对电池，那天我回家换了那对电池，所以，他们没能拿走电池。”

“谢天谢地。”燕超尘松了口气，将菌种递还给李伊：“因为你，老师的菌种保住了。现在能继续再做研究了。”

李伊点点头：“也许我能在菌种里找出救高远树他们的办法。”

燕超尘也激动地赞同。两人回到实验室，小心翼翼地将菌种放入带密码锁的冷冻箱。邵菲刚刚到来，看到这一幕，又悄悄退了出去。

邵菲快速离开，赶回山庄，大门外挂着几个大字：“秋叶山庄。”

见到老头，邵菲恭敬地低下头。

老头：“什么事？”

邵菲：“老板，我发现李伊和燕超尘把某个东西锁了起来，看他们的样子似乎很看重那个东西。我怀疑可能会是您要找的东西。”

闻言，老头沉吟了片刻：“想办法查查，到底是什么！”

邵菲点点头，转身离开。

太阳刚刚下山，赵小琪就来到奶茶店找童雨晨。

童雨晨情绪低落地告诉小琪，高远树和自己分手了。

赵小琪很惊讶：“什么，怎么会这样？”

童雨晨：“他说他爱上了李伊。”

赵小琪拍案而起：“他也敢！你们在一起了七八年，婚也求了，是不是逗你的？”

童雨晨摇摇头：“他当着我的面吻了李伊，并不是开玩笑。”

“高远树这个混蛋！”赵小琪义愤填膺，握住童雨晨的手：“别难过，为这种负心人不值得。”

童雨晨点点头，不禁眼眶又红了。

赵小琪急忙安慰：“都说不值得了，我告诉你啊。高远树不识货，你就当看清他的人，别纠结了。街上三条腿的蛤蟆不好找，两条腿的男人到处都是，扔掉这个不好的，后面还会有更好的！”

童雨晨被赵小琪的样子一逗，忍不住笑了一下：“好男人哪儿有那么多啊！”

赵小琪：“当然多啊，我们身边不是就好几个吗？当然，高远树那个家伙已经被踢出好男人的行列了。我觉得……嗯……逸飞不错啊。雨晨，忘了高远树，跟逸飞在一起。逸飞肯定不会像高远树那样，他……呜呜……”

童雨晨捂住她的嘴：“别乱说，我和逸飞……不会是那种……总之，我不会像高远树那样。”说完，童雨晨放开赵小琪。

赵小琪也听明白童雨晨的意思，不再多言。

第二天一早，何小歉跟赵小琪商量广告代言的时候，赵小琪有些心不在焉。何小歉听到赵小琪的心声：要不要把雨晨分手的消息告诉给安逸飞。

何小歉非常惊讶，说道：“雨晨和高远树分手了？”

他声音很大，其他同事都转头看着他们两。何小歉看了看四周，拉着赵小琪跑到楼下花园。

刚到花园，赵小琪就甩开何小歉的手，生气地质问：“你又偷听我的心声，你忘了我的警告吗？”

何小歉心思还放在童雨晨和高远树分手的事情上，没有回答赵小琪，而是问：“他们真的分手了？”

赵小琪见他答非所问，更加生气了：“我在问你话，你是不是忘了？”

何小歉也急了，吼到：“我也给你说过了，我控制不住。”

赵小琪：“这根本就是借口！”

何小歉：“什么借口，你不要这么无理取闹成吗？”

“无理取闹！”被他这样说，赵小琪彻底怒了：“我无理取闹，你偷听侵犯别人隐私权，现在还说我无理取闹！”

“你……”何小歉气结：“不可理喻！”

"好啊，我不可理喻，既然如此，我们还在一起干什么，分手啊！"两个字刚刚出口，赵小琪就后悔了，但是气头上，死活都不愿收回。她以为何小歉会像以往一样软下来，但是没想到，这次何小歉没有如她愿。

"分手？分就分！"说完，何小歉转身就走了！

赵小琪惊呆了，看着何小歉离开，忽然就哭了起来。但是何小歉根本没有回头管她。

夜里，何小歉把叶江帆、安逸飞叫出来喝酒、诉苦。说赵小琪蛮不讲理。

叶江帆和安逸飞对望一眼，无奈地安慰着何小歉。

叶江帆："你们两个欢喜冤家，什么时候不吵啊！"

安逸飞："对啊，而且我觉得小琪也不是真的要分手。她估计也是气急说出来的。你也是，吵架时候的话怎么能信！"

何小歉："别为她说好话，我算是看明白了，她早就看我不顺眼了。她怎么就不能像雨晨那么懂事。哼，惹急了我也去追雨晨，反正他现在和高远树分手了。说不定还是有机会的！"

安逸飞、叶江帆一愣："雨晨和高远树分手了？"

何小歉惊觉自己说漏了嘴，但是看见两兄弟眼睛，还是说了："雨晨告诉小琪的，她和高远树分手了！听说是远树劈腿了。"

"怎么可能？"叶江帆不太相信："他那么爱雨晨，怎么可能劈腿！"

何小歉："不然你认为他们是什么原因分手？"

叶江帆："也许他们两人和你们一样，吵架了呢？"

何小歉："你看他们两个像是会吵起来的样子吗，而且如果只是吵架，雨晨怎么可能告诉小琪，她和高远树分手了。"说着，他又看了看一直沉默的安逸飞："逸飞，你不是一直都喜欢雨晨吗，干脆趁此机会去追她吧？"

安逸飞没有回应何小歉，只是低着头，一脸担忧。

第二天一早，安逸飞就去电视台找童雨晨，从林森那里得知童雨晨请假了。他又辗转来到奶茶店，冯岚看见他，出来招呼："逸飞来了啊！"

安逸飞走过去："阿姨，我来看雨晨。"

冯岚："雨晨在家里，你进去找她吧。"

安逸飞点点头准备往里走，冯岚叫住他："逸飞啊，雨晨最近精神很不好，帮我好好劝劝她。"

"好。"说完，走了进去。

此时童雨晨很没精神地坐在窗台上看着天空，忽然听见敲门声，她起身去开门，发现是安逸飞。

童雨晨："是你啊，进来坐。"她邀请安逸飞进屋，去给安逸飞倒了一杯水。坐下："找我有什么事吗？"

安逸飞："没什么，只是来看看你。"

听他一说，童雨晨就知道发生什么事了："赵小琪这个大嘴巴！"

安逸飞："你还准备瞒着我们吗？"

童雨晨摇头："倒不是，只是不想让你们太担心。"

"我们担心还是其次，主要是你，雨晨你怎么样？"说这话的时候，安逸飞一眨也不眨地看着童雨晨。

童雨晨有些尴尬地避开他的眼神："我没事。"

"没事就在家里躲着，哪儿都不去吗？童雨晨，你没照过镜子吗，现在的你，一点都不像你。"

"……"

"雨晨，就算远树做了什么，我相信他对你的感情是真的。而你应该振作，而不是这样自怨自怜，这不是你应该做的！"

童雨晨："他如果爱我，就不会……"说道这里，童雨晨顿住，打起精神说道："算了，我接受你的意见，我明天就去上班！"

安逸飞宽慰地笑了。

邵菲来到实验室，做了会儿实验，忽然转头对李伊说："李伊姐，低温溶液没有了，我需要补充一点，能告诉我密码吗？"

李伊阻止她："我去。"

说着走进里屋打开密码低温箱，拿出溶液递给邵菲。动作很快，邵菲没能看见低温箱内的东西。

早晨，何小歉来到公司，赵小琪一见他，冷冷地"哼"了一声就不理了，见她这样，原本想说和的何小歉又把话吞了回去。

这时，经理走出来，叫何小歉和赵小琪到自己办公室开会。

两人争抢着走进办公室，赵小琪瞪了何小歉一眼，心里骂道："德行！"

何小歉听见，正要反驳，经理就开口了："来来，坐下。"说完坐下来翻看广告合同，一边给两人解释细节。

何小歉很憋屈，但是碍于经理在此，没敢和赵小琪吵。只是眼神死死地瞪着赵小琪。

赵小琪知道何小歉能听见，于是又在心里嘲讽他："脾气这么臭，如果不是我，能在这行混下去吗。别以为长了一张能看的脸，鼻子就翘上天了……”

何小歉听见赵小琪在心里巴拉巴拉骂个没完，终于忍不住，大吼：“你闭嘴。”

他这一嗓子，赵小琪倒没事，而是把经理气得不行：“何小歉，你说什么！这个广告你不想接了？”

何小歉一惊，急忙解释：“没有，我不是说您！”

经理：“不是说我是说谁，这个房间还有别人在说话吗？”

何小歉语塞，没法解释，看见一旁笑的非常得意的赵小琪。心中更加愤怒，两人的矛盾也越来越大！

阿明走到笑笑的座位边上，指着一旁空着的位子问笑笑：“你说雨晨的病什么时候会好啊？她再不出现，我快要变成人干了，最近的工作量大了太多了。”

“你就知道偷懒！说真的，我也很想她啊。”

两人正说着，童雨晨精神奕奕地走了进来。

“嗨！”童雨晨走回自己的位置，和两人打招呼：“早上好。”

“好！”笑笑和阿明机械地朝童雨晨挥了挥手，立马转到一边悄声交谈：“她这样子不像生病了啊。”

“对啊。”

这时，林森走过来通知大家：“到会议室，开会了！”

众人急忙走进会议室。等人都到齐，林森才开始安排大家的近期工作。说道童雨晨的时候，林森迟疑了片刻，但还是安排了下来：“童雨晨，你最近耽搁了许久，这次的财经板块由你来做，第一你有经验。第二，也算补上前面的工作。”

童雨晨点点头，问：“是采访谁。”

林森：“高阳集团，项欣澄！”

话音一落，整个会议室都安静了下来，大家纷纷转头看向童雨晨。片刻后，传出阵阵私语声。

“高阳集团不就是童雨晨男朋友家的那个吗？”

“是啊，这次她捡了一个大便宜啊！”

“真羡慕，我也想要一个高富帅的男朋友啊！”

“你想的真多……”

童雨晨听到这些话，表情并没有怎么变，犹豫了片刻开口：“主编，能换一个人吗？我可能不太合适！”

林森皱了皱眉头：“我刚刚就已经说过了，你有一定的经验，我们组除了你没人能胜任，况且，这是台里定的选题，不能更改。”

童雨晨：“可是我……”

“童雨晨，”林森打断他：“你是专业的记者！”

林森话都说到这份上了，童雨晨也没有办法，只好同意了。

林森接着补了一句：“阿明，你先和童雨晨一起去做，片子要得很急，三天后我要看成品。”

这可乐坏了阿明，觉得自己捡到了大便宜。拉着童雨晨现在就去做前采。童雨晨非常无奈，但是为了工作，还是摆正了自己的心态。

李伊从低温箱拿出菌种在一旁研究，邵非留意到了，趁李伊不注意偷看了一眼显微镜，发现里面的菌种非常活跃。但她并不知道这个菌种就是自己要寻找的 X1 菌种。

童雨晨和阿明来到高阳集团，但让人意外的是，项欣澄拒绝接受他们的采访。阿明非常惊讶，童雨晨也无可奈何。

两人站在走廊上，阿明非常苦恼：“惨了，这次肯定完成不了工作了！”

童雨晨低头沉默。

阿明：“怎么你一点都不着急啊！平时可不是这样的啊。对了，你不是和他儿子在交往吗。她怎么不接受你采访呢！”

童雨晨还是不说话，这时高远树走过来听见两人说话，童雨晨低着头，阿明则非常急躁，两人都没有看见他。

高远树走进项欣澄办公室，告诉项欣澄自己可以代表高阳集团接受童雨晨采访。项欣澄原本不太愿意，但是看见儿子非常坚持，只好点点头：“行了，我让秘书通知她。”

高远树：“谢谢妈！”说完离开。项欣澄看着他的背影，默默地叹了口气。

童雨晨和阿明打车回去，忽然电话响了起来。

童雨晨接起“喂，您好……我是……好的，好的，谢谢！”挂上电话，童雨晨非常欣喜。

阿明不明所以地问道：“什么事这么开心？”

童雨晨扬起一抹笑容：“她同意采访了！”

阿明：“真的！”

童雨晨点点头。

阿明：“太好了，果然还是心疼儿媳妇！”

他话一出，童雨晨的笑容消失了。

夜里，邵非回到秋叶山庄，将在实验室看到的菌种告诉老头，老头低头沉思了片刻，猛地站起来“那个东西一定就是菌种，邵非，不管用什么办法，都要把菌种给我弄到手！”

“是！”邵非应声，转身离开。

老头走到窗口，手紧张地握了握，没有再说任何话。

何小歉和赵小琪已经冷战了几天了，每次何小歉想要和解的时候，赵小琪都会出现各种奇葩事件，让何小歉一次次地打消念头。而今天，有新的广告进来，何小歉心里非常忐忑，很怕赵小琪又整他。放不下心，只好在门外等着经理和所有经纪人开会。过了许久，会终于开完了，所有经纪人都走出来，当看见门外的何小歉的时候，都忍不住笑了起来，让何小歉非常诧异。

直到赵小琪和经理说笑着走出来，何小歉急忙凑上去问。经理一见他，微笑着拍了拍他的肩膀，语重心长地说道：“好好做，这个广告做好了，以后这类所有的广告都给你！”

说完转身回到办公室。弄得何小歉莫名其妙，问赵小琪：“什么广告？”

赵小琪盯着何小歉的脸看了许久，然后夸张地笑了起来，将合同一巴掌拍在他怀里：“自己慢慢看吧。”说完，狂笑着走开了。

何小歉不解地打开合同，上面写着几个大字：绿花洗洁精广告合同。

“什么！”何小歉惊呼：“赵小琪！”回头，却已经看不见赵小琪的身影了。

夜里，赵小琪坐在奶茶店，将整蛊何小歉的事说给童雨晨听。她自己乐得不行，但是童雨晨的兴致却不太高。正说着，安逸飞也来了。

赵小琪急忙把安逸飞拉到童雨晨身边坐下：“看看，还是逸飞疼你。”

“小琪别乱说。”童雨晨不好意思地看了看安逸飞：“别理她，嘴上没个锁，什么都敢说。”

安逸飞听出童雨晨心里还是爱着高远树，没有说什么，只是温柔地笑着。

“哎呀，我这不是开玩笑嘛。”赵小琪也听出来了，抓住童雨晨的手，忽然发现童雨晨的手异常的烫：“雨晨，你怎么了，这么烫。”

安逸飞闻言，伸手摸了摸童雨晨的额头：“真的在发烧！”

童雨晨：“没事，可能是着凉了，晚上睡一觉就好了！”

安逸飞点点头：“那就早点回去休息吧。我就先回去了。”

“我也回去了。”赵小琪急忙站起来去扶童雨晨：“走，我先送你回家！”

童雨晨也不反抗，任赵小琪扶自己离开。

第二天早上，童雨晨的精神还是不好，冯岚伸手一摸，发现童雨晨还在发烧，劝童雨晨不要强撑着去采访，但是童雨晨说片子要得很急，必须要去。冯岚拗不过她。只好吩咐她小心点。

童雨晨点点头，吃了药就出门了。

雨晨来到高阳集团，和一早就来等她的阿明一起走进项欣澄办公室，却发现里面只有高远树。

童雨晨公事公办地询问：“对不起，请问项总呢？”

高远树心里一疼，说：“项总今天临时有个会议，让我来接受采访。”

童雨晨点点头，走上去将手中的采访稿递给高远树：“这个是我们的采访稿，你先看看。我们做好准备再叫您。”说完面无表情地回头让阿明架机器和灯光。

阿明非常奇怪两人的相处模式，但是又想到童雨晨现在是在工作，也就释然了。

实验室，李伊再次打开低温箱，拿出菌种。邵非停下手中的动作，盯着李伊的动作，记下密码的位数。

童雨晨的采访已经接近尾声，她站起来伸出手：“多谢高先生接受我们的采访。”

高远树看着童雨晨的手，忍住心痛，努力平复自己的情绪伸手与她握了握，很快又放开了，回头假装整理自己的仪容。

童雨晨呆呆地看着自己的手，因为高远树握自己的时候，已经没有奇怪的力量了。这就说明，高远树对自己已经毫无感情了。想到这里，童雨晨心疼难忍，再加上生病，终于撑不住了，晕倒在地上。阿明、高远树闻声看过来。

阿明惊呼了一声：“童雨晨！”跑过去扶起她，发现她已经失去知觉。

高远树非常担心，想要上前，但想了想，还是站住了。

见状，阿明忽然有点生气，质问：“高远树，你站那儿干嘛，快送她去医院啊！”

高远树假装漠不关心：“稍等，我让秘书帮你叫救护车。”

他的冷漠让阿明愣了一下：“没想到你居然是这样的人，童雨晨那么爱你白瞎了。”说完抱着童雨晨跑了出去。

傍晚，阿明将童雨晨送回家。冯岚看见童雨晨苍白的脸，非常心疼。将童雨晨送到房间也没听她说一句话。

冯岚：“雨晨，今天发生什么事了？”

童雨晨双目无神，机械地回答：“今天采访，项阿姨没有来，是……高远树接受采访的！”

冯岚心一惊：“然后呢？”

童雨晨：“然后……然后……”童雨晨忽然哭起来：“妈，远树的心真的不在我身上了，不在了！”

冯岚伸手将童雨晨搂进怀里：“别哭，有妈妈在。”

童雨晨：“他不爱我了，握我的手没有感觉，连我晕倒都不肯伸手扶我。他对我已经毫无感觉了！”

冯岚拍着童雨晨的后背，闻言轻轻地叹了口气。

高家聚在一起吃饭，项欣澄问起今天的状况，高远树心神不宁支支吾吾的，说拍摄进行得不错。

木子看出不对，继续追问，高远树终于还是说出童雨晨晕倒，自己没有去扶她。

木子惊讶地问：“为什么啊，远树哥哥？”

高远树低头：“既然已经分手了，我不想做一些让她误会的事情。”

木子根本不信，问高远树是不是有什么隐情。高远树却摇头，说没有!

深夜，邵菲躲过监视器，潜进实验室。来到低温箱前，将荧光粉抹在密码按键上。然后开始尝试数字组合。正在这时，燕超尘和李伊走了进来，邵菲赶紧躲到柜子后。

李伊打开了保险柜，取出菌种继续做实验。

忽然，燕超尘看到李伊手上有荧光粉，问道：“你今天有碰荧光粉吗？”

“没有啊。”李伊低头看了看手指：“咦，哪儿来的，我刚刚明明洗过手的！”

她这样一说，燕超尘心里闪过一丝不祥的预感，急忙往里屋走去。

而柜子后的邵菲听见脚步声，拿起了一根发红的铁柱。

CHAPTER 11

不一样的美男子

燕超尘慢慢走向邵菲藏身之处。猛地掀开帘子，没有看见任何人，忽然听到外面传来关门声。

李伊反应过来：“快追！”

燕超尘立刻跑着追出去。可是追到楼下，也没有看见什么人，只有茫茫的夜色。燕超尘悻悻地回到实验室，李伊正在翻看资料。没有发现任何问题。她松了口气：“资料都还在。有看到人吗？”

燕超尘摇摇头：“让他跑了。”

李伊沉默了片刻：“难道是上次偷遥控车的那个人？可是他怎么知道我手里有菌种，还是说他一开始就打的是菌种的主意？”

燕超尘：“不行，我们得转移。”

乌云遮住月亮。一声凄惨的野猫叫声传来。邵菲回到秋叶山庄。老头将她叫到书房：“怎么样？”

邵菲低头：“对不起，菌种本来已经得手了，谁知道功亏一篑……”她越说越恼怒，忽然，双手从指尖开始，皮肤变得像红色烙铁，渐渐向上蔓延，直到手臂。邵菲钻心疼痛，倒地打滚，痛苦哀叫。

老头见状，冷静地站起来拿出几粒药喂她服下。

过了片刻，邵菲安静下来，皮肤上的红色也慢慢消退。她无力地躺在地上。

老头看了她一眼：“药物只能暂时控制 X1 产生的毒素，拿不到菌种，我们只有死路一条。”

邵菲默默地点点头。

赵小琪来到绿花洗洁精广告拍摄现场，四处都看不见何小歉的踪迹，此时各个部门都已经准备就绪，导演抬起头来问赵小琪：“准备开拍了，何小歉人呢？”

赵小琪：“他早些时候就到现场了，可能还在化妆，稍等。”

说着拿出电话给何小歉打电话。但是何小歉没有接听，就在赵小琪着急的时候，忽然听见另一头传来一阵嘈杂，她转头望过去，看见远处一个穿着裙子的高个子女人打着伞歪歪扭扭地走过来，伞打在胸前，看不见她的脸。

赵小琪看她的身形非常熟悉，走过去想看她的脸。但是对方仿佛故意和她作对，赵小琪转哪边，伞就遮哪边。最后赵小琪一怒，伸手把伞抢了过来。看见女人的脸立刻哈哈大笑起来。

这个女人，居然就是带着假发，画着浓妆的何小歉。

何小歉斜眼看着已经笑得蹲在地上的赵小琪，恼羞成怒：“笑什么笑？”

燕超尘藏好菌种，回到办公室，看见李伊已经在那儿等他了。

李伊：“怎么样？”

燕超尘：“我已经把菌种转移到了一个安全的地方。”

李伊：“放在哪了？”

燕超尘坐下来，把玩桌上的沙漏，看着细细的流沙，沉默不语。

李伊有些心急：“你连我都信不过？”

燕超尘：“我相信你，但不相信别人。”

李伊闻言，低头想了想：“小张……她跟了我很多年，应该信得过；邵菲虽然是新来的，但在她来之前实验室很早以前就失窃过，应该也不是她……”

燕超尘：“轻信别人就是最致命的错误。必要的时候，任何人都不要相信，包括你自己。”

李伊一听，愣住了。

实验室里，邵菲静静地做着实验准备。

李伊走进来，看了看邵菲，问：“小张还没来？”

话音未落，就见小张跑了进来：“对不起伊姐，睡过头了。”

李伊不动声色：“你昨晚干什么去了？”

小张：“出去跟朋友们喝了点酒。”

李伊：“喝到几点啊？”

小张：“就喝到九点多，然后我就回家看电视啊，怎么了？”

李伊想了想，摇摇头：“没什么。”

“哦。”小张没想太多，换好衣服走向自己的位置。

这时邵菲转头问小张：“你昨晚看没看那个相亲节目，第二个男嘉宾好帅。”

小张摆弄器皿，说：“没看，我不喜欢看相亲节目，感觉好假哦。”

邵菲：“呵呵，你就当看戏嘛。”

……

两人一人一句地聊起来。李伊皱着眉头，却没能听出任何问题来。

广告拍摄现场，何小歉穿着女装在镜头前晃了一圈，导演满意地点点头：“不错，要的就是这效果，等会儿女主角到了以后就可以开拍了！”

何小歉诧异：“女主角，这个广告不是就我吗？”

导演说："你没看最新版本的广告策划吗？"

何小歉摇摇头。

导演："怎么回事，这事儿谁负责的？演员没看策划案？"

副导演跑过来："这个策划案是今天早上才决定好的，还没来得及给他们。"

导演："那是要让我开天窗吗？"

见导演发火，何小歉急忙说道："没事的导演，我是专业演员，你现在给我，我肯定没问题的。"

听他一说，导演犹豫了片刻，还是点头同意了。副导演急忙把策划案拿给何小歉，赵小琪也走过来，看见策划案就傻眼了。

和何小歉搭档的女演员，居然是安安！

何小歉："这厂家得多牛啊，居然请安安来拍广告，看来我接这个广告一点都不吃亏啊。"

而且策划案里，何小歉因为一瓶洗洁精和安安相遇，然后喜欢上安安。为了追安安，男扮女装，和安安做了闺蜜。最后变回男装，将安安追到手，两人最后终成眷属在海边接吻日落。

赵小琪被"接吻"这两个字刺激得在原地咬牙切齿。她的心事被何小歉一字不落地听去，乐得他差点跳起来手舞足蹈。

何小歉站起来说："还以为男扮女装直接拍个照，没想到这个厂商还挺有头脑的，想出这么一个剧情。和安安搭戏，还不错！"说完走到一边，这可把赵小琪气得不轻！

实验室，李伊根据前几天研究菌种的数据发现了一个成分，竟然能克制住高远树的活性细胞。

她愣了一下，再次测试。结果和前一次测试结果一样的。她忍住心中的激动，再一次尝试……

反复几次，她终于可以确定，她真的找到能治愈高远树的方法了。

李伊非常开心，立刻给高远树打电话。

高远树很快就接起来了："李伊？"

李伊语气非常兴奋："远树，我找到方法了！"

高远树愣了一下："什么？"

李伊："你的副作用，我找到办法克制了！"

闻言，高远树震惊得说不出话来。

李伊："我会尽力快点把药研制出来的。"说着，她眼里泛起了泪光："远树，你……你的生命不会只剩半年的！"

“谢谢……谢谢……”除了道谢，高远树已经想不出此刻自己能说什么了。他放下电话，脸上露出傻傻的笑：“我能活下去……我……哟呵”忽然，他兴奋地跳起舞来。

木子来找他，看他的状态，吓了一跳。

广告拍摄现场，安安终于来了。

何小歉看了赵小琪一眼，立刻凑过去献殷勤：“安安姐来啦？你今天真是太漂亮了？”

“你是谁？”安安被忽然蹦过来的大姑娘吓了一跳，忽然看清这个大姑娘居然是何小歉：“我的天，何小歉，你这身装扮……真是……”她想了很久，才想出一个词语：“太个性了！”

何小歉摊手：“工作需要，工作需要！”

安安点头，拍拍他的肩：“嗯，不错，我先去化妆，等会儿好好表现啊。”说完就走，心里还在说：“唉妈，太可乐了，他这尊容太搞笑了，等会儿我坚决不要笑场啊！”

何小歉听见，有些生气，但想了想，觉得自己这是敬业，也就释然了。回头就看见赵小琪气得冒火的双眼。感觉自己的行动起作用了，开心的步子也轻松了。

这时导演一声命令，广告顺利开拍。

实验室里，李伊心情非常好，脸上挂着微笑，手中依旧认真地做着检测。连燕超尘走进来都没有发现。燕超尘挪到小张身边。

小张：“燕总。”

“嘘。”燕超尘小声地问道：“她今天是怎么了，我从来没见她这样笑过。”

小张摇摇头表示自己不知道。

这时，李伊听见声音，才转头，见到燕超尘一愣：“你什么时候来的？”

燕超尘走到她身边，轻声问：“怎么，和高远树有进展了？”

李伊脸色微微一变：“你明明知道，何必这样讽刺我？”

燕超尘：“既然不是，怎么我看你笑得这么开心，从小到大，我没有哪次发现你的笑容和现在一样。”

李伊有点尴尬，急忙解释：“我是发现了克制高远树副作用的方法，没有别的。”

燕超尘心被扎了一下，很快又恢复正常了，放低声音：“菌种有抑制的成分吗？”

李伊点点头。燕超尘闻言心情变得非常复杂，他很开心自己的公司可能有救了，但是又纠结如果高远树好了，那他和童雨晨……想到这，燕超尘忽然有点心惊，为什么自己一点也不想让高远树和童雨晨和好！

中午，大家坐下来吃饭，休息，何小歉已经换下女装，屁颠颠地一直围着安安转，引得周围的工作人员窃窃私语的，说何小歉和安安是不是情侣啊。这些话传到赵小琪耳朵里，她愤愤地将手中的饭盒往何小歉身边一放，转身就走出去了。心里还骂骂咧咧地的说何小歉好色。何小歉将这些话全部听进耳朵，咧开嘴笑得非常灿烂。这时他忽然听见安安的心声："这何小歉是傻子吗，笑得这么二。"

何小歉急忙拿起饭盒："安安姐，你休息，我过去了。"

安安微微一笑："好的，去吧。"其实心里却在说："终于滚了，和他说话真费劲。"

何小歉咯噔了一下，看了看安安。

安安："还有事吗？"

何小歉摇摇头，跑到一边默默地吃起饭来，他有些想念赵小琪。虽然两人会吵架，但是至少赵小琪在他面前，从来都不做作！

过了一会儿，赵小琪拎着一袋水果走进来，何小歉以为给自己的，伸长脖子望着她。没想到赵小琪只是看着他冷笑了一下，转身走到安安身边。何小歉气愤地坐回椅子上。拿出耳机带上，闭眼养神。

赵小琪将手中的水果递给安安："安姐啊，我听说你喜欢吃榴莲，我刚刚路过水果店的时候看见挺新鲜的，就给你带了些。"

安安一听，奇怪地瞅了瞅赵小琪，随即笑着接过来："真是谢啦，不过你怎么不给你们何小歉买啊。"

赵小琪："说起来我也不知道他是怎么了，最近都不怎么吃水果。家里还放着好多呢。"

安安了然地点点头："这样啊，你得多劝劝他，多吃水果对皮肤好。"说着，拿出一块榴莲放进口中，忽然想到什么，吐了出来："哎呀哎呀，我忘了，下午有吻戏啊！"

赵小琪心知肚明："没事，我还买了口香糖。"说着从兜里拿出来递给安安："放心吧，而且我们家小歉也喜欢吃这个，没问题的。"

闻言，安安心安理得地吃起来。

下午，高远树坐在花园里，眼睛盯着手机屏幕。屏幕上显示着童雨晨的电话。高远树几次试着想要拨打童雨晨的电话，但是终究还是不敢。他知道童雨晨被自己伤害了，现在他根本没有信心童雨晨会原谅他。

这时一辆快递车停在院外，一个年轻的小伙抱着个很大的平扁包裹按门铃："您好，快递。"

高远树站起来走过去打开铁门："谁的快递？"

小伙低头看了看标签："高……高远树的。"

高远树一愣："我就是。"

小伙："哦，麻烦你签收。"

高远树签字，接过包裹。包裹很大，不沉，里面像是一幅画。

他回到家里，木子正好从楼上下来。看见高远树抱着的包裹，好奇地凑过来："远树哥哥，这个是什么啊？"

高远树摇摇头，将包裹放到桌子上，打开包裹在外面的纸盒。里面果然放着一幅画。画上，是自己与童雨晨的婚礼。

高远树和木子都愣住了。

吻戏开拍，何小歉站在正中，搂着安安，深情地说道："我再也不想离开了，请你允许，让我永远留在你身边。"

安安娇羞地点头，何小歉就这么吻了下去。刚刚接触到安安嘴吧，何小歉就闻到一股怪味，让他想吐。这么一个表情，导演眉头一皱，叫停："何小歉，你表情不对。"

何小歉瞥了一眼安安，吞下不满："抱歉抱歉，再来一次。"

导演点头："各部门准备。开始。"

何小歉又重复一次刚刚的对白，吻了下去，这次他憋足了气，心里不停地呼喊："一次过、一次过、一次过。"但是老天偏偏不从他的愿，导演又一次叫停。说安安的动作不对，会挡住自己的脸，重来。

于是又来一次。何小歉心中狂叫救命，最让他抓狂的，居然是安安在心里嫌弃他："不是吧，这个何小歉不会故意占我便宜吧？"

……

终于，在何小歉快要忍不住吐出来的时候，导演终于说过了。此时天已经黑了。

导演拍拍手，说今天收工。大家都回酒店休息吧。何小歉立刻钻进厕所干呕起来。

赵小琪冷看了何小歉一个下午，虽然心中很不爽何小歉和安安亲了那么多次。但是一想到从来不吃榴莲的何小歉被安安熏了一个下午，就觉得特别爽，谁让何小歉气她！

何小歉吐完，面色苍白地从厕所走出来。看见赵小琪立即靠在她肩膀："别闹，让我靠一会儿，我快要虚脱了。"见状，赵小琪心疼起来。但一想到他献媚的样子，又生气地将他推开："虚脱就回酒店休息，靠在我身上算怎么回事。我又不是你女朋友。"说完转身就往外走。何小歉也实在没力气和她争吵。只好垂头丧气地跟着离开。

高远树抱着画来到叶江帆的家里，叶江帆打开门看见高远树手中的画："这是什么啊？"

高远树走进房间，把画呈现给叶江帆，叶江帆非常惊讶：“你不是和雨晨分手了吗，怎么又找人画了这个？”

“不是我找人画的。是今早寄到我家的。”

“不是你，难道是雨晨？”

高远树摇摇头，将画翻了一面，指着背面的一个角落：“你看。”

叶江帆低下头一看，那个角落有个小小的安字。

叶江帆非常惊讶：“你猜测这个是逸飞画的？”

高远树：“我就是来证实这个的。他人呢？”

叶江帆指指客房：“嗜睡症犯了，又睡了！”

“那怎么办。”高远树来回走动：“不行，我现在一刻也等不了，我得去叫醒他。”说完将画往叶江帆手中一塞，快步走进客房。拽起睡得死死的安逸飞，晃着他：“逸飞，逸飞你醒醒。”

叶江帆也急忙放下画跟进去。

安逸飞被高远树晃醒，迷迷糊糊的：“远树，怎么了？”

高远树：“逸飞，那幅画是不是你画的？”

安逸飞又快睡着了：“什么画？”

高远树：“我和雨晨的婚礼。”

安逸飞根本没有听清高远树在说什么。只觉得自己眼皮很沉，很想睡觉，只好应付着点点头。

高远树见状，心花怒放：“真的是我们的未来！”他还想问安逸飞什么。却发现安逸飞又睡过去了。

叶江帆：“让他休息吧。”

高远树只好扶安逸飞躺好，给他盖上被子离开客房。

走出门，叶江帆开口问道：“你要去找雨晨吗？”

高远树点点头：“因为我身体的原因，我一直以为我和雨晨不会有未来了，没想到，没想到……”他又看了看靠在墙边的画：“没想到我们还有未来。这一次，我绝不会再放手了！”

说完，拿起画就离开了。留下叶江帆若有所思地看着他的背影：“逸飞，什么时候画的？”

夜里，童雨晨下班回家，来到奶茶店外，看见路边停着高远树的车。她心中一震，佯装淡定继续往家走。车里的高远树看见童雨晨回来，立刻从车上走下来，挡住童雨晨的去路。

童雨晨：“对不起，请让让。”

“雨晨……”高远树的声音，因为激动而有些颤抖：“我有话要跟你说。”

童雨晨看都没有看高远树，低头说道：“我们之间没什么话可说。”说完绕开他往回走。

高远树急忙伸手拉住她：“我来道歉的。”

“我们之间不拖不欠，你何必道歉。”童雨晨甩开高远树，走进奶茶店。

高远树站在门外非常难过。

何小歉，回到自己的房间，赵小琪将第二天的通告塞给何小歉就回自己房间了。何小歉看了看，忽然脑子里冒出了一个想法，或许改了会得到更好效果。想到这里，他离开房间走到导演的门口。踌躇了片刻，还是转道去了安安的房间。这时，走道的拐角，支出来一个镜头，将何小歉敲安安门的画面全部拍了下来。

可是何小歉敲了半天，也不见安安来开门。

“不在吗？”何小歉自言自语。但是又听见房间里传来窸窸窣窣的声音。何小歉又敲了敲门。房门终于被打开了，安安衣衫不整地打开门。

安安整理了下衣服：“何小歉，有事吗？”

何小歉愣了愣，往房间望去。没有发现什么情况。安安却紧张地挡着他的视线：“到底有什么事？”

何小歉：“里面有别人吗？”

“怎么可能。”安安急忙否认：“我都准备休息了，怎么还可能有别人。”

“那太好了。”说着，何小歉就往房里窜：“那进去说，外面被人看见了不好。”

安安根本来不及阻止，转头追进房间，忘记了关门。

何小歉坐在沙发上，笑嘻嘻地说道：“安安姐，我跟你说。我刚刚忽然想到一个桥段，觉得改了的话会很有意思，本来想着去找导演，但是一个人去又不太合适，只好来找你参谋参谋，同意的话我们一起去找导演。”

安安镇定下来，站在衣柜边靠着：“什么桥段？”

何小歉：“你看原策划案里写你发现我其实是个男的的时候就立刻在一起的。但是我仔细想了想，也觉得不太合适啊。”

安安：“是不太合适，中间还应该有点感情变化。”

“哈哈安安姐，你也是这个意思是吧！”何小歉蹦起来：“走，我们这就去找导演。”

安安：“你先出去，我换身衣服，穿这个去不太好。”

“好嘞！”何小歉点头往外走，这时，他忽然听见衣柜里传出一个男声：“这个蠢货终于走了！”何小歉一愣：“谁？”

安安看他盯着衣柜，急忙说道：“什么谁啊，我没听见别的声音啊！”

她这么说，何小歉怀疑起来。伸手要去拉衣柜的门，安安急忙拉住他。

就在这个时候房门被推开，冲进来几个狗仔队。安安一惊，忘记放开何小歉的手。两人就这么牵着被拍了下来。嘈杂的声音把其他房间的工作人员吵了出来，快速地将狗仔队轰出了酒店。

慌乱中，何小歉震惊地看见经理从安安的衣柜里溜了出来。

第二天，安安和何小歉同睡一个房间的新闻铺天盖地席卷了整个娱乐圈。一早，经理就赶到现场将安安、何小歉、赵小琪和安安的经纪人叫到休息室大发脾气。

经理把杂志狠狠地摔在桌上，杂志封面印着何小歉和安安暧昧的照片，题目写着：何小歉、安安恋情曝光。

经理生气地吼道：“你说说！现在是什么情况？你是不是想毁了自己和安安！”

何小歉偷偷翻了个白眼，嘟囔道：“昨晚明明是你。”

经理：“你说什么？”

何小歉看了看经理，委屈地说道：“我说我是被冤枉的，我只是想去和安姐商量改戏的，没有别的意思。天地良心。”

“那么晚了商量什么改戏！不会找个好点儿的理由吗！”经理的演技也非常好。

何小歉只能扭头看着安安，希望她帮忙解释。但是安安却低着头一句话都没说。

这画面在赵小琪眼中，就好像是：何小歉很心疼安安被曝光，不想让经理责怪安安。而安安则是默认了和何小歉的关系。

这让她气不打一处来，讽刺道：“呵，得了便宜还卖乖。”

何小歉正想反驳，却听见经理说道：“算了，事情到这个份上了，干脆直接开发布会，公开你们的恋情。”

“可是……”何小歉还想说什么。却被经理打断了：“行了行了，我不想再听解释！”说完离开了休息室。

经理走后，安安也站起来，可怜巴巴地看着何小歉：“没办法，只能公开了！”她站起来抱了抱何小歉，也离开了，完全不给何小歉解释的机会。

何小歉感觉头都大了：“我真是跳进黄河都洗不清了。”

“是洗不清。”赵小琪两眼泛着泪光：“你这个骗子。”说完狠狠地赏了何小歉一耳光，跑了出去。

何小歉被打蒙了，愣了好久才追出去，却没有看见赵小琪的身影。

安逸飞终于睡醒，走出房间，看见叶江帆正在客厅看电视。走过去坐下。

叶江帆：“总算睡醒了。”

安逸飞：“我睡了多久？”

叶江帆：“25 个小时。”

安逸飞：“这么久！”

叶江帆点点头：“昨天远树来找你，你也没醒过来。”

“昨天？”安逸飞莫名其妙：“他什么时候来的？”

“你刚睡下不久，拿着你画的画来找你，对了，你什么时候画的那幅画，我怎么没注意到？”

“什么画？”

“雨晨和远树结婚的画啊，说真的，你什么时候预测到的？”

安逸飞非常惊讶：“我没有啊！”

燕超尘来到实验室，正是下班点。小张和邵菲已经离开了，只有李伊还在。

燕超尘调侃她：“这么拼命？”

李伊抬头：“你想说什么？”

“没什么，要出去吃饭吗？”

李伊想了想，点头：“好吧，我去换衣服。”说完收拾好桌上新培育的菌种，走进休息室。

燕超尘随手翻看了下李伊的记录，发现李伊已经研制出控制高远树副作用的药了。他沉默了片刻，拿起笔在记录上画了一笔，将其中一个数据的 1 变成了 4。刚刚改完，休息室的门就打开了，燕超尘立刻放下笔。将记录递上去：“这个忘记收了。”

李伊没有起疑，接过记录锁进柜子里，和燕超尘离开。

高远树来找安逸飞的时候，叶江帆正惊讶地看着安逸飞，说“那远树那边怎么办？”

“其实我也希望远树跟雨晨能和好，只是，那画真的是我找人画的，送给他们当结婚礼物的。这几个月发生太多事，我完全忘记了。”

正说着，敲门声响起，叶江帆打开门，看见高远树垂头丧气地站在门外。

“江帆，”高远树走进来，“逸飞你醒了！”

叶江帆心里记挂着那幅画：“远树，画你……”

“别提了，雨晨根本不愿意原谅我。”高远树叹了口气，坐在沙发上。

叶江帆和安逸飞对望一眼。安逸飞正想开口说什么，高远树却先一步开口了：“你们知道我为什么会和雨晨分手吗？”

安逸飞："我一直都想问你这件事。我不相信你爱上李伊了。"

高远树点点头："因为当时李伊告诉我，我只有半年生命了！"

叶江帆和安逸飞非常惊讶。

高远树接着说："我不想拖累雨晨，所以只能找李伊当借口和她分手。"

叶江帆："为什么？"

高远树："你问的是哪一个？"

叶江帆："全部！"

高远树："记得我身上的异能吗，李伊说因为这个异能，我身上细胞裂变非常严重，也导致我的细胞衰竭加速。最多半年，我就会死去。这是我为什么要和雨晨说分手的原因。但是最近，李伊说她找到抑制我细胞裂变的药物。"

叶江帆："也就是说，你不会有事了？"

高远树点点头："所以我看见逸飞的画真的很开心，只是，雨晨不肯原谅我。"

闻言，叶江帆和安逸飞都沉默了，他们现在没法告诉高远树，画是假的。

高远树离开后，两人商定，帮助高远树一把。

第二天，安逸飞来到奶茶店找到童雨晨，两人坐下来聊天。安逸飞将高远树和她分手的原因说了出来，童雨晨陷入了沉默。

过了很久，童雨晨才开口："你说的是真的吗？"

安逸飞："我骗过你吗？"

童雨晨露出久违的微笑："我信你。"

看着童雨晨的笑容，安逸飞忽然觉得自己做的也许是对的！

夜里，高远树再次来到童雨晨家，他不愿意放弃童雨晨。可是来到奶茶店，他却没有勇气再走进去，站在路边踌躇着。直到深夜，童雨晨帮冯岚收拾奶茶店，才看见站在路边的高远树，愣住了。

两人就这么对望了许久，高远树还是无法开口只好转身离开。知道了真相的童雨晨哪肯让他离开，跑了出来："远树！"

高远树停住脚步。童雨晨跑过去从后面抱住高远树："别走！"

高远树僵了僵，随之而来的，是一阵狂喜："雨晨，我……"

"我都知道，逸飞都告诉我了。你为什么要这么傻，你忘了我们的约定了吗？"

"我，怕拖累了你！"

"什么拖累不拖累，我一点都不在乎，远树，我只知道我爱你，不管你怎么样，我都会和你在一起，求你，别离开我好吗？”

高远树轻轻地叹了口气：“雨晨，放手！”

“不要。”童雨晨以为高远树还是要离开自己，双臂死死扣住高远树的腰不肯放开。

高远树不觉有些好笑，说道：“笨蛋，不放开我，我怎么抱你？”

“啊？”童雨晨一愣，手松开了。高远树转过身，将童雨晨搂进怀里：“对不起，让你伤心了。”

虽然知道高远树和自己分手的原因不是因为不爱自己。但是童雨晨还是忍不住哭了出来，想到这段时间自己的生活，泪水就止不住了。她一哭高远树也慌了，将她紧紧抱住。

安安和何小歉的情侣关系震惊了娱乐圈。他们合作的广告，虽然是洗洁精，却也因为这样而走红了。何小歉一夜之间，从一个默默无闻的小演员，成为了一颗新星。找他拍广告的人接踵而至。何小歉虽然很不爽自己做了经理的替罪羊，但是也因祸得福，熬出了头。但是让他唯一觉得烦闷的，是自己和赵小琪的关系。自从和安安以假情侣身份示人以后，赵小琪对他的态度越来越公式化。这让他非常受不了。终于在一个慈善活动上，何小歉找到一个机会将赵小琪拉进一旁的休息室。

何小歉：“你什么意思？”

赵小琪白了他一眼，没有说话。

“你别在心里骂我！”何小歉愤愤地说。赵小琪知道何小歉又在读他的心，干脆直接不动嘴了。可是心里却没有停止一句骂何小歉的话。何小歉愤怒地扬起手，想打赵小琪。赵小琪也怒了，将脸送到他面前：“打啊！”

何小歉忍了忍，还是没下手。气得站到一旁，不说话了！赵小琪看了一眼，离开休息室，何小歉哪可能让她走，一脸凶相地冲出去拉住她。这一幕又被追来休息室想要采访他的几个记者拍到了。何小歉急忙上前解释交涉。赵小琪趁这个机会急忙走了。何小歉花了很大一笔钱才将记者手中的记忆卡弄到手。转身又不见了赵小琪，愤愤不已。

高远树和童雨晨满脸幸福地在街上散步，忽然看见一家婚纱店里，有一套和安逸飞画中一模一样款式的婚纱。两人都非常惊讶，对那幅画的未来，更加信任。高远树拉着童雨晨跑进婚纱店试穿那件婚纱。

童雨晨换好衣服走出来，高远树被惊呆了，死死盯着童雨晨不肯移眼。童雨晨被看得脸红起来：“远树，别这样看着我。”

高远树：“我的妻子这么漂亮，为什么不看！”

他这一说，童雨晨更加脸红。高远树忍不住低头吻住童雨晨。这个时候他的身上的异能又开始作怪，周围的衣架发出“叮叮叮”的声音。童雨晨急忙推开高远树，提醒他：“远树，冷静点。”

高远树也感觉到不对，急忙放开童雨晨平静自己的情绪。直到周围都稳定下来，高远树已经一身大汗，非常疲惫。童雨晨担心地坐到他身边：“远树！”

高远树摇摇头：“我没事，李伊很快就能研制出克制药物了！”

童雨晨忍着心中的难过，微笑着点点头。

何小歉坐在自己空荡荡的公寓里，心情越来越烦躁。终于他实在忍不住站起来，拿出手机给高远树打电话，想约他出去喝酒，却得知高远树在叶江帆家里。于是他直接赶到叶江帆的家里，背后还跟着一个送货的，手里抱着几箱啤酒，何小歉进门就打开啤酒猛喝起来。

原本坐在家里的三兄弟，看着何小歉这个架势，都愣住了。

高远树坐过去揽住何小歉的肩：“兄弟，你这事业大丰收的，怎么变酒鬼了，赵小琪不管你了？”

何小歉狠狠地说：“别跟我提她。”

话一出，三人都知道他干嘛喝酒了。

叶江帆也坐过来调侃他。唯独安逸飞心事重重地坐在原位。

何小歉实在被闹得不耐烦了，拿出几瓶塞到他们手中：“别再说乱七八糟的了，喝酒！”

叶江帆：“喝、喝！”

没过一会儿，四兄弟就喝掉了一箱。大家都有些醉意了。高远树趁着这个气氛说道：“我要和雨晨结婚了！过两天我会举行一个订婚 party。记得来参加。”

闻言，叶江帆和安逸飞对视一眼，都明白对方眼里的意思。安逸飞叹了口气，心里感到安慰：不告诉远树画是假的，果然是正确的。

不料，这句话被何小歉听见了，何小歉奇怪地看了看安逸飞却没有开口问。

最后，四兄弟都喝醉，躺在叶江帆家里睡着了。

实验室里，李伊还在做着测试。

订婚 party 的日子越来越近，高远树和何小歉出来购买订婚戒指。

高远树一边开车一边问何小歉：“买戒指会不会有点老土啊。我想给童雨晨送一个特别的礼物。”

“特别的……”何小歉低头想了想，忽然想到一个：“对了，有家珠宝店出了一个新的促销方案，钻戒凭身份证购买，一个男人一生只能在那儿购买一次。只能送给自己最爱的那个人。而且都是独一无二的设计。”

高远树：“真的？”

何小歉：“当然，走走，就去那儿。”

实验室，两三天都没有休息的李伊，双眼通红布满了血丝，她不停重复着同一个项目，一次次的失败，又一次次再做实验，嘴里还不停地轻声念叨：“怎么会这样。之前已经成功了啊！”

燕超尘直冲冲走进实验室，一把拉住还在实验的李伊，将她拖到休息室的沙发上，把毯子往她身上一扔：“到底有多重要，非要你这样不眠不休？”

李伊挣扎着要起来，燕超尘又将她压了回去，吼道：“他从头到尾都只爱童雨晨，你为他做这么多，他根本不知道！”

“可是我只是想救他。”李伊看着燕超尘：“前几天已经成功了，为什么现在又不行了！”

燕超尘沉默了一下：“也许之前只是假象。”

李伊：“可是我反复了十几次！难道都是假象？”李伊再次挣扎起来。燕超尘又一次把她按到沙发上：“不管你要做什么，休息不好你也别想做。还有，他和童雨晨要订婚了。”

“我知道，”李伊低着头：“所以我才会这么着急。”

“你……”燕超尘看着她，心里纠结了好久，还是忍住没有告诉她自己修改了数据。

订婚 party 在一个小会所举行。高远树一早就出门前往会所。还没到会所，就接到李伊的电话。

高远树：“李伊，什么事？”

李伊：“远树，你能来实验室一趟吗？”

高远树：“可是我现在正准备到订婚现场去啊，不能到这边说吗？”

李伊：“远树，菌种研制失败了！”

“什么！”高远树手一抖，车横在公路中间。后面的车被他突然停车吓了一跳，纷纷停车按喇叭。但是高远树充耳不闻：“你说什么？”

李伊强忍着心中的难过：“我不知道这次数据哪儿出错了，菌种失败，我需要从头再来。”

“需要多久？”

李伊：“可能要半年，在这半年里，我……”

“你也无法确定我会发生什么，对不对！”

“嗯！”

李伊的回答无疑打碎了远树所有的梦。

他的车停在路中间一动不动，终于惊动了交警，以妨碍交通罪带到了交警局。

订婚现场，宾客基本都到齐了，唯独不见男主角。童雨晨来到亲属休息室询问项欣澄，项欣澄却说高远树一早就出门了，童雨晨没办法，只好不停给高远树拨打电话，可是高远树并没有接听。这让童雨晨非常担心。何小歉安慰童雨晨，说高远树可能是开车去给童雨晨拿那个全世界只有一颗的钻戒了。

赵小琪立刻就知道何小歉说的是什么了，解释给童雨晨听：“听说那家店全世界都有连锁，而且每个男人一生只能在他们家购买一颗钻戒，这真的是唯一啊！远树真是有心。”

童雨晨：“我对这些根本不在乎。”

闻言，赵小琪也不好说什么只能陪着童雨晨，不停地安慰她。

太阳慢慢下山了，高远树还是没来，大家的脸上都开始出现了焦急的神情。忽然会场的门被打开。童雨晨以为是高远树，兴奋地望过去，却发现是燕超尘和李伊。她又失望地低下了头。李伊看了看现场，没有发现高远树的人影，忽然非常后悔把事情告诉了他。她走到童雨晨的面前，想要把自己的发现告诉童雨晨：“童雨晨，远树他……”

话还没说完，门又一次被推开，高远树面色苍白地走了进来。童雨晨急忙迎上去：“远树，你去哪儿，担心死我了！”

高远树看了看童雨晨，又看了看她身边的李伊。眼神变得冷漠。他绕过童雨晨和李伊，走向项欣澄。

童雨晨看着他，心中冒出一股不祥的预感。

高远树走到项欣澄和高明辉面前：“爸、妈，抱歉，我来晚了！”

“你也是！”项欣澄心疼地给高远树整理了下衣服：“典礼是你定的，时间也是你选的，结果来得最晚的就是你！时间都错过了。”

高远树勉强地笑了起来：“我去拿戒指了！”

项欣澄：“行了行了，我只想让你平安就行了。”

高远树点点头，走到童雨晨面前，说道：“我一直以为，自己很爱你。可是今天我才知道，原来我对你的爱没有我想象的那么深！”

他的话让在场的所有人都震惊了。童雨晨不敢相信地看着高远树：“你说的，是什么意思？”

高远树：“这几天，我一直都在想这个问题，今天，我终于想通了。童雨晨，我不会和你订婚了！”

童雨晨愣愣地看着高远树，说不出一句话。

冯岚再也忍不住了，开口：“远树，你说这些话，认真考虑过了吗？”

高远树：“阿姨，我很抱歉。对不起！”

冯岚微微叹气，想将童雨晨扶走。但是童雨晨愣愣地站在那里，一动不动！

赵小琪怒了，瞪着高远树：“远树，你脑子是不是秀逗了，她是童雨晨！你最爱的童雨晨，你怎么能说出这些话。”

高远树撇了赵小琪一眼：“先管好你自己和何小歉的事吧！”

说完不再搭理她，转头看着李伊。

李伊正想开口说话，高远树就抱住了她：“我终于明白，没有你我根本活不下去。李伊，嫁给我吧！”说着，拿出戒指给李伊戴上。

“戒指……”何小歉惊讶地看着李伊手上的钻戒，全世界唯一的那颗。大家都被这突如其来的转变吓到了，唯独燕超尘和李伊知道真实原因。李伊忍不住哭了起来。但是在其他人眼里，李伊这是幸福的泪水。

童雨晨不敢相信，伸手拉住高远树的衣袖：“远树，别开玩笑，这不是惊喜，是惊吓！”

高远树将袖子抽出来：“雨晨，没有我，你可以活得很好，你是个工作狂，你身边有人在等你，安逸飞他……”话没说完就被燕超尘一拳打到地上。

项欣澄吓得急忙上前护着儿子：“你干什么？童雨晨，别乱叫人撒火，我家远树没有欠你什么！”

奇怪的是，这一次童雨晨没有哭，甚至没落一滴眼泪。只是看着高远树的眼神越来越冷。在大家都以为她要崩溃的时候，童雨晨忽然笑了起来，取下胸前的鲜花给李伊戴上。李伊想要开口解释什么，但是触碰到童雨晨的眼神，却说不出一句话来。同为女人，她看得出来，童雨晨这是心如死灰的眼神。

戴好花，童雨晨拉起李伊的手：“希望你幸福。”

说完转身离开，赵小琪和冯岚急忙追出去。

燕超尘不知为什么，看着这样的童雨晨，他的心疼痛难忍，忽然开始后悔自己做的事。他将愤怒转向高远树：“高远树，我从来没见过你这么混账的男人！”

闻言，高远树忽然笑了：“没想到你也是一个，看来安逸飞情敌还不少啊！”他的话，让燕超尘一瞬间成了焦点。

安逸飞开口：“远树，你又何必？”

燕超尘：“高远树，你真的配不上童雨晨。”说完离开了会场。

一场订婚典礼成了一场闹剧。宾客也待不下去了。离开了这里。高明辉和项欣澄也离开了。留下高远树和三个兄弟，还有李伊。

叶江帆：“远树，你……”

高远树："如果你要问我为什么。我只能说忽然觉得李伊才最适合我。看来逸飞的预言还是看不到完整的画面啊。"

安逸飞沉默了片刻："远树，其实那幅画不是我画的，并不是一幅预测图，那是我在你第一次决定求婚的时候，为你们准备的结婚礼物！"

高远树愣了一下，忽然哈哈大笑起来："原来是假的，原来一开始就不是真的，可是安逸飞，你既然那么喜欢童雨晨，为什么不告诉她。"高远树钳住安逸飞的双臂："你为什么不告诉她，还要劝她回到我身边！"

叶江帆和何小歉急忙上去将两人扯开。

叶江帆："远树，伤害雨晨的是你，别把火气撒在朋友身上。他告诉雨晨真相只是想帮你。"

何小歉："高远树，你到底怎么了？"

见状，高远树也不想再和安逸飞纠缠下去。挣开何小歉的手，往外走去。李伊快步跟上。走到酒店外，李伊拉住高远树。

"我心里很清楚，你是把我当挡箭牌的。"她将手中的戒指褪了下来递给高远树："只是你的这种方法，真的很伤人，不止童雨晨，对我也是。"

她的话让高远树愣住了，说不出一句话来。

叶江帆、安逸飞、何小歉来到大排档吃饭，三人的情绪低落。几杯酒下肚，安逸飞有些醉了。

安逸飞："这一次我可能真的做错了。"

叶江帆："照理说，其实我也有错。我帮着隐瞒了。"

何小歉："我也是！"

安逸飞、叶江帆："什么？"

"啊？"何小歉立即反应过来自己说错话了："什么什么？"

叶江帆："什么叫你也是？"

何小歉："你们听错了吧？"

叶江帆怀疑地看着何小歉："是吗？"

何小歉："肯定啊。你喝醉了。"

叶江帆觉得自己头挺晕的，以为自己真的听错了，没有再去计较。但是安逸飞却产生了怀疑。

第二天，燕超尘来找童雨晨的时候，她正在奶茶店忙碌，模样非常平静，看不出任何异常。

燕超尘走进奶茶店："雨晨？"

童雨晨抬起头："你怎么来了？"

燕超尘："你还好吗？"

童雨晨："我很好啊，难道你盼着我不好吗？"

燕超尘急忙摇头："怎么会，你没事就好了。"

童雨晨："你来就为了问这个？"

燕超尘："差不多，本来还想安慰安慰你，不过看你这样，我的话也说不出口了。"

"噗，我还以为你要约我吃饭什么的呢！"

燕超尘："既然你都提出来了，不请你吃饭是不是很不给面子呢。"

"那去哪儿吃？"

燕超尘："你挑地儿。"

童雨晨："那好了，我去换件衣服，你等我。"说完跑了回去，

燕超尘站在原地，愣愣地看着，心里却非常难受。她感觉到童雨晨变了。而且是性格大变的样子。这时，冯岚走出来，看见燕超尘："我不知道雨晨和远树到底是为什么出现这个情况，但是我只希望我的女儿开心。她从回来到现在，没有哭过，该睡睡，该吃吃。但是这样，我才最为担心。"

燕超尘点点头："我明白你的意思。我会让她恢复过来的。"

冯岚点点头，转身回到奶茶店。

高远树心神不宁坐在办公室，脑子里全是童雨晨昨天心如死灰的表情。心中绞痛，情绪也不稳起来，这时，办公室的东西又开始微微震动起来。高远树急忙控制自己的情绪，起身离开。

他在大街上漫无目的地开着车，不知不觉又来到了奶茶店。他将车开到一处隐秘的拐角，偷看着奶茶店。

这时童雨晨换好衣服走出奶茶店，手中拿着一个包袱。和燕超尘一起上了车。冯岚走出来和两人道别："路上小心，玩开心点。"

燕超尘："阿姨，临时决定带雨晨出去。店里您一个人能忙得过来吗？"

冯岚："平时雨晨上班也一样是我一个人，放心吧！"

童雨晨："妈，你自己注意安全。"

冯岚："我知道，去森林公园玩开心点。"

童雨晨："恩！妈再见。"

和冯岚道完别，燕超尘载着童雨晨疾驰而去。冯岚站在店外，直到看不见两人，

才回身走进店里。

高远树看着远去的两人，鬼使神差地驱车跟了上去。

燕超尘带着童雨晨来到森林公园，两人把车寄存好，徒步走进公园。走在山路上，燕超尘时不时回头看看童雨晨，童雨晨只是认真爬山，没有任何别的表情。燕超尘低着头不知在想什么。

爬到中午，童雨晨和燕超尘都有些累了，两人找到一处溪水，坐在一边休息。燕超尘拿出饮料递给童雨晨："累吗？"

童雨晨摇摇头，接过饮料转头看着溪水发呆，不知在想什么。燕超尘就这么看着她，也说不出什么话来。过了许久，童雨晨站起来走到水边。她背对着燕超尘，燕超尘看不见她的脸。但是可以感觉出童雨晨身上散发出来的悲凉感觉。就在燕超尘觉得童雨晨会哭出来的时候，童雨晨回过头来，脸上挂着灿烂的笑容："你看这个水里有小鱼哦。"

燕超尘也走过去，和她并肩而立："山上可能有湖。"

童雨晨："走，去看看。"

说着沿着小溪的小路往山上走，燕超尘跟在她身后，微笑着看她。走了一小段，童雨晨忽然发现小溪对面不远处有几个白生生的东西，有点像是蛋。童雨晨好奇地走到溪边："超尘，你看这是蛋吗？"

闻言，燕超尘快步走上去。忽然他看见一只棕色的蛇从溪水里游了上来。树影斑驳，童雨晨没有发现，还在接近白蛋中。忽然蛇咬上雨晨的小腿。

CHAPTER 12

不一样的美男子

被蛇咬了一口，童雨晨吃痛大叫，燕超尘慌忙跑过来。蛇已经又溜入水中，再也不见踪迹。燕超尘知道那个白色的蛋肯定是蛇蛋，否则那条蛇也不可能攻击人类。他急忙把童雨晨拉回小路坐下，发现蛇没有跟来，他才放心蹲下检查童雨晨的伤口，此时童雨晨感到一阵阵的头晕："超，超……"越说越没力气。燕超尘也看见她的伤口呈紫色，他一惊，蛇有毒。他快速从包里拿出一根绳子扎在童雨晨的膝盖下方。抬起她的腿为她吸毒。

见状，童雨晨想出声阻止，却已经发不出声音了，随之而来的，便是一片黑暗。

终于，燕超尘见伤口流出红色的血液，才放下心，站起来想要抱童雨晨下山。但是刚刚站起来，他忽然感觉到一阵眩晕，让他又倒了下去。

这时，从后面跑上来一个黑影。竟然是高远树，原来，他一直都跟着两人。他检查了童雨晨的伤口，发现已经没有大碍了。但是当他翻过燕超尘的时候，他发现燕超尘的嘴唇变成了淡紫色。高远树眼中闪过一丝震惊，急忙拿出手机叫山林救援队。

过了许久，救援队赶到，随队医生检查了两人的身体，问高远树："有看清是什么蛇吗?

高远树摇头："没有，当时隔得太远。"

就在这时，昏迷的燕超尘忽然抽搐起来，嘴里也开始吐白沫。

"糟了。"医生和护士急忙按住他，但是燕超尘此时已经有些气短了。

医生急忙转头叫高远树："来帮我按住他的肩膀，我先给他注射一些常见血清。"

见状，高远树慌张地蹲下按住燕超尘。但是抽搐的燕超尘头一转，咬住了高远树的手。高远树吃痛眉头皱了起来。

医生很快就把血清都注射进了燕超尘的身体，慢慢的，燕超尘才安静下来。

"看来某种血清起效了。"医生稍微放下心，转头说道："得快点送医院。"

他身后的工作人员急忙将两人抬上担架往山下跑去。

高远树也急忙跟了上去。

来到医院，燕超尘和童雨晨的情况已经相对稳定。医生看着高远树手上的咬伤，急忙让护士给他包扎了一下。待所有事情都安顿好，高远树来到童雨晨的病房，看着昏迷的童雨晨。心疼地伸手摸了摸她的脸。这时护士走了进来，高远树急忙收回，离开了。

深夜，燕超尘和童雨晨还在昏迷中，值班的小护士已经撑不住趴下睡着了。这时，燕超尘病房的仪器变得非常不稳定。而他的身体也变得通红，就像被煮熟了一样。忽然，他猛地睁开眼睛，眼球忽然变成了蛇一样的细长，但又很快变回了原样。渐渐地，周围的一切也变得正常，仪器也稳定下来。燕超尘闭上了眼睛，刚刚的一切像是没有发生过一样。

第二天早晨，燕超尘醒了过来。打量了片刻周围的环境，非常奇怪自己为什么会在医院。

这时一个小护士走进来给他换药，看见他睁眼非常开心。转身把医生叫来，帮他做了一次常规检查，发现他已经完全好了，非常欣慰："太好了，昨天不知你中了什么毒，只给你打了些常规的血清，我们都还以为你熬不过来了。现在你醒了，我们也就放心了。"

燕超尘想开口，但是发现自己口干舌燥无法出声。护士急忙用棉花沾了些水给他润了润。燕超尘向她微微一笑表达感激，小护士的脸蹭地就红了。

燕超尘开口，发出沙哑的声音："雨晨怎么样了？"

"被咬的那个姑娘吗？她没什么问题，幸好你急救措施做的及时。只是太过虚弱还在昏睡。"

"我可以去看看她吗？"燕超尘挣扎着想坐起来，却发现浑身都没有力气。

医生急忙阻止他："你现在也好不到哪儿去，还是好好休息一下吧。"

燕超尘无奈地躺下，又问："医生，我们是怎么来这儿的？"

医生犹豫了一下，才开口："巡山管理员看见了你们，把你们救起来的。"

燕超尘眉头一皱，虽然昨天神志不清，但是还是恍惚看见了一个熟悉的人，很像一个人，只是一时间实在没想起来是谁。

医生见状，开口嘱咐了几句就离开了房间。燕超尘的身体也实在有些虚弱，又缓缓睡了过去。

何小歉来到公司，经理就把他叫到办公室。说是有一部电视剧，想请他和安安一起出演。何小歉犹豫了片刻，点点头。说实在的，他现在很反感和安安再这么装下去。自从高远树在订婚典礼上变卦以后，赵小琪就更不理他了。原因就是：高远树就是个渣男，他的兄弟也好不到哪儿去。现在除了工作上的事，赵小琪不会再和他多说一句话，这都快把何小歉给逼疯了。

但是经理完全不知道何小歉在想什么，只知道这小子占了这么大的便宜，居然还不情愿。如果不是因为安安，他怎么可能红起来？

何小歉一字不落地把经理的心里话都听到了。这让何小歉实在有苦难言。离开办公室，何小歉情绪低落走出来，迎面撞见赵小琪。赵小琪瞥了一眼何小歉，绕过他就想走。何小歉愤怒彻底爆发了。抓住赵小琪，把她扯进休息室。

赵小琪挣扎了一下，发现没用，索性就放弃了。直直看着他："有事吗？"

何小歉："赵小琪，我们好好谈谈成吗？"

"有什么好谈的？"

“小琪，我知道你生我气，我承认是我不对，但是我真的控制不住自己，不是故意要去听的！”

“好，这个不是你故意的，那安安呢？”

他不说还好，一说，何小歉又纠结，凑到赵小琪耳边轻轻地说：“我是替罪羊。”

“替罪羊？”赵小琪惊讶地看着何小歉，正想说什么，安安走了进来。一见何小歉就跑过来搂住，拍开他们俩牵着的手，在她身后有几个八卦的同事在门外偷看。

“小歉。”安安撒娇地说道，惹得何小歉一阵鸡皮疙瘩。何小歉拉开安安的手。但是安安完全不给他机会，换了一个姿势抱住他。眼睛还挑衅地看着赵小琪。

赵小琪咬了咬嘴巴，瞪了何小歉一眼，转身走了出去。走到门口被安安叫住：“小琪啊，顺手帮我们把门关了吧，我还想和小歉说点私话呢。”

赵小琪一怒，将门狠狠地关上了。那些八卦同事也赶紧坐到一边，不一会儿微博就刷出一条新信息：安安、何小歉公开秀恩爱，经纪人赵小琪被赶出房间。又在网上掀起一阵波浪。而此时八卦的两个主角则像仇人一样对坐着。

安安：“何小歉，我们虽然只是假情侣。但是你也稍微注意点吧，想勾搭你的小经纪人怎么也找个没人的地方。公司虽然都是内部人，但是保不准有谁八卦，而且现在网络这么发达，你前面做事，后面就有人发到微博了。”

何小歉：“安安，我们之间的关系是怎么回事，你心知肚明。那天晚上在房间里的是谁我也不想明说。所以，你别管我的事！”

听他这么说，安安也不怒，低头玩着自己的手机：“那我现在就发微博，说我们俩掰了，你觉得就你之前的人气，经理刚刚为我们接的戏你还能上吗？”

安安一说，何小歉顿时语塞，却又不能发火。见他妥协，安安乐呵呵地走到他身边将头靠在他肩膀上自拍：“笑一个，别摆着臭脸。”为了自己的事业，何小歉只能忍气吞声，搂住安安灿烂地笑起来。

赵小琪也很快收到了这张照片，她把手机往桌上一拍，走进经理室，说自己受不了何小歉的少爷脾气，要换个艺人带，新人也行。

经理非常惊讶。但是看着赵小琪坚定的眼睛，他想了想，居然同意了：“也好，你带何小歉也挺长时间了。经验也挺足的，只是最近公司也没有签新的艺人。你给我点时间想一想吧。”

没想到事情会这么顺利，赵小琪一时间没有反应过来，等她回过神的时候，非常后悔自己做了这么一件事。更让她惊讶的是，经理下午就宣布了考虑结果，居然把她安排给了安安。

安逸飞、叶江帆走进酒吧的第一眼，就看见何小歉已经喝醉趴在了桌子上。两人无奈地走过去，架起他想带他回家。但是何小歉忽然醒了，用力挣扎回座位上，死活不肯走。

两人只好无奈地坐了下来。

“来……”何小歉醉醺醺的把酒递给两人：“喝！”

安逸飞拉住他：“别喝了。”

何小歉：“为什么不喝，啊？她都敢把我换了，我有什么不敢喝的。”

叶江帆：“小琪肯定是在气你和安安，做什么都是不理智的。你怎么也这样！”

“我给她解释过了，我和安安什么事都没有，她不信啊。”何小歉捂住双眼，难受极了。

叶江帆和安逸飞对视一眼，都看出对方心里在想什么。正准备动手，何小歉忽然一拍桌子站了起来：“别想给她打电话，我不会再和她说一句话。”说完彻底醉倒在沙发上。

“他怎么知道我在想什么。上次那幅画的事，他好像也知道。但是我们从来没有给他说过啊。”安逸飞奇怪的问。

叶江帆摇摇头：“我也觉得奇怪，不过那场事故后，你和远树都有奇怪的能力，虽然也有一定的副作用，但是也不像何小歉这样，难道无痛症并不是他的能力，而是副作用。”

安逸飞：“很有可能，如果是这样，那他的能力是什么？”

叶江帆沉默了片刻，和安逸飞不约而同地看向何小歉：“难道是……读心？”

想到这个可能性，兄弟两倒吸了口气。

早晨，童雨晨醒过来，看见燕超尘坐在她身边。

童雨晨：“你没事吧？”

燕超尘笑了笑：“这句话问反了吧！是我问你，你没事吧？”

“没事。”童雨晨摇摇头：“你送我来医院的吗？”

“不是，医生说是护林人发现我们送过来的。”

“是吗。”童雨晨低头皱了皱眉，她当时好像看见了高远树，但马上又消除了这个想法，高远树怎么会出现在那儿！

见状，燕超尘以为她不舒服：“怎么样，是不是哪儿不舒服？”

“没有。超尘，我很感谢你为我做的，只是，我不希望你因为我而出事。”

“当时情况紧急，我也没想太多，而且那条蛇的毒性太猛。不及时处理你会有危险的。我们是朋友，我无法眼睁睁地看着，而不去救你。”

“但是……”

“别但是了，反正现在我们都没事。所以你也别想太多了。你再休息一下，医生说你醒了就可以出院了。”

听他这样说，童雨晨也不再多说什么，只是真挚地说了一声：“谢谢。”

秋叶山庄密室里，老人的面前放着一份检验报告，但是好像报告上的数据让他非常不满，老人大发脾气。邵非就在此时走了进来。

邵非：“叔叔。”

老人：“叶江帆的事情查的怎么样了？”

邵非：“的确和高远树有关，急救的时候，高远树献过血给他。”

“怎么会，可是他们……”老人低头想了想：“想办法给我弄点高远树的骨髓，不行就把他人给我弄过来！”

“是，叔叔。”

说完，邵非离开了密室。

童雨晨和燕超尘有说有笑地回到奶茶店。闭口不谈被蛇咬的事，冯岚见女儿回来，急忙迎出来。燕超尘知道童雨晨不愿让母亲知道自己出事，找了个借口离开了。冯岚虽然有些奇怪，但是也没有多问什么。

第二天一早，童雨晨回到电视台。笑笑急忙挪到她身边。神秘兮兮地问：“雨晨，你真的没事吗？”

“我能有什么事？”童雨晨好笑地看着笑笑。

“没事就好。”笑笑急忙摇头。

童雨晨：“不在乎的人，我不会去费心思。”说完童雨晨起身走向林森的办公室。

笑笑愣愣地看着童雨晨说不出一句话来。

来到林森的办公室，林森只是淡淡地看了童雨晨一眼，然后扔出一堆的文案给童雨晨，说道：“最近有部分房地产公司降价，引发户主的抗议。你和阿明去采访下。”

“好的。”童雨晨拿着材料转身离开了。

回到自己座位上，童雨晨转头对正在和笑笑说话的阿明说了声下午要出外采访，随后认真翻看起那一堆的材料。

阿明则愣愣地点点头，问笑笑：“你确定她没事？”

笑笑白了阿明一眼推着他出去：“下午要去采访，你还不赶紧去借机器。”

笑笑的意思就是让阿明别问了，阿明也无奈地让笑笑推了出去。

燕超尘来到实验室，看见只有邵非一人在实验室，正准备说话，忽然看到一幕让他震惊的画面。邵菲站在一旁的柜子边，从里面拿出一管试剂。忽然间，试管里的液体居然沸腾起来，冒出阵阵白烟。这时邵菲忽然感觉到燕超尘的视线，燕超尘急忙躲在一旁。邵菲回头没有看见人，但是刚刚那种感觉让她放心不下，她将试管放回试管架上往外走去。燕超尘靠在墙上，听着越来越近的脚步声，思索应该怎么办，现在离开肯定来不及了。心一横转身走进门，正好和邵菲面对面。

燕超尘佯装被吓了一跳："唉，邵菲！你要出去吗？"

邵菲狐疑地看了燕超尘一眼，但是很快就恢复正常："燕总。你刚刚有看到其他人吗？"

"没有啊，有谁来过吗？"

"哦，可能是我的错觉，抱歉。"邵菲歉意地说，说完就回到自己的位置上，继续做实验。燕超尘不敢再盯着她看，只是在实验室打量了一番，发现柜子里的试剂居然是一种沸点很高的液体。燕超尘心又是一惊，但是却佯装镇定。

"对了，李伊呢？"

"李伊姐和小张去拿实验液体了。估计再过一会儿就回来了。"邵菲声音非常平静，就好像一般实验人员一样。如果不是燕超尘刚刚看见的一幕，根本不会怀疑什么。

"嗯，"燕超尘到邵菲身边，翻看了下邵菲的实验报告，没有任何问题。他又将报告还给邵菲，说道："我就先走了，等会儿李伊回你转告下我找她。"

邵菲点点头："好的。"

燕超尘转身走出实验室，此时的他已经一身冷汗了。他虽然不愿意想，但是还是不由自主地回想起刚刚的那一幕。他实在想不通，邵菲是怎么让沸点高于200摄氏度的无机盐溶液沸腾。

"难道，邵菲也有超能力！"想到这个可能性，燕超尘顿住了，转身看着实验室的大门："邵菲知道X1？"燕超尘的脑子开始高速转动，他回想起前几天发生的事情，想到邵菲也许就是那个想要抢菌种的人，他差点就要冲进去指认，但又生生止住自己的行动。因为他知道邵菲拥有超能力，自己这么冲进去，根本做不了任何事。无奈之下，他只好颓废地回到办公室。忽然，他感觉到腹部一身奇痒，他伸手挠了挠，却发现腹部的一块皮不知道为什么变得非常硬。

"这是什么？"他非常的奇怪，因为奇痒的部分就是这块硬皮，而且因为皮肤变硬，他根本没法止痒。就在他踌躇的时候，房门被敲响，他急忙整理好衣服。打开门，李伊走了进来。

童雨晨和阿明离开电视台，坐上出租车，阿明迫不及待地问童雨晨："童雨晨，我们第一站去哪儿？"

“高阳集团！”童雨晨没有半分犹豫。

“我去，”阿明惊讶地看着童雨晨：“女人果然毒。”

童雨晨狠狠地瞪了阿明一眼：“你别想太多了，选他们肯定有我的理由。”

“什么理由啊？”

“高阳集团是我们市房地产的龙头，而且他们这次也有降价，引发的抗议算是最严重的。他们是必须报道的地方。”

“你不怕他们报复你？”

“我只是做了一个关于房地产大局的报道，不是对他们集团针对性的报道，怕什么报复。况且也不止他们一家。”

“你牛。”阿明佩服地看着童雨晨。

此时高阳集团也陷入一阵紧张中，高远树跑进项欣澄的办公室。将手机放在她的面前，手机上是一篇紫藤花园售楼处被砸的微博。

“妈，紫藤花园的售楼处也被砸了。”

“我知道。”项欣澄面色沉重，“刚刚已经看见了。”

“妈，紫藤花园第三期的房子怎么会忽然降价这么多，我都不知道！”

“这段时间，你精神都不在工作上，怎么会知道。现在不景气，所有的房地产资金都在缩水，集体都在降价。原本我还想维持不变，但是由于一、二期的反响不错，第三期我们启动得太早，流动资金都被套住了。而受房地产大局影响，现在银行贷款收紧，让我们集团有些吃力。如果三期不尽快售出，我们的资金就等于是被冻结了，什么也做不了。”项欣澄叹了口气，她也知道降价会引出很多的事情，但是为了集团，又不得不如此。

听他这么说，高远树也意识到事情的严重性：“但是付全款打7折的折扣，也的确太大了。这样下去我怕所有的户主都会要求退房，到时候会影响我们公司的名声的。”

“大势所趋，我们也是没有办法的，况且其他楼盘的价格比我们更低。这样吧，你到现场去看看，尝试安抚下户主，如果实在不行，我们就报警处理吧。”项欣澄做好了最后的打算，高远树也明白母亲的为难，点点头，离开了办公室。

来到紫藤花园三期的售楼处，高远树才发现，砸店的人并没有离去，而是里三层外三层地把售楼处围了起来。业主正和保安在门外对峙着，让他感到安心的，是没有人受伤。

高远树正要走进去，忽然发现童雨晨和阿明在一旁采访业主。忽然一股莫名的火气冒了上来，他冲过去将手扣在阿明的镜头前，转头看着童雨晨：“你在这儿凑什么热闹？”

童雨晨淡淡地看着高远树，这种疏远的眼神，让高远树一阵心疼。但是童雨晨却没心思去猜他心中的想法，只是默然地说道：“这次房地产波动的事件闹得这么大，你觉得电视台不会有人报道吗？”

“全市那么多的楼盘，偏偏你就选了我们紫藤花园？”

“高阳集团是本市的龙头，就算我不报道，也会有人来报道，到时候会怎么写，我相信你也清楚，我来报道，至少不会故意挑拨你们。而且，我只是做针对房地产降价的信息。根本不会提及任何一个楼盘。”童雨晨机械地说着话，没有任何情绪波动。这让高远树的火气越来越大：“就算你不说明，聪明人用脚趾都知道你说的是高阳集团。童雨晨，你要报复就直接冲我来，别拿高阳集团做文章！”

“高远树，别往自己脸上贴金，我根本不想报复你！”不想报复，是因为已经没有感情了，所以根本不恨他。想到这里高远树愣了一下。回过神的时候，发现童雨晨和阿明已经离开了。

此时的户主情绪更加激动了，高远树无暇去追童雨晨，他要赶紧安抚业主们的情绪。

报道很快就出来了，虽然报道里没有涉及任何的楼盘和房地产公司，但是对于房地产和房价降低的分析，让所有人都误以为房地产这栋大厦快要崩盘。而高阳集团作为龙头老大，受到的影响更甚，许多股东纷纷要求退股，这让高阳集团面临了一个巨大的危急，项欣澄因为此事旧疾复发住进了医院，集团的所有事情都落在高远树和高明辉的身上。最后，股东的骚动，生生被高明辉用人情安抚了，只是他们都清楚，这个现状维持不了多久。高远树对童雨晨的不满越来越大。

这个时候的童雨晨也非常生气，她拿着一叠稿子冲进林森的办公室。脸上写满怒火：“主编，你为什么要改我的稿子？”

林森抬眼看了看她，又低头翻看稿子：“有什么问题吗？”

童雨晨将稿子放在林森面前：“主编，这次楼盘降价，虽然是一个危急，但是也并没有到破产的地步，我的稿件里也说得很清楚，你为什么要换掉。”

“首先，我也没有说一定会破产。我给了一个不确定的词语，玩了一个文字游戏。它的效果是什么，我是无法确定的，也不关我的事。第二，新闻报道首先要求一个真实性，我们并不是娱乐节目，我们给的信息要有一定的说服力。而我看到的情况就是如此，很多房地产公司的确因此破产，如果按照你的稿子出来，我们以后也别做新闻了。第三，我是主编，更改稿子需要经过你的同意吗？”林森头也不抬地说完这三个理由。也让童雨晨无话可说。但是童雨晨知道，这件事高远树一定会怪她，她不想被冤枉。于是，从林森办公室出来，她立刻给高远树打了一个电话。但是对方没有接听。

童雨晨想了想，决定到高阳集团找他。

来到集团楼下，童雨晨看着门外围着的记者，产生了一丝愧疚，她的确没想要给高阳集团带来这种困局。

忽然，记者们出现了一针骚动。高远树和高明辉从大楼里走出来，记者们急忙围住两人，一个个犀利的问题，噼里啪啦地爆出来。高远树和高明辉皱着眉头低头不语，在保安的护送下穿过了人群走进车辆的时候，高远树鬼使神差抬头看见了人群外的童雨晨，怒火燃上心头。见状，童雨晨想要上前解释什么，但是车辆已经开走了。无奈，童雨晨只能给高远树发了一个短信：“稿子被主编修改过，不是我本意。”

很快她收到回复，是高远树发来的，上面只有四个字：猫哭耗子。

这让童雨晨的愧疚感瞬间消失。自己的稿子的确没有任何对不起他的地方。童雨晨回到家里将自己原版的稿子发给高远树。并把事情经过写明发了出去。

冯岚关掉奶茶店回到家里，看见正在看电视的童雨晨，坐到她身边，问道：“房地产危急的报道是你做的吗？”

“是。”童雨晨点点头：“不过不全是，稿子被主编改了很多。”

“可是雨晨，我觉得你应该给高远树道个歉。”冯岚觉得不管怎样，女儿还是给别人带来了麻烦。但是童雨晨却坚决摇头：“不去，原本我还对他有些歉意，但是他已经认定是我做的，根本不听我解释，再则我又没错，干嘛要去道歉。”

“你这孩子怎么那么倔呢！”

“反正我不会去的！”童雨晨不想再和母亲讨论这个问题，径直走进自己的房间休息。见状，冯岚只能默默地叹了口气。

燕超尘回到家里，手还是不停挠着腹部。他脱掉衣服准备洗澡，忽然，他发现前几天还只是硬的皮肤，居然长出了一块鳞片的东西，这实在把他吓住了，愣愣站在原地。忽然手机响了起来，燕超尘用颤抖的手接通，电话传出童雨晨的声音：“超尘。”

燕超尘稳定了下自己的情绪：“怎么了？”

童雨晨：“明天一起吃个饭吧。”

燕超尘：“你确定只要吃个饭这么简单？”

童雨晨诧异：“什么意思？”

燕超尘：“报道出来，相信高远树肯定会很生气，你也不好过吧？”

“你真是神人。”童雨晨声音有点不爽：“不过报道是主编改过的了，不是我本意。”

“但我估计高远树不会相信吧？”

“没错，不过无所谓，反正我没做过。那你明天有空吗？”

“有啊……”

“那好，下班我去找你吧，老是让你过来我挺过意不去的。”说完就把电话挂了，没给燕超尘机会说别的。

放下电话，燕超尘很想笑，但是一想到腹部的东西，笑容瞬间消失了。

早晨的天依旧阴沉沉的，看不到一丝阳光，燕超尘的心情也非常压抑。医生只是告诉他可能是皮肤病，但是燕超尘却怎么也相信不了。走到医院停车场，自己车位前停了一辆豪车，正好堵住出口，他没有办法把车开出来。燕超尘心情非常糟糕，没有上前交涉，只是上车按了两声喇叭。豪车的车窗被降下，一个面相高傲的人看了看燕超尘，然后选择了无视，还把车窗关上了。

燕超尘忍下火气，走过去说道：“抱歉，你堵住出口了，能挪下让我出去吗？”

那人看着自己的手机，头也不抬：“等会儿，我马上就走了。”

无奈，燕超尘回到自己车上又等了片刻也不见那车有走的意思。这时，停车场内已经堵上了几辆车，都在按喇叭，催促豪车。更有脾气不好的，下车砸车窗让他把车开走。但是毫无反应。燕超尘也忍不住了，走出去瞪着人吼道：“不管你在等谁，你这样挡着后面非常不礼貌，请你挪开。”

不知道为什么，车里的人被他一瞪。眼神忽然涣散起来，机械地启动车辆，机械地把车开出停车场，停在路边。但是这些燕超尘完全没有发现。他只以为是因为自己说的话起作用了。回到自己车上发动离开。他走后，那人头一晃，莫名其妙地看着自己的手：“怎么回事？”

傍晚，童雨晨来到生物制药公司门口等燕超尘。正巧遇到下班的李伊，看见童雨晨，李伊有些尴尬，想要绕开走。却被童雨晨叫住：“李伊！”

无奈，李伊只好站住。

童雨晨走到她面前：“有时间吗，想请你帮个忙。”

“你说。”

“原本我不想多此一举，但是还是不喜欢被人冤枉。我相信你肯定看过房地产的报道了，我想请你帮我告诉高远树，看看我发给他的邮件。的确是主编更改了我的稿子。”

听她说完，李伊只是淡淡地说道：“你可能找错人了。”说完就往外走，忽然从门外跑进一个小伙子，手里抱着高高的资料袋，他一边叫着“让让”，一边往里跑，童雨晨躲闪不及被撞倒了，包包里的东西散落出来。资料也散落了一地。小伙子急忙道歉，蹲下收拾散落一地的纸。李伊见状只好蹲下帮忙收拾起来。这时，邵非也走了下来，看见李伊和童雨晨，沉默了一下，也快速走过来帮忙。

人渐渐多起来，很快就把资料全部捡起来了。小伙子再道了次歉，抱着资料跑掉了，童雨晨却又在地上搜寻起来。这时，一只手把她的手机递到她面前。童雨晨从李伊手里接过手机微笑着说了声：“谢谢。”

李伊摇摇头，转身离开了。

太阳渐渐落山，高远树总算忙完回到办公室。拿出手机发现有几个未读短信。他拿出来翻看了一下，有一条让他眉头皱了起来。这是一条来自童雨晨的短信，约他第二天下午到森林公园见面。这让高远树非常奇怪，心想：“难道她要道歉？”

犹豫了片刻，高远树的手机又响起来，是何小歉。高远树接通，何小歉声音传出来：“远树，出来吃饭吧。”

“好，在哪儿？”

“老地方，我等你。”

高远树挂掉电话，拿起外套离开。

夜里，高远树和何小歉坐在餐厅里吃饭。高远树心都放在那条短信上，不巧又被何小歉听见了，不禁问道：“雨晨约你见面？”

被他一问，高远树愣了一下：“你怎么知道！”

何小歉意识到自己又说漏嘴了，急忙辩解：“你刚刚自己说出来的啊，你忘了？”

“我说的？”高远树明显不相信。

“你刚刚一边发呆一边说啊。”

高远树低头想了想，自己的确什么都没说，怎么会。忽然他试探性地问道：“何小歉，你是不是有事瞒着我？”

“哪……哪有？”何小歉非常紧张，说话吞吞吐吐的。

这样，高远树更不相信了：“何小歉，你说谎的时候就会眨眼睛，快说，你到底瞒着我什么！”

“我……我……”

“别像个女人！”

“我……我怕我说了你会直接不理我。”

高远树一愣：“到底什么事？”

何小歉低头想了想最终还是决定了：“远树，我说了你别害怕。我能听见你心里在想什么！”

“什么？”

“不止你，我能听见所有人的想法。”

说完，高远树沉默了，何小歉则小心翼翼地看着高远树，生怕他直接不理自己了。过了许久高远树才开口：“你刚刚是听见我的想法了？”

“我不是故意的，只是我身不由己。”

他这么一说，高远树再次沉默了。忽然，何小歉听见高远树心中想法，猛地站起来，激动地问：“真的吗，你只有半年……”

高远树急忙用眼神阻止了他。何小歉震惊地看着高远树。高远树却严肃起来：“小歉，你是我兄弟，我和你之间几乎没什么秘密，只是我也是有隐私的。刚刚我试探了你，并没有别的意思，只是实在很难想象。现在我信了！”

何小歉：“你是说刚刚你在试探我，你不是只有半年不到的生命？”

“不，”高远树摇摇头：“是真的，我想就算我不说，你也会听见。我不奢求别的，只是希望，你能想办法尽量克制。不止别人，我也害怕什么秘密都暴露在人前。”

“所以我才不敢让你们知道！小琪因为这个事情生气和我分手了。我不想失去你们这些兄弟，所以……”

“我们是兄弟，所以我不会离开，不过不管你在我这里听到什么，都请你埋在心里，当做什么都不知道。”

“包括你生命的事？”

“没错，李伊在努力帮我研制解药。我还是有希望的。”

“你是因为这个原因才和雨晨分手的对不对？”

“是，但是我还是那句话，埋在心里。”

何小歉艰难地点点头，他忽然有些痛恨自己拥有这个能力了。他知道了很多秘密，而且都还是不能去说的秘密。

隔天下午，到了约定的时间，高远树犹豫了一下，还是决定前往。来到森林公园等了很久，也不见童雨晨的身影。他忽然感觉自己是不是又被童雨晨耍了，生气地启动车辆想离开，忽然，他感觉头一阵刺痛。他开着车直直地撞上一棵大树。安全气囊弹出，他被撞晕过去。

CHAPTER 13

不一样的美男子

童雨晨睡到晚饭时间，才迷迷糊糊地起床，冯岚被吓了一跳：“你今天没去上班？”

童雨晨揉了揉眼睛：“没有，昨晚熬夜做完稿子，所以今天休息。”

“那你饿吗？”

“嗯。”童雨晨撒娇地点点头，“妈，我要吃红烧肉。”

“好好，那你看着店，我去给你做。”

“好。”说完就跑进吧台里，给才来的客人做奶茶。

早晨，一轮红日冉冉升起。

高远树从昏迷中醒来，他的头很痛，想伸手摸摸额头，却发现自己手脚被缚，躺在一个冰冷的手术台上，周围除了正面有面镜子，其他地方全是墙壁。他挣扎了一下，发现根本挣脱不了。这个感觉让他陷入了恐惧。

镜子另一边，老头和邵非正透过玻璃看着高远树。玻璃竟然是单面玻璃。这时，一个穿着白褂的实验员走了过来：“他已经醒了，要不要开始注射？”

老头点点头：“开始吧！”

实验员点点头，带着几个助手走进高远树所在的房间。

高远树惊恐地看着走进来的人：“你们是谁，要干什么？”

但是他的问话没有人回应，大家将仪器推到高远树身边，取出一管药物抽进针管。其他的人则将仪器和他身体连接好。为首的实验员举着针管慢慢靠近高远树，高远树汗毛都立起来了，恐惧化为怒吼：“你们到底要做什么？”他的情绪非常激动，引来周围的物品颤抖不已。但是也只是颤抖，却没有像以往一样有任何的攻击力。

高远树非常惊讶，眼看针管扎入自己的皮肤却无能为力。液体被推入体内，高远树感觉自己的意识又模糊起来，很快他再次陷入昏迷。

太阳慢慢升到正空，项欣澄走到楼下吃饭，却只看见了高明辉，问道：“远树还没起吗？”

高明辉摇头：“还没见他下来，可能还在睡吧，最近他挺累的。”

“也好。”项欣澄说道，转头对保姆吩咐：“等会儿把饭菜送到远树房间吧。休息也要吃饭的。”

“好的。”保姆点头，走回厨房。

燕超尘在睡梦中，因腹部奇痒，自己把自己抓醒。他坐起来摸了摸绷带，决定再去趟医院。他立刻起床收拾好自己出门。

来到医院，医生帮他拆掉绷带，两人都傻眼了。原本只是发硬的皮肤，不知道为什么会长成一片片的鳞片。

“怎么会这样！”燕超尘被吓坏了。

“这可能是蛇皮病。”医生想了想说道：“需要做个小手术。”

“那就做吧！”燕超尘急切地说着，他可不想身上留着这个东西。

医生点点头，立即吩咐护士做准备。

手术很快就做好了，并没有做任何的大动作。只是将鳞片部分挑出来，然后就给上了药。

“回去好好休息，最近不要有剧烈运动。”医生一边在纸上写着所需药品，一边说道：“应该过几天就会好，痒的话也别去抓。你拿着药方到下面拿药。”

燕超尘接过药方离开这里。医生则看着取下的鳞片发愣：“怎么会长这个东西？”

夜里，项欣澄和高明辉再次坐到餐厅，但还是没有看见高远树出现，高明辉问保姆：“远树还没回来？”

保姆摇摇头：“没见他出去啊。”

项欣澄：“中午给远树送饭了吗？”

保姆：“送了，但是远树没有开门。我怕打扰他休息，就没送进去。”

高明辉皱了皱眉：“睡到现在也有点太不像话了。我上去叫他。”说着就走上楼。来到高远树的房间门口，高明辉先敲了敲门，但是里面没有反应。高明辉感到不对，推门走了进去。发现房间里居然没人。他急忙走下楼：“欣澄，远树昨天回来了吗？”

项欣澄摇摇头：“我不知道，他不在房间吗？”

高明辉：“不在房间，你给他打个电话。”

项欣澄急忙拨打高远树的电话，但是始终没有人接听。一边打，项欣澄的脸色越来越难看。

高明辉：“怎么样？”

项欣澄：“没人接，明辉，你说远树会不会出什么事？”

“你先别急，也许他在那三个兄弟那儿，我们先打电话问问。”

但是三兄弟都不知道高远树在哪儿。最后还是何小歉说了一句：“他昨天不是去见童雨晨了吗？”引来两老的疑惑。订婚那天的事情大家心里有数，这种情况，高远树怎么会去见童雨晨。而且童雨晨又做了一个报道，让他们企业陷入危机。项欣澄直接拒绝给童雨晨打电话，但是高明辉劝她，这几年房地产大势所趋，企业的危险是一定会爆发，童雨晨的报道只是一个意外，提前了这个危机，其实怪不得她。但是项欣澄还是非常气，她不愿和童雨晨说话。可是他们实在是太担心高远树了。最后还是由高明辉打电话问童雨晨。

接通电话的时候，童雨晨刚刚下班，接到高明辉的电话有点诧异：“高叔叔，找我有事吗？”

高明辉：“雨晨，你昨天有见过远树吗？”

“没有啊。”童雨晨愣了一下，心里敏感地觉得出什么事了：“是出什么事了吗？”

“唉，远树到现在都还没回家，而且电话也打不通。”

童雨晨：“他会不会……在李伊家？”

高明辉：“我们不知道她的联系方式。雨晨，你是个好女孩儿，是我们家远树对不起你，但是现在也许也只有你能知道他在什么地方，你能帮帮我们吗？”

闻言，童雨晨沉默了片刻，还是答应了：“好，我马上过来。”

在去高远树家之前，童雨晨去了一趟生物制药公司。但是她看见李伊完全不知道高远树不见了，有些奇怪，但是也不好多问她，带着她一起来到高远树家。一起来的还有燕超尘。

来到高家，安逸飞、叶江帆和何小歉都到了，而赵小琪陪安安去外地拍戏，没有来。

见人到齐，高明辉才把事情说清楚。最让人惊讶的是，何小歉说，高远树接到一个短信，是童雨晨约他昨天下午见面的。众人齐刷刷地看着童雨晨。但是童雨晨却是一脸茫然：“我没有约过他啊，昨天我一直在家。”

这让人更加担心了。

高明辉：“我们不想有事情想得太坏。远树也是大人了，现在无法断定他是不是出事了，我希望能尽量到他可能会去的地方找找。”

闻言，叶江帆站出来：“不用，高叔叔，远树电话是打不通还是关机了？”

高明辉：“没人接听。”

叶江帆：“那我们可以试试搜寻他手机的定位。”

说完拿出手机摆弄了一下，翻出一个朋友定位地图。发现高远树的电话地点居然在森林公园。

有了地点，大家立马动身前往。

手术台上，高远树依然被囚禁着，无声无息。透过玻璃，邵菲和老头正观察着高远树。一个穿白大褂的实验人员进来，低声跟邵菲说了些什么。老头开口询问：“什么情况？”

邵菲：“数据显示的结果不是很乐观，现在怎么办？”

老头：“那就加大剂量！有多少用多少，我是一刻都不想再等了。”

邵菲点点头，看着实验员：“听见了？快去办吧！”

实验员有些不安："老板，如果加大剂量，有可能会闹出人命的。"

老头："放心，他死不了。"

闻言，实验员点点头，转身离开。

过了一会儿，实验员拿着一个锡制盒子走到高远树身边，将里面的药物全部注射进高远树的身体。这时，一旁的显示仪上，数值不断地下降，高远树的生命体征开始越来越游离，越来越薄弱。

几辆车开到森林公园附近，叶江帆看着手机的定位系统，带着大家驱车来到公园后方一个非常偏僻的地段。

"远树怎么会来这里。"项欣澄看着四周的环境问道："这里好像不会有人来吧。"

就在这时，大家发现了高远树的车。

"远树！"项欣澄看见车子撞在大树上，心脏都差点停顿。车还没停稳就冲了下来，跌跌撞撞跑过去。童雨晨等人也快步走了过去。

但是并没有在车里看见高远树的影子。叶江帆在车上找到了高远树的电话。

"他的电话在这里。"叶江帆把电话取出来。可是周围并没有找到高远树的身影。

项欣澄靠在高明辉的怀里，眼泪落了出来："远树到底去哪儿了？到底在哪儿？"

这时，安逸飞想起了什么，转头问李伊："你不是和远树有感应吗，能知道他在哪儿吗？"

李伊摇摇头："我在听说他不见的时候就感应过，但是完全感应不到。"

童雨晨："怎么会这样。"

高明辉安慰好项欣澄，才开口："先别紧张，也许情况没有我们想象的糟糕。远树虽然出了车祸，但是车里没有人。可能被人救了，也可能他自己走出来了。我先联系一些人来这附近找找。逸飞，江帆，你们去这附近的医院看看有没有远树。雨晨，你和其他人去问问森林公园的护林人。看他们有没有印象。"

"好。"几人点头，开始各自行动，高明辉则陪着项欣澄，在附近的山林搜寻。

搜寻连夜开始。安逸飞和叶江帆跑了附近所有的大小医院，都没有高远树的踪迹。而雨晨他们在护林人口里也没有打听出任何线索，而且他们对车祸的事情也非常惊讶。这让大家把所有的希望都放在山林搜索上。

夜晚的山林，闪烁着点点的灯光。搜救人员在山上密集地排查着。童雨晨等人也在其中。

山林里回响着一阵阵的呼叫："高远树……高远树……"

躺在手术台上的高远树，似乎听见了这一声声的呼唤。意识一点一点地恢复，他在试着抵抗药剂的影响，仪器开始轻微起伏，四周的物品又慢慢地浮起来，灯光也开始闪烁……实验员惊讶地看着这一幕，束手无策。

而在玻璃的另一面，老头和邵菲也惊讶起来。

很快，高远树周围的物品开始旋转起来，实验员惊呼，纷纷跑了出去。这时，高远树忽然睁开眼睛大吼一声，挣开了束缚坐了起来。而围绕在他周围的物品纷纷朝着玻璃砸去。玻璃应声而碎，邵菲急忙躲到暗处。剩下老头和高远树面对面，老头身后，有一个巨大的玫瑰花浮雕。此时的高远树已经红了眼，能力也不知怎么增强了很多，他伸手指挥着铁制品朝老头飞去。可是不知为什么，物品都在距离老头一米的地方纷纷落地。老头冷眼看了看高远树，手一挥。一个凳子砸向高远树，他被重重地砸到墙上，但是怎么也下不来，他瞪着老头，还想控制物品袭击老头。但是老头根本不在意，他的眼睛眯了起来。高远树就感觉一直头疼难忍。渐渐地，他的意识又一次消失了，晕了过去。

而因为高远树的这次挣扎，李伊忽然感应到了高远树，捂着胸口蹲下了。

“你怎么了？”燕超尘首先发现她不对劲，走过来。

童雨晨闻声回头，走过来：“你没事吧？”

“远树……”李伊说话非常艰难，似乎承受着很大的痛苦。

项欣澄等人听她说高远树，都围了过来。项欣澄忍不住：“远树怎么了？”

“他，他好像很不甘……”

“不甘什么？”童雨晨立刻问道。

李伊却摇摇头：“我不知道，但是我感觉他在那个方向。”李伊指着森林公园不远的一座山。

高明辉急忙转头询问护林人：“那片树林怎么过去？”

护林人想了想，说道：“那片是个私人庄园，要从山后绕过去。”

高明辉：“不管了，先过去再说。”

说完，指挥救援队赶往那片树林。

高远树被转移到了一个地下室，实验人员重新给他连上仪器。这时，一个黑衣人走进来在邵菲耳边说了几句。邵菲急忙走出地下室，来到一个高台，借助望远镜看向山庄外围。

镜头里，出现童雨晨一行人的搜索队。邵菲沉默了片刻，急忙回到地下室，将这个事情告诉了老头。老头眼里闪过一丝狠毒。邵菲见状，急忙提醒：“叔叔，再过不久，高远树就失踪 48 小时了，也许会把警察牵扯进来，到时候对我们是不利的。”

闻言，老头思考了片刻，说道：“我今天倒是很奇怪，药剂居然会激发他的潜力，让他爆发出这么强大的力量。可是对我们却没用，也许他的基因和我们之前检测的的确不一样，这样吩咐他们留下一些骨髓样本，然后把他扔出去。”

“是！”邵菲点点头。

老头转身离开，走到门口忽然回头扔给邵菲一小瓶试剂：“别忘了给他注射这个！”

邵菲立刻走到手术台前，给实验员吩咐了一声，然后亲自将老头给的药剂注射进高远树体内。

天渐渐亮了，搜救队员都有些疲惫了。但是依旧没有找到高远树的踪迹，而现在只剩下那个私人山庄了，高明辉正在思考要不要托人和山庄的人交涉一下，护林人忽然收到消息，有游客在森林公园的后山发现了高远树。

李伊愣了一下：“怎么会在哪儿？”

童雨晨听到也很奇怪：“你感觉真的是这边？”

李伊认真地点点头：“虽然只有一瞬，但是真的是这边。”

安逸飞：“先不管了，既然找到远树就快过去。”

大家急忙赶往森林公园后山。

来到后山，高远树还没有被抬走，安静地躺在担架上，周围还站着几个护林人。

项欣澄急忙扑过去：“远树，远树你醒醒！”

高远树悠悠转醒，坐起来看见项欣澄非常惊讶：“妈，你怎么来了？”

项欣澄见高远树能说话，终于放下心，一把抱住高远树：“你没事，太好了，太好了！”

高远树这时候才发现项欣澄身后的人：“你们怎么都来？！”

何小歉：“远树，你到底去哪儿了，发生了什么事？”

“什么，什么事？”高远树莫名其妙地看着大家：“你不是知道我来见雨晨吗？”

何小歉：“可是雨晨说他没有约你见过面啊。”

闻言，高远树看向童雨晨：“他说的什么意思？”

童雨晨：“这也是我想问你的，我从来没有约你见过面。你为什么会告诉他你是来见我的。”

“童雨晨，你这是什么意思，难道是我死皮赖脸地要见你？”

“我不是这个意思，”童雨晨看了高远树一眼：“我只是觉得中间可能会有什么误会。”

“误会！”高远树有些愤怒：“童雨晨，看来是我太天真了，我还以为你是要给我道歉。看来我真的想太多了。”

“我……”童雨晨想要解释什么。却被高明辉打断了：“远树，就算是你和雨晨中间有些误会，但是你也不能两天都不回家，电话也不接啊，而且，你为什么在这里？”

“因为……”高远树一愣，他现在才发现，自己是躺在一个陌生的地方，一时间有些茫然。

高明辉见状，心里似乎想到一些什么：“不管怎样，先去医院吧。”

高远树点头想站起来，却感到一阵头晕，又坐了回去。

“躺着吧。”高明辉按住儿子，指挥所有人下山。

送高远树去了医院，其他人都离开了。童雨晨离开的时候，高明辉向她道谢，但是项欣澄却说一切都是童雨晨的错，是她约高远树见面的，现在远树出事了，她想逃脱责任，不承认了。不怪她就不错了，为什么要给她道谢。这让童雨晨感到非常委屈。但是无论她怎么解释，也没人相信她。只有何小歉听见童雨晨的着急话，知道真的不是她约的高远树。但是在现在的情况下，他也只能选择沉默。

何小歉主动送童雨晨回家，来到奶茶店门口，何小歉欲言又止，被童雨晨看了出来。

“小歉，你想说什么？”

“雨晨，我相信你没有说谎。但是远树也没有。”

“什么意思？”

“雨晨，我不知道怎么解释，但是我只想说，远树的确收到了你的信息。如果不是你发的，你有没有想过谁会冒充你？”

听他这么说，童雨晨忽然陷入了沉默。过了一会儿才开口：“可是冒充我有什么好处？而且我和高远树已经没有任何关系了，那个人又何苦来冤枉我？”

“这我就不知道了，只是雨晨，远树对你不是你想的那样，他其实……”

“你别说了！”童雨晨打断他：“他怎样我都不想知道，我明白你的意思，我会想办法查清楚的。谢谢你送我回家。”说完，童雨晨头也不回地离开了。

何小歉看着童雨晨的背影，无奈地叹了口气。

高远树接受了一系列的检查，确定没有任何问题，项欣澄和高明辉才安心地将高远树带回了家。等项欣澄休息了，高明辉才来到高远树的房间。

高远树靠在床上，高明辉坐到他身边。

“爸，你是不是有话要问我？”高远树首先开口。

“是的，”高明辉点头：“远树，我觉得雨晨那孩子不是会说谎的人。而且她的那篇报道，我相信你能想得明白，和她的关系不大。你之所以这么生气，你不说，我其实也明白。你真的确定是雨晨约你见面的吗？”

高远树低头想了想：“爸，说真的我也不想怀疑她，只是我的确收到了她给我发的短信。”

“好吧，就算真的是雨晨发的，那你这两天到哪儿去了？”

“爸，我真的不见了两天？可是我一点印象都没有。”

“远树，”高明辉叹了口气：“今天你检查身体没有任何问题，所以我也不知道你是不是被人绑架了。只是你丢失这两天的记忆肯定有原因的，在查清楚之前别让你妈知道。我猜想你的失忆可能会和那条约你见面的消息有关。你一定要好好查一下。”

高远树点点头：“好！”

得到回复，高明辉才起身离开他的房间。高远树躺在床上看着天花板发呆。但是无论自己怎么想，记忆也是有一块空白。这时，电话响了起来。高远树接起，是李伊。

李伊：“远树，你身体感觉怎样？”

高远树：“只是觉得有些疲惫，没有别的症状。”

“那就好，”李伊松了口气：“你记得你这两天去哪儿了吗？”

“不记得。”

“远树，我回来想了很久，你可能被人用药抹了记忆。”

“有这种药？”

“以前老师在美国的时候，听说过这种药。只是我没见过，所以我可能需要再帮你检查一次！”

“好吧，明天我去你实验室。”

“恩。”

说完高远树挂掉电话忽然感觉自己的背上有个位置有点刺痛，他爬起来走到镜子面前查看，只见腰间有个红点，让他更加疑惑了。

童雨晨躺在床上辗转反侧，她拿出手机翻看了一会儿，并没有发现约高远树见面的短信记录。她感到很疑惑，第一高远树不可能没事冤枉自己，第二何小歉说他也知道那条短信，就更证明高远树的确因为这个原因出去的。可是自己的的确确没有发过这个信息。那会是个什么情况呢。童雨晨的脑子高速地思考着，忽然她想起前段时间做的一个新闻，网络上有个软件，能够冒充别人的号码拨打电话和发短信。

想到这个可能，童雨晨立刻打开电脑上网搜索这个软件。但是这类软件全部都被屏蔽掉了，她搜不到任何的蛛丝马迹。想了想，决定第二天联系叶江帆，看他能不能帮忙查查。

第二天一早，叶江帆还在睡梦中就被敲门声吵醒了。他无奈地站起来去开门，发现童雨晨顶着一对熊猫眼看着自己。

“童雨晨，你这是一夜没睡吗？”

“睡不着，干脆就过来找你了。”

“你昨晚就过来了？”

“没有，今天早上过来的，怕你还在睡觉就没打扰你。”

叶江帆看了看墙上的钟，才 7 点钟，有些无奈：“好吧，你坐，要喝点什么吗？”

“咖啡。”

“好，”叶江帆来到厨房煮咖啡，一面问童雨晨：“找我什么事？”

“江帆，我是来求你帮忙的！”

“别说得那么严重，什么事？”

“你能帮我查查发给远树的短信，是不是某个伪造信息的软件。”

叶江帆停下手：“你是怀疑有人冒充你给远树发短信？”

“对，而且远树失踪的了两天，我怀疑就是这个发短信的人绑架了他！”

听她这样说，叶江帆也意识到事情的严重性。把咖啡端过来递给童雨晨：“我也听说过这个软件，但是得给我两天，我才能查清楚。”

“没事，我等你。”

说过正事，叶江帆和童雨晨下楼吃早餐，安逸飞还在睡觉，两人没有吵醒他。

高远树来到实验室，邵菲也在场。高远树看见邵菲，忽然就感觉头有点晕，差点摔倒。

李伊急忙扶住他：“没事吧？”

高远树摇头，李伊将他扶进休息室坐下。

关上门，李伊才拿出工具给高远树抽血。抽完后，高远树感觉背上的红点有些痒，他伸手挠了挠，李伊好奇地问道：“怎么了？”

“不知道为什么，背上有个红点，像是被什么咬了，有点痒。”

李伊点点头，并没有想太多。

没两天，叶江帆就查到了高远树的短信记录，但是奇特的是，短信确实是从童雨晨手机发出去的。这让童雨晨非常惊讶。叶江帆让童雨晨想想，发短信时间点的时候，自己在什么地方。

童雨晨坐在沙发上想了一会儿：“生物制药公司！”

叶江帆：“你在那儿做什么？”

“我约了燕超尘越吃饭。”

“难道是燕超尘发的？”

“不会是他，我见到他的时候已经是 7 点多了，发给远树的短信是 6 点过。”

“那会是谁？”

童雨晨脑子里闪过李伊把手机递给自己的画面，猛地站了起来："李伊！"

"李伊？"

"肯定是她，那天除了我自己，就还有她碰了我的手机。不行，我要去问清楚。"说完，童雨晨跑了出去，叶江帆急忙追上去。

来到生物制药公司，童雨晨走进实验室，里面只有李伊一人。叶江帆跟进去，其实他有些担心，害怕两人会打起来。

李伊放下手中的滴管，站起来："有事吗？"

童雨晨："李伊，高远树已经向你求婚了。我也不可能再去和他有什么瓜葛，你又何必陷我于不义？"

"我不懂你在说什么。"

"明人不说暗话，高远树接到短信的时间，我正在大厅和你说话，后来进来个人撞到了我，手机是你捡起来给我的，我根本不会去给高远树发短信，那么就只能是你。"

"就算当时是我帮你捡起来的，也不能说明就是我发的！"

"李伊，你不觉得你这个解释非常苍白吗，我的手机几乎不会离身。那天那个时间，你是唯一碰到我手机的人。"

就在两人争吵的时候，高远树走了进来。看见童雨晨咄咄逼人地对李伊说着什么，急忙上前问童雨晨："你来这里干什么？"

童雨晨看着高远树："我干什么？！你先问问她做了什么！"

高远树转头看着李伊，问："她什么意思？"

李伊："她非说是我用她手机给你发短信。"

高远树看向童雨晨："你自己不承认就算了，现在还诬陷别人。"

"我诬陷？现在我说什么你也不会相信了，好，我会找到证据的。"说完转身就走。

叶江帆看了看高远树和李伊，轻轻地叹了口气："远树，雨晨不是这种人。"

高远树："可是李伊也不是她口中的那种人。"

"兄弟，感情是你自己的事。但是真的不相信你对雨晨一点感情都没有，你的转变太突然，也太奇怪了，我不得不怀疑有其他的原因。不过我尊重你，你不想说，我也不逼问你。只是希望你还是想想童雨晨的为人吧。"

他的话让高远树沉默起来。李伊也开口道："虽然她误会我，但是我也相信不会是她做的。这中间肯定有文章。"说着，她忽然想起那天下午，她似乎看见邵非蹲下来帮忙捡过东西，只是一转眼就不见了，让她当时都以为是眼花了，可能现在看来，之前自己肯定不是眼花。只是邵非为什么要这么做呢？

燕超尘来到公司，正好看见童雨晨坐上出租车。想去追，但是大门的人流太多，他一时退不出去，不禁在心里吼了一声："都给我让开。"这时，奇怪的事情发生了，原本拥挤的人群忽然给他让出一条通道。这让燕超尘愣住了，他看着周围的人流，没有发现他们有异样。他不禁怀疑，是自己刚刚心里那句话给他们下了命令。想到这里，他又看着人群，尝试性地在心里吼了一声："都给我跑起来。"周围的人便纷纷跑动了起来。这画面把燕超尘吓着了，站在原地一动也不动。过了许久，他转头看着后视镜中的自己，忽然狂笑了起来。

赵小琪来找童雨晨的时候，童雨晨正在奶茶店写着什么。

她好奇地凑上去，却完全看不懂："雨晨，你写的是什么啊？"

"调查记录，要把所有事情记下来。我一定会找到证据，是李伊发的短信。"

"我的姐姐。"赵小琪扶着额头："你这是要变身福尔摩斯啊！"

正说着，童雨晨已经放下笔，把写着记录的本子放进包里，拉着赵小琪就往外走："走，去现场！"

两人第一站来到了高远树车祸地点。车子已经被拉走了，地上只留下很多车轮印和脚印。赵小琪直嚷着要走，但是童雨晨完全不理她，蹲下仔细检查地上的印记。她发现了所有的车轮都是从外来，然后到高远树车祸地点，然后又返回外面，这个应该是拖车的。可是有辆车却在这里停留了片刻，又顺着路开走了。最重要的是，在它停车的位置有几个脚印，没有了，很明显是在这里上了车。而且这几个脚印是从泥土走出来的，泥里的脚印非常深，不像是一个人体重能踩出的。而且这个很深的脚印不止一双，那就只有一个解释。他们抬着或者扛着谁。

想到这个可能，童雨晨拿出手机将这些脚印照了下来。在这时，她在深脚印里发现了一个重叠的脚印，像是女人高跟鞋的脚印。童雨晨下意识就把这个脚印归给了李伊。拍完，她又拉着百无聊赖的赵小琪往后山跑去。

李伊认真地研究着高远树的血液，忽然感到一身视线，她猛然回头，小张和邵菲正在讨论什么东西，她以为是自己多心了。回头继续做，可是不过一会儿，那种感觉又来了，这一次李伊小心地用反光的器皿照过去，看见邵菲正盯着自己。这让她惊了一下。心中对邵菲起了疑心。

燕超尘坐在办公室，想着在门口的事情，心情大好，这时腹部又开始痒起来，他眉头皱了皱，站起来脱掉上衣，伸手去拆纱布。纱布一层层被取下，忽然他手中的纱布掉落在地上，他也瘫坐在椅子上。燕超尘震惊地的看着自己的皮肤。原本只是有些发硬的皮肤上，长了一片密集的蛇鳞。

CHAPTER 14

不一样的美男子

何小歉约高远树、安逸飞和叶江帆到浴场泡澡，想缓解兄弟四人最近的矛盾，泡了一会儿,高远树站起来说要去拿点喝的,忽然他头一晕,倒在了水里。三人急忙把他拖上岸。此时，三兄弟发现高远树非常不安稳，嘴里一直念着：“放开我……”

三人对视一眼，安逸飞说：“我去叫救护车。”

“嗯。”叶江帆点头，转头给高远树做了些简单的急救措施。

忽然，何小歉在高远树脑海里看到了一朵玫瑰花浮雕，惊讶地说道：“玫瑰花！”

叶江帆闻言，回头看了何小歉一眼，没有追问。这时安逸飞跑进来：“救护车要半个小时才能到，还是我们自己送他去医院吧。”

叶江帆和何小歉急忙把浴巾给高远树披上，抬着他快步离开。

来到医院，高远树被推进急救室。叶江帆、何小歉和安逸飞坐在走廊里。叶江帆看着何小歉，忽然问道：“小歉，你刚刚说的玫瑰是什么？”

何小歉装傻：“什么玫瑰花？”

叶江帆：“何小歉，别躲，你知道我在问什么。”

何小歉继续装傻：“我不知道啊！”

叶江帆：“何小歉，你说这些莫名其妙的话不是一次两次了。逸飞画的事，最开始只有我和他知道真相，可是你后来也说了一句你也是。那次你喝醉酒也是，这次还是！何小歉，我们是兄弟，你到底瞒着我们什么。你告诉我们。你是不是有读心术？”

何小歉发现自己的秘密已经被他们知道了，却一时想不出任何理由来开脱。而他的这个动作正好坐实了叶江帆和安逸飞的猜想。

“没想到你的能力真的是读心。”安逸飞说完，三人都陷入了沉默。

不过一会儿，医生从急救室里走出来，三人急忙走上去。

何小歉：“医生，他怎么样了？”

医生：“没什么大碍，抽了骨髓都有这么点问题，主要还是要多休息。”

“抽骨髓？”三人惊呼。

医生奇怪地看着他们：“怎么，你们不知道？”

“不是，”何小歉急忙解释：“我们前段时间没有联系，所以不知道，谢谢啊医生。”

医生笑了笑，离开了。

三人互看了一眼，都在彼此眼里看到了震惊。

李伊把高远树的血液放在显微镜下观察，忽然发现高远树细胞裂变有减缓的趋势，而且有一种和X1很相似的物质。纯度高于X1，无限接近菌种。这个发现让她惊讶无比。她拿着检测报告来到燕超尘的办公室，发现燕超尘正坐在沙发上发呆。她把报告递给燕超尘，燕超尘翻看了一下，忽然惊讶地站起来：“你是说有人手中有比X1更纯的菌种！”

“嗯，而且这种物质好像对 X1 的副作用有所压制。”

“真的吗？”燕超尘自己都没感觉到自己的声音有些颤抖。

李伊虽然奇怪燕超尘的表情，但是也没有多问：“我目前发现的就是如此，不过还需要进一步研究。”

“需要多久？”

“不敢确定。”

闻言，燕超尘失望地放下了报告：“好，我知道了，你出去吧。”

李伊点头，离开了实验室。燕超尘做回位置上，忽然又想起了那天邵菲的动作。将两者联系到了一起：“难道，邵菲知道谁拥有更纯的 X1？”

叶江帆、何小歉、安逸飞把高远树送回家，也将医生的话转达给了他。高远树很是惊讶。

三人走后，高远树立即拿出电话打给了李伊。两人约到咖啡厅见面。

高远树来到咖啡厅，发现李伊已经在等他了。他坐到李伊对面，没有任何多余的话。直接告诉李伊，自己可能被抽取骨髓了！

李伊也很惊讶，不过很快两人得出了结论，肯定是在失踪的那两天被抽取了骨髓。李伊说这抽取远树骨髓的人，一定是为了 X1。因为他在高远树的血液里查出了能和 X1 互相压制的物质。这个消息让高远树惊喜了一把，如果找到这种物质，是不是就能控制住自己的副作用。而李伊也不否认这一点。李伊说现在最重要的是要先去查清楚还有谁曾经研究过。打定注意，两人决定第二天就开始行动。

何小歉来到公司，经理就把他叫到了办公室一顿训斥。

经理：“你说说你，最近到底怎么回事？谈恋爱谈傻了啊！昨天，郑导跟我投诉你，说你演戏没感情，人家坚决要换演员。我低三下四求了他半天，才保住你。结果刚刚，广告厂商又给我来电话了，说你在片场耍大牌，目中无人！老总和工作人员对你意见很大。你是有多红啊？翅膀刚刚硬起来，就谁都不放在眼里了是不是！你知不知道，你在外头耍威风耍的舒服，我得在后头擦屁股？”

何小歉苦着一张脸：“是，是，是……经理，是我不对，我的问题。”

这时，他却听见经理在心里不停地骂自己，说自己靠着他的女人出名，不在背后整死他才怪。可是他却反驳不了。

经理：“何小歉，你来我们公司，我一向是很器重你的，但你要是继续这么下去，我可能不得不跟你提前解约了。”

何小歉：“抱歉，经理，我一定会改的。”

经理：“行了，出去吧。”

何小歉这才垂头丧气地离开经理的办公室。来到休息室，看见赵小琪一个人坐在里面喝咖啡。赵小琪看见他，起身准备离开，但是何小歉却把门关上了。

“你干嘛？”赵小琪瞪着何小歉，但是见他垂头丧气的样子又实在不忍心说狠话。

就在这时，何小歉忽然伸手抱住赵小琪，将头埋在她的脖子。轻声说道：“别动好么，让我休息一下，就一下。”

闻言，赵小琪有些心疼地任他靠着。

“小琪，你知道吗，我真的好累。”何小歉幽幽地开口：“我真的不想要这个能力，虽然一开始真的觉得好玩，但是现在我恨不得自己听不见任何东西。我每天无时无刻都能听见别人心里的事。没有任何时候是清净的，就算现在在这里，我都能听到门外有人在讨论我。小琪，回到我身边好么，没有你我真的好累。”

“安安呢？”

“我真的只是替罪羊，安安是和经理有事，那天是经理在她房间。只是狗仔进来拍到的只有我和安安，所以到最后就被经理弄成了这样。我真的是被冤枉的。”

闻言，赵小琪沉默了好久才开口：“现在你和安安恋情刚刚公布，不能出别的岔子，我们还是做朋友吧。”说完将何小歉推开，离开了休息室。

何小歉靠在墙边，伸手捂着耳朵，非常难受。

燕超尘走到镜子前，看见自己的鳞片已经越长越密。胸膛上一大片，手臂和脖子上也全都是。他气得把卫生间台子上的药品全摔了，镜子也砸了，愤懑无比。

李伊和高远树来到市图书馆，将一个申请书递给管理员。

李伊：“您好，我昨天在网上申请调阅这些内容。”

管理员看了看申请书，将两人带到一个上锁的档案库门口，说：“在这里等我下吧。”说完走进去，过了会儿推着一个车走出来。里面装着几本线装本的资料。管理员将车传给两人，然后指了指一旁一个特殊的位置：“在那里阅读，完了以后再到前面找我，这些都是非常重要的资料，请不要损坏它们。”

李伊点点头：“好的。”

管理员回到自己的岗位，李伊和高远树也推着资料走进特殊位置开始翻阅。

安逸飞来到奶茶店找童雨晨，却发现她正在埋头苦思。他坐过去，发现童雨晨面前的纸上，全部写着李伊的名字。不禁奇怪：“这是什么？”

“一定是李伊利用我的手机骗远树出来，然后绑架了他。”

安逸飞笑了笑：“你怎么这么肯定？”

闻言，童雨晨就把那天调查的脚印和车轮印拿给安逸飞看，咬定了那个高跟鞋的脚印就是李伊的。

“但是这个证据没有什么说服力啊。”

“所以我在想一个新的证据。”

“证据我这里没有，不过我这里有一条线索，你要吗？”

“是什么？”童雨晨激动地抓住安逸飞的手：“什么线索？”

“嗯，”安逸飞想了想，还是决定瞒着童雨晨何小歉的能力，说：“何小歉说远树告诉他。在那几天好像看到一个玫瑰图案。”

“玫瑰图案？什么样的？”

“我并不清楚，你可以去问问何小歉。”

“好。”童雨晨点点头，没有去追问为什么不能直接问高远树。

图书馆里，李伊将一篇论文推到高远树面前。高远树一看，这是一篇全英文的报告，其中有很多的专业术语都不认识，但是他却看明白了一件事，这是一篇关于X1的报告，而报告人居然是叫吴凡。

“吴凡是谁？”高远树问道。

“我不太确定，但是如果我猜得没错的话，吴凡就是我老师，吴天铭的妹妹。移植心脏给我的人。”

“移植心脏？”

“是，我和燕超尘都是老师养大的，而我有先天性心脏软弱。那个时候，吴凡阿姨就已经是植物人了，后来她没能醒来，心脏就移植给了我。她算是给了我第二个生命的人。”

“所以我移植吴教授的心脏，身上的力量你能中和？”

“是的，所以我能感应你出事了。”

“如果这个吴凡真的是她，那么你的老师难道是继承了她的研究成果？”

“很有可能，不过我还需要再查查。”

安安和何小歉正在拍广告，但是导演一直喊卡。何小歉听见导演在心里说安安今天的表情非常僵硬，但是又听见安安在心里说自己表现太差。这实在让他无力吐槽。于是又在两遍之后，导演忍不住叫休息。何小歉跑着回到自己的位置，一个新晋的经纪人站在他身后一直念叨。让他非常不耐烦。就在这时，童雨晨出现在片场。

这次，她没有找赵小琪，而是径直走向何小歉。

“何小歉，高远树说的玫瑰长什么样。”

她这问题直接把何小歉吓了一跳：“什么……什么玫瑰？”

“逸飞昨天告诉我的，高远树跟你说他失踪的时候看到过一个玫瑰，长什么样？”

“逸飞是这样告诉你的？”

“是啊！”

“呼。”何小歉悬着的心放了下来。

“你叹什么气啊，你还没回答我，玫瑰花长什么样呢？”

“你打听这个干嘛？”

“当然是调查到底是谁用我的名义骗高远树出去的啊。不然你以为呢？”

“可是……”何小歉还是有点犹豫。

“小歉，骗远树的人，很有可能和他失忆有关，我想查出来，你一定要帮我！”

何小歉的思想挣扎了一下，但是还是被友情打败了，他也很想知道，到底是谁绑架了高远树，还抽了他的骨髓，于是用笔在纸上画了一个大概：“我不是逸飞，所以只能画成这样，黑色的玫瑰。”

“黑玫瑰？”

“嗯，而且是个很眼熟的标志，只是我暂时没有想到是什么。”何小歉感到抱歉。

但是这个对童雨晨来说已经是个很好的线索了。她急忙谢过何小歉，快速跑走了。弄得剧组的人一头雾水。

安安更甚走过来嘲讽了一句：“真看不出来，你的女粉丝真多。”

何小歉只能无奈地一笑了之。而这时，何小歉看见安安手中的口红标志，居然就是自己在远树脑海里看见的。他急忙抓住安安的手。

弄得安安很不好意思：“你别这样，这么多人看着呢。”

“你这口红哪儿买的？”何小歉急切地问。

安安却笑了起来：“瞧你这样子，想讨好我啊，恐怕没那么容易呢，这个口红是我朋友在美国带回来的，国内还没得卖呢。”

得到这个消息，何小歉夺过安安的口红追了出去。但是童雨晨已经不见了。

傍晚，燕超尘来到实验室找李伊，却只看见邵菲一个人在实验室。思索了片刻，他走进去盯着邵菲，对其实行脑控。邵菲毫无防备，被控制住了。燕超尘看着她，问：“你到底是谁？超能力从何而来？”

邵菲目光涣散：“邵菲，我叔叔……”忽然邵菲醒了过来，惊讶地看着燕超尘，而燕超尘也非常震惊。自己最近一直在尝试自己的能力，邵菲是唯一一个能自己醒过来的人。

“你……”邵菲非常紧张，手背到身后，拿起桌上的铁簪。铁簪瞬间变得通红。

“我们是一类人，你不必紧张。我只想知道你叔叔是谁！”

“我不知道你在说什么。什么一类人？”邵菲极力否认。

但是燕超尘已经确定邵菲并非常人了，怎么可能放过她：“你不承认也没关系，但是你的能力只可能来自 X1 的菌种，我只要用心去查肯定就能查到你叔叔是谁。不过我不会这么做，我只是想和你叔叔合作。我知道你做不了主，你可以回去问问他，他一直想找的菌种，在我手上。”

他这话一出，邵菲手中的铁簪瞬间降温。

“菌种在你手里？”

“没错，回去问问他吧，愿意就让我见见他，细节我们见面以后再谈。”

说完燕超尘离开了实验室。

邵菲皱眉想了片刻，也离开了实验室。

回到秋叶山庄，邵菲将燕超尘的话转达给老头。老头居然笑了起来：“这小子有意思。”

邵菲：“从他身上流露出来的那种急迫和紧张感来看，我觉得他应该会有求于我们。”

“没错，有所求，我们就必有所得。既然菌种在他手里，那就让他来见我吧！”

“是！”

早晨，童雨晨就来到叶江帆的家里，请他上网查下有没何小歉画的那种玫瑰，但是叶江帆看见何小歉画的像扭在一坨的线，实在分析不出来。只好给何小歉打电话。童雨晨拿出手机，发现自己的电话不知道什么时候关机了，而自己完全不知道，她重新开机，看见居然有十几个未读短信，而且都是何小歉发的。童雨晨急忙拨了过去。

听到童雨晨的声音，何小歉瞬间激动起来，吵吵嚷嚷地问童雨晨在什么地方，自己要过来找她。得到答案是在叶江帆家里的时候，何小歉立即挂了电话，全程，童雨晨就说了三个字：江帆家。

何小歉赶到的时候，安逸飞也醒了，和童雨晨、叶江帆正坐在沙发上等他。何小歉献宝似的把从安安那里得到的信息告诉了几人。

“原来是化妆品。”童雨晨想了想，问叶江帆：“可以查到国外化妆品的资料吗？”

“那当然，”叶江帆站起来把笔记本拿了过来，在上面操作了一下，屏幕就出现了上百个美国化妆品的 LOGO 图样：“小歉，来找一下。”

何小歉应声跑过去仔细看起来。过了一会儿，何小歉找到了那个 logo。叶江帆顺着 logo 进入了化妆品公司的官网。四人仔细地研究起化妆品公司的资料来。但是让人感到非常奇怪的是，整个网站，关于他们老板 Peter 的介绍非常简短，只有一张像是 80 年代初的黑白照片，和中文名字：越秋野。目前在休假。

“在中国，难道他们把远树抓到中国的工厂去了？”何小歉非常不解。

叶江帆也感觉到奇怪：“一个化妆品公司绑架高远树做什么？如果照何小歉的意思，他们的化妆品从来没有引进到中国，那他又何必在我们这里建工厂。”

“这也是我想不通的地方，”童雨晨沉默了一下：“不过先不管他的目的了，既然有了线索，我就继续查下去。他现在不是在中国吗，像他这种人肯定不会坐普通客机来的，要么就是私人飞机，江帆，你能帮忙查下他在哪个城市吗？”

“行。”叶江帆点头，准备继续，忽然身边响起了鼾声。童雨晨、叶江帆、何小歉一起扭头，发现安逸飞不知道什么时候又睡着了。

高远树坐在办公室翻看近期的报告文案。忽然电话又响了起来。李伊非常激动地告诉高远树，自己已经证实了吴凡就是移植心脏给自己的阿姨，而且还找到了当初和吴凡一起在美国进行研究的教授。高远树也激动起来，放下手中的文案就往外走。

前往秋叶山庄的路上，邵菲开着车，一旁坐着的，竟然是燕超尘。

邵菲带着燕超尘进入秋叶山庄。来到一个房间，示意他进去。燕超尘狐疑地走进房间，发现这个房间非常的黑，灯光也非常的黯淡。他人刚刚进来，房门就关了起来，一个白发苍苍的老头出现在他面前。

燕超尘：“你就是邵菲的叔叔？”

“也许你觉得我更像爷爷。”老头无所谓地伸出手：“在下越秋野。”

越秋野说这话的时候，燕超尘觉得自己身子晃动了一下，不由自主伸出了手。但是他很快就反应过来，急忙把手收回来：“你也会脑控！”

越秋野笑着坐到沙发上：“不止脑控。”说着，他食指一动，装烟的盒子自动打开了，他拿出一根雪茄咬掉一头。又在另一头搓了几下手指，雪茄竟然被点燃了。做完这些事情，他看着目瞪口呆的燕超尘：“我的能力超乎你想象，但是相信你也猜出，为什么我这么老，邵菲会叫我叔叔了吧。”

“副作用！”

“没错，所以我要你手中的菌种。”

“可是你不是也在研究 X1，并且比我们的纯度高那么多，为何还要我们的菌种？”

“看来你知道的还是太少了。”越秋野吸了一口雪茄：“你不知道菌种的来源吗？”

燕超尘摇摇头，越秋野笑了一下，放下雪茄，把 X1 菌种的来源，原原本本地告诉了燕超尘。说完，越秋野才又拿起雪茄，看着燕超尘，说道：“我的诚意已经放在这里了，你的呢，还不准备说你为什么要见我？”

闻言，燕超尘默默地解开衬衫，露出腹部密集的鳞片。这让越秋野也不禁愣了一下：“你这副作用算是骇人听闻了。”

燕超尘：“半个月前，我为了救人帮她吸了蛇毒。但是没想到那条蛇的毒性猛烈。我也连带中毒，昏迷中，我感觉到有人救了我们。而且我毒发的时候咬了他一口。虽然我当时视线模模糊糊的，但是我很肯定，救我们的那个人是高远树！”

“高远树？”

“是的，高远树身体里有X1。我咬了他，等于是吸了X1。也许是因为混有毒血的缘故，我才会长这个东西。”

“那我能做什么？”

“你能让邵菲来我的公司，相信你对我也是很了解。我公司的实验员李伊在高远树的身上检测出了和我们X1相克的物质。如果我的猜测没有错的话，应该是你们绑架了高远树，也是你们一直在找X1的菌种。”

“你很聪明！”

“但是也需要你的帮忙。”

“好，我可以答应你试试，因为我也无法保证，我能找出治疗你这个副作用的方法。”

“越老板，你的能力有多大，我也算是能猜到几分，你也不用跟我绕圈子。只要你能找出治疗我副作用的办法，我立刻将菌种双手奉上。”

越秋野看着他，忽然哈哈大笑起来：“好。成交。”他站起来走到门口打开门，邵菲站在门外，越秋野对她吩咐道：“带他去抽点血。”

邵菲点点头，看到燕超尘的腹部，非常惊讶。但是很快回复了正常，对他说：“跟我来。”

燕超尘穿好衣服，跟着邵菲离开了。

叶江帆的家里，叶江帆也找出了越秋野来中国的线索，居然是在闽海市。

“我现在就去机场询问这段时间私人飞机的降落情况。”童雨晨说。

叶江帆急忙放下电脑：“我和你一起去。”

何小歉也跳起来：“我也去！”

童雨晨：“你一个公众人物去了会给我添麻烦。而且安逸飞也需要有人看着。”

何小歉：“那我晚饭怎么解决？”

童雨晨白了他一眼：“我给小琪打过电话了，她等会儿就过来。”说完和叶江帆就离开了，何小歉则愣愣地坐在那儿。

走到楼下，叶江帆才问童雨晨：“你这么撮合他们俩真的好吗？”

童雨晨：“他们两个吵架就是过家家。总要想办法让他们和好吧。不然小琪也不开心，小歉也老是闷闷不乐的。”

见状，叶江帆忍不住嘟囔了一句：“那你和远树呢？”

童雨晨听在耳里，却没有去回答他。

来到机场，童雨晨直接亮出记者的身份，说自己要做一个成功人士的专题，有个海外版，需要采访来国内的企业家，听说最近闽海市降落了一个美国企业家，想找下他的信息。但是机场却说客户的私人信息无法透露。态度坚决地拒绝了童雨晨。可是童雨晨也不吃素的，终于机场工作人员抵不过童雨晨的软磨硬泡，透露出了客户的租车情况。

得到这个线索，两人又马不停蹄赶往租车行。租车行的老板以为童雨晨是旅游节目的记者，想要借她手给车行做宣传。非常热情地解答他们提的所有问题，就差没有把自己家庭情况报给他们俩。两人终于得到了越秋野在闽海市的住址，就是远树失踪那天，护林人告诉他们的那座私人庄园。

高远树和李伊按照地址找到了吴凡当初的合作者——景意。两人表明来意，景意又问了好多专业问题，李伊都对答如流。见状，景意才让两人进屋，相比刚刚的疏离，现在她非常热情。

"天铭最近怎样，身体还好吗？"景意似乎对吴教授非常熟悉。

李伊看了高远树一眼，回答景意："老师在一年前因为事故过世了。"

"什么？"景意非常惊讶，随之又惋惜："唉，也是我今年年初刚刚回国，还准备安顿好了再去看看他。没想到……唉……节哀吧！"

"谢谢景教授。"

"哎呀，别叫我教授，不嫌弃叫我景阿姨就成。我和吴凡的关系蛮好的，当初她回国待产，我本来也是回来了，只是后来因为一些事，没呆几个月就又回美国了。不然我肯定是你干妈呢。后来听说她过世，我也没来得及赶回来，想起来就非常的内疚。"

李伊和高远树震惊地看着景意，完全不懂她是什么意思。但是从中能听出两个主要点，一吴凡当年回国的时候带有身孕；二景意把李伊当成吴凡的女儿了。

"景阿姨，你可能误会了。我不是吴凡的孩子！"李伊解释道。

景意却非常惊讶："你不是？"

"嗯。"李伊点点头："我只是老师收养的学生。吴阿姨过世之后将她的心脏移植给我了。可是我从来都不知道她有孩子！"

"原来是这样。"景意沉默了片刻，问："那你肯定也不知道他丈夫的事了？"

李伊摇摇头。

景意："唉，吴天铭他们也算瞒得好。"

李伊："景阿姨，你能告诉我吗。我真的很想多了解些吴阿姨的事情。"

"那你等我一下吧。"景意说着，回屋里找了几张照片递给李伊："这个是他们结婚时候的照片。那个时候我们都觉得他们是郎才女貌。可是没想到，是这么一个结局。"

李伊和高远树拿起照片仔细看起来，如果童雨晨他们在这儿的话肯定会惊讶地叫起来，因为照片上的新郎就是那个美国化妆品公司的老板——越秋野。

童雨晨和叶江帆按照租车行给的地址找到秋叶山庄。但是他们却发现了一个奇怪的现象，这个山庄不仅在门口，周围每隔十几米就有一个保安，整整把山庄围了起来。而门口直接立了一个牌子：私人房产，非邀勿入。直接打消了童雨晨他们从正门进入的可能性。

两人将车停在路边，思考怎么才能混进去。这时一个保安走过来，提醒两人，他们所在的路面也属于私人所有，请不要再次逗留，尽快离开。

无奈，两人只好离开山庄。开车回家。

回到安逸飞家，两人看到一幅非常诡异的画面。何小歉坐在沙发最左边，安逸飞靠在中间睡觉，而赵小琪坐在沙发最右边玩手机。两人就这样沉默着，直到他们回来。

见到两人，何小歉快速地弹了起来：“怎么样？”

童雨晨：“找是找到了，只是我们进不去。”

“怎么回事？”何小歉难得正经地问道：“不让进吗？”

叶江帆摇摇头，将山庄的情况说了一遍，赵小琪和何小歉都惊讶起来。

赵小琪：“这么严密的守卫，说它是普通的山庄，打死我都不会相信！”

何小歉：“我也是这么觉得的。”

童雨晨：“问题是我们现在没法进去，就算再怀疑也无法进去确认的。”

叶江帆：“而且据我们观察，周围的保安，每隔3个小时会换班。但是门口那两个，除非有什么大事发生在他们眼皮下，否则他们都不会离开岗位的。”

“但是在那儿会发生什么大事？”赵小琪愁眉苦脸的：“也不可能会天降陨石吧？”

一旁的何小歉忽然笑起来，用手搂住叶江帆的肩膀，问道：“你们说在他们门前死个人，算不算大事？”

“啊？”一旁的三人，都惊讶地看着何小歉。但是何小歉却神秘地笑起来，什么也不说。只是让他们明早准备一起去山庄看他演戏。

李伊和高远树离开景意的家，两人心情都很沉重。

高远树：“没想到吴凡居然还有个孩子，你没有听吴教授说过吗？”

李伊摇头：“没有。”

高远树见她这样，说道：“我送你回家吧？”

李伊想了想，拒绝道：“我不回家，我想去看看吴阿姨。”

“需要我陪你一起去吗？”

“不用了，你先回去吧。”她的口气不容拒绝，高远树也只好答应了。

等高远树离开，李伊才拦了一辆出租车前往公墓。

来到公墓，李伊在附近花店购买了一束白玫瑰来到吴凡墓前，忽然看见有个身着黑衫的妇女站在吴凡的墓前。李伊走过去，发现妇女居然是在那个荒唐订婚典礼上的童雨晨的母亲——冯岚。

冯岚惊讶地看着李伊："是你！"

李伊看着墓前新放的花束："您认识吴阿姨？"

冯岚点点头，又问："你是吴凡的侄女？"

"不是，他哥哥是我的老师，我们是老师养大的。"

"原来是这样，那吴天铭现在和你们住一起吗？"

"你不知道老师去世了？"

"他去世了？"听闻冯岚这个口气，李伊就知道冯岚肯定不知道了。沉默了一会儿，李伊对冯岚说道："阿姨，你怎么认识吴阿姨？"

冯岚看了看李伊，又看了看吴凡的墓，说道："当初，她是在我们医院生产的。"说完这一句，冯岚便不再开口，李伊又问了几个问题，但是冯岚都闭口不谈，最后李伊心急，告诉冯岚，自己的心脏就是吴凡给的，她很想知道吴凡孩子的事情。听到这些，冯岚只能微微地叹气，让李伊明天下午来奶茶店找自己。说完就离开了。李伊虽然很着急，但是也知道如果冯岚不愿说，怎么问也是无济于事。

第二天一早，燕超尘来到童雨晨家，正好在门口碰见要出门的童雨晨："雨晨，这么巧？"

童雨晨微微一笑："是啊，你怎么来了？"

燕超尘："今天天气不错，我正想来找你出去玩玩。"他打量了下童雨晨的装束，看童雨晨背着包，问："怎么？你要出去？"

童雨晨点点头："嗯，约了朋友。"

燕超尘愣了一下，盯着童雨晨，叫道："雨晨！"

童雨晨没有防备，被燕超尘脑控住了。

燕超尘："雨晨，你下午要去见谁，高远树吗？"

童雨晨摇头："不是，是去见小歉、江帆、小琪。"

燕超尘："见他们做什么？"

童雨晨："调查一个叫秋叶山庄的地方，何小歉说他有办法让我混进去。"

她的回答让燕超尘惊讶不已："你怎么知道秋叶山庄的？"

就在这时，冯岚走出来，给童雨晨送电话。燕超尘只能放弃脑控，童雨晨醒过来，没有发现任何异相。和燕超尘、冯岚道别，拦了一辆出租车离开了。

燕超尘知道秋叶山庄不简单，害怕童雨晨出事，急忙跟了上去。

童雨晨、叶江帆、何小歉来到秋叶山庄。赵小琪留下照顾安逸飞。何小歉将车停在远处，让叶江帆和童雨晨先去和保安周旋一下，如果对方不同意就退出来，但是叶江帆一定要走在前面。

童雨晨和叶江帆不知道何小歉葫芦里卖的什么药，只好配合走到大门口。不出所料，保安直接拒绝了两人，他们退了回来。叶江帆按照何小歉说的走到了前面。这时一辆车高速地开向两人，叶江帆一惊，把童雨晨推倒一边，车子重重地撞在叶江帆身上。叶江帆瞬间被撞了出去，躺在地上一动不动，流了很多血。童雨晨惊叫起来。

这时车门打开，何小歉跳了出来，开始夸张地表演："天啊，你怎么会忽然冒出来啊！我的神啊，你这要我怎么办啊！"

秋叶山庄门口的两个保安也闻声赶来。检查了下叶江帆的身体，发现非常虚弱。

何小歉继续夸张地表演："啊，流血了，怎么办？我晕血。"他用手捂住额头，另一只手拉住一旁的保安："你们帮帮我啊！"一边给童雨晨使眼色。童雨晨会意，急忙溜进了秋叶山庄。但是门外发生的一切，都被越秋野看在了眼里。

见童雨晨成功进入山庄，何小歉让两个保安帮忙把叶江帆挪到车上，迅速开车离开了。

这时正在熟睡的安逸飞忽然睁开眼睛，拿出画笔。在墙上画着什么。一旁的赵小琪靠在沙发上睡着，完全没有发现安逸飞的动作。

何小歉把车开到约定的地点，叶江帆立即就坐了起来，何小歉急忙把湿巾递给他："嘿，兄弟，感谢你的友情出演。"

"不是我说你，"叶江帆白了他一眼："你的演技太浮夸了。"

"不浮夸那两个家伙能信吗？"

"算了算了，不说你了，只要雨晨顺利进去就好了。和她约定好出来的时间了吗？"

"恩，半个小时后，她就出来。"

"希望她能平安无事。"

此时的童雨晨正在山庄逛着，忽然来到了一个房间，它的墙上，挂着一个巨大的玫瑰花 logo。童雨晨走了进去，她的身后忽然走进来一个人影。

CHAPTER 15

不一样的美男子

人影来到童雨晨的身后，童雨晨并没有发现，直直地走向玫瑰 logo。就在这时，她忽然感觉头一晕，目光变得涣散起来。

越秋野走到她的面前，问：“你是谁，为什么会潜入这里？”

童雨晨：“我叫童雨晨，来这里是为了调查高远树被绑架的事情。”

“你怎么会知道这里？”

“高远树想起了一个玫瑰花的图案。我根据那个玫瑰花查到了这里。”

这回答让越秋野惊了一下，他没想过高远树会想起来，不是他低估高远树，而是他对自己的药物有一定的信心。他看着童雨晨，忽然起了杀意。他控制童雨晨给叶江帆和何小歉打电话，说自己已经下山，然后将童雨晨带到一个断崖处。控制她往断崖前行，就在她快要往下跳的时候，燕超尘冲了出来，将童雨晨拖了回来。但是被控制的童雨晨哪里知道危险，继续挣扎地想往悬崖走。燕超尘没有办法伸手将她敲晕了。

越秋野：“你是要和我作对？”

燕超尘：“我爱她，我不能看着她死。”

越秋野：“呵呵，爱？可惜啊……你爱的人心都在另一个人身上。”

燕超尘：“这是我的事！”

越秋野：“可是她看了不该看的东西！你说我该怎么做才好呢？”

燕超尘：“只要你放过他，我做什么都可以！”

越秋野突然笑出声：“真的什么都可以？”

燕超尘：“是！”

越秋野：“那如果我要菌种呢？”

听到这话，燕超尘沉默了。

越秋野忽然话锋一转：“要我不杀她也行，把她留在我这里。我需要一个饵，吊着你。”

“你发誓不会伤害她。”

“我发誓！”

虽然燕超尘有万般不愿，但是还是同意了越秋野的提议，因为自己还需要他的帮忙，不能就这样把菌种交出去。

高远树起床来到厨房，刚要开冰箱的门，忽然发现，他的手刚伸过去。门自己就开了。高远树愣了一下，又试了一遍，发现真的是这样，一种从心底升起的欣喜，不言而喻。

李伊心事重重地来到了奶茶店，冯岚让请她坐下。

李伊开门见山地问：“阿姨，你是不是知道吴阿姨的女儿在哪儿？”

冯岚又低头想了许久，才开口把当年的事情告诉了李伊。

当年，吴凡来到医院生产，因为是难产，手术又大出血，导致她成为了一个植物人，而那个时候的吴教授，承担了妹妹的医药费以后，根本无力抚养尚在襁褓中的侄女。而那个时候的冯岚和丈夫已经结婚 5 年了，却依旧没有怀孕。一种想做母亲的强烈愿望让她提出要收养孩子的愿望。

而吴教授几乎想都没想就答应了。开始几年，两家人都是有联系，但是后来因为冯岚的丈夫工作的原因搬到了另一个城市，直到 10 年前，丈夫意外去世，她才带着孩子搬回来。可是那个时候已经联系不上吴教授了。只是从以前的医院得知，吴凡很早就去世了，埋在了公墓。而吴凡的孩子，就是一直和冯岚生活在一起的童雨晨。

对于这个消息，无疑让李伊震惊得说不出一句话来。她实在不明白，为什么世界上会有这么巧合的事情。

得知吴凡有孩子和老公以后，她想过千万种可能，唯独没想到的就是这个。她怎么会知道，童雨晨居然是吴凡的孩子?

何小歉和叶江帆回到家里，就被墙上的一幅画吓到了，何小歉急忙摇醒赵小琪和安逸飞。安逸飞睡眼朦胧，抬手拍了拍脸，忽然感觉手上有异样，低头一看，自己手上居然沾了很多的颜料。他奇怪地看着几人，叶江帆没有回答他，只是指了指他身后。安逸飞奇怪地转头，瞳孔忽然放大了很多。

墙壁上画着一副烈火图。大火中的实验室，一个老头站在大火中狂笑着，脚边是童雨晨和燕超尘，童雨晨似乎已经晕了过去，燕超尘抱着她。离他们不远的地方，站着他们几个。

四人看着那个老头，都觉得非常眼熟。叶江帆仔细地看了下，发现这个老头不就是贴了胡子的越秋野吗。他这么一说，其他三人也觉得就是越秋野，只是这个老头和越秋野似乎对不上年龄。

赵小琪：“也许是他的父亲?”

“我也觉得有这个可能。”何小歉应和道：“可是他父亲抓童雨晨做什么?”

赵小琪摇头表示不知道。

安逸飞低头不语。

叶江帆却问道：“我们要通知远树吗?”

童雨晨醒了过来，发现自己被关在一个地下室，面前全是做实验的人员。她想挣扎，却发现自己手脚都没法动，嗓子也无法发声。一种恐惧蔓延全身。这时一个老头走了进来和实验员说了几句话，忽然把实验员手中的试管扫落怒吼：“怎么可能，他的血能在叶江帆身上作用，也能在燕超尘身上作用，为什么唯独我们不行？”

实验员战战兢兢地回答：“会不会有其他的混合因素？”

“其他因素！”越秋野低头开始回想邵菲带回来的一个个消息。但是在接受高远树血液的两个人中间，只有燕超尘因为蛇毒作用产生了副作用，但是叶江帆却没有。那又何来外界的因素？

忽然，越秋野看着被绑在一旁的童雨晨，对实验员说道：“给她试一剂，出现状况后再用高远树的血。”说完转身离开。

实验员不敢怠慢，取出试剂走到童雨晨身边，童雨晨惊恐地看着越来越近的针管，却无法做出任何动作。

高远树站在画前，半天也没说话。大家都忐忑地看着他。忽然他转过头看着安逸飞，冷冷地说道：“你还是学不乖。这幅画你想表达什么，雨晨的死？还是我们的死？抱歉，这次我就不奉陪了。”说完就走，没有一丝的留恋，这让大家都尴尬不已。

安逸飞自嘲地说：“自己画画从来就没按照意思应验过，这次可能也只是一个烟幕弹，自己不想害到朋友。”说着去杂物间拿出砂纸，开始毁掉墙上的画。

夜里，李伊回到自己的公寓，手里拿着的，是冯岚和吴教授合照的相片。她坐在沙发上，借着月光看着照片。心中充满了感慨。忽然，她感觉心脏一阵狂跳，她以为又是高远树出了事情。拿出手机正准备拨打，忽然发现这一次的悸动和以前都不一样。

“难道是童雨晨出事了？”不知怎么的，她脑海里忽然冒出了这么一个想法。她急忙拨通了高远树的电话，把自己的预感告诉了他。但是因为受了安逸飞画的影响，高远树根本不相信这件事。

清晨，实验员来到地下室查看童雨晨的情况，却惊讶地发现，童雨晨身体没有任何变化，既没有产生其他力量，也没有出现副作用，这让他们感觉非常奇怪。立刻把这个情况报告给了越秋野。越秋野也感觉到奇怪，于是他让实验员再给她试一剂，这次加大剂量。

燕超尘从梦里醒了过来，迷迷糊糊地感觉脖子很痒，他一边挠一边走进卫生间，忽然他发现，镜子里，自己的脖子上也长了一片密集的鳞片。

叶江帆起床离开房间，忽然听见安逸飞的电话响个不停。但是它的主人完全没有要接的意思。无奈之下，叶江帆只好走进他房间帮他接了。电话是冯岚打过来的，因为昨天一天，童雨晨也没有回家。

叶江帆忽然意识到事情的严重，因为昨天下午，童雨晨给何小歉打过电话说先回来了。但是现在她居然不在家。童雨晨从来都不是这么没有交代的人。那么就只有一个原因，她出事了，而且有很大的可能是在秋叶山庄出的问题。昨天那通电话，一定是她在受到要挟的时候拨打的。想到这里，叶江帆又想起了昨天安逸飞所画的那幅画。急急忙忙地把所有人都叫了过来，当然也包括高远树。

药物注射进童雨晨的体内，又过了几个小时也不见童雨晨有任何反应。越秋野忽然想起当初叶江帆复活的时候，不止是高远树给他输过血，童雨晨也输过。而燕超尘救的那个人，很有可能也是童雨晨。照这样看来，这个他们一直以为不重要的童雨晨，可能才是关键。为了研究清楚，越秋野立即吩咐实验人员检验童雨晨的血液。

就在这时，李伊的心脏再次地狂跳。这次，她可以确定是童雨晨出事了。她急忙离开家，跟着感应的方向前进。

叶江帆家，大家聚在一起，谈论童雨晨可能会去的地方。不过都一致认为最有可能出事的地方就是秋叶山庄，只是苦于没有证据，又不能强行搜庄。最后，几人决定先到童雨晨会去的地方找找，山庄只是最坏的打算。

李伊来到山庄附近，感应越来越强烈。这时，她看见了一个熟悉的身影进入了山庄，那人是燕超尘。

李伊急忙跟上去，却被保安拦下了。

现在，李伊已经百分百确定童雨晨在这个山庄。无奈之下，她用超能力制住了保安，自己则跑了进去。可是进去没多久，她忽然感觉头一疼，下一秒，她陷入了昏迷。

高远树等人在四处寻找童雨晨的身影，却一无所获。

而此时的童雨晨，已经被抽取了300CC血液，大量失血让她脸色显得非常苍白。血液被越秋野注射进自己的身体，忽然，他感觉到一股蓬勃的生机。让他的生命得到了复苏。他脸上的皱纹，以肉眼可见的速度迅速消失。他变回了四十几岁的身体。

“哈哈哈哈……”越秋野大笑起来：“踏破铁鞋无觅处，得来全不费工夫。没想到最大的纽扣居然是你。”

就在这时，李伊醒了过来看见年轻了的越秋野愣住了。他不就是吴阿姨的老公吗?

越秋野也同样发现李伊醒了。他瞥了李伊一眼回到试验台前。

这时，邵非走了进来，看见年轻的越秋野大吃一惊。但很快恢复了正常。对越秋野说道：“叔叔，燕超尘要见你。”

“带他进来吧！”

邵非点头出去，不一会儿，燕超尘就走了进来，看见越秋野，他也非常吃惊。

“什么事？”越秋野淡淡地看了燕超尘一眼。

燕超尘二话不说脱下高领的外套露出脖子上的鳞片。这让童雨晨和李伊都愣住了。见他这样，越秋野将另一个装着童雨晨血液的针筒扔给他。

燕超尘以为是解药，直接注射进自己的体内。他的鳞片很快就消失了。这让他欣喜不已，问道：“这是什么？”

越秋野指了指童雨晨：“她的血液。”

燕超尘浑身一震。就在这时，他忽然大吼一声，倒在地上浑身抽搐起来。身上的鳞片迅速地长了起来，这一次覆盖得更广了。他浑身疼痒无比，只能用手去抓，但是没有任何的作用。他的目光越来越涣散，眼球又一次变成了蛇眼。

天渐渐黑了下来，高远树他们还是没有找到童雨晨，于是决定前往秋叶山庄闯一闯。

高远树、叶江帆、安逸飞、何小歉乘车前往秋叶山庄。

看见躺在地上的燕超尘，越秋野非常奇怪，可就在这时，他的身体又慢慢衰老过去。

“怎么会这样……怎么会这样……”越秋野不可置信地看着自己的双手：“难道血液只会是暂时的？”他忽然向着童雨晨走过去，眼里充满了杀意：“看来只能移植骼骨，这样才能造出新的血液来给我抑制病情了。”

“不，你不能这么做。”李伊吼了出来，却发现自己的声音细小无比。

越秋野没有理会李伊，转头对实验员说准备手术。

“不，不可以，”李伊依旧在嘶吼：“她是你女儿！”

这句话成功让越秋野停下了脚步，转头看向李伊：“你说什么？”

“她是你女儿，是你和吴凡的孩子，你不能杀她。”

“我凭什么要相信你？”

“你可以不信我，你先放开我，我马上就可以给你做一个 DNA 测试。这点时间耽搁不了你多久，但是如果你真的杀了她，一定会后悔的。”

这时，一直没说话的邵非走上来：“叔叔别信她。”

李伊瞪着邵非：“没想到，你居然是我一直怀疑的人。你不让我做测试，是在害怕什么吗？”

邵非没有搭理她，只是扭头看着越秋野，隔了许久，越秋野点头，手指一挥。绑在李伊身上的绳子断了。她软手软脚走到试验台，颤抖地将准备工作做好。要来越秋野和童雨晨的头发，简单做了一个测试。很快得出了结论。

越秋野双眼神情复杂地看着童雨晨，这个时候，邵非忽然发难，握住一根发红的铁簪向童雨晨刺去。不知道为什么，李伊想都没想便挡在了童雨晨面前，铁簪刺透了李伊的胸膛。童雨晨惊讶地看着李伊。李伊则对她笑了笑，开口："我的胸口，跳动的是你母亲的心脏……"

说完直直地倒了下去。泪水从童雨晨眼眶奔涌而出。闭眼的一瞬间，李伊用心电感应传给了高远树几个字："山庄救人！"

四兄弟来到秋叶山庄。高远树忽然感觉内心一阵骚动，然后听见李伊的声音，大惊失色。他脑子里第一反应的，是童雨晨濒死的样子。这时，保安冲出来拦住他们，但此时的四人记挂的都是童雨晨的安危，哪儿还顾及得了是不是私闯民宅。

越秋野直接将邵非冰冻住了。

就在这个时候，越秋野忽然感觉背脊一疼。他回过头，看见燕超尘操作了一个实验员给了自己一刀，伤到了要害。越秋野也站不住，倒在地上抽动。

燕超尘强忍住身上的难受，眼神冰冷地看着童雨晨不带一丝感情："对不起，我想救我自己。"

说完对着已经被他脑控的实验员说："准备手术。"

童雨晨绝望地看着眼前的一切，此时的她已经找不到任何词语来形容自己的心情了，一桩桩匪夷所思的事情在一瞬间全部发生了。让她不禁以为是上天在捉弄她。但是，身体的无力感又是在向她说明，一切都是真的。而留下来的燕超尘好像被什么控制了一样，变得冷血无情。

高远树伸手控制着一旁的铁栅栏，砸在保安身上，将他们全压在地上。

这时，不知为何，四兄弟的头都感到一晃。像是要晕了过去。何小歉听见一个声音在耳边不停地说："滚出去，滚出去，滚出去……"

更要命的，高远树、叶江帆和安逸飞居然都在往外走。何小歉捂住自己的头，伸手去拽高远树，发现他目光涣散被人控制了一般。何小歉惊讶极了，如果不是因为自己听见了这个声音，会不会也和他们一样了？他往四周看了看，并没有发现任何不对。那个声音好像是直接进入他的脑子一样。

"不行。不能这样下去！"他站在三人前面拦住他们。忽然开口嚎叫起来："啊啊啊，青藏高原……"这一嗓子堪称得上是鬼哭狼嚎，不带任何技巧，只为了刺激三人大脑的嚎叫。终于让三人醒了过来。

对于刚刚被人控制的感觉，三人都感觉背心一阵冷汗。

“为什么你没事？”安逸飞看着何小歉，非常奇怪。

何小歉摇头：“我不知道，不过我刚刚一直在注意周围是否有人。而且听到了一个声音。所以没有中招。”

叶江帆喘着气，说道：“难道因为他的精神刚刚处于警惕状态，所以没事？”

高远树：“很有可能，这个房子里的人，也许会脑控。我们要小心！”

四兄弟对视一眼，继续往山庄内走去。

燕超尘再次发病，跪在地上痛苦挣扎着，有一瞬他的眼睛变回原样，他艰难地抬头看着童雨晨：“快走！”但是又立刻变成了蛇眼，眼光又变回了冰冷。童雨晨挣扎了几下，发现身体还是动不了，泪水早已经打湿了衣襟。她忽然好恨自己，为什么没有超能力。为什么现在什么也做不了。她看着脚下早已死去的李伊难受极了，她又看了一眼越秋野，心中涌上一股难以言喻的悲凉。

实验器具已经是准备好了，被控制住的实验员走过来将童雨晨抬上了手术台。而燕超尘则在旁边的手术台躺下。忽然，燕超尘的眼睛变回原样，从手术台上跳了起来，将周边的仪器全部都毁了。而实验员也清醒过来，惊恐地看着燕超尘。

仪器毁坏，四周都跳起火花引燃这周围的木制品，地下室陷入了一片大火。童雨晨躺在大火中无力地挣扎着。燕超尘的眼睛不知什么时候又变成了蛇眼，周围的实验员又被控制纷纷去拿灭火器。但是木质的房屋，火势蔓延得非常快。眼看出口就要被烧了，燕超尘抱起童雨晨就往外走。然而他没有发现，躺在地上的越秋野睁开了眼睛。

燕超尘来到地面，发现高远树几人一起闯了进来，急忙吩咐被控制的人前去阻止他们。

被控制的实验人员快速地跑了出去。

火势向上蔓延，整个山庄似乎都陷入了火海。

高远树等人和被控制的实验员正面交锋了。这几个实验员就像吃了兴奋剂一样，不管是速度还是动作，都非常快。除了高远树，其他三人应付起来都非常吃力。

很快，叶江帆、何小歉、安逸飞身上都有了大大小小的伤口，而让他们感觉到奇怪的，是叶江帆的伤口居然没有愈合。

实验员的攻击并没有因为他们受伤而停止，似乎要置他们于死地。无奈之下，高远树也顾不得伤不伤人了，控制周围的尖锐器皿扎进他们的大腿，实验员吃痛，恢复了正常。他们捂着伤口坐在地上。高远树来不及问他们什么，继续往里跑。

燕超尘感觉那几个实验员脱离了自己的控制，非常惊讶。就在这时，他听到地下室传来一阵脚步声。他回头，就感觉自己的脖子被掐住了。掐住他的，就是刚刚已经死亡的越秋野。

燕超尘身上的鳞片翻开，蛇眼死死瞪着越秋野。越秋野感觉脑子一晃，松开了燕超尘。燕超尘跌坐在童雨晨身边。而高远树几人进来，看见的便是这个景象，和安逸飞画中一模一样。

高远树二话不说，控制着物品击向越秋野。越秋野头也不抬就挡住了，他的目光一直都在盯着燕超尘。一步步地逼近他。

高远树哪能让他如愿，急忙上前掩护燕超尘。燕超尘退到了几人中间。忽然，何小歉听见燕超尘心中的计划，急忙将安逸飞扑倒。而一把刀也正从安逸飞的耳边飞过。何小歉指着燕超尘大吼："他有问题！"

三兄弟看向燕超尘，惊讶地发现，燕超尘的脖子上全是蛇鳞，连眼睛也是蛇的眼睛。

而越秋野没有管几人的惊讶，继续走向燕超尘。燕超尘想跑，却被越秋野吸了回来。越秋野掐着他的脖子，燕超尘眼看就快不行了。而越秋野的样子，也以眼睛能够看见的速度快速衰老。燕超尘没了气。而越秋野也跌坐在地上。

高远树四人惊讶地看着这一幕，无法说出任何话来。高远树跑到童雨晨身边，发现她是清醒的，只是无法动弹，也没法说话。这时，火势蔓延到厨房，引爆了家用电器。

安逸飞："得快点离开，否则会有危险。"

高远树点头，抱起童雨晨就往外走。可是童雨晨的眼睛一直盯着越秋野。高远树非常奇怪，问："雨晨，你要做什么？"

童雨晨泪眼蒙眬，却什么也说不出来。

越秋野见她这样，笑了起来，从脖子上取下一个链子扔给他们。叶江帆伸手接住。一看，是个和浮雕 logo 一样的玫瑰花。

越秋野："我从来没想过，她能为我留下你。我也没有奢求过别的，是我对不起你们母女。"

高远树四人听得莫名其妙，唯独童雨晨的眼泪不停地流。

"嘭"又一个家电爆炸。

越秋野看着高远树："高远树，好好照顾她。东西在玫瑰花里。"

高远树虽然奇怪，但是也容不得他多想。抱着童雨晨跑出了山庄。这时不知是不是他们的错觉。他们发现山庄的火势又加大了。

浓烟滚滚，烈日灼灼，高远树抱着童雨晨，叶江帆、安逸飞、何小歉相互搀扶着。一步步离开了秋叶山庄。